Jennifer Jager

# Die flammenden Schwingen Ethernas

Fantasy



AAVAA
VERLAG

2. Auflage 2015

Umschlaggestaltung: AAVAA Verlag
Coverbild: Jennifer Jager

Printed in Germany
AAVAA print+design

| | |
|---|---|
| Taschenbuch: | ISBN 978-3-8459-1099-4 |
| Großdruck: | ISBN 978-3-8459-1100-7 |
| eBook epub: | ISBN 978-3-8459-1101-4 |
| eBook PDF: | ISBN 978-3-8459-1102-1 |
| Sonderdruck: | Mini-Buch ohne ISBN |

AAVAA Verlag, Hohen Neuendorf, bei Berlin
www.aavaa-verlag.com

*Widmung*

*In meinen Kopf, da bin ich ein anderer – da lebt ein anderes Ich.*
*In meinem Kopf, da hat mich die Realität nie eingeholt,*
*die Fantasie wurde nie von der Wirklichkeit besiegt.*
*Tief in mir, da schlummert dieses andere Ich.*
*Dieser Schriftsteller, dieser Poet.*
*Ich widme dieses Buch meinem inneren Ich.*
*Ich widme es dem inneren Ich eines jeden von uns.*
*Und in diesem Sinne widme ich es meinem kleinen Bruder:*
*Nico Alexander.*
*Auf dass die Fantasie ihm nie abhandenkommen möge.*

# Heute und damals

Kopfsalat. Grundsätzlich hat Salat, unabhängig von Sorte und Anbau, nichts an sich, was man als schmackhaft bezeichnen könnte. Richtig zubereitet, freilich als Beilage – denn zum Hauptgericht ist Salat nun wahrlich nicht erkoren – kann man den meisten anderen Sorten etwas Gutes abgewinnen. Eine gut kultivierte Wegwarte zum Beispiel bringt einen knackigen Salat mit kraftvollem Blattwerk zu Tage. Nicht vergleichbar mit dem Eichblatt, dessen zarte Blätter nicht nur auf der Zunge zergehen, sondern auch wie geschaffen sind, sich mit reichlich Soße vollzusaugen.

Der Kopfsalat aber hat keine dieser Eigenschaften. Zweifelsohne ist er der Bettler unter den Bauern. Seine Blätter sind weder knackig noch zart und den Geschmack nach Gras und abgestandenem Wasser vermag selbst die beste Soße nicht zu übertünchen.

Mürrisch warf Erriel einen Blick auf die Ladung Kopfsalat, die seinen Karren füllte. Natürlich konnte er dem Salat nicht die Schuld geben für das, was er war. Soviel stand fest. Daher richtete er seinen Blick alsbald wieder auf den holprigen Feldweg, der vor ihm lag. Neblig und feucht war der Morgen gewesen und neblig und feucht war der Tag auch jetzt noch, da die Sonne sich langsam gen Horizont senkte.

Ein leichter Nieselregen setzte ein und der Junge auf dem Karren zog die Kapuze seines Umhangs tiefer ins Gesicht. Sein Blick sah über die Schultern des Ochsen hinweg, dessen Kopf beinahe tiefer hing als der Seine. Das stete Auf und Ab der Schulterblätter wurde zu einem monotonen Klang in seinem Kopf, wie der Singsang einer Kräuterfrau oder das Plätschern der letzten Regentropfen nach einer stürmischen Nacht.

Es war nicht mehr weit bis zum Markt von Alkantor, doch dort musste das Grünzeug erst einmal vom Karren und dann lag auch der Rückweg noch vor ihm.

Als Erriel noch jünger war, da sehnte er sich nach nichts mehr, als gemeinsam mit seinem Vater zum Markt zu fahren. Jedes Mal, wenn der Karren – mit Kopfsalat beladen – vom Hof fuhr, stand er in der Tür des Hauses neben seiner Mutter und winkte zum Abschied. "Wenn du älter bist, wird Vater dich mitnehmen, hab nur Geduld!", versprach sie ihm und Erriel war freilich ein geduldiger Junge. Damals zumindest.

Er war jetzt *in dem Alter*, wie seine Mutter es gerne bezeichnete. Es war ihr Versuch zu erklären, wie aus dem braven kleinen Jungen ein so ungeduldiger, mürrischer Kerl werden konnte. Vielleicht hatte sie ja Recht, vielleicht war es aber auch nur eine Frage der Zeit. Geduld war womöglich etwas, das man in einer gewissen Menge innehatte und nach und nach verbrauchte, bis es einem irgendwann ausging und man ganz und gar ohne dastünde.

Wie dem auch sei, Erriel hatte so gut wie nichts mehr davon übrig. Er war es leid, sich darüber den Kopf zu zerbrechen, sich dafür zu entschuldigen. Leid, sich dazu zu zwingen, die letzten Reste Geduld, die ihm noch geblieben waren, zusammenzukratzen, um sie achtlos hinzugeben, weil sein Vater ihm mal wieder endlose Halbweisheiten über den Anbau von Kopfsalat einzutrichtern versuchte. Er hatte kein Interesse daran. Er mochte dieses Zeug nicht einmal. Wieso sollte er sich Gedanken darüber machen, wie man etwas Ungenießbares durch viel Arbeit und Mühe ein klein wenig genießbarer machte?

Er seufzte. Wenn er spät abends nach Hause käme, da würde die Mutter ihn an der Haustür empfangen. Das Essen stünde dampfend auf dem Tisch und sie drängte ihn zu erzählen, wie sein Tag gewesen war. Er hätte ihr nichts zu erzählen, wäre schlecht gelaunt und mürrisch, wie er es ja bereits jetzt schon war. Er würde sie barsch anfahren, seinen Teller halb leer löffeln und wortlos in seinem Zimmer verschwinden.

Es tat ihm leid, dass er in letzter Zeit so unbeherrscht war. Er liebte seine Mutter von ganzem Herzen. Sie war eine so liebevolle und herzensgute Frau, dass es niemanden im ganzen Dorf gab, der sie nicht mochte.

Auch seinem Vater hatte er immer nahe gestanden. Er war ihr einziger Sohn und somit ihr ein und alles.

Es hatte ihm nie an etwas gefehlt. Sicher waren sie keine reichen Leute, aber auch nicht ärmer als die meisten anderen in ihrem kleinen Dorf. Es ließ sich recht gut leben vom Ackerbau. Es war mühselig, aber die Erträge waren gut und der Gewinn reichte aus, um die Familie zu ernähren und zu kleiden.

Die Arbeit auf dem Feld hatte aus Erriel einen kräftigen jungen Mann gemacht. Auch wenn er im Vergleich zu anderen Jungen in seinem Alter kleiner und schmächtiger wirkte, so war er doch sehnig und flink und hatte sich noch nie vor einer Auseinandersetzung scheuen müssen. Er war zudem recht klug, denn das Lesen und Schreiben hatte er früh schon gelernt und so mancher beneidete ihn um seine Rechenkünste.

Hier draußen auf dem Land, da braucht man solcherlei nicht, hatten jene gesagt, die neidisch waren und jene, die ihn bewunderten, baten ihn Geschichten vorzulesen, denn er hatte eine wohlklingende Stimme und da er auch nicht gerade schlecht aussah – wie er sich eingestehen musste – waren es zumeist Mädchen seines Alters, die zu ihm kamen.

Erriel grinste bei dem Gedanken daran, dass es nicht lange her war, da er mit Mädchen nichts zu tun haben wollte.

Vor einem Jahr noch saß er mit ein paar anderen Jungen im Geäst der großen Eiche und ließ Regenwürmer auf ein Mädchen fallen, das unter ihnen hinweglief. Geschrien hatte sie wie ein junges Ferkel, das man von seiner Mutter getrennt hatte, gezappelt und gehüpft. Die Tränen liefen ihr die Wangen hinunter und als sie Erriel im Baum erkannt hatte, da rannte sie los und erzählte alles seiner Mutter. Er hatte damals viel Ärger bekommen. Er sei aus diesem Alter raus und es sei Zeit, sich wie ein Mann zu verhalten.

Er überlegte, ob es seine Mutter vermisste, ihn zu schelten und in sein Zimmer zu schicken. Sicher wäre es ihr lieber gewesen, als sich von ihm die Zimmertür vor der Nase zuschlagen zu lassen, mürrisch und schlecht gelaunt. Er nahm sich fest vor, seine schlechte Laune heute Abend vor der Haustür abzustreifen wie die Schuhe, die er jeden Abend sorgsam in der Ecke verstaute, bevor er den sauberen Holzboden betrat.

Der Händler auf dem Markt zahlte gut. Nicht so gut wie er für den Eichblattsalat des alten Erma zahlte, aber das war auch nicht anders zu erwarten. Drei Stunden brauchte man von Bask nach Alkantor. Der Weg wurde oft befahren, denn Bask lebte vom Ackerbau und Alkantor war eine recht große Stadt mit einem gut besuchten Markt.

Erriel fuhr nicht sehr oft nach Alkantor und wenn er einmal dort war, wollte er alsbald wieder raus aus dem Trubel und dem Lärm, der in den engen Gassen dort herrschte. In Bask gab es keine engen Gassen, keinen Lärm. Nur die Ruhe und die Weite der Felder.

Dass Alkantor in den Augen anderer als ein kleines Städtchen galt, konnte er sich kaum vorstellen. Tatsache war, dass es weitaus größere Städte gab; eine oder zwei Tagesreisen entfernt. Zu Pferd brauchte man sicher nur einen Bruchteil dieser Zeit. Aber mit einem alten Ochsen, gespannt vor einen noch älteren Karren, da war alles, was hinter Alkantor lag, schier unerreichbar weit entfernt.

Es hatte stark zu regnen begonnen, gut eine Meile vor dem Dorf. Seine Kleidung war durchnässt und in seinen Schuhen stand das Wasser. Die Tür des Hauses war einen Spalt weit geöffnet, sodass das Licht des Feuers, das im Ofen knisterte, eine zarte Linie auf den Lehmboden des Innenhofes zeichnete. Erriel führte den Ochsen in den Stall, gab ihm Heu und Wasser und rieb ihn trocken, so gut er es vermochte. Das Tier war alt und die Jahre der harten Arbeit auf dem Hof hatten ihre Spuren hinterlassen.

Der Junge musste unwillkürlich an seinen Vater denken. Auch an ihm waren die Jahre nicht spurlos vorübergezogen. Er war ein starker Mann, nicht nur körperlich, auch geistig hatte er oft bewiesen, dass es ihm nicht an Stolz und Tatendrang fehlte. Erriel war froh, ihm ein wenig von der Last, die auf seinen Schultern ruhte, nehmen zu können. In letzter Zeit hatte er ihm viel zu selten gezeigt, dass er dies gerne tat.

Im Haus waren Stimmen zu hören. Es war längst schon dunkel geworden. Sicher säßen Mutter und Vater bereits am Herdfeuer und ließen sich von ihm die Kälte aus den Knochen treiben. Die Mutter würde Vaters Socken stopfen und der Vater würde sich beschweren über den schlechten Boden, dass die Ernte dieses Jahr geringer ausfiele als in den Jahren zuvor, da es zu oft oder zu selten regnete oder aus irgendeinem anderen Grund. Die Ernte war gut in diesem Jahr wie auch in den Jahren zuvor, doch das scherte den alten Mann nicht weiter.

Erriel lehnte sich gegen den Türpfosten, als er seine Füße aus den regennassen Schuhen befreite.

"Du weißt, dass du hier immer willkommen sein wirst", sprach die Mutter mit leiser, monotoner Stimme, so wie Erriel sie noch nie hatte sprechen hören.

Auch der Vater sprach. Leise, stolpernd. Die Worte drangen nicht bis hinaus zu dem Jungen, der dastand und das Wasser aus seinen Schuhen tropfen ließ.

Er zögerte, dann schob er die Tür auf und trat in den Türrahmen. Die Mutter stand zu seiner Linken, die Arme vor der Brust verschränkt, als fröstelte ihr. Hinter ihr knisterte das Feuer unter einem großen Topf dampfender Suppe. Der Duft füllte den Raum.

Sein Vater stand rechts von ihm, neben dem Tisch. Er hielt sich an einem Stuhl fest. Vorgebeugt stand er da, als habe er nicht die Kraft, sich aufzurichten. Als er aber seinen Sohn sah, nahm er sogleich eine aufrechte Haltung ein.

Erriel aber stand da und er sah nicht den sorgengeplagten Blick der Mutter und er sah nicht die Scham in des Vaters Augen. Sein Blick ging geradeaus zur anderen Seite des Raumes. Dort stand ein junger Mann, vielleicht zehn oder fünfzehn Jahre älter als er. Dichtes, schwarzes Haar hing weit in sein hageres Gesicht und verbarg seinen Blick. Es war ein hochgewachsener junger Mann. Bleich und dürr sah er aus, schäbig gekleidet und doch verspürte Erriel tiefe Ehrfurcht vor ihm.

Der Blick des Fremden ruhte auf ihm, so wie der Seine auf dem Fremden ruhte. Er konnte die Augen nicht sehen im dunklen Schattenspiel des Feuers, das den Raum nur spärlich erhellte. Doch er spürte, wie sie ihn ansahen. Weitaus mehr schienen sie zu sehen als die bloße menschliche Hülle, die sein Inneres verbarg. Er fühlte sich nackt und ohne jeden Schutz vor dem Blick des Fremden, doch keine Scham kam in ihm auf. Dieser Fremde suchte nicht Schuld oder Sünde, noch urteilte er über ihn, wie er dastand. Verwirrt, fragend.

"Es ist alles gesagt", sprach der junge Mann und der warme Ton seiner dunklen Stimme füllte den Raum wie der Duft des Abendmahls, das unbeirrt im Topf köchelte.

Und Erriel glaubte, dass es für die Länge dieses Augenblicks, da er und der Fremde sich gegenübergestanden hatten, geschwiegen haben musste. Und erst nun, da der Mann mit seinen Worten die Stille besänftigte und der Zeit wieder gebot voranzuschreiten, da begann auch die Suppe wieder zu köcheln und das Feuer knisterte leise vor sich hin, als habe es nie etwas anderes getan.

Noch einige Augenblicke, nachdem der Fremde den Raum verlassen hatte, ruhte dessen Bann auf dem Jungen. Erst dann drangen Geräusche, Licht und Farben wieder zu seinem Geist vor.

"Er ist der Sohn meines Bruders", erklärte die Mutter, als sie Sohn und Ehemann die Schüsseln mit Suppe füllte. "Früher war er oft zu Besuch. Hat mit dir gespielt, als du noch kleiner warst. Du wirst dich nicht mehr erinnern." Sie versuchte, ruhig und gleichmütig zu klingen, doch es gelang ihr nicht vollends und Erriels fragender Blick blieb keinem der beiden verborgen.

"Seltsamer Bursche. Hat er von seiner Mutter. Die war 'ne Trickse oder Schlimmeres", erklärte der Vater und wagte es nicht, von seiner Schüssel aufzublicken. "Wir waren immer gut zu ihm. Da kannst du jeden fragen!" Er schaute nun doch auf. Nur ganz kurz trafen sich die Blicke von Mutter und Vater, bevor er sich wieder seiner Suppe zuwandte und sie sich der Ihren.

"Und was wollte er hier?", fragte Erriel und versuchte, dabei ebenso gleichgültig zu klingen wie seine Eltern.

"Naja, uns besuchen. Nur eben so. Weil wir Verwandte sind und seine Eltern sind ja tot. Da ist er ganz allein", sprach der Vater. "Will ja auch sonst niemand was mit dem zu schaffen haben... Und, was hast du bekommen für den Kopfsalat?"

Erriel überlegte. "Nicht viel. Nicht so viel wie man für Feldsalat zahlt", erklärte er und seine Worte waren unmissverständlich.

"Gut, gut", antwortete der Vater, als habe er überhört, dass sein Sohn nichts von dem hielt, was sie da draußen auf dem Feld anpflanzten.

Erriel ging früh zu Bett, den Kopf voller Fragen.

Seine Glieder fühlten sich schwer an und sein Geist war benommen und träge vom Denken und Sprechen. Sen lehnte noch einen kurzen Moment an der kahlen Hauswand und versuchte, etwas von der Wärme, die er im Inneren spürte, mit sich zu nehmen. Dann stieß er sich ab.

Er wusste nicht genau, warum er hierher gekommen war. Es hatte geregnet und dunkle Schatten lagen über dem Dorf. Diese Dunkelheit hatte ihn beunruhigt. Die Schatten waren noch da. Doch vielleicht war es auch nur die Nacht, die, bereits weit fortgeschritten, schwer auf seinen Schultern lastete.

Das Laufen fiel ihm nicht leicht. Nicht nur, weil er dem unebenen Pfad durch den Wald im Dunkeln folgte. Er lief langsam und tastete sich von Baum zu Baum, immer weiter, bis sich der Pfad verlor, sein Weg aber noch nicht endete.

Er kannte sich hier gut aus. Der Wald war ihm vertraut und umfing ihn schützend wie das Elternhaus, dass er nie gehabt hatte. Heute aber, da war er sich nicht sicher, ob er seinen Weg fände. Zu schwer lagen die Schatten, drückten ihn nieder. Die Schatten, die er gesehen hatte – oder die Schatten der Vergangenheit, die heute größer und dunkler denn je zu sein schienen.

Er stolperte und ein Baum bot ihm Halt. Seine Hand lag zitternd auf der rauen Rinde, strich über das weiche Moos. Er schloss die Augen, denn sein Blick hatte sich vernebelt und er vermochte den Boden unter seinen Füßen nicht mehr zu halten – konnte nicht verhindern, dass er sich drehte und wand und ihm entrann wie Sand, der durch Finger rieselt.

Er sank auf die Knie, dicht am Baum, den er am Umstürzen hinderte oder der ihn davor bewahrte zu stürzen.

Es war kalt. Es regnete, dort wo sein Körper lag. Irgendwo in diesem Wald, der sein Elternhaus war und ihn doch nicht vor Sturm und Dunkelheit schützen konnte. Irgendwo dort im Wald, da würde er wieder zu sich kommen; wenn die Vögel ihn am frühen Morgen weckten und die

Sonne durch das dichte Laubwerk schien, um gemeinsam mit Wind und Blättern ein Farbenspiel aus Licht und Schatten in den Wald zu malen.

Vielleicht würde er auch nicht wieder aufwachen. Diesmal würde seine Kraft vielleicht nicht ausreichen. Dies waren seine Gedanken. Er sah ihnen zu, wie sie durch seinen Geist huschten und er hatte keinen Anteil an dem, was er da sah.

Er erinnerte sich an den Jungen, der in der Eingangstür gestanden hatte. Sein Blick war voller Fragen und sein Geist in starkem Aufruhr gewesen. So wie Licht auf den Wellen der See sich tausendfach brach und strahlte, so strahlte auch das Leben in diesen tiefblauen Augen. Wild und ungestüm, voller verborgener Tiefen.

Er hatte weit in diese Augen geblickt, weit unter die Wasseroberfläche. Hinein in die Untiefen hatte er sich gewagt. Vielleicht hatte er gehofft, dort nur Leere und nichts weiter zu finden. Vielleicht hatte er sich zu weit vorgewagt – auf der Suche. Er war nicht enttäuscht, nicht erzürnt, als er sah, was er nicht hatte sehen wollen.

Er hatte sich gewünscht, nichts zu finden. Hatte insgeheim gehofft, Wut würde in ihm aufkommen, sähe er mehr als nur das Nichts hinter der Fassade. Doch er hatte es gesehen und hatte es hingenommen. Nicht mit Gleichmut, nicht mit Wut und doch war der Zweifel noch da und ließ sich nicht vertreiben, ließ dem Wohlgefallen keinen Platz zum Atmen.

Es war ihm plötzlich, als stünde er dort im Wald und vor ihm läge sein Körper, der zitterte und litt im Regen und in der Kälte der Herbstnacht. Er sah seinen schwachen Körper, seinen schwachen Geist, der einst viel Stärke besessen hatte. Und da war der Gedanke an den Jungen im Türrahmen, der diesen Geist erfüllte und der den Gedanken an das Sterben hier draußen, alleine und Elend, vollkommen verdrängte. Und er erinnerte sich an damals, als er so jung gewesen war, so voller Leben.

Es begann alles an dem Tag, da seine Tante in den Wehen lag. Sen lebte, solange er sich zurückerinnern konnte, bei seiner Tante und ihrem Ehemann, in dem kleinen Dorf Bask, das beschaulich und friedfertig war, wie viele Dörfer es waren in den Herrschaftslanden. Dort lebte er auf einem Bauernhof, der klein, aber gut bewirtschaftet war, wie viele Höfe es waren in einem solchen Dorf.

Seine Mutter war bei seiner Geburt gestorben. Als ihr Ehemann nach langer Krankheit von ihr gegangen war, hatte die Trauer sie schnell altern lassen und ihr Wille zu leben war erloschen. So hatte ihre Kraft nicht ausgereicht, die Strapazen der Entbindung zu überstehen.

Man hatte seine Tante ausfindig gemacht, die selbst ohne Kinder war und sich nichts sehnlicher wünschte als einen Sohn. Tante und Onkel behandelten ihn gut und schenkten ihm die Liebe, die ein Junge brauchte, um glücklich aufwachsen zu können. Und da er keine Eltern hatte und ihm Tante und Onkel die Liebsten waren, schenkte er ihnen all die Liebe, die ein Kind seinen Eltern schenken konnte.

"Auch wenn wir jetzt ein Kind bekommen, das unser eigen Fleisch und Blut ist, so werden wir dich stets genauso lieben wie bisher. Du weißt, dass wir dich lieb haben, nicht wahr?"

Sen hatte nie einen Zweifel daran gehabt, dass sie ihn weiterhin lieben würden. Er verstand nicht, warum die Tante ihm das wieder und wieder sagte. Er freute sich sehr für seine Tante, die nie glücklicher gewesen war und er freute sich auf sein Geschwisterkind, mit dem er spielen konnte und dem er alles beibringen könnte, was er wusste.

Als dann die Tante in den Wehen lag, schickte der Onkel ihn zu der Hebamme.

Im Dorf gab es nur eine Frau, die erfahren darin war, Kinder zur Welt zu bringen. Alle nannte sie "die Hebamme", auch wenn die Geburtshilfe nicht ihr einziges Können war. Klara war ihr Name, der selten genannt wurde.

Es war üblich, die Leute nicht beim Namen zu nennen; hier und vielleicht auch außerhalb des kleinen Dorfes. Sen wusste das nicht so genau, denn er war noch nie woanders gewesen.

Da waren nur die Frau vom Haman und Haman, der war nicht Haman, der war der Müller. Und der Müller hatte einen Sohn, der war der Sohn vom Müller oder der Sohn vom Haman. Und wenn der Bursche zu nichts zu gebrauchen war – nicht mal, um beim Vater das Müllerhandwerk zu erlernen – dann blieb er der Sohn vom Haman und das blieb er so lange, bis er was aus sich machte; einen Beruf lernen oder anderswie zu Geld kommen und sich einen Namen machen bei den Leuten im Dorf.

Sen war immer Sen gewesen. Vielleicht nannten sie ihn anders, wenn er nicht dabei war, aber zu der Zeit war er nur Sen.

Heute, da war er auch nicht mehr Sen. Seine Tante hatte ihn Sen genannt, als er da stand in ihrer Stube und der Regen draußen so laut war, dass er seine eigenen Gedanken nicht hatte hören können. Doch was seine Tante und sein Onkel dachten, das konnte kein Regen übertönen. Und sie nannten ihn Sen. Dabei hatten sie gezögert und ihn bitterlich angesehen und sie dachten nicht Sen, sie sagten es nur.

Die Hebamme, die alt und weise war, wusste um die Kräuter, die man für Salben und Tinkturen nutzte. Sie wusste, wie man Fieber senkte und was man bei Wundbrand zu tun hatte. Sie war die gute Seele des Dorfes, heilte Vieh und Kind und gab guten Rat, wenn man sie darum bat. Sen fand nicht, dass Hebamme ihr gerecht wurde.

Einmal hatte der Onkel ihn zu ihr geschickt, weil der Ochse einen wunden Huf gehabt hatte und etwas gegen den Schmerz brauchte und damit es sich nicht verschlimmerte.

Die Hütte der Hebamme war klein und das Dach war nicht gut hergerichtet. Wenn es regnete, nutzte es nicht viel, hatte er sich damals gedacht. Sie hatte einen kleinen Vorgarten, in dem es wild wucherte. Der Duft der Kräuter war ihm in die Nase gestiegen, als er damals zu ihr gegangen war und er kam sich benommen vor, wie er durch die Kräuter lief, die dort wuchsen wie Unkraut.

Er hatte angeklopft und sie hatte geöffnet. Dann hatte er sie angesehen und wollte sie Hebamme nennen, wie alle es taten. Aber es plagte ihn und er stotterte nur und brachte die Worte Ochse und Salbe heraus. Die Frau hatte ihn skeptisch angesehen, die Stirn gerunzelt und dabei zuckte ihre rechte Braue.

"Na, kannst mich ruhig Hebamme nennen", hatte sie gebrummt, wobei sie sich umdrehte und in einem staubigen Regal nach der Salbe suchte, die dem Ochsen helfen würde.

"Gibt schlimmere Namen, da hab ich's noch gut getroffen!", hatte sie erklärt, noch immer nach der Salbe suchend. Als sie ihm dann ein kleines Tongefäß gab, hielt sie seine Hand mit den ihren fest umschlossen und schaute ihm tief in die Augen. "Kannst auch Klara sagen."

Diese erste Begegnung war damals noch nicht lange her gewesen, sodass Sen sich noch immer gut an die Frau und den Duft der Kräuter in ihrem Garten erinnern konnte, als der Onkel ihn wieder zu ihr schickte, weil die Tante sie so dringend brauchte.

Die alte Frau lief gebückt und konnte nicht gut Schritt halten, als der Junge sie den Weg entlang zerrte. Er war aufgeregt und zappelte herum, sodass sie ihn, gleich da sie das Haus erreichten, fort schickte, Wasser zu holen. Bis hin zum Brunnen konnte er die Tante schreien hören. Er verschüttete die Hälfte des Wassers auf dem Weg zum Schlafzimmer, so eilig hatte er es, seine Aufgabe zu erfüllen.

Der Onkel saß unten auf der Bank vor dem Kamin und kaute seine Nägel. Als der Junge an ihm vorbeihuschte, sah er kurz auf, mit Angst und Freude gleichermaßen in seinem Blick. Die Hebamme hatte dem Mann geboten zu warten und er wagte es nicht, die Treppe hinauf zu gehen und an der Tür nach dem Kind zu horchen.

Beim Betreten des Zimmers ruhte Sens Blick auf der Wasserschüssel. Sachte schob er die Tür mit dem Ellbogen auf, bedacht, keinen weiteren Tropfen zu verschütten. Als er aufblickte, sah er die Hebamme, wie sie dastand mit einem Bündel in Händen, das leblos zu sein schien.

Er schaute die Tante an, die nicht mehr schrie und in deren Augen sich langsam die Gewissheit Platz schuf, dass das Kind, das sie zur Welt gebracht hatte, tot war.

Die Schüssel viel zu Boden. Dem lauten Scheppern folgte der Schrei der Tante. Sie schrie, weinte und flehte und der Verzweiflung folgte Wut und die Hebamme wusste keine Worte, sie zu beruhigen. Ihr Blick huschte durch den Raum, auf der Suche nach einem Ort, an dem sie das tote Kind ablegen konnte – außer Sicht der Tante. Sie sah den Jungen und ihr Blick sagte ihm, dass er hier fehl am Platze war. Unwirsch drückte sie ihm das kleine, leblose Wesen in den Arm und drängte ihn zu gehen.

Er war verwirrt; alles kam ihm so fremd und falsch vor, wie es sich vor seinen Augen abspielte. Er sah das zerbrechliche Geschöpf in seinem Arm und wandte seinen Blick nicht von ihm ab, als er sich umdrehte, um den Raum zu verlassen. Er sah es an und sah weit tiefer als nur auf die menschliche Hülle, die da in Stoff gewickelt in seinen Armen lag. Und da sah er, dass da nichts war hinter der Hülle, dass kein Leben leuchtete in der Dunkelheit und es war ihm, als müsse er noch viel tiefer blicken.

Und als er so da stand und die Hebamme schon im Begriff war, ihn aus der Tür zu schieben, begann das Kind aus voller Kehle zu schreien und wand sich in den Lumpen, die es einschnürten. Sen drehte sich zur Tante und er sah, wie sie strahlte und die Arme weit öffnete. Er kam sogleich zu ihr und übergab ihr ihren Sohn. Sie ergriff nicht nur ihren Neugeborenen, sondern auch Sen und zog ihn fest an sich.
"Er lebt!", hauchte sie kraftlos in sein Ohr. "Er lebt!"

Sen war damals ein stattlicher Junge gewesen. Groß und sehnig. Mit leuchtenden Augen und voller Tatendrang. Er half dem Onkel auf dem Feld und der Tante ging er im Haushalt zur Hand, wo er konnte. Die Tante hütete das Kind wie ihren Augapfel und jedem im Dorf erzählte sie, wie Sen ihrem Kind ein Schutzgeist gewesen war und welch ein Wunder es sei, dass es lebte. Sie war ihm so dankbar, dass sie ihn Tag für Tag mit ihrer Dankbarkeit überhäufte.

Sen kümmerte sich gerne um seinen kleinen Bruder, sang ihm abends Schlaflieder und schnitzte ihm jeden Tag ein anderes Tier, bis er bald alle Tiere geschnitzt hatte, die er kannte. Und dann begann er wieder von vorne, um von jedem Tier zwei zu schaffen. Der Junge, den seine Eltern Erriel nannten – was kein Name war für einen Knaben vom Lande – lachte viel und war ein aufgewecktes Kind.

Doch es ging ihm oft nicht gut. Dann wurde der Kleine ganz still und seine Augen wurden glasig. Sen nahm ihn dann auf den Arm und ging sicher, dass da hinter der Hülle noch Leben war; denn er hatte die Leere gesehen – damals als er tot in seinen Armen gelegen hatte. Und er fürchtete diese Leere und wollte sie vertreiben, wenn sie denn zurückkäme.

Dem Jungen tat es gut, von Sen in den Armen gehalten zu werden. Er lachte schon bald wieder und war voller Leben und Freude. Sen hingegen ging es zusehends schlechter.

Er war damals noch zu jung, um auf Anhieb zu begreifen, was die Ursache dieser Schwäche war. Es begann damit, dass er dem Onkel nicht mehr auf dem Feld zu helfen vermochte. Er wurde schnell müde und wenn er sich überanstrengte, schwindelte es ihm. Der Onkel schickte ihn unter einem Vorwand heim zur Tante, doch von da an nahm er ihn nicht wieder mit.

Die Tante war immer gut zu ihm gewesen, doch wenn sie ihn nun ansah, da sah er nicht mehr dieselben liebevollen Augen wie zuvor. Sie lächelte ihn an und lobte ihn für seine Hilfe im Haushalt, doch sie mochte ihn nicht mehr umarmen und ihm durchs Haar streichen, wie sie es früher gerne getan hatte. Wenn es Erriel nicht gut ging, schickte sie nach ihm. Sie sagte dann immer, er sei sein Schutzgeist und es ginge dem Kind besser, wenn es bei seinem großen Bruder sei.

Doch wenn es Erriel gut ging und er lachte und spielte, da hielt sie ihn fern von ihm. Sen liebte seinen kleinen Bruder über alle Maßen und es erfüllte sein Herz, wenn er lachte und froh war; doch wenn die Tante nach ihm rief, da hatte er Angst vor der Tante, die ihn um Hilfe bat und ihn anlächelte und ansah mit nichts als Verachtung in ihren Augen.

Sen verstand nicht. Er verstand viel zu lange nicht. Er fühlte sich schuldig und doch konnte er keine Schuld bei sich finden. So verbrachte er viele Stunden und Tage fern von allem, im Wald. Auf der Suche nach gutem Holz zum Schnitzen, war der dunkle Forst seine Leidenschaft geworden. Er kannte bald jeden Winkel und jedes Versteck und konnte sich stundenlang dort beschäftigen.

Seine Tante mochte es nicht, wenn er zu lange fort war. Sie mochte es auch nicht, wenn er zu lange in ihrer Nähe war. Wenn er nicht im Wald war, saß er daher meist in der Scheune und schnitzte. Das Arbeiten mit Händen und Holz, das Erschaffen von Dingen, das gefiel ihm. Er bot der alten Klara an, ihr das Dach zu reparieren und sie war dankbar für seine Hilfe. Auch wenn er ungelernt war, so war er leidenschaftlich bei dem, was er tat und geschickt im Umgang mit dem Werkzeug.

"Du kommst sehr langsam voran, mein Junge", sagte sie beiläufig und in ihrem Ton war kein Urteil zu hören. "Und du siehst auch nicht gut aus. Ganz dürr bist du geworden."

Die Leute hatten angefangen zu reden. Die Tante hatte allen erzählt, wie Sen das Neugeborene in Händen hielt und das Kind zu schreien begann, obwohl die Hebamme es für tot erklärt hatte. Zu Anfang fiel die Schmach auf die alte Frau. Vielleicht sei es an der Zeit, dass die Gute ihr Wissen weitergäbe, an jemanden, der jünger war, geschickter und schneller vor Ort, wenn es einmal eilte.

Die Hebamme hätte sagen können, dass das Kind so tot gewesen war wie ein Stück Treibholz. Sie hätte auch ihren Irrtum einräumen können.

Doch sie tat nichts dergleichen. Die Leute sprachen schlecht über sie und das taten sie nicht zum ersten Mal. Sie hatten eben sonst nichts zum Reden, außer über das Wetter und dem was es über andere Leute zu tratschen gab. Klara schien das nicht zu stören. Vielleicht war sie zu alt, um sich um das Gerede zu scheren, vielleicht wusste sie, dass jedes Gerede ein Ende hatte.

Als die Leute im Dorf sahen, wie Sen sich veränderte, da redeten sie nicht mehr über die Hebamme, die das Gerede nicht scherte, da redeten sie über ihn. Sie begannen sich zu fragen, wo er eigentlich herkam, wer seine Mutter war. Den Vater hatten sie gekannt und hatten nichts Gutes über ihn zu erzählen. Ein Trunkenbold war er gewesen, hat nichts zustande bekommen in seinem Leben.

Die Mutter, da konnte sich der ein oder andere noch genau erinnern, die kam einst mit dem Gauklerpack daher. Die kamen hin und wieder und tricksten mit ihren Händen und pfuschten in den Köpfen der Leute rum, sodass sie Dinge sahen, die nicht da waren.

Als die Gaukler gingen, da nahmen sie den Trunkenbold mit und kurz darauf hatte man der Tante das Kind vor die Tür gelegt, das Sen geheißen und das der eigenen Mutter den Tod gebracht hatte, kaum dass es zur Welt gekommen war. Die Mutter hatte es vielleicht nicht anders verdient, wo sie doch eine von diesen Tricksen war, die den Leuten den Verstand vernebelten, um ihnen das Geld aus der Tasche zu ziehen. Jene, die sich vor kurzem noch nicht an die Mutter erinnern konnten, die entsannen sich dann doch wunderlicher Dinge, die es von der Frau zu berichten gab.

Wie sich der Boden unter ihren Füßen zu Asche verwandelte und als es einmal geregnet hatte und es dort, wo sie ging, trocken blieb. Den Vater des Jungen hatte sie wohl auch vernebelt, damit er mit ihr ginge. Und weil er ein Mann aus dem Dorf war und weil das Trinken gar nicht so unüblich war unter den Männern im Dorf, sprachen sie nicht mehr schlecht von ihm.

Als die Frau dann das Kind im Leib hatte, da brauchte sie den armen Kerl nicht mehr, hieß es. Krank gemacht hat sie ihn, mit Gift und bösen Worten.

So redeten die Leute und wurden misstrauisch. Die Tante hörte das Gerede und tat nichts dagegen. Sie sah ihn an und suchte in ihm nach dem

Jungen von damals und wusste nicht, ob er verschwunden war oder ob es ihn nie gegeben hatte. Sie sah ihr eigenes Kind und sie wollte sich nicht eingestehen, dass bei ihrem eigen Fleisch und Blut etwas zu Gange war, dass sie nicht verstand und das unnatürlich sein könnte.

Die Leute kannten die Familie vom Krautbauern, wie sie den Onkel und den Vater vom Onkel und dessen Vater zuvor, gekannt hatten. Die gehörten hierher und waren normale Leute, wie sie. Aber jeder wusste, dass da was nicht mit rechten Dingen zuging. Dass da etwas vor sich ging, das sie sich nicht erklären konnten. Und wenn in einem kleinen Dorf von Bauern und einfachen Leuten etwas nicht zu erklären war, bekamen die Leute es mit der Angst zu tun. Und weil sie die Familie vom Krautbauern gut kannten und weil Sen eine Mutter hatte, die eine Trickse war, musste Sen der Grund sein für alles, was da nicht stimmte.

Die Leute begannen ihn zu fürchten. Auch die Tante und der Onkel fürchteten ihn. Damals dachte er, sie würden ihn bei sich behalten, weil sie ihn lieb hatten, trotz seiner Herkunft und all dem, was falsch an ihm war. Er fühlte sich schuldig und hatte Mitleid mit Onkel und Tante, die seinetwegen leiden mussten. Sie behielten ihn, weil sie das, was sie so sehr fürchteten auch genauso sehr brauchten.

So stand er da und sah auf seinen Körper und spürte nicht die Kälte, die ihn zittern ließ und spürte nicht den Regen, der in stetem Rhythmus auf seinen Handrücken tropfte. Und da saß ein Mädchen neben ihm und sah ihn an. Sie berührte seine Stirn und strich ihm durchs Haar. Er spürte die Wärme ihrer Berührung und öffnete die Augen.

# Tage im Wald

Das kleine Dorf Bask lag in der Faran-Provinz. Die wenigsten Leute in Enshir hatten je etwas von Faran gehört, denn die Provinz lag fern der Hauptstadt und war unbedeutend in jeder Hinsicht. Die zwei großen Provinzen Elkaran und Vellwarhir schmiegten sich an Enshir und bildeten gemeinsam mit Eichenpir den größten Teil der Herrschaftslande. Dazwischen lagen dutzende kleinere Provinzen. Einige reich an Bodenschätzen, andere von strategischer oder geschichtlicher Bedeutung.

Weit im Süden, zwischen dem Grünland Gembird und der Wasserstraße Riavera, lag Faran. Gembird führte nicht zu Unrecht den Beinamen Grünland, denn nichts war vergleichbar mit einem milden Sommertag auf den saftigen Wiesen der Talprovinz, wenn wilde Blumen ein Meer aus Farben schufen und die edlen weißen Stuten der Gembirder Zucht in wildem Reigen über die Wiesen tanzten. Auch Riavera war bekannt für seine bezaubernde Landschaft, aber vor allem war es für den Firnhal bekannt, einen der mächtigsten Flüsse der Herrschaftslande. Er entsprang dem Riavera-Gebirge und mündete im Meer, wo zu seinen Flanken die vierhäfige Stadt Riavera prunkte. Der Firnhal gabelte sich in unzählige kleinere Flüsse, an deren Ufern sowohl Ackerbau als auch Viehzucht betrieben wurden.

Die kleine Provinz Faran allerdings hatte nichts von der Größe und Anmut ihrer Nachbarn. Die Wiesen waren grün, das Wetter mild und einige der kleineren Ausläufer des Firnhal oder des Riavera-Flusses plätscherten als unbenannte Bäche durchs Land. Die Menschen betrieben Ackerbau, pflanzten an, was sie zum Leben brauchten. Holz gab es zur Genüge in den zahlreichen Wäldern, doch nicht ausreichend, um die Forstwirtschaft als lohnend anzusehen.

Auch waren es keine edlen Hölzer, die hier wuchsen. Gerade gut genug für das einfache Bauernvolk, doch nichts wert auf dem Markt. Ein kleines Bergwerk förderte gerade mal so viel Eisen, dass man daraus Mistgabeln und Angelhaken für die Bewohner schmieden konnte, aber zu wenig, um Gewinn abzuwerfen. Und so war es, dass Faran an nichts einen Mangel hatte, aber auch nichts bot, was das Interesse der Handelstreibenden wecken konnte.

Wen wunderte es da, dass zu dieser Zeit in Enshir niemand etwas anzufangen wusste mit dem Namen Faran? Dass da keine Barden in den Tavernen saßen und Lieder sangen über seichte Sommer und einfache Bauern und deren immer gleichen Alltag auf den lehmigen Äckern, wo der Kopfsalat spross und die Ochsen ihre Bahnen zogen. Und wen wunderte es, dass da keine Barden nach Faran zogen, wo sie den einfältigen Bauern Lieder sangen und Gedichte vortrugen von fremden Landen und großen Schlachten und all dem, was da geschah außerhalb ihrer kleinen Welt, die ihnen alles war?

Sen hatte das fremde Mädchen zu seiner Hütte geführt, die auf einer Lichtung tief im Wald lag, wo kein Pfad sie hinführte und sonst niemand vorbeikam, denn Reh und Silberfuchs. Ein kleiner Bach bahnte sich seinen Weg durch das Dickicht und trieb ein schäbiges Mühlrad an, das die Hütte flankierte.

Als das Mädchen ihn gefunden hatte, wie er da lag und kraftlos war und ohne Sinn zum Weiterleben, da hatte sie ihn lange angesehen und er hatte nach Worten gesucht, die er über seine Lippen hätte bringen können – Worte des Dankes, des Willkommens oder des Abschieds. Er hatte etwas sagen wollen, weil sie ihn angesehen hatte und ihr Blick so gütig gewesen war und er sich so dumm fühlte und ihrer Hilfe nicht wert, wo er doch selbst hätte die Kraft finden müssen aufzustehen.

Sie hatte ihn angeschaut mit ihren großen braunen Rehaugen, hatte ihm die Hand gereicht und gelächelt. Und als er dann den Mund öffnete und doch nicht sprach, da hatte sie das Wort ergriffen und ihm gesagt, sie wolle ihn nach Hause begleiten und er solle sie führen. So tat er es.

Der Wald hatte ihm stets alles geboten, was er zum Leben brauchte. Die kleine Lichtung ließ gerade genug Sonne hindurch, um den Anbau einer Handvoll Kräuter und Ähren zu ermöglichen. Der Bach bot Wasser und trieb das Mühlrad an, das er erst letztes Frühjahr eigens gebaut hatte. Ein oder zweimal im Jahr kam die alte Klara vorbei, die keinen Grund hatte, den weiten Weg zurückzulegen, nur um nach Kräutern oder Mehl zu fragen.

Sen war weder stolz noch beschämt, dem fremden Mädchen diesen Ort als sein Heim zu offenbaren. Es kümmerte ihn nicht weiter, dass sie eine Fremde war, deren Absichten er nicht kannte und deren Wohlwollen er nur in ihren Augen lesen konnte. Da gab es einen Moment des Zögerns, gerade als die Lichtung in Sichtweite gewesen war. Da kam ihm der Gedanke, dass es gut war, sich hier zu verbergen und zu schützen, vor Fremden. Und er dachte an die Worte der alten Klara, die in ihm widerhallten und seine Ängste schürten.

"Du bist etwas ganz Besonderes", hatte sie gesagt und er hatte nur Abscheu verspürt für alles, was an ihm so besonders war. "Du weißt, dass die Menschen Angst haben vor Dingen, die sie nicht verstehen. Die Menschen hier haben ganz besonders viel Angst, denn sie können nur sehr wenig verstehen. Und da sie so wenig verstehen, wagen sie es auch nicht, etwas zu tun gegen ihre Ängste. Du sollst wissen, dass nicht alle Menschen so sind. Es gibt Menschen, die tun etwas dagegen; vor diesen Menschen solltest du dich hüten."

Sen hatte sich vor ihnen gehütet. Er hatte sich vor allem gehütet. Vor den Menschen im Dorf und anderen Fremden. Auch vor sich selbst hatte er sich gehütet. Er war es leid, hatte er doch nichts zu verlieren, was ihm teuer war. Nicht sein Heim, nicht seine Lieben, nicht sein Leben.

Dieses fremde Mädchen sah freundlich aus und wenn er sie zu fürchten hätte, dann würde die Zeit kommen, da er dies tun könnte. Jetzt aber hatte sie ihm angeboten, ihn zu begleiten und er hatte stumm genickt und sie geführt. Langsam und schweren Schrittes, doch ohne jede Reue.

"Oh, es ist so schön!", brach es aus dem fremden Mädchen heraus und ihr Gesicht strahlte und ihr ganzes Wesen strahlte, wie sie sich im Kreise drehte und die Sonne auf ihre geschlossenen Lider fallen ließ.

"Wohnst du hier ganz allein?", fragte sie.

Er sah sie an und erinnerte sich, dass eine Frage eine Antwort fordert.

"Ja", sagte er leise, aber mit klarer Stimme.

Sie blickte noch eine Weile fragend in seine Richtung, als habe sie ihn nicht verstanden oder erwarte mehr von ihm; mehr als ein schlichtes Ja.

Sie betrachtete den Bach und streichelte die Blüten des Waldmeisters. Sie ließ ihm Zeit zur Tür zu gelangen und er lief langsam und war erleichtert, als seine Hand das verwitterte Holz berührte. Das Mädchen kam ihm zuvor und öffnete die Tür. Als sie das tat, bewunderte er sie für ihr umsichtiges Wesen und es kam ihm in den Sinn, dass sie wohl Erfahrung haben musste mit alten oder gebrechlichen Leuten, vielleicht Sorge für die Großeltern trug. Bei diesem Gedanken fühlte er sich alt und nutzlos und nahm dies hin.

Gleich neben der Tür stand eine Teekanne. Das Wasser war abgestanden, doch noch nicht faulig, sodass es genügen würde für einen Tee. Er brauchte Wärme, um wieder zu Kräften zu kommen und was ihm die Hütte bot, waren Wasser, eine Feuerstelle und getrockneter Salbei.

Er nahm die Kanne an sich, hielt sie in beiden Händen und suchte den Weg zum Kamin, der am anderen Ende des Raumes, nur wenige Schritt von der Tür entfernt, still und unbewegt auf ihn wartete.

Als er sich niedersetzte, um die Kanne über der kalten Feuerstelle anzubringen, verschüttete er einen Teil des Wassers und saß da, nicht wissend, wo er die Kraft hernehmen sollte, sich wieder aufzurichten, um hinauszugehen und neues zu holen. Sein Blick ruhte auf den verkohlten Holzscheiten und er hielt die Teekanne fest umklammert.

Das Mädchen stand noch im Eingang. Er spürte ihren Blick in seinem Nacken und begann sich nun doch zu schämen für alles, was da war, für seine Hütte, sein Leben und für das, was aus ihm geworden war. Und er fühlte sich wie der kleine Junge von damals.

Sie kam und nahm die Teekanne. Sie sagte kein Wort und er sah sie nicht an. Sie tat das, was sie tat, ganz selbstverständlich und ohne Fragen zu stellen, legte Holzscheite nach und nahm einen Zweig Salbei, der zum Trocknen über dem Kamin hing.

"Es tut mir leid", sprach er, ohne aufzusehen, ohne Trauer oder Verzweiflung oder Scham in seiner Stimme und sie sah ihn an und lächelte.

"Ich hole Wasser", erklärte sie, wobei sie die Teekanne vorzeigte. "Frisches Wasser", sprach sie weiter und in ihrer Stimme schwang ein unmissverständlicher Vorwurf mit.

Er lächelte und sagte nichts weiter.

Während sie den Tee zubereitete und erzählte, wie schön der Tag doch war und die Blätter so bunt, im Herbst und all diese Belanglosigkeiten, die man erzählte, wenn man sonst nichts zu erzählen hatte, saß er auf seiner Schlafstätte und ließ ihre Worte auf sich einfließen, wie einen plätschernden Fluss. Beide wussten sie, dass da viele offene Fragen waren und dass es noch nicht an der Zeit war, diese zu stellen oder zu beantworten.

Nachdem er einige Schluck Tee getrunken hatte, ging es ihm schon viel besser. Er hielt den Becher mit beiden Händen umschlossen und atmete den Dampf des heißen Getränkes tief ein. Das Mädchen tat es ihm gleich und sie saßen sich eine lange Zeit schweigend gegenüber. Sie kauerte auf dem kalten Lehmboden, hatte die Beine eng an den Körper gezogen und umschlang sie mit ihren braun gebrannten Armen.

Sie musste viel Zeit unter der Sonne verbracht haben, doch für eine vom Feld fehlte es ihr an Muskelkraft. Ihre Haare waren struppig, doch nicht ungepflegt, wie auch ihre Kleidung abgetragen, doch nicht verwahrlost war. Sicher besaß sie nicht viel, zu wenig für ein Mädchen aus dem Dorf, doch eine Streunerin war sie wohl auch nicht. Er überlegte, welche Frage er zuerst stellen solle, ob nach ihrem Namen oder ihren Absichten, da stellte sie die leere Tasse beiseite und stand auf.

"Ich muss jetzt gehen, aber ich komme bald wieder!", sagte sie und lächelte ihn dabei freundlich an.

Schweigend betrachtete er sie eine Weile. Er war nicht bestürzt oder verwundert über ihren plötzlichen Aufbruch und verschwendete auch keinen Gedanken daran, sie aufzuhalten. Er nahm hin, was sie zu ihm sagte und als er verstand, dass sie eine Antwort erwartete, nickte er zustimmend.

Ein wenig Schlaf und eine warme Mahlzeit waren alles, was Sen gebraucht hatte, um wieder zu Kräften zu kommen. Es war das erste Mal seit langer Zeit gewesen, dass ihm Körper und Geist gleichermaßen den Dienst versagt hatten und dennoch verwunderte es ihn nicht.

Die Geschehnisse des gestrigen Tages lagen wie unter einem grauen Schleier. Er vermied es, diesen Schleier zu hinterfragen. Was geschehen war, war geschehen, dachte er sich. Und es würde wieder geschehen, gäbe er nicht mehr auf sich Acht.

Er sah hinunter auf seine schmalen Hände, die auf dem feuchten Erdboden lagen und schmutzig waren von der Gartenarbeit. Der Morgen war grau und ließ nur wenig seines wärmenden Tageslichts auf die Lichtung fallen. Üblicherweise vermied Sen es, sich seinen bescheidenen Anbauten noch vor der Mittagsstunde zu widmen, doch etwas in seinem Inneren ließ ihm heute keine Ruhe und so hatte die Rastlosigkeit ihn aus der Hütte getrieben.

Die Arbeit ging ihm nicht leicht von der Hand, doch sie lenkte ihn ab und es erfüllte ihn mit Wohlwollen, wenn er die zwei Schritt sorgsam gepflegten Waldbodens betrachtete, die sein Kräuterbeet bildeten. Er wischte sich den Schweiß von der Stirn und ging zum Bach, wo er seine Arme bis zu den Ellbogen in das klare Wasser tauchte. Es brannte ihm an den Schwielen, die er sich zugezogen hatte, doch es tat gut und er hielt seine Hände lange unter Wasser, bevor er tief aus ihm schöpfte und sich sein Gesicht wusch.

Nicht weit von ihm stand das junge Mädchen. Sie stand ihm im Rücken, doch er wusste, dass sie es war und so erhob er sich und wandte sich ihr zu.

"Du bist wieder da", stellte er nüchtern fest und wusste nicht, ob es gut war, dass sie ihr Versprechen gehalten hatte.

"Wie lange weißt du schon, dass ich hier stehe?", fragte sie.

"Seit du dort stehst, seit ich mich zum Wasser beugte."

"Du siehst besser aus", stellte sie fest und lächelte dabei.

"Ja." Er hielt ein Tuch in den Händen, mit dem er sich die Hände trocken gerieben hatte und das er jetzt ansah, als sei es ihm fremd. "Ja", wiederholte er und ging zur Hütte, um das Tuch abzulegen.

Sie zögerte, dann folgte sie ihm. "Mein Name ist Marin."

Er warf ihr einen kurzen Blick zu, ging weiter, blieb dann doch stehen und zögerte.

"Sen", sagte er schließlich, ohne sich ihr zuzuwenden.

"Es freut mich, Sen."

Sie hatte ihn eingeholt und stand jetzt direkt neben ihm. Er wusste nicht, ob er sie willkommen heißen oder verscheuchen solle. Als sie ihm gegenüber gesessen hatte und er sich schwach fühlte und dankbar war für den Tee und die Wärme und ihr Gerede über Wetter und Herbstlaub, war alles noch einfacher gewesen und er hätte ihr alles erzählen können. Jetzt aber stand sie da, ein unschuldiges Kind – wenn auch nicht viel jünger als er selbst – und sie sah ihn an, mit großen Augen und offenem Gesicht und war so rein in ihrer Freundschaft, dass er sich schmutzig und verdorben in ihrer Gegenwart fühlen musste.

"Wenn du bleibst...", sprach er und es war, als versuche er, eine Frage zu beantworten, die er sich selbst gestellt hatte, "es kann nicht gut für dich sein, wenn du hier bist."

Sie sah ihn lange an und er wagte es nicht, seinen Blick zu heben.

"Ich will bleiben."

Sen akzeptierte ihre Antwort, wenn auch mit Zweifeln. Er wusste nicht, ob er einverstanden war, weil es sein Wunsch war, sie hier zu haben oder weil er ihren Wunsch respektierte, diese Entscheidung selbst zu treffen.

Sie hatte einen Laib Brot und Käse mitgebracht und sie setzten sich vor dem Ofen hin, wo sie ihm von beidem die Hälfte anbot. Sen bedankte sich und genoss jeden Bissen der kargen Mahlzeit. Er sprach nicht und sie schaute ihm eine Weile schweigend zu.

"Die Leute auf dem Land sind nicht sehr freundlich – zu Fremden, meine ich."

Er schaute auf. Sie sprach von den Leuten im Dorf, nicht von ihm, das war ihm klar. Nur wusste er nicht, ob sie ihn irreführen, ihm eine Entschuldigung für sein Benehmen entlocken wollte oder aussprach, was sie beide wussten.

"Das stimmt", antwortete er schlicht und sie lächelte.

"Ich bin nur auf der Durchreise, aber zum Dorf hier gehen wir nicht. Wir sind Gaukler, weißt du? Da sollte man sich von den kleinen Dörfern fern halten."

"Ich verstehe". Er verstand sehr gut. Verstand, wie es war, fremd zu sein, in einem kleinen Dorf. Er kannte die Geschichten, die sie über Gaukler erzählten, über seine Mutter.

"Du kennst die Leute im Dorf, nicht wahr? Sie sind auch nicht gut zu dir, weil du keiner von ihnen bist."

Er hatte zu essen aufgehört und fühlte sich dumm, wie er da saß mit dem Brot in der Hand, auf das er starrte wie ein Esel auf ein Stück Hühnerpastete. Er legte es beiseite und schaute zu ihr auf. Sie sah ihn verständig an, ohne Falschheit in den Augen.

"Ja", antwortete er.

"Weil du nicht einer von ihnen bist oder weil du anders bist?"

Er zögerte. "Beides. Weil ich anders bin." Er schwieg einen kurzen Moment. "Wenn ich einer von ihnen wäre, dann wäre es vielleicht nicht so schlimm, anders zu sein."

"Vielleicht", meinte sie und er sah ihr an, dass sie darüber nachdachte und vieles abwog, bevor sie fortfuhr. "Du solltest bei deinesgleichen leben und nicht allein, hier im Wald."

Da erkannte er, dass sie ihm helfen wollte und dass er insgeheim darauf gehofft hatte. Doch er hatte sie und vor allem sich selbst betrogen, denn sie konnte ihm nicht helfen.

Niemals hätte er sich darauf einlassen und dieses fremde Mädchen so nahe an sich heranlassen dürfen. Sie hatte sich in einem Moment seiner Schwäche so weit in sein Inneres vorgewagt, dass ihm keine Möglichkeit mehr geblieben war, die Tore vor ihr zu verschließen.

"Es tut mir leid", sprach er und es war vielmehr eine Feststellung als eine Entschuldigung.

Sie sah ihn an, ihre Stirn in Falten gelegt und da lächelte sie nicht mehr. Sie schwieg und ihm wurde klar, dass sie nicht verstand und er ihr die Erklärung nicht schuldig bleiben sollte.

"Ich kann nicht…", erklärte er und erkannte seine eigene Stimme nicht wieder, die traurig klang und voll schwerer Erkenntnis. Durch offene Pforten hatte er sie schreiten lassen und es war das Mindeste, ihr den Weg zurückzuweisen – so schmerzlich dieser Weg auch für ihn sein mochte. Er fuhr also fort.

"Meine Mutter war eine… Eine Trickse. Zumindest hat man mir das erzählt. Doch ich kann das nicht. Ich kann niemanden etwas sehen lassen, was nicht da ist, ich kann keine Illusionen machen oder Taschenspielertricks und dergleichen. Es tut mir leid, aber du und ich, wir sind nicht…"

"Oh nein, missversteh mich nicht", unterbrach sie ihn. "Ich kann das auch nicht. Nicht alle Gaukler sind Trickser musst du wissen."

"Ich verstehe." Er betrachtete das Brot, wie es vor ihm lag und nichts zu all dem zu sagen hatte und er dachte daran, es doch aufzuessen.

"Es ist in Ordnung, so wie es ist", sprach er weiter, seinen Blick auf das Brot gerichtet, als wolle er mit ihm und nicht mit dem Mädchen sprechen. "Die Leute im Dorf sind nicht so grausam, wie du vielleicht meinst. Sie haben mir nie etwas Böses getan, sie haben bloß Angst. Ich könnte bei ihnen leben, wenn ich wollte. Aber ich wäre nie einer von ihnen. Es ist nicht ihre Schuld, es ist bloß, weil ich anders bin."

Sie sah ihn lange und durchdringend an, er spürte ihren Blick, auch wenn er sie nicht ansah.

"Ich hoffe, du hältst mich nicht für unverschämt, wenn ich dich frage, warum du *anders* bist?"

Er ließ vom Brot ab, dachte einen Moment nach. Hätte sie es nicht dabei belassen können? Es wäre so viel einfacher gewesen. Er zögerte, nahm dann aber das Stück Brot an sich. Es war einerlei. Sie mochte ihn überrumpelt haben, fremd für ihn sein und doch gab es keinen Grund, es ihr zu verschweigen – ein Geheimnis daraus zu machen.

Er hielt ihr das Brot auf der offenen Handfläche hin. Sie schaute ihn verwundert an, doch sein Interesse galt alleine dem Brot und so folgte sie schließlich seinem Blick. Und da lag kein Brot mehr auf seiner Hand, da war nur Wasser, Salz und Korn, das durch seine Finger rieselte.

Sie sprang auf und taumelte einige Schritte zurück.

"Das ist eine Illusion!", brach es aus ihr heraus und ihre entsetzte, ungläubige Stimme schnitt sich tief in sein Herz. "Das kann nicht echt sein!"

Sie schüttelte den Kopf und hielt sich die Hände vor den Mund. Abwechselnd sah sie zu ihm und dem Korn, dann fiel sie wieder auf die Knie. Er schloss seine Hand über den letzten Weizenkörnern und senkte sie, wie auch seinen Blick, zu Boden.

Marin nahm eines der Körner in die Hand, sie rollte es zwischen den Fingern, dann biss sie hinein.

"Es ist echt, nicht wahr? Es war Brot und jetzt ist es wieder Korn und Wasser." Sie sprach mehr zu sich selbst, denn zu Sen, der kaum wahrnahm, was sie da sagte.

Plötzlich packte sie ihn an den Schultern und drückte ihn fest an sich. Seine Gedanken überschlugen sich. Beide saßen sie da, auf dem kalten Lehmboden, zwischen ihnen eine Handvoll Weizenkörner und sie hielt ihn fest und war ihm so nah, wie es schon lange kein Mensch mehr gewesen war.

Er hatte keinen Zweifel gehabt, an dem was passieren würde, wenn er sich ihr offenbarte und es kam ganz anders.

Sie löste die Umarmung und beide saßen sie sich von Angesicht zu Angesicht gegenüber – sie mit Tränen in den Augen und strahlend wie die aufgehende Sonne und er verirrt und ungläubig und tief in sich gekehrt, auf der Suche nach Antworten.

"Du bist so dumm!", warf sie ihm unverblümt vor; dabei hielt sie noch immer seine Schultern und schüttelte ihn, während sie sprach, als müsse sie ihn wachrütteln. Er schreckte auf, schaute sie an – fragend, schweigend.

Das Strahlen in ihrem Gesicht ließ nach. Ihr Blick wurde ernster. "Und die Leute haben Recht, dass sie Angst vor dir haben. Sie haben ja keine Ahnung!"

Sie richtete sich auf und sein Blick wanderte zu den Weizenkörnern auf dem Boden. Marin streckte ihm die Hand entgegen.

"Komm, ich will dich jemandem vorstellen", forderte sie ihn auf.

"Das ist keine gute Idee", meinte er trocken und saß noch immer da, als wolle er den Weizen zählen, der da vor ihm lag.

Sie ließ sich wieder auf dem Boden nieder und zählte ebenfalls die Weizenkörner. Als sie jedes Korn gezählt hatte, richtete sich ihr Blick wieder auf Sen. Er spürte, wie ihre Augen auf ihm ruhten, ihr Blick ihn durchbohrte. Eine Weile hielt er stand und widersetzte sich dem Drang aufzusehen und ihren Blick zu erwidern.

Er überlegte, wie lange sie wohl hier sitzen würde. Ihr Wille war stark und sie regte sich nicht. Ewig hätte sie hier sitzen können; hätte nicht aufstehen und davongehen können, weil ihre Augen ihn hier festhielten und verlangten, was ihnen zustand. Er schaute auf.

"Ich kann nicht von hier fort", erklärte er. "Ich bin gebunden an diesen Ort. Du willst mir Dinge zeigen von einer Welt, die ich nicht erkunden kann. Einer Welt, die mir wohl immer verborgen bleiben wird. Es würde mich zu sehr schmerzen und ich müsste mit diesem Schmerz weiterleben oder aber ich würde losziehen und mich meiner Bestimmung verweigern. Ich weiß nicht, welcher Schmerz der größere wäre, ich weiß nur, dass ich mich selbst verraten würde, ginge ich fort."

Alles, was er an festen Vorsätzen und wohl gemeinten Überlegungen in ihren Augen lesen konnte, verblasste augenblicklich. Es verwunderte ihn. Sein Blick, der schicksalsschwer gewesen war, eisern, in dem Versuch, die Tatsachen offen zu legen, wandelte sich, wurde zusehends unbeholfener, unsicherer.

"Wenn du das sagst, dann wird es so sein", sprach sie leise, mit gesenktem Haupt.

*So einfach?,* dachte er. Sie stand auf und ging zur Tür, legte die Hand auf den Knauf, betrachtete ihre Füße. "Ich dachte, du wüsstest nicht, wer du bist, was du bist. Ich dachte, ich wüsste es oder hätte zumindest eine Ahnung. Ich dachte, ich könne dir helfen. Ich habe mich geirrt." Sie schaute ihn an. In ihrem Gesicht glaubte er, so etwas wie Sehnsucht zu sehen, Bedauern, aber vor allem Verständnis. "Ich wollte Gutes tun, doch am Ende habe ich nur Schaden angerichtet."

Sie öffnete die Tür und ging. Sen richtete sich auf. Sie war fort und hatte vieles zurückgelassen. Der ganze Raum flimmerte von ihren Worten, ihren Gefühlen, ihrem Geruch. Er lief ihr nach und sah noch ihren Schatten, wie er mit dem der Bäume verschmolz.

"Danke!", rief er ihr nach.

Sie hatte ihn sicher gehört. Er hoffte es.

*E*

Erriel hatte keine Fragen mehr gestellt seit dem Tag, da der fremde Mann im Haus seiner Eltern gestanden hatte. Es war nicht zu übersehen, dass ihnen dieses Thema nicht behagte und weiter nachzuforschen, hätte ihm mehr Ärger als Antworten eingebracht.

Erst hatte er mit dem Gedanken gespielt, im Dorf herumzufragen. Bask war ein kleiner Ort, hier kannte jeder jeden; wenn dieser Fremde ein Verwandter von ihm war, so würde man ihn kennen, wenigstens aber von ihm gehört haben. Er hatte abgewogen, wem er am ehesten eine Antwort entlocken könnte, wo er die Wahrheit und nicht etwa überzogene Halbwahrheiten zu hören bekam.

Die Zeit verging überdies und die Arbeit auf dem Hof war mühselig und beanspruchte den größten Teil seiner Kraft. Es dauerte nicht lange, da waren alle Fragen, alle Überlegungen in weite Ferne gerückt und zu vage, zu unwirklich, um ihnen weiter Aufmerksamkeit zu schenken.

Doch er hatte den Fremden nicht vergessen. Abends, wenn er nach vielen Stunden auf dem Feld müde und hungrig den Heimweg antrat, schweiften seine Gedanken zurück zu jener Nacht, da er ihm gegenüber gestanden hatte. Und es schien, als könne er ihn fast greifen.

Er schüttelte diese Gedanken alsbald wieder ab. Es war ihm, als sei er ein offenes Buch und jeder könne lesen, was da in ihm vorging. Dies mochte wohl mit ein Grund sein, weswegen er keine weiteren Nachforschungen anstrebte. Er wusste, dass da nichts Anstößiges war an den Gefühlen, die in ihm aufkamen, wenn ihm jener Moment so gegenwärtig war. Doch obgleich er wusste, was diese Gefühle *nicht* waren, konnte er ihre wahre Natur dennoch nicht einordnen.

Es missfiel ihm, dass da etwas in ihm schlummerte, das er nicht verstand. Noch mehr missfiel es ihm aber, dass er genau wusste, dass kein anderer verstehen konnte, was in ihm vorging.

Er war immer von Freunden und Neidern umringt gewesen. War ein Kind unter den Kindern, ein Bauer unter den Bauern, ein Narr unter den Narren. Nie hatte er abseits von allen gestanden, nie geweint, wenn andere lachten, nie verharrt, wenn andere tanzten. Doch wenn er sich nun umschaute, unter all denen, die ihm nahe standen, da schienen sie ihm unendlich weit entfernt und was sie sagten und was sie taten, konnte diese Distanz nicht überwinden.

Erriel betrachtete die ersten Sterne des jungen Abends, wie sie am wolkenlosen Himmel flimmerten. Er sah zu seinem Vater hinüber, der neben ihm lief und Worte mit seinen Lippen formte. Wie jeden Abend, wenn sie den Heimweg gemeinsam beschritten, würde er sich auch diesmal über Nichtigkeiten aufregen, seinen ganzen Frust in giftige Worte packen und hinaus in die Dunkelheit schleudern, wo sie niemandem schaden konnten.

Erriel hörte die Worte nicht, er schritt schweigend neben ihm her und betrachtete abwechselnd die Sterne über seinem Kopf und den staubigen Boden zu seinen Füßen. Die immer gleichen Reden seines Vaters waren keine gute Ablenkung. Er wünschte sich, der Tag wäre nicht so schnell vorübergezogen. Die Nächte waren ihm viel zu still in diesen Tagen.

Von der Ferne sah Erriel die Häuser von Bask als dunkle Schatten über den Horizont kriechen. Einige der Schatten lösten sich von ihren großen Abbildern und huschten kreuz und quer durch die Dorfstraßen. Als sie näher kamen, erkannte er jene, die sich hinter diesen Schatten verbargen. Da waren ein paar Frauen, die ihre Wäsche von den Leinen nahmen, Kinder, die am Brunnen spielten, Männer, die sich in und vor der Taverne sammelten und da war Heralf, der Schmiedegeselle, der gemeinsam mit Dion und Gazon unter der großen Eiche stand. Dion und Gazon waren Brüder, die Söhne des Viehbauern. Sie waren grobe und ungehobelte Burschen, stets zu Späßen aufgelegt. Heralf war vom gleichen Schlag und so kam es, dass man die drei stets zusammen sah.

Das war genau die Ablenkung, nach der Erriel sich sehnte. Er verabschiedete sich von seinem Vater, der, wie jeden Abend nach getaner Arbeit, einen Abstecher in die Taverne erwog, wo er, wie er immer meinte, die neuesten Neuigkeiten aus erster Hand erfahren konnte. Er selbst schlenderte zur alten Eiche.

Heralf war gerade dabei, seinen eben gesprochenen Worten – von was auch immer diese handelten – mit ausholender Gestik und Mimik mehr Eindruck zu verleihen. Dies gelang ihm zweifelsohne, denn seine eifrigen Zuhörer klebten an seinen Lippen wie Bienen am Honig.

Als er Erriel herannahen sah, brachte er seine Vorführung zu einem jähen Ende. Zeitgleich hellte sich sein Gesicht merklich auf und seine schmalen Lippen begannen, sich zu beiden Enden aufzuzwirbeln wie ein Schnurrbart.

Er hatte einen neuen Zuhörer entdeckt und in seinem Kopf spielte er bereits die Möglichkeiten durch, seine Geschichte noch imposanter und fesselnder wirken zu lassen. Schließlich musste er sie diesmal nicht nur einem anspruchsvolleren Zuhörer, sondern zeitgleich auch zwei bereits Eingeweihten vortragen, ohne dabei eine der beiden Parteien zu enttäuschen.

Erriel unterbrach sein Vorhaben abrupt mit nur einer Handbewegung. Das Grinsen verschwand aus dem Antlitz des Jungen und machte einem enttäuschten Aufbäumen der Unterlippe Platz.

"Ich habe nicht viel Zeit, also halt dich kurz!", forderte Erriel ihn auf. Damit gab er ihm nun endgültig den Todesstoß. Doch Heralf war ein Junge mit tausend Leben. Umso mehr Freude machte es, ihn immer wieder in die Klinge laufen zu lassen. Er seufzte tief und ausführlich, steckte die Hände in die Hosentaschen und ließ sich rücklings gegen die Eiche plumpsen.

"Da ist ein Lager aufgeschlagen." Er nickte grob in Richtung der Viehweiden. "Ich vermute, es sind fahrende Gaukler. Hab's mir aber noch nicht näher angesehen."

Erriel ließ seinen Blick über die Weiden schweifen. Natürlich war nichts zu sehen.

"Wenn es Gaukler sind, warum kommen sie dann nicht ins Dorf? Ist es nicht das, was Gaukler für gewöhnlich tun? Von Dorf zu Dorf ziehen?"

"Ach, du kennst doch die Alten. Die würden hier keine Gaukler dulden", erklärte Dion, der ältere der beiden Brüder.

Gazon fügte hinzu: "Die spucken doch auf alles, was Spaß und Laune macht!" Beide vergruben sie ihre Hände in den Hosentaschen, wie es ihnen Heralf vorgemacht hatte, doch Heralf tat es ihnen nicht gerne gleich, also zog er die seinen wieder heraus und knackste ungeduldig mit den Fingern.

In seinen Augen funkelte noch immer das Lächeln, das Erriel vertrieben, aber nicht vollends verbannt hatte.

"Wollen wir es uns mal ansehen?", fragte er und das Grinsen wanderte mit einem Augenblitzen zurück auf seine Lippen.

"Wieso nicht!?", antwortete Erriel zustimmend.

Genau das war es, was er sich von den Dreien erhofft hatte. Wäre ihm in diesem Moment nicht der erleichterte Gedanke ob dieser Ablenkung durch den Kopf geschossen, er hätte den Grund seiner Suche, nach eben jener Ablenkung, bereits vergessen gehabt.

Erriel hatte erst im letzten Sommer den Tag gefeiert, da er vom Kind zum Manne wurde. Er war nun bereits fünfzehn Jahre alt und fühlte sich doch wie ein zehnjähriger Lausbub, so wie er hier des Nachts von Schatten zu Schatten huschte, bedacht, nicht bemerkt zu werden. Natürlich interessierte es niemanden, dass sich vier Burschen, im Alter zwischen zwölf und fünfzehn Jahren nachts auf der Viehweide herumtrieben.

Aber das machte ihr Abenteuer nicht minder spannend.

Er wusste nicht, was sie bei diesen Gauklern erwartete, doch eines stand fest: das, was Heralf sich erhofft hatte, fanden sie nicht. Erriel konnte nur erahnen, welch obskure Fantasien sich in diesem wirren Kopf gebildet hatten. Alles, was er sah, war die Enttäuschung in dessen Gesicht, als sie das Lager von Nahem sahen.

Es war, wie man sich ein Lager vorzustellen hat. Ein paar Zelte standen im Kreis, umringten dabei ein großes Lagerfeuer. Zwischen den Zelten spannten sich Wäscheleinen, bestückt mit bunten Kleidungsstücken, an denen der Wind zupfte.

An einem Ende des Lagers grasten vier Packesel und ein alter Gaul. Auf der anderen Seite standen zwei Karren, einer groß und überdacht, der andere etwas kleiner und mit einem Leintuch abgedeckt. Ein dritter Wagen lag etwas abseits auf der Seite, seine gebrochene Achse neben ihm.

Anscheinend war dies der Grund für die ungewollte Rast der Reisenden, so nahe einem kleinen Dorf, das wenig gastlich auf sie wirken musste.

Die vier Jungen hockten dicht an dicht im Gestrüpp, nahe dem Wald und nur einen Steinwurf von jener Anhöhe entfernt, über die Erriel noch vor wenigen Stunden mit seinem Vater gelaufen war. Sie beobachteten das Lager aufmerksam. Unwahrscheinlich, dass sie etwas Sehenswertes hätten erspähen können.

Gazon bibberte. "Lass uns gehen. Mir ist kalt und die schlafen doch sowieso alle schon." Er deutete mit dem Kinn Richtung Lager.

Sein großer Bruder stimmte nickend zu. Wenn Heralf sich noch etwas Wundersames in diesem kargen Lager erhofft hatte, so ließ er es sich nicht anmerken. Er seufzte, öffnete den Mund, sagte aber nichts.

Gazon ließ seinen Kopf tief zwischen seinen Schultern verschwinden.

"Kommt schon!", bat er fast flehend. "Das Lager ist leer, die schlafen alle oder...", er warf einen ängstlichen Blick in den Wald hinter sich. Zu flüchtig, um etwas sehen zu können.

Heralf verzog den Mund. "Du glaubst doch nicht etwa an die Gruselgeschichten von Gespenstern und Monstern, die im Wald ihr Unwesen treiben?", höhnte er und begann wild mit seinen Fingern vor den Gesichtern der beiden Jungen herumzufuchteln, begleitet von heulenden Geräuschen.

Erriel beachtete sie nicht. Er drehte einen kleinen Ast zwischen seinen Fingern, brach ein Stück davon ab und warf es ins Gebüsch. Die anfängliche Euphorie, die ihn unter der alten Eiche gepackt hatte, war verflogen; die Stille der Nacht umwob ihn wieder wie ein teigdicker Nebel.

"Alles, was ihr in diesem Wald findet, sind Bäume, Sträucher und ein paar Wildschweine.", stöhnte Erriel.

Er schaute die drei nicht an, sprach nicht besonders laut, machte ihrem Unfug aber dennoch ein jähes Ende.

"Wenn es doch nur so wäre!" Die Stimme der jungen Frau war so leise, fast flüsternd, dass Erriel beinahe sicher war, dass das, was sie sagte, nicht weiter als zu ihm vorgedrungen sein konnte.

*Dass* sie etwas gesagt hatte, allein die Tatsache, dass sie da stand, erschreckte die drei Jungen neben ihm so sehr, dass es sie von den Füßen holte. Gazon gab gar ein krächzendes Geräusch von sich, das stark an einen verschluckten Angstschrei erinnerte.

Erriel, der direkt neben dem Mädchen hockte, erschrak nicht. Es mag daran gelegen haben, dass er zu sehr in seinen Gedanken hing, als dass die Geschehnisse vor seinen Augen ihn hätten erschrecken können. Vielleicht lag es aber auch daran, dass er verstanden hatte, was sie sagte.

Sie schaute die vier Auskundschafter nicht an, starrte traurig zum Lager hinüber oder vielmehr durch es hindurch. Erriel sah zu ihr auf und suchte ihren Blick. Als er ein weiteres Mal den Ast zwischen seinen Fingern zerbrach, riss es sie aus ihren Gedanken. Sie schaute zu ihm hinunter, erst noch voll Trauer in den Augen, dann aber mischte sich Wut hinzu.

"Was sucht ihr hier?", zischte sie. "Haut ab, geht zurück in euer Dorf und lasst uns in Ruhe!"

Ihr Ärger hatte die Trauer nun vollends verdrängt. Sie wandte ihren Kopf ruckartig von ihnen ab, ballte ihre Hände zu Fäusten und stampfte mit weit ausholenden Schritten Richtung Lager. Die drei anderen Jungen zögerten nicht, sprangen auf und suchten sich ihren Rückweg durch das Gestrüpp.

"Wartet!", rief er ihnen hinterher.

"Komm schon, wir verschwinden!", gab Gazon unwirsch zur Antwort.

Erriel runzelte die Stirn. Ein flüchtiger Gedanke huschte ihm so schnell durch den Kopf, dass er ihn selber nicht erfassen konnte. Doch handeln konnte er nach ihm. Ohne weitere Erklärung ließ er die drei stehen und lief dem Mädchen hinterher.

"Warte!", rief er nun zu ihr.

Ob die drei Jungen ihm folgten oder bereits zurück zum Dorf gegangen waren, war ihm in diesem Moment egal.

Im Dunkeln war er sich nicht sicher, ob die Fremde noch ein Mädchen oder schon eine Frau war. Sie war jung, da war er sich sicher, doch auch Mädchen können aussehen wie junge Frauen, wenn sie wütend waren. Zwar hatte er sie eingeholt, doch wagte er es nicht, sie festzuhalten.

"Warte doch!" Er hob die Hand, unsicher, was er tun sollte. "Ich tue dir doch nichts!"

Sie blieb stehen. Die beiden hatten das Lager bereits erreicht, standen zwischen zwei Zelten und die letzte Glut des Lagerfeuers erhellte das Gesicht der jungen Frau. Vielleicht zwanzig, schätzte er, kaum älter als fünfundzwanzig.

"Glaubst du etwa, ich hätte Angst, dass du mir etwas tun könntest?" Sie musterte ihn abwertend und er bedauerte, was er gesagt hatte.

"Nein, nein!", antwortete er, nach Worten suchend. "Ich wollte, wollte nur fragen, was du eben gesagt hast."

Sie stieß ihn zur Seite.

"Hau einfach ab!", knurrte sie wie ein Hund, der einen abgenagten Knochen verteidigt.

"Was ist los?", rief eine dunkle Stimme vom anderen Ende des Lagers.

In den Zelten wurden Lichter entzündet, Leute lugten zwischen den Planen hervor, einige kamen heraus und musterten den Fremden. Die junge Frau setzte sich auf einen Schemel und drehte ihm den Rücken zu.

"Marin, wer ist das?", fragte eine ältere Frau, die eben aus ihrem Zelt getreten war.

Sie hielt eine Decke in der Hand, die sie dem Mädchen, das sie Marin genannt hatte, über die Schultern warf. Ihr misstrauischer Blick aber war auf Erriel gerichtet. Der stand zwischen den Fremden und wusste nicht, ob er wegrennen oder sich erklären sollte.

"Wer ist das?", fragte die alte Frau ein weiteres Mal, als Marin nicht von selbst anhob zu erklären.

"Ein Junge aus dem Dorf", murmelte sie.

Die Alte sah ihn erschrocken an, antwortete aber nicht.

"Du hast einen aus dem Dorf hierher geführt?", fragte ein Mann mittleren Alters bestürzt.

Die Leute murmelten und Erriel fühlte sich sichtlich unwohl. Marin sprang auf und wirbelte schneller herum, als ihr die Worte aus dem Munde springen konnten.

"Was heißt, *hierher geführt*?!", brüllte sie und die Decke fiel ihr von den Schultern.

Sie stampfte auf Erriel zu. In ihren Augen blitzte wilde Wut und sie richtete sie gegen Erriel, der sich nicht erklären konnte, was er getan haben mochte, um diese Zorn heraufzubeschwören.

In wenigen Schritten hatte sie ihn erreicht. Sie hob ihre Hand und schlug gegen seine Brust, ohne dabei ihren Schritt zu verlangsamen. Er stolperte rückwärts und während ihre Wut in zahllosen Worten auf ihn niederprasselte, schubste sie ihn weiter und weiter zurück.

"Mir nachgelaufen ist er! Hat uns aufgelauert! Ich habe gesagt, du sollst abhauen!!"

Bei den letzten Worten sah sie ihm direkt in die Augen. Sie stoppte. Für einen Moment meinte er, eine Art Verwirrung in ihrem Blick zu erkennen, doch sie sah zu schnell wieder weg, als dass er diesen Ausdruck hätte zuordnen können.

Sie stand vor ihm, ihre Hand lag unbewegt auf seiner Brust und ihr Blick floh vor dem seinen. Einen kurzen Moment zögerte sie, drehte sich dann aber vollends um. Leise und ohne jeglichen Zorn sprach sie: "Geh, habe ich gesagt." Und dann war sie es, die ging.

Erriel war verwirrt und in der Verwirrung vergaß er für kurze Zeit die Leute, die ihn umringten. Er schaute sich um. Niemand sah ihn feindselig an. Es waren gute Leute, die nicht wussten, ob sie ihn zu fürchten hatten. Kinder versteckten sich hinter den Röcken ihrer Mütter, alte Männer und Frauen wurden von den jüngeren flankiert.

"Es tut mir leid", rief er Marin hinterher, dann wandte er sich an die anderen. "Es tut mir wirklich leid, ich hatte nicht die Absicht, mich aufzudrängen."

Auch wenn die Leute nicht den Anschein machten, als wollten sie ihm etwas Böses, so würden sie es nicht dulden, bliebe er länger. Er drehte sich um, sah seine drei Freunde abseits im Schatten stehen, forderte sie mit einem kurzen Kopfnicken auf, ihm zu folgen und ging dann Richtung Dorf.

Er war nur wenige Schritt gegangen, da blieb er stehen.

Das Dorf war gut zu erkennen. Deutlich zeichnete sich die pechschwarze Silhouette vor der aufgehenden Sonne ab. Doch der Sonnenaufgang lag noch in weiter Ferne und *wenn* er dann käme, dann nicht dort, wo die Sonne gerade vor ein oder zwei Stunden erst untergegangen war.

Seine Freunde hatten ihn eingeholt und auch sie blieben stehen ob des fragwürdigen Anblicks.

*Es brennt.* Der Gedanke hatte sich so leise in seinen Kopf geschlichen, dass es Erriel schwer fiel zu begreifen, was er zu bedeuten hatte. Er bekam die Worte zu fassen, umklammerte sie und lauschte wieder und wieder ihrem Sinn. *Es brennt.* Noch immer verstand er nicht. Der Gedanke bahnte sich einen Weg, brach aus dem Unbewussten und schlüpfte aus seinem Mund.

"Es brennt.", flüsterte er, mehr zu sich selbst, als zu den anderen. Doch nun verstand er. Er sah das helle Licht in der Dunkelheit. Nichts konnte so hell sein, in tiefer Nacht, denn Feuer!

Dion war der Erste, der sich aus der Erstarrung befreite. Er schlug die Hände vor den Mund und seine Füße begannen ihn nach vorne zu tragen, während sein Körper versuchte zurückzuweichen. Unsicher schwankte er zwischen Rückzug und Vormarsch.

Gazon fiel auf die Knie. Seine Augen waren weit aufgerissen. Hilflos sah er zu Heralf. Dieser fing seinen Blick auf und erst jetzt brach der Bann auch bei ihm.

"Es brennt!", schrie er die Worte, die Erriel kurz zuvor ausgesprochen hatte.

Er packte Erriel an der Schulter und schüttelte ihn so heftig, dass es ihn beinahe umgeworfen hätte. Erriel stolperte einen Schritt nach vorne, schuf sich mit den Füßen Halt und versuchte dann den Griff seines Freundes zu lösen, ehe dieser ihm noch die Schulter auskugelte.

Als er Heralf ansah, erkannte er das blanke Entsetzen. Er hielt dessen Hand fest umklammert und spürte wie die seine zitterte.

"Wir müssen etwas tun!", brachte Heralf hervor und bei diesen Worten riss er sich los.

Er begann zu rennen. Planlos stolperte er den Hügel hinunter und Erriel war drauf und dran ihm zu folgen, als jemand an ihm vorbei auf Heralf zustürzte und diesen grob zu Boden riss.

Hätte Erriel in diesem Moment daran gedacht, ihm zur Hilfe zu eilen, wäre ihm aufgefallen, dass ihn jemand am Arm gepackt hatte. Doch er stand nur da und verfolgte die Geschehnisse ungläubig. Es dauerte einen Moment, bis er den Mann, der neben ihm stand und ihn festhielt, tatsächlich bemerkte.

"Das ist kein Feuer", sprach eine ruhige Stimme.

Nur langsam drangen die Worte zu Erriel vor und jetzt bemerkte er auch die Hand die ihn hielt. Mühsam löste er seinen Blick von der Silhouette des Dorfes und folgte dem fremden Arm bis hinauf zu dem Gesicht seines Besitzers. Es war ein großer Mann mittleren Alters, mit kantigem Gesicht und dunklen Augen. Er sah Erriel nicht an, sondern starrte unentwegt auf den hell erleuchteten Himmel.

Gerade hatte Erriel es geschafft, sich von dem Anblick, der vor ihm lag, loszureißen und seine Gedanken begannen sich wieder zu ordnen oder vielmehr begann er erst jetzt wieder, tatsächlich zu denken, doch der Mann, der eben noch gesprochen hatte, schwieg und so gab es nichts mehr, was seine Aufmerksamkeit hätte einfordern können. Unweigerlich wanderte sein Blick wieder zurück zum Horizont.

Hätte er sich bewegen können, er wäre losgerannt. Womöglich blindlings auf das Dorf zu, so wie es Heralf getan hatte, denn davonrennen war keine Option. Zu schmerzlich zerrte es an dem Band zwischen ihm und allem, was ihm lieb war und zog seinen Blick und seinen ganzen Körper zu sich hin.

Noch immer lag das Dorf wie ein schwarzer Schatten, still und unbewegt, vor dem roten Himmel. Ganz allmählich hob sich der Schleier der Verwirrung und dann erkannte Erriel, was ihn so lange hatte zögern lassen, was den Gedanken an das Feuer so lange zurückgehalten hatte.

Da war kein Rauch. Ein Feuer, das den Himmel so hell erleuchtete, musste berghohe Rauchschwaden hervorbringen, doch der Himmel war klar. Und da war noch etwas: Die Ruhe. Selbst wenn nur die Felder hinter dem Dorf im Flammen stünden, so hätte es irgendjemand merken müssen. Irgendjemand hätte geschrien, hätte andere geweckt. Der Wind hätte jede einzelne Stimme zu ihnen hinaufgetragen und sei es nur das Wimmern eines Hundes.

Erriel sah zu dem Mann, der noch immer seinen Arm festhielt, dann wieder hinauf in den Himmel. Und dann sah auch er es. Erst war es nicht mehr als ein roter Fleck auf purpurnem Grund, dann aber wurde es größer, kam näher. Flügelschlag um Flügelschlag. Wäre es schwarz gewesen, wären seine Konturen scharf gezogen wie die des Dorfes, hätte Erriel es für eine Schwalbe gehalten. Ein zarter Strich am Horizont, unaufhaltsam wachsend. Ein Feuervogel.

Erriel wusste nur sehr wenig von diesen fremdartigen Wesen. Doch das wenige, was er wusste, ließ ihn erschaudern. Sie kamen ohne Vorwarnung. Lautlos flogen sie durch die Lüfte und suchten ihre Opfer. Wo sie einmal Leben ausgemacht hatten, kannten sie keine Gnade, kein Ende, bevor nicht alles niedergebrannt und zu Asche zerfallen war. Nie gab es einen Überlebenden in den Dörfern und Städten, die von ihnen heimgesucht worden waren.

Niemand hatte so ein Wesen je aus der Nähe gesehen und überlebt. Berichten konnten nur jene von ihnen, die nicht in den Dörfern gewesen waren, als diese überfallen wurden.

Er hatte immer darüber gelächelt. Hatte gehöhnt, dass es keine Geschichten geben könne, wenn es keine Überlebenden gab. Doch nun stand er da, weit genug vom Dorf entfernt, um in Sicherheit zu sein, nah genug, um alles mit ansehen zu müssen. Er konnte nichts tun. Nicht, wenn er vorhatte zu überleben.

Erriel schüttelte den Kopf. Er wollte, nein, er *konnte* nicht akzeptieren, was er da sah. Schließlich riss er sich los, doch er rannte nicht überstürzt den Hügel hinunter wie er es vorgehabt hatte. Er lief langsam und seine Gedanken liefen ihm voraus.

"Er ist noch so weit weg", sprach er zögernd. "Wenn wir leise sind, können wir die Menschen warnen, sie aus ihren Häusern holen, bevor er das Dorf erreicht hat."

"Das ist sinnlos!", rief ihm der Mann, der ihn festgehalten hatte, hinterher, "Du würdest verbrennen wie alle anderen. Schlimmstenfalls würdest du seine Aufmerksamkeit auf uns ziehen und er würde sich auch auf uns stürzen!"

Er hatte ja Recht. Doch Erriel wollte nicht aufgeben. "Es muss einen Ausweg geben." Doch es gab keinen.

Eine der Frauen half Gazon auf die Beine und wollte ihn ins Lager führen, doch er löste sich von ihrem Griff.

"Lass mich!", rief er, haltlos und vollkommen aufgelöst. Auch Dion und Heralf begannen sich gegen die Leute zur Wehr zu setzen. Zwecklos. Es waren zu viele.

"Löscht das Feuer!", rief einer der Männer. "Löscht alles Licht! Er darf uns nicht bemerken!"

Die Unruhe hatte rasch um sich gegriffen. Die Kinder wurden eilig in die Zelte gebracht und überall erloschen die Lichter. Als Erriel sich umdrehte, stand er Marin gegenüber. Ihr Blick haftete am Himmel, doch als er sie ansah, nahm sie ihm einen kleinen Teil seiner Verzweiflung. Er wusste nicht warum, doch da war etwas in ihren Augen. Er wollte sie fragen, was ihr durch den Kopf ginge, als er ein flüchtiges Lächeln auf ihren Lippen erhaschte.

"Wir können nichts tun, aber *er* schon!", sagte sie und ließ vom Himmel ab, um die Reaktion in Erriels Gesicht zu lesen.

Er wusste nicht, was sie dabei zu sehen erhoffte. Er jedenfalls war verwirrt und verzweifelt und nicht in der Lage, einen klaren Gedanken zu fassen, geschweige denn sie zu fragen, wovon sie sprach. Ob sie genau das las oder seine Miene etwas ganz anderes widerspiegelte, war ihm nicht klar. Wahrscheinlich konnte sie aber gar nichts sehen, zumal er das Licht in seinem Rücken hatte. Unweigerlich drehte er sich um, weg von ihr, hin zu dem Dorf.

Wenn er sich vor wenigen Augenblicken noch die Hoffnung gemacht hatte, jemanden im Dorf warnen zu können, so war ihm jetzt schmerzlich bewusst, dass jede erdenkliche Hilfe viel zu spät kam. Der zarte Strich am Horizont war zu einer gewaltigen Feuerwand herangewachsen.

Der Himmel brannte. Das gleichmäßige Auf und Ab der sich im Takt bewegenden Schwingen war nicht mehr zu erkennen. Hätte er nicht genau gewusst, dass der Himmel nicht brennen kann, hätte er den Gedanken an einen Feuervogel verworfen.

Plötzlich fing sein Blick eine Bewegung auf. Etwas brach aus dem Chaos heraus, ein Flügel. Zu klein, um ein so mächtiges, schier himmelumspannendes Wesen tragen zu können.

Es passierte ganz rasch. Ein, zwei Flügelschläge, da war das Wesen aus dem Feuer ausgebrochen, selbst ein Teil des Ganzen, hatte es sich losgelöst, um seine Konturen preiszugeben. Die Flügel weit von sich gestreckt, schlängelte sich der brennende Körper durch die Schwärze der Nacht, erhob sich nur, um gleich darauf hinunterzustürzen wie ein Adler im Sturzflug auf seine Beute.

Ohne Halt stürzte es zu Boden und zerbarst am Dach der Mühle. Für einen viel zu kurzen Augenblick schien es, als sei von ihm nichts weiter geblieben als ein paar Flammen, hier und da verteilt auf Dach und Mühlrad. Doch die Flammen stoben auf, kaum dass sie als solche zu erkennen waren, züngelten in die Höhe, suchten einander in einem brennenden Wirbel und öffneten sich zu seinem gierigen Maul.

Die Mühle brannte lichterloh. Erriel konnte nicht viel erkennen, dazu war er zu weit entfernt. Vielleicht waren diese Wesen aber auch aus der Nähe nicht klar zu sehen. Zu unstet war ihre Gestalt. Dass der Himmel nicht von alleine brennen konnte, selbst wenn solch ein Wesen ihn durchschnitt, hatte er sich bereits klar gemacht.

Was dies zu bedeuten hatte, wurde ihm in dem Moment bewusst, als sich der Feuervogel auf die Mühle gestürzt hatte. Er war nicht allein. Wie viele, war unmöglich zu erahnen, doch es war auch einerlei. Bloß ein einziger Feuervogel hätte ausgereicht, das Dorf zu vernichten.

Das alles geschah im Bruchteil eines Augenblicks. Gerade genug Zeit, um Marin zu erlauben, sich fünf Schritte von ihm zu entfernen. Im Augenwinkel erhaschte er ihre Bewegung.

Fast hätte er ihr nachgerufen, besann sich dann aber eines Besseren. Der Mann, der ihn festgehalten hatte, war damit beschäftigt, Dion zum Lager zu zerren. Heralf wehrte sich noch immer gegen die Männer, die ihn zur Besinnung bringen wollten, auch wenn sein Kampf genauso aussichtslos wie fehl am Platz war.

Rasch schaute Erriel sich um. Niemand beachtete ihn oder Marin, die lautlos in Richtung Wald lief. Unbehelligt konnte er ihr folgen. Nicht ahnend, was ihn erwarten würde.

Er spürte das Licht, wie es in seinen Nacken fiel. Vielleicht bildete er es sich nur ein, wo er doch viel zu weit vom Dorf entfernt war, doch glaubte er, auch die Wärme spüren zu können, die das Feuer ausstrahlte. Er hörte das Knistern und Krachen der brennenden Gebäude und der Brandgeruch stieg ihm in die Nase. Er lief schneller.

Zwar sah er noch immer keinen Sinn in dem, was Marin zu ihm oder vielmehr zu sich selbst gesagt hatte, doch war dies der einzige Halt, den er jetzt noch hatte. Er erreichte sie, als sie gerade in den Schatten des Waldes eintauchte. Sie schaute ihn skeptisch an. Ihr Blick verwunderte ihn im ersten Moment, hatte er doch vermutet, sie wolle, dass er ihr folge.

Natürlich hatte er sich geirrt. Sie hatte nicht ihn angesprochen, sie sprach mit sich selbst, wie sie es schon einmal getan hatte. Irgendwo, tief in seinem Unterbewusstsein, schuf sich der Gedanke Platz, dass es keine Zufälle gebe und es wohl so sein solle, dass er vernommen hatte, was sie achtlos vor sich her gesagt hatte. Doch so sehr sich dieser Gedanke auch aufdrängte, so wenig konnte er sich in diesem Moment damit beschäftigen.

Eines wurde ihm dennoch gewahr in dem Augenblick, da Marin ihn bemerkt hatte und der kurze Anflug von Skepsis in ihrem Blick einer unweigerlichen Akzeptanz wich: auch ihr hatte sich dieser Gedanke bereits aufgedrängt.

"Komm schon!", zischte sie ihm zu und forderte ihn mit der entsprechenden Geste auf, ihr in den Wald zu folgen.

Die ersten Schritte in den dunklen Forst waren nicht ganz so finster, wie er es vermutet hätte. Der rote Schein folgte ihnen ein gutes Stück in den Wald hinein.

Sie folgten keinem Pfad, sondern schlugen sich quer durch das Dickicht und je weiter sie kamen, desto undurchdringlicher wurde das Gewirr aus Ästen, Wurzeln und Sträuchern. Zudem nahm das Licht immer mehr ab, bis er fast befürchten musste, seine Führerin jeden Moment zu verlieren. Alleine fände er hier sicher nicht mehr hinaus. Dennoch war er erleichtert, als ihnen der rote Schein des Feuers nicht mehr folgte.

Sie waren nun schon eine ganze Weile unterwegs. Er konnte nicht abschätzen, wie viel Zeit vergangen war, doch sie hatte ausgereicht, um alles, was außerhalb des Waldes lag, weit hinter sich zu lassen. Alles was er jetzt vernahm, war ihrer beider Atemzüge und das heftige Pochen seines Herzens.

Er spielte mit dem Gedanken, Marin Fragen zu stellen. Wohin sie gingen war eines der Dinge, die ihn brennend interessierten. Er setzte ein paar Mal an, doch es fiel ihm schwer, die Stille zu durchbrechen, die sie in diesem Wald umfangen hatte. Er redete sich ein, dass später noch genug Zeit wäre. Tatsächlich aber hatte er das Gefühl, genau zu wissen, wohin Marin ihn führte. Es war fast, als kenne er diesen Weg, als sei er ihn schon einmal gegangen.

Er versuchte, den Gedanken abzuschütteln, doch es gelang ihm nicht. Ganz im Gegenteil wurde er immer lauter, fast schon erdrückte ihn dieses Gefühl. Es war nicht der Weg durch den Wald, der ihm so bekannt vorkam; es war ihr Ziel.

Er spürte, wie sie ihm näher kamen. Sein Herz schlug schneller, bei jedem Schritt, den sie taten. Er war längst über den Punkt hinaus, dies alles zu hinterfragen. Die Antworten, die er suchte, lagen vor ihm und einen Weg zurück gab es nicht mehr.

Sie brachen aus dem Schatten hinaus auf eine Lichtung. Vor ihnen lag eine kleine Hütte. In dem einzigen Fenster flackerte ein fahles Licht und Rauch stieg aus dem Schornstein. Erriel nahm die Umgebung nur beiläufig wahr. Sein Herz pochte so heftig, dass er beinahe glaubte, es könne ihm aus der Brust springen. Marin blieb seine Aufregung nicht verborgen. Sie musterte ihn misstrauisch, ging aber nicht weiter darauf ein.

"Gehen wir hinein?", flüsterte Erriel ihr zu.

Er konnte sein Unbehagen nicht vollends verbergen, sodass er ein zweites Mal ihren misstrauischen Blick über sich ergehen lassen musste.

"Ich denke, das ist nicht nötig", sprach sie, ihn immer noch argwöhnisch musternd.

Er löste seinen Blick von der Hütte und sah sie stirnrunzelnd an. Seine Frage auszusprechen, blieb ihm aber erspart, als er hörte, wie sich die Tür der Hütte knarrend öffnete. Eine Gestalt trat aus dem flackernden Schein des Herdfeuers hinaus in die Dunkelheit und verschwand kurz im Schatten, bevor das Dämmerlicht sie wieder preisgab. Es war ein junger Mann. Hoch gewachsen, schmal.

Erriel wusste genau, wer er war. Er hatte es gewusst, noch bevor sie die Lichtung betreten hatten, noch bevor er Marin in den Wald gefolgt war.

Er hatte es gewusst, in dem Moment, als er Marin das erste Mal gesehen hatte. Er hatte ihn in ihren Augen gesehen. Und wenn er darüber nachdachte, wurde ihm klar, dass auch sie ihn in Erriels Augen gesehen hatte.

Alles, was Erriel daran verwunderte, war, dass es ihn nicht überraschte, dass dieser vollkommen Fremde einen so bleibenden Eindruck bei ihnen beiden hinterlassen hatte.

Der Fremde kam näher und im Gegensatz zu ihrer letzten Begegnung waren da diesmal keine Schatten, die seine Augen verbargen. Es waren schmale, tiefschwarze Augen voller Wärme und Trauer. Sie zogen Erriel in ihren Bann.

Es war, als ob da etwas fehlte, als ob ihnen ein Teil ihres Glanzes genommen worden war. Erriel konnte nicht sagen, was es war, aber es riss ihm eine tiefe Wunde ins Herz. Hätte er es nicht besser gewusst, hätte er es für ein Gefühl der Schuld gehalten.

"Was tust du hier?", fragte der junge Mann und seine Frage war allein an Marin gerichtet. "Wieso hast du ihn..." Er stockte. Etwas an Marins Anblick schien ihn zu irritieren. "Was ist passiert?"

Marin warf Erriel einen kurzen Blick zu. Zu kurz, um zu lesen, was in ihren Augen geschrieben stand, doch lange genug, um zu erkennen, dass da Fragen in ihr aufkamen.

"Es brennt!", antwortete sie ihm schließlich, auch wenn dies anscheinend nicht die Worte waren, die ihr als Erstes in den Sinn gekommen waren.

"Es brennt? Im Dorf?" Der Fremde blieb ungewöhnlich ruhig bei dieser Erkenntnis und dennoch wirkte er verwirrt und ungläubig.

Die ganze Situation war grotesk. Keiner von ihnen sprach aus, was er dachte, keiner wusste, was im Kopf des anderen vor sich ging und doch versuchten sie einander auch ohne Worte, ohne Einverständnis zu verstehen.

Dafür war einfach nicht die Zeit! Erriel zwang sich zur Besonnenheit. "Feuervögel!", brachte er hervor.

Der Mann nickte kurz und wandte sich dann von ihnen ab.

"Wir müssen uns beeilen", sprach er. "Ich werde keinen von euch beiden davon abhalten können, mir zu folgen, also werde ich erst gar nicht Zeit damit verschwenden, es zu versuchen."

# Feuervögel

Sen hatte dieses Gefühl nun schon seit Tagen mit sich herumgeschleppt. Es hatte ihn gequält, ihn nachts aus dem Schlaf gerissen. Es hatte ihn dazu getrieben, gedankenlos zu dem Haus zurückzukehren, in dem er aufgewachsen war. Nur wegen dem Gefühl, dass etwas passieren würde.

Als Erriel ihm von den Feuervögeln berichtet hatte, gab es nur eines, was ihn erschreckte: die Tatsache, dass *er* es war, der ihm diese Nachricht überbrachte.

Sicher waren Feuervögel das letzte, an das er gedacht hatte, doch da er nun mal gewusst oder zumindest geahnt hatte, dass etwas passieren würde, war es einerlei, was es nun tatsächlich war.

Zwar war ihm noch nicht klar, was diese Wesen hier zu suchen hatten, geschweige denn, was er gegen sie ausrichten könnte, doch er wusste mit Sicherheit, dass niemand Bask lebend verlassen würde. Nicht, wenn er nicht zumindest versuchte zu helfen.

Er hoffte nur, dass er bei dem Versuch nicht auch das Leben seiner Begleiter gefährdete.

Sie schlugen sich ihren Weg durch den dichten Wald. Kaum genug Platz, aufrecht zu gehen, kam es fast einem Hindernislauf gleich. So kam Sen nicht umhin zu bemerken, dass sich Erriel alle Mühe gab, dieser Widrigkeiten zum Trotz auf gleicher Höhe mit ihm zu marschieren. Es war sehr dunkel und sie gingen so zügig, wie es ihnen nur möglich war, weshalb es Sen nicht schwer fiel, dem Blick seines Bruders auszuweichen.

Als sie gut die Hälfte der Strecke hinter sich gelassen hatten, geschah es dann doch: Erriel stolperte über eine Wurzel und Sen riss unwillkürlich seinen Arm hoch, um dessen Sturz abzufangen.

Es war nur der Bruchteil eines Augenblicks, da seine flache Hand auf der Brust seines Bruders lag, er dessen wild pochendes Herz spüren konnte als sei es sein eigener Pulsschlag und ihre Blicke sich trafen. Doch er reichte aus, um die mühsam errichtete Mauer des Schweigens zum Einsturz zu bringen.

"Alles in Ordnung?", fragte Sen ihn.

Er kam Erriel damit zuvor, der seinen Mund bereits zum Reden geöffnet hatte. Sen wusste nicht, welche Sintflut von Fragen ihn erwarten würde, gäbe er ihm die Möglichkeit, diese auf ihn loszulassen.

Er ging weiter, ohne die Antwort abzuwarten, hörte aber, dass Erriel ihm bereits wieder dicht auf den Fersen war. Es dauerte nicht lange, da hatte er ihn abermals eingeholt.

Jetzt gab es kein Entkommen mehr. Ihre Blicke trafen sich ein zweites Mal und Sen beantwortete dies mit einem Lächeln. Es war das Lächeln des Verlierers nach einem fairen Kampf. Dem Gewinner stand es zu, seinen Preis einzufordern, doch Sen hatte noch die Möglichkeit, ihm etwas Wind aus den Segeln zu nehmen:

"Na, frag schon! Was willst du wissen?"

Erriel war etwas außer Atem und brauchte einen Moment, um sich zu sammeln.

"Ähm...", begann er, was dem Lächeln auf Sens Lippen keinen Abbruch tat. "Wie... Wie lange wohnst du schon hier im Wald?"

Das war sicher nicht die brennendste Frage, die ihm auf dem Herzen lag, doch immerhin, ein guter Anfang. Dass es tatsächlich, hier und in diesem Moment zu so einem Gespräch kam, behagte Sen ganz und gar nicht.

Andererseits wusste er nicht, was in Bask auf ihn zukäme, sodass es wohl ganz gut war, die unausgesprochenen Dinge zwischen ihnen zur Sprache zu bringen. Wenn er nicht mehr wäre, gäbe es niemanden, der dies täte. Was vielleicht nicht das Schlechteste wäre.

Die Möglichkeit, dieses Gespräch zu umgehen, hatte er allerdings nicht, sodass ihm die Qual erspart blieb, sich darüber weiter den Kopf zu zerbrechen.

Es fiel ihm auf, dass er eine unverhältnismäßig lange Zeit hatte verstreichen lassen, ohne die Frage, die ihm gestellt wurde zu beantworten. So fasste er sich kurz, um diese verlorene Zeit wieder aufzuholen.

"Seit fast zehn Jahren."

Das Lächeln auf seinen Lippen war nicht verschwunden, hatte nun aber etwas Unechtes an sich. Zehn Jahre waren eine lange Zeit. Diese Zahl so klar vor Augen zu sehen, schockierte ihn mehr, als er es befürchtet hatte. Er wagte es nicht, Erriel anzusehen. Was der Junge darüber dachte, konnte er nur erahnen. In jedem Fall schreckte es ihn nicht genug ab, um weitere Fragen zu unterbinden.

"Und wo..." Erriels Stimme klang nun noch zögernder, als bei seiner ersten Frage. "Wo hast du davor gelebt?"

Sen hätte in diesem Moment alles Mögliche antworten können. Wahrscheinlich hätte Erriel ihm alles geglaubt und wenn es noch so irrwitzig gewesen wäre. Alleine nur, weil er es hätte glauben *wollen*. Und wahrscheinlich wäre jede Antwort besser gewesen als die Wahrheit. Doch Sen hatte noch nie gewusst, wie man es fertig zu bringen hatte, die Wahrheit durch etwas anderes zu ersetzen. Ohne jede Gegenwehr ließ er sie gewähren.

"Bei Tante und Onkel. Deinen Eltern." Er kam nicht umhin, Erriel bei diesen Worten in die Augen zu sehen. "Von dem Moment kurz nach meiner Geburt bis zu meinem sechzehnten Lebensjahr. Du warst gerade fünf Jahre alt geworden."

Die Dunkelheit des Waldes war einem unwirklichen roten Schimmer gewichen, sodass Sen Erriels Gesicht gut erkennen konnte, als er ihm seine Frage beantwortet hatte. Er schwankte zwischen Verwirrung und schlichtem Unglauben. Es tat Sen nicht weh, diese Reaktion im Antlitz seines Bruders zu lesen. Wer kann sich schon an Ereignisse aus der frühesten Kindheit erinnern?

Er konnte es jedenfalls nicht. Und so erwartete er das auch nicht von anderen. Zwar waren sie sich seit damals noch einige Male begegnet, doch auch dies lag eine lange Zeit schon zurück.

Eine Weile liefen sie schweigend nebeneinander her. Er hatte auf diese Antwort einen Ansturm weiterer Fragen erwartet, doch anscheinend brauchte Erriel eine gewisse Zeit, um das Gehörte zu verarbeiten oder vielleicht auch um den Wahrheitsgehalt darin abzuwägen.

Die nächste Frage lag auf der Hand. Er würde wissen wollen, warum er gegangen war und Sen würde darauf antworten, dass Tante und Onkel ihn nicht mehr hatten ertragen können. Dies wäre die Wahrheit, doch auch hierbei würde er bereuen, sie ausgesprochen zu haben. Entweder würde Erriel ihm glauben, was das Verhältnis zu seinen Eltern sicher nicht verbesserte oder aber er würde es nicht wahr haben wollen und sich von Sen abwenden.

Doch es kam anders.

Erriel hob einige Male an zu sprechen, verwarf sein Vorhaben aber gleich wieder, bis er schließlich die richtigen Worte gefunden hatte.

"Was hast du getan, dass du nicht bleiben konntest?", fragte er.

Die Worte trafen Sen wie ein Schlag. So hart, dass er vor Schreck zusammenfuhr. Er hätte alles getan, um dies vermeiden zu können, doch seine Reaktion auf diese Frage blieb Erriel nicht verborgen. Er fühlte, wie die Farbe aus seinem Gesicht wich und sein Herz pochte plötzlich so laut, dass es schmerzte.

Er konnte Erriels Blick nicht mehr standhalten, genauso wenig, wie er verhindern konnte, ihm wahrheitsgetreu zu antworten. "Ich habe dir das Leben gerettet."

Er hätte versuchen können, der Frage auszuweichen, die Umstände der Ereignisse so zu umschreiben, dass alles in einem anderen Licht dastand. Doch als er den Mund geöffnet hatte, waren alle Halbwahrheiten der schlichten und einfachen Wahrheit gewichen.

Die Worte waren so ungewollt, so schnell über seine Lippen gekommen, dass er fast meinen konnte, jemand anderes habe sie ausgesprochen. Hätte er sich eine hübsche Geschichte erdacht und diese zu Papier gebracht, er hätte beim Versuch, diese vorzulesen, doch nur genau diesen Satz hervorgebracht. *Ich habe dir das Leben gerettet.* Er hätte im Boden versinken können.

Vor diesem Schicksal bewahrte ihn dann aber doch die Tatsache, dass er wohl nicht dazu in der Lage gewesen wäre und der grelle Schrei, den Marin ausstieß, gleich nachdem er diesen unglücklichen Satz vollendet hatte.

Unverzüglich wirbelten sie beide zu ihr herum, die keine zwei Schritt neben ihnen zum Stehen gekommen war. Ihre Augen waren weit aufgerissen, auf einen Punkt irgendwo vor ihr gerichtet und ihre Hände, fest auf die Lippen gepresst, verhinderten, dass dem ersten Aufschrei ein weiterer folgte.

Der Schrecken, den Sen in Marins Gesicht gesehen hatte, bereitete ihn keineswegs auf das vor, was er sah, als er ihren Blick folgte. Vor ihnen lag Bask und es stand in Flammen. Das Feuer erhob sich meterhoch über den Dächern, dicke Rauchschwaden türmten sich gebirgsgleich auf und verdunkelten den Himmel. Es blieb keine Zeit zu zögern.

"Ihr bleibt immer hinter mir, verstanden?", schwor er beide seine Begleiter mit fester Stimme ein, ohne dabei seinen Blick von dem Inferno abzuwenden. "Egal was passiert, ihr nähert euch niemals dem Feuer! Versucht, so viele Leute in Sicherheit zu bringen, wie ihr könnt, ohne dabei euer eigenes Leben in Gefahr zu bringen."

Er sah abwechselnd zu Marin, dann zu Erriel hinüber. Beide waren wie versteinert. Es wäre ihm lieb gewesen, hätte diese Versteinerung angehalten, bis alles vorbei war, doch dieses Glück hatte er nicht.

Er lief los. Seinen Blick unbeirrt auf sein Ziel gerichtet.

Er hatte sich in seinem Leben schon mit dem Wesen vieler Dinge eingelassen, hatte tief hinter die greifbare Hülle von Menschen und Tieren geblickt und dahinter ihr wahres Wesen erkannt. Es war, als werde er eins mit den Dingen, die ihn umgaben. So konnte er ein Brot in Händen halten und doch Wasser, Salz und Korn erkennen. Mehr noch, er konnte es zu dem machen, was es einst war oder was es von Natur aus sein sollte. Doch dies hier war etwas vollkommen anderes.

Er war noch nie auf die Idee gekommen, sich auf Feuer einzulassen. Ein Brot war ein Brot und würde nie mehr werden als die Summe seiner Teile, doch Feuer war im steten Wandel, war nie nur das eine oder das andere. Hinzu kam, dass dieses Feuer viel mehr war als das verschlingende, unbändige Element. Dieses Feuer hatte Verstand. Es hatte Gier, Hunger und Zorn. Es wehrte sich gegen den fremden Geist, der in es eindrang und es zu durchschauen versuchte.

Sen hatte längst die Grenze der menschlichen Wahrnehmung überschritten. Er spürte, dass sein Körper sich weiter vorwärts bewegte, spürte die Hitze auf seiner Haut, spürte, wie seine Arme sich langsam hoben.

Nur gerade soweit reckte er seine Hände, als wolle er die Wärme der Flammen links und rechts von ihm auf seinen Fingerspitzen fühlen. Doch er sah viel mehr als nur das, was sich vor seinen Augen abspielte, fühlte viel mehr als das, was sein Körper zu fühlen im Stande war. Er brauchte sich nicht umzusehen, um zu wissen, wo hinter ihm Erriel und Marin waren. Sie würden die Leute hier rausbringen. Zumindest die, die noch am Leben waren.

Kurz ließ seine Konzentration nach, wurden seine Schritte zögernder, als er des Grauens gewahr wurde, das in den Häusern herrschte. Die Qualen der Menschen schnürten ihm die Kehle zu. Es war ihm, als griffen sie nach ihm, zerrten ihn in alle Richtungen, verzweifelt um seine Hilfe rufend. Ihr Schmerz war es, der ihn wieder zur Besinnung rief. Er musste dem ein Ende setzen.

Es reichte nicht aus, die Flammen alleine durch seine Willenskraft zu bändigen. Er konnte sich dem Wesen des Feuers nicht widersetzen, es nicht hindern, das zu sein, was es war. Er konnte es nur in seiner Form beeinflussen, es kleiner werden lassen, seine Gier mindern, aber nicht auslöschen. Und je mehr er die Gier minderte, desto klarer wurde ihm das Bild von den Opfern der Flammen.

Er sah das Gemäuer der Häuser, jeden Stein, jeden Holzbalken, spürte wie sie ächzten und nachgaben unter der Habgier ihres Eroberers und er machte sich zu Hilfe, was sie ihm boten. Er drang tief in die Fasern des Holzes ein und sammelte jede Spur von Feuchtigkeit, die er wahrnehmen konnte. Und als ihm das Wesen des Wassers gewahr wurde, spürte er es auch in der Luft und dem Boden. Er sammelte es dort, wo er die Flammen hatte zurücktreiben können und sie erloschen.

Er war bereits einige Meter in das Dorf hineingelaufen. Die Flammen zu seinen Seiten senkten sich, als beugten sie sich unter seinen Händen und erloschen schließlich vollends.

Hier und dort hörte man ein leises Zischen. Doch mit bloßen Auge war die wenige Feuchtigkeit, die sich auf dem Schutt angesammelt hatte und die die Flammen schlussendlich zum Erlöschen brachte nicht zu erkennen.

Es musste so spielerisch leicht aussehen, wie er in das Dorf lief und die Flammen sich seinem Willen beugten. Doch bereits nach diesen wenigen Metern spürte er seine Kraft schwinden.

Es gab keinen Weg mehr zurück. Er würde weiterlaufen, bis ihn seine Kraft vollends verließ und die Flammen wieder die Oberhand gewinnen würden. Bis es soweit war, würden Erriel und Marin so viele Menschen in Sicherheit gebracht haben, wie es ihnen möglich war und hoffentlich rechtzeitig merken, wann es Zeit war zu gehen.

Vor ihm baute sich eine undurchdringliche Wand aus Feuer auf. Er spürte den Zorn darin und er wusste, dass dieser Zorn sich alleine gegen ihn richtete. Er hätte nicht inne halten können, selbst wenn er es gewollt hätte. Etwas in diesem Feuer zog ihn an. Da war eine Verbindung zwischen ihm und dem Wesen des Feuers, die er kaum zu fassen in der Lage war.

Jeder seiner Schritte, jede Bewegung spiegelte sich in den Flammen wider. Sie wichen ihm aus, zogen sich in kriechenden Wirbeln über den Boden von ihm weg. Wie die unbändigen Wassermassen des Meeres sich dem Gesetz der Gezeiten fügten, so flüchtete auch das Feuer gleich der Ebbe. Es war, als öffnete man ihm ein Tor und er schritt ohne Zögern hindurch.

Die Flammen, die eben noch klein und unscheinbar waren, züngelten nun spöttisch zu seiner Rechten empor, wanden sich umeinander, reckten sich, wie der Schwanz einer Katze kurz bevor sie sich auf die Maus stürzt.

Dort, wo die höchsten Flammen des aufwirbelnden Feuersturms den Himmel berührten, öffnete sich mit einem markerschütternden Schrei das Maul der Bestie und gab dabei armlange Fangzähne preis, die nichts waren als züngelnde Flammen – so wie das ganze Wesen aus nichts weiter bestand, denn Feuer.

Sen war so gefesselt von diesem Anblick, dass er viel zu spät erkannte, wie der Feuervogel mit einer seiner Schwingen das Tor verschloss, durch das er so bereitwillig in das Herz des Infernos gelaufen war. Erst jetzt, da es sein Opfer vollends umschlossen hatte, erkannte Sen die ganze Gestalt des Wesens.

Der Körper wand sich um ihn wie der einer Schlange, bereit, ihn zu würgen. Die eine Schwinge versperrte ihm den Ausgang, die andere ragte drohend über ihm und verdeckte den Himmel. Der lange Hals, den der Feuervogel als erstes preisgegeben hatte, bewegte sich nun fließend um ihn herum, dem Echsenkopf folgend, der in einem weiten Bogen den Kreis vollendete, den das Wesen um ihn geschlossen hatte.

Für den Moment, da sein Kopf an Sen vorüberfuhr, trafen sich ihre Blicke und die Bestie erkannte ihn genauso, wie er das Wesen erkannt hatte. Ungewollt offenbarte es ihm nicht nur seine Gestalt, sondern auch sein Inneres. Fast instinktiv handelte Sen. Er hob seine Arme, reckte seine Finger nach der Wärme aus, die das Feuer ausstrahlte und es war ihm, als könne er diese Wärme ergreifen.

Erst folgte die Bewegung seiner Arme der des Feuers, dann folgte das Feuer der Seinen. Er zog einen weiten Kreis – die Form des Feuervogels verschmolz wieder zu einer einzigen lodernden Front – wandte die Handflächen nach oben und die Flammen lösten sich vom Boden. Dem Werfen eines Speeres gleich, riss er seinen Arm hoch und schleuderte sein Geschoss weit von sich.

Der Feuervogel schlug hart auf dem Boden auf, zerstob dort Funken sprühend, weitete sich rasch und zog sich sogleich wieder zusammen. Sen blieb kaum die Zeit, sein Gleichgewicht wieder zu finden, da riss sich aus dem feurigen Rot die Form einer mächtigen Klaue. Tief bohrten sich die Krallen in die verbrannte Erde, als sich der Körper der Bestie mit einem kraftvollen Schritt aus seinem eigenen brennenden Leib gebar.

Glühende Augen lagen auf Sen, durchbohrten ihn wie brennende Pfeile. Alles was ihm zum Schutz blieb, als der Feuervogel sich auf ihn stürzte, waren seine erhobenen Hände.

Hitze und Licht trieben ihm die Tränen in die Augen, Rauch brannte ihm in der Lunge, schnürte ihm die Kehle zu, doch seine Gedanken drehten sich alleine um den Willen, eine Grenze zu wahren, zwischen sich und dem Feuer.

Die Bestie zerstob an dieser Grenze unmittelbar vor seinen Händen, wie sie zuvor auf dem harten Boden zerstoben war, doch die Wucht drängte Sen weit zurück und die Flammen züngelten nah an seinem Körper vorbei.

Er wich nach links aus, zog die Arme nach rechts und lenkte seinen Angreifer so an sich vorbei. Dieser rollte in Gestalt einer Feuerspirale einige Meter weit, bis seine Klauen wieder die Form zurückgewannen und den Körper stoppten, indem die Krallen sich wie Anker in den Boden schlugen. Gleich einem brennenden Kerzendocht, den der Wind freigibt, riss sich der Feuervogel aus den Flammen, die ein Teil von ihm waren.

Sen wirbelte herum, seine Hände schützend zwischen sich und dem Feuervogel, da erspähte er im Augenwinkel ein weiteres dieser Wesen.

Hätte er nur einen Moment Zeit zum Nachdenken gehabt, er hätte begriffen, wie aussichtslos seine Lage war; doch diese Zeit blieb ihm nicht.

Er riss seine Rechte zwischen sich und den neuen Angreifer, hatte kaum genug Zeit, die Bewegung zu Ende zu führen, als sie sich schon auf ihn stürzten.

Die Wucht hätte ihn abermals zurückgedrängt, käme sie diesmal nicht von zwei Seiten. Wissend, welch enorme Gewalt auf ihn zukam, ließ er es gar nicht erst auf ein Kraftmessen ankommen, sondern nutzte die Wucht ihres Ansturms, um sie abzuleiten. Das Feuer fegte an ihm vorbei und er stolperte einige Schritt vorwärts.

Er verschwendete keinen Gedanken daran, nach vorne auszubrechen, wo sich ihm für den Bruchteil eines Augenblicks ein Ausweg auftat. Diese Wesen waren viel zu schnell, um ihnen entfliehen zu können.

Noch im Vorwärtstaumeln, wirbelte er herum und schaffte es gerade eben noch, sein Gleichgewicht nicht zu verlieren. Diesmal hatte er keinen Abstand zwischen sich und dem Feuer schaffen können. Unbeirrt drängte es sich gegen seinen Willen, den Willen, es fernzuhalten. Er saß wie ein Hase in der Falle und der Fuchs wartete bloß darauf, dass Sen seine Deckung aufgab. Er richtete sich auf.

Seine Arme zitterten, doch noch hatte er die Kraft, sie oben zu halten. Der Feuersturm wirbelte meterhoch um ihn, nahm ihm die Luft zum Atmen, drängte sich immer näher.

Sen versuchte zu erfassen, wie viele Wesen ihn umkreisten, doch zwischen ihnen gab es keinen Anfang und kein Ende. Da gab es nur eines, was anders war im Wirbel des Feuers. Etwas unterschied sich von diesen reinen Wesen. Es war töricht, sich auf den Versuch einzulassen, dieses Etwas zu erfassen.

Seine Kraft war erschöpft, nur wenige Augenblicke und das bisschen Rest an Konzentration, das er noch aufzubringen vermochte, trennten ihn vom Flammentod. Doch vielleicht war es gerade die Aussicht auf das sichere Ende, die ihn dazu brachte, seine Konzentration darauf zu richten. Es schien ihm wie ein Fremdkörper zu sein. Ein fremder Wille, etwas, dass nicht dem Ursprung dieser Wesen entsprach.

Fast war ihm, als könne er sie flüstern hören. Hören, wie die Feuervögel zu ihm sprachen, wie sie zueinander sprachen und wie da eine

Stimme war, die anders war, anders klang, in einer anderen Sprache sprach.

Überdies verlor er das Gefühl für die Geschehnisse um ihn herum. Er spürte nicht, wie das Feuer näher kam und erst als die Flammen sich vom Boden lösten und in die Höhe schossen, riss es ihn wieder zurück in die Wirklichkeit.

Er sank augenblicklich zu Boden. Seine Arme hingen schlaff an ihm herunter, sein Blick folgte dem Feuer, das sich gen Himmel hob, formlos davonflog, wie vom Wind zerrissene Rauchschwaden und verschwand, ehe er begreifen konnte, was geschehen war.

Er spürte, wie seine Lungen sich mit Luft füllten, wie seine Kehle mit jedem Atemzug brannte. Er hörte, wie sein Herz schmerzhaft laut in seiner Brust pochte, wie das Blut in seinen Ohren rauschte. All das strömte auf ihn ein und doch vermochte er es kaum wahrzunehmen, keinen Gedanken daran zu verschwenden, was geschehen war und wie dies alles so schnell ein jähes Ende finden konnte.

Er riss sich los vom Anblick des brennenden Horizonts und ließ seinen Blick über das Dorf schweifen oder vielmehr über das, was davon noch übrig geblieben war.

Kaum etwas in den verkohlten Schutthaufen, die zu beiden Seiten der Dorfstraße lagen, erinnerte mehr an die beschaulichen Häuser, die dort vor wenigen Stunden noch gestanden hatten. Hier und dort ragte eine halbhohe Mauer schwarz verkohlt aus dem Schutt. Doch mehr war nicht geblieben.

Sen richtete sich auf. Eine innere Unruhe hatte ihn ergriffen. Sie war bereits da gewesen, als er noch inmitten des Feuers gestanden hatte, doch jetzt wurde sie ihm erst gewahr. Rastlos suchten seine Augen die Ruinen ab, unwissend, was sie zu finden erhofften und mit jedem verstrichenen Augenblick wurde die Ruhelosigkeit in ihm lauter, schrie in ihm, dass seine Ohren dröhnten.

Auch wenn seine Augen im Dunkeln kaum zwischen Mauer und Gebälk unterscheiden konnten, spürte Sen doch den Unterschied zwischen allem, was ihn umgab. Er spürte den rauen Stein, der unerschüttert der Hitze trotzte, das weiche Holz, tief verborgen unter rissiger, schwarz verkohlter Kruste und er spürte die Knochen derer, die nicht zu fliehen vermocht hatten, als das Feuer gekommen war.

Verzweiflung mischte sich zur Unruhe, als er begriff, dass seine Suche vergebens war. So nahm er nur beiläufig wahr, wie jemand auf ihn zukam.

Es war ein Mann, ein Überlebender aus dem Dorf. Der Atem des Mannes ging schwer, wohl weil er zu viel Rauch eingeatmet hatte. Zudem hatte das Feuer eine schwere Brandwunde auf seiner Schulter hinterlassen. Schnell kam er auf Sen zu, brüllte Worte, die er nicht verstand. Der Mann war wütend, sehr wütend.

Es mochte sein, dass seine Wut sich auf Sen entlud, dass er ihm die Schuld für die Geschehnisse gab, doch es berührte Sen nicht weiter. Unbeirrt suchte er die Trümmer ab, setzte einen Schritt vor den anderen.

Er lief langsam zurück in die Richtung, aus der er gekommen war. Und er sah den Mann nicht an, als er an ihm vorbeiging, spürte nur dessen Wut, sein Leid über den unsagbaren Verlust, den er erlitten hatte.

Unversehens hob Sen die Hand und legte sie auf die verwundete Schulter des Mannes. Es war alles, was er für ihn tun konnte, alles was er vermochte. Die Wunde schloss sich unter der Berührung und Sen spürte, dass das Heilen seiner körperlichen Wunden auch einen Teil der Wut von ihm nahm. Nur den Schmerz in seinem Innern, den konnte er ihm nicht nehmen.

Er passierte den Brunnen, der unversehrt dort stand, wo einst die Mitte des Dorfes gewesen war. Jemand packte ihn an den Armen und als er nach vorne schaute, sah er, dass es Marin war, die ihn aus tränenreichen Augen anschaute.

"Du lebst!", schluchzte sie und drückte ihn dabei so fest an sich, dass ihm die Luft wegblieb.

Sie ließ ihn aber gleich wieder los und schaute ihn an, als wolle sie sich davon überzeugen, dass er wirklich der war, der er zu sein schien. Sie sah ihn lange an, bevor sie ihn ein weiteres Mal umarmte. Diesmal allerdings nicht mehr ganz so übermütig.

Die Freude, sie wieder zu sehen, die Erleichterung, alles überstanden zu haben, stellte sich nicht ein. Da war noch immer diese Unruhe, die ihn nicht loslassen wollte. Und Marins Anblick, obgleich sie freudestrahlend dastand und ihm all diese Gefühle vermitteln wollte, die er in diesem Moment hätte fühlen sollen, schürte diese Unruhe nur noch mehr. Fast war ihm, als könne er den Ursprung dessen in ihren Augen lesen.

Ebenso schien es, als habe Marin nun auch erkannt, was in ihm vorging. Ihre Miene verdunkelte sich und dort, wo er zuvor nur die reine Freude hatte lesen können, schufen sich nun Verwirrung Platz und eine Frage, auf die Sen keine Antwort fand. So glaubte er zumindest, bis zu dem Moment, da er sich selbst sprechen hörte.

"Wo ist Erriel?"

Seine Lippen formten die Worte, ohne dass er vorgehabt hatte, diese zu sagen. Doch als er sie ausgesprochen hatte, wurde aus der anfänglichen Unruhe eine schmerzliche Gewissheit.

Er wartete Marins Antwort nicht ab. Auch wenn er sah, wie ihre Miene sich wieder aufhellte, so wusste er doch, dass sie nichts sagen oder tun konnte, um an den Tatsachen etwas zu ändern. Erriel war weg. Stärker denn je spürte er das Band, das ihn mit seinem Bruder verknüpfte und gleichermaßen spürte er, wie es schwächer wurde.

Seine Gedanken überschlugen sich. Es kam ihm in den Sinn, dass Erriel verletzt sein könnte und es ihm daher schwer fiel, ihn klar auszumachen, aber dann wiederum wusste er, dass es die Entfernung war, die die Verbindung zwischen ihnen schwächte. Tatsache war; er war weg. Zu weit weg, um aus eigener Kraft so weit gekommen zu sein und zu weit, um sagen zu können, in welchem Zustand er war.

Selbst wenn Sen nicht genau hätte spüren können, in welcher Richtung Erriel zu finden war, so lag es doch auf der Hand und so zögerte er nicht, ihr zu folgen.

"Sen, warte!", rief Marin ihm nach, kaum dass er sie hatte stehen lassen. "Was hast du vor?"

Sie hatte ihn eingeholt und versuchte nun, mit ihm Schritt zu halten. "Wo willst du hin? So warte doch!"

Sie stellte sich ihm in den Weg, doch er drängte sie beiseite, ohne seinen Schritt zu verlangsamen. Er wusste nicht, wie viel Zeit ihm blieb. Es konnte jetzt bereits zu spät sein und wahrscheinlich war es das auch, doch er hatte nicht vor aufzugeben, bevor er Erriel eingeholt hatte. Marin stellte sich ihm ein weiteres Mal in den Weg und diesmal ließ sie sich nicht so leicht zur Seite schieben.

Entschlossen stemmte sie sich gegen ihn, seine Schultern fest umklammernd. So viel Kraftaufwand wäre kaum nötig gewesen, um ihn in seinem geschwächten Zustand aufzuhalten. Er blieb stehen, seinen Blick unbeirrt in die Richtung gerichtet, in der die Feuervögel verschwunden waren, fast als könne sein Geist die Entfernung allein durch Willenskraft überbrücken. Doch das konnte er nicht und Marin hatte ihm soeben vor Augen geführt, dass auch sein Körper nicht in der Verfassung war, diese Distanz zu überwinden.

"Was um alles in der Welt ist denn in dich gefahren?", brüllte sie ihn herrisch an, wohl übermütig ob der körperlichen Überlegenheit, die sie gerade bewiesen hatte. "Du willst diesen Bestien doch nicht etwa folgen? Reicht es denn nicht, sie vertrieben zu haben? Schau dich doch an! Du kannst ja kaum stehen!"

Bei diesen Worten ließ sie schlagartig von ihm ab. Zwar ging sie ihm nicht aus dem Weg, lockerte aber den Griff um seine Schultern und richtete sich vollends auf, sodass er nicht weiter gezwungen war, sich gegen sie zu stemmen, um nicht umgeworfen zu werden.

Er zögerte nicht, diesen Moment für sich zu nutzen und an ihr vorbeizutreten. Doch diesmal fiel es ihm nicht so leicht, sie einfach stehen zu lassen.

"Sie haben Erriel", erklärte er und es schmerzte ihn, dies auszusprechen.

"Was?" Marin war mit einem Satz wieder neben ihm. "Was meinst du damit? Wer hat ihn?"

Er deutete mit einem Kopfnicken in entsprechende Richtung und Marin folgte seinem Blick.

"Aber wie kann das sein? Er war die ganze Zeit hier!" In ihrer Stimme bebte das blanke Entsetzen. Sen konnte schier sehen, wie die vergangenen Stunden vor ihrem geistigen Auge abliefen.

Er ließ ihre Gedanken zu keinem Ende kommen. "Ich muss ihnen folgen."

Sie schaute ihn ungläubig an, doch dann überwand sie den Schrecken und ihre Miene wurde wieder gefasst. Zum dritten Mal stellte sie sich ihm in den Weg. Erst schaute sie ihm tief in die Augen, doch schnell wurde ihr bewusst, dass ihre Entschlossenheit nicht gegen die Seine ankäme und so senkte sie ihren Blick wieder. Er tat einen Schritt auf sie zu, sie aber legte ihre Hand auf seine Brust. Diesmal würde sie ihn nicht mit reiner Körperkraft aufhalten.

"Wenn du ihnen jetzt folgst", sprach sie und er spürte, dass all ihre Hoffnung in diesen Worten lag "wirst du sie nie einholen können. Du bist nicht in der Verfassung. Du hast keinen Proviant, bist erschöpft. Du bist doch sicher nie weiter als einen halben Tagesmarsch von hier weggekommen. Wie willst du da deinen Weg finden?"

Er konnte ihr keine Antwort geben. Er wusste, dass sie im Recht war und jede Antwort wäre eine Lüge oder ein Grund nicht weiter zu gehen. Er nahm ihre Hand, die auf seiner Brust geruht hatte, hielt sie einen Moment fest, dann aber ließ er sie los und ging weiter. Er ging nicht mehr so schnell, nicht mehr so entschlossen, wie er es zuvor getan hatte, doch er kannte seinen Weg und er zögerte nicht, ihm zu folgen.

Marin blieb zurück. Er konnte sie nicht sehen, doch er spürte ihren Blick in seinem Nacken und es tat ihm weh, sie so stehen zu lassen. Doch Marin schien nicht die Art von Mädchen zu sein, die so schnell aufgibt. Sie hatte ihn schnell wieder eingeholt und hielt ihn ein weiteres Mal auf.

"Schau mich an und sag mir, dass es richtig ist, ihnen zu folgen", verlangte sie.

Er wich ihrem Blick aus, trat an ihr vorbei und beschleunigte seinen Schritt. Wie hätte er aufgeben können? Wie hätte er einfach zusehen können, wie ihm alles genommen wurde, was ihm noch etwas bedeutete? Es war ihm egal, dass Marin im Recht war. Was sie von ihm verlangte, war zu viel.

"Ich *muss* ihnen folgen!", antwortete er schließlich.

Marin sah ihn traurig an, während sie neben ihm herlief. Auch sie war noch nicht bereit, aufzugeben. Warum konnte sie ihn nicht einfach gehen lassen? Sie kannte ihn doch kaum, wusste nichts von dem, was ihn und Erriel verband. Sie hatte nicht erlebt, was er erlebt hatte und gewiss hatte sie nicht das Recht, sich in seine Angelegenheiten einzumischen.

Und doch konnte er ihr keinen Vorwurf machen. So sehr er auch wünschte, er hätte ihre Worte einfach abtun können, konnte er sie doch nur bewundern für ihren selbstlosen Beistand.

"Ich weiß", pflichtete sie ihm bei und in ihrem Gesicht spiegelte sich tiefe Einsicht. "Ich weiß, dass du ihnen folgen musst. Aber sag mir, ist es das Richtige, ihnen *jetzt* zu folgen? Sag mir, dass da auch nur der Hauch einer Chance besteht, die Feuervögel einzuholen, wenn du jetzt Hals über Kopf hinter ihnen herjagst und ich werde mich dir kein weiteres Mal in den Weg stellen."

Er hob an zu sprechen, doch die Worte wollten ihm nicht über die Lippen kommen. Es war auch nicht nötig, etwas zu sagen. Marin hatte ausgesprochen, was ihm längst bewusst gewesen war und jetzt, da sie es gesagt hatte, blieb ihm nur die Einsicht oder aber die Tat eines Narren.

Marin lächelte. Es war ein trauriges Lächeln, das nur flüchtig über ihre Lippen huschte, doch mit ihm legte sich Erleichterung über ihre Miene. Noch einmal richtete er seinen Blick gen Horizont, suchte nach dem letzten roten Schimmer und als er schließlich abließ von dem Verlangen, ihnen zu folgen, strömte das Hier und Jetzt wie eine Flut auf ihn ein.

Der kühle Herbstmorgen drang tief in seine Knochen. Es roch nach kaltem Rauch und Nebel, der sich als Tau auf den Trümmern der Häuser niedergelassen hatte.

Mit einem Mal fröstelte es ihn. Doch nicht ob der bitteren Kälte, die ihn umfing. Es war der Anblick der Zerstörung und das, was er hinter allem sehen konnte, was ihn schaudern ließ. Niemand hatte dieses Grauen verdient, niemandem wünschte er je solch eine Qual, wie die Leute aus Bask sie erleben mussten. Marin führte ihn aus dem Dorf hinaus und er folgte ihr nur zu bereitwillig.

Nicht weit entfernt hatte man ein Lager aufgeschlagen. Es lag unterhalb einer kleinen Zeltgruppe, die, wie Sen vermutete, den Gauklern gehören musste, zu denen Marin sich zählte. Marins Leute hatten eine große Plane gespannt, unter der Verletzte auf Decken und Fellen lagen. Jene, die heil davon gekommen waren, saßen in kleinen Gruppen dicht beieinander und schwiegen.

Es war ein trostloser Anblick, der einem im fahlen Schein des Morgenlichts geboten wurde.

Die erdrückende Stille lag schwer über der von Asche grau gefärbten Anhöhe. Unterbrochen wurde sie nur vom Wimmern und Weinen der Verwundeten. Sie lag in jedem einzelnen von Schrecken erfüllten Antlitz. Ein Schrecken, das ihnen die Kehlen zuschnürte und dunkel in ihren Augen lag – sich auf ewig eingebrannt hatte in ihre Seelen.

Man hatte kein Feuer entzündet. Wohl aus Angst, die Aufmerksamkeit der Feuervögel auf sich zu ziehen. Doch nun, da die Gefahr vorüber war, wurden Laternen an den Pfählen befestigt, über denen sich die Plane spannte.

Sen konnte nicht umhin zu bemerken, wie man ihn ansah, als er sich durch das Lager bewegte.

Die Blicke der Leute konnte er nicht deuten, wie er mit gesenktem Blick an ihnen vorbeilief – bedacht, den Schleier des Schweigens nicht unwirsch zu durchbrechen. Er konnte nur spüren, dass jene, die zuvor noch ins Leere gestarrt hatten, nun ihn ansahen. Doch es kümmerte ihn nicht weiter.

Er ging geradewegs auf die Plane zu, unter der die Verletzten lagen und ließ die Menschen hinter sich, die ihm ihre Blicke nachsandten. Vor einem kleinen Mädchen, das sich dort auf einem Schaffell krümmte, fiel er auf die Knie.

In all dem düsteren Grau, untrennbar vermischt mit den aufschäumenden Gefühlen der Menschen, hatte Sen keinen Blick für das Grauen gehabt und keinen Gedanken an die Trauernden verschwenden können, deren Blicke zu ihm sprachen, gleich tosenden Wellen, die gegen Klippen schlugen. Einzig dieses gebrochene Geschöpf – wimmernd und krächzend, mit verbrannter Kehle und über und über mit den Malen des Feuers bedeckt – hatte ihn zu sich gezogen.

Neben ihr saß eine alte Frau und wusch blutige Leintücher in einer Schüssel rot gefärbten Wassers aus. Und wie er vor dem Mädchen saß, musste er sich der Alten nicht erklären. Sie war eine Heilerin, bewandt in der Kunde der Wundversorgung und sie erkannte seine Absichten, die der ihren gleich waren.

"Sie ist schwer verletzt", erklärte die Frau mit traurigem Ton in der Stimme. Wohlwissend ihm keine Neuigkeiten zu berichten. "Ich weiß nicht, ob sie es schaffen wird."

Sen wandte den Blick nicht von dem Mädchen ab, als die Frau zu ihm sprach. Er sah hinab auf das kleine, wimmernde Ding und erkannte hinter dem verbrannten Fleisch die Schönheit eines unschuldigen Kindes und wie er dies sah, führte er seine Hände über die Wunden und sie heilten. Das wiederholte er bei dem Mann, der gleich neben dem Mädchen lag und auch bei dem Jungen daneben.

Es war nicht nur das Leid und der Schmerz dieser Menschen, die ihn dazu bewogen, ihnen zu helfen. Es war, als sähe er Formen und Farben und er erkannte, wo eine Form aus dem Gleichgewicht und eine Farbe verunreinigt waren. Zugleich sah er ihre wahre Form und Farbe und alles in ihm drängte zu dieser wahren Einheit hin. Es war ihm, als käme er erst wieder zur Ruhe, wenn alles so war, wie es sein sollte. Wie in Trance ging er von Einem zum Nächsten und bald hatte er die schlimmsten Wunden geheilt.

Marin, die Sen bis in das Lager begleitet hatte, war von jemandem angesprochen worden, als er dabei gewesen war, das kleine Mädchen zu heilen.

Ob sie noch etwas zu ihm gesagt hatte, bevor sie weggegangen war, wusste er nicht mehr. Bloß für einen kurzen Augenblick, da fühlte er sich verloren zwischen all den Fremden und jenen, die er von früher kannte und die ihn doch nicht kannten. Und seine Gedanken wanderten zu der einzigen vertrauten Person, die ihm geblieben war – mochte er sie auch für so kurze Zeit erst kennen.

Die Leute ließen ihm keine Zeit, darüber nachzudenken. Nachdem er aufgehört hatte, von einem Verletzten zum nächsten zu gehen, wagten auch jene sich zu ihm, deren Verletzungen nicht allzu schwer waren. Er heilte auch deren verstauchte Knöchel und kleinere Brandwunden und er tat es gerne und weil er es konnte.

Gerade brachte eine Frau ihren Sohn, den sie in ihren Armen trug und er heilte dessen verletztes Bein, als die Heilerin sich zu ihm hinunterbeugte und nach seinen Handgelenken griff.

Sen erschrak ob der plötzlichen Berührung, die er nicht hatte kommen sehen und sah auf zu der Alten, die finster dreinblickte. Herausgerissen hatte sie ihn aus seiner Trance, die ihn abgeschottet hatte vor der wirklichen Welt und all den Menschen, die ihn umgaben.

Er mochte sich zu sehr in ihr Handwerk eingemischt haben, doch es war ihm nicht bewusst, sie damit derart gekränkt zu haben. Die Alte drehte seine Handflächen nach oben und betrachtete sie eine Weile kopfschüttelnd.

"Schämen solltet ihr euch alle", brummte sie mehr zu sich selbst als zu den anderen.

"Steh auf, Junge!", befahl sie ihm und ließ ihm dabei keine andere Wahl, als ihr zu folgen, wie sie ihn hochzerrte und mit sich zog. Immer noch überrumpelt und verwirrt folgte er ihr widerstandslos bis zu einem Holzsockel, auf dem sie ihr Heilerbesteck ausgebreitet hatte.

"Setz dich", gebot sie und kam ihm ein weiteres Mal zuvor, indem sie ihn an seiner Schulter nach unten drückte. Sie breitete ein Leintuch vor ihm aus und deutete mit befehlender Geste darauf.

Sen sah sie nur fragend an. Noch immer versuchte er, sich einen Reim aus dem zu machen, was sie von ihm wollte. Schließlich ergriff sie abermals seine Hände und legte sie mit den Handflächen nach oben auf das Tuch. Daraufhin setzte sie sich ihm gegenüber und warf einen mürrischen Blick auf irgendetwas oder jemanden hinter ihm.

"Glaubt man's", brummte sie. "Lassen sich ihre Wehwehchen versorgen und nicht mal ein Danke kriegt man zu hören."

"Es tut mir leid, wenn ich..." Doch die Alte unterbrach ihn mit einer abwehrenden Geste.

"Was soll dir denn leid tun?", fragte sie. "*Denen* sollte es leid tun!" Und Letzteres sprach sie so laut, dass Sen zusammenzuckte.

In dem Moment trat Marin neben ihn.

"Du bist ja verletzt!", rief sie bestürzt aus und er folgte ihrem Blick auf seine geöffneten Handflächen. Tatsächlich verbargen sich dort unter Ruß und Dreck blutige Brandwunden.

"Es ist nichts Schlimmes", beteuerte er und sprach dabei die Wahrheit.

Dennoch oder gerade deshalb schämte er sich, die Wunden nicht selbst bemerkt zu haben. Stattdessen saß er jetzt hier und musste Mitleid und Fürsorge über sich ergehen lassen. Es war nicht so, dass er nicht dankbar gewesen wäre für die ihm gebotene Hilfe, doch wusste er nicht umzugehen mit all dem.

Er biss die Zähne zusammen, als die alte Frau begann, die Wunden mit einem feuchten Leintuch zu säubern. Marin ließ sich neben ihr nieder und verfolgte jede ihrer Bewegungen. Als sie nach einer Weile aufblickte, war nicht er es, den sie ansah, auch wenn sie in seine Richtung blickte.

"Ich hatte gehofft, du würdest dich etwas ausruhen", sprach sie immer noch an ihm vorbeischauend. "Aber wie ich sehe, hast du das genaue Gegenteil getan."

In ihrer Stimme klang so etwas wie ein Vorwurf mit, doch sie gab sich alle Mühe, dies so gut wie möglich zu verbergen. Ihre Augen hafteten wieder an seinen Handflächen, die mittlerweile gesäubert, gesalbt und bandagiert waren.

Die alte Frau fixierte eben noch das lose Ende einer Bandage mit etwas Harz und beendete damit ihre Arbeit. Zufrieden betrachtete sie ihr Werk. Sen bedankte sich umgehend, wenn auch so leise, dass er nicht sicher war, ob sie ihn gehört hatte. Er schaute auf und sah, wie sie ihn anlächelte.

"Schon gut", beteuerte sie. "Das war doch das Mindeste!"

Sen wollte antworten, doch wusste er nicht, was er weiter sagen sollte. Sein Blick wanderte kurz zum Horizont. Es war töricht, dort etwas sehen zu wollen. Die Feuervögel waren längst verschwunden und so versetzte ihm der Anblick des dunkelblauen Himmels, der sich so unermesslich weit vor ihm erstreckte, nur einen weiteren schmerzhaften Stich.

Wenn seine Gedanken auch nur wenige Augenblicke in die Ferne gewandert waren, so schien dies doch auszureichen, um den beiden Frauen einen tiefen Einblick in sein Inneres zu gewähren.

Er senkte seinen Blick, betrachtete seine Hände, wobei ihm auffiel, dass es wohl angebracht wäre, sie vom Tisch zu nehmen. Also legte er sie auf seinen Schoß und fixierte statt ihrer das Tuch, auf dem sie gelegen hatten.

Es kam ihm vor, als verginge eine Ewigkeit, bis Marin zu sprechen anhob. Er schaute auf und weitere endlose Momente verstrichen. Auch sie schien erst nach Worten suchen zu müssen, unwissend, wie es ihr gelingen könne, die erdrückende Stimmung zu heben.

"Ich habe mit meinem Vater gesprochen", sagte sie schließlich. "Einige aus dem Dorf und ein paar von uns werden Bask weiter nach Überlebenden durchkämmen. Aber bevor die Sonne aufgegangen ist, kann man eigentlich nicht viel tun. Ich bin mir aber ganz sicher: wenn es dort unten noch Überlebende gibt, wird man sie finden!"

Die letzten Worte sprach sie mit einem zuversichtlichen Lächeln auf den Lippen und Sen wusste nicht, ob sie ihm das erzählte, schlichtweg weil sie *irgendetwas* sagen wollte oder aber um ihm Mut zu machen. Wenn Letzteres zutreffend war, so war es ein hohler Versuch, denn Sen wusste sehr genau, dass dort unten niemand mehr am Leben war, ebenso wie er wusste, dass er seinen Bruder nicht unter den Opfern der Flammen finden würde.

Kaum hatte Marin zu Ende gesprochen, da erstarb ihr Lächeln und zurück blieb nichts weiter als die Spiegelung der bitteren Wahrheit in ihren Augen. Sie senkte ihren Blick, doch Sen hatte nicht erwartet, dass sie sich, ebenso wie er, der aussichtslosen Situation, in der sie sich befanden, ergäbe. Als sie wieder aufsah, hatte sie bereits einen Teil ihrer Zuversicht zurückgewonnen.

"Ich glaube, ich habe den Moment verpasst, euch einander vorzustellen", erklärte sie unverhofft. "Sen, das hier ist Nanera. Wie du vielleicht bemerkt hast, ist sie eine hervorragende Heilerin. Und Nanera, das hier ist Sen. Du weißt ja bereits, wer er ist."

Sen runzelte die Stirn. Eigentlich sollte es ihn nicht wundern, dass Marin ihren Leuten von ihm erzählt hatte, doch hatte er bisher keinen Gedanken daran verschwendet.

Nanera nickte zustimmend. "Es freut mich, dich persönlich kennenlernen zu dürfen, wenn auch die Umstände nicht die angenehmsten sind. Marin hat uns viel von dir erzählt."

Sie legte eine kurze Pause ein. Vielleicht um Sen die Gelegenheit zur Antwort zu geben, sprach dann aber in fester Stimme weiter.

"Sei's drum. Du siehst aus wie sieben Tage Regenwetter. Dagegen solltest du etwas tun."

Bei diesen Worten sprang Marin auf.

"Genau meine Rede!", rief sie aus. "Komm schon, ich zeige dir, wo du schlafen kannst."

Schlaf war das Letzte, an das Sen im Moment denken konnte. Doch wenn seine Gedanken momentan auch noch so verworren waren, eine Sache war gewiss: dass Marin ihn hier niemals wegließe, wenn er nicht zumindest den Versuch anstellte, wieder zu Kräften zu kommen. Also richtete auch er sich auf.

Er tat sich sehr schwer damit, auf die Füße zu kommen. Bis eben noch kam ihm alles so fern vor. Der Schmerz, den die Wunden verursachten, das Brennen in seinen Lungen, die erdrückende Schwäche seiner Glieder. Jetzt aber musste er sich fragen, wie er es überhaupt bis hierher geschafft hatte. Es gelang ihm nicht einmal, sich vollends aufzurichten, ehe ihn seine Kraft endgültig verließ.

Er spürte noch, dass er nicht hart aufschlug, als er fiel. Irgendjemand musste ihn aufgefangen haben. Dann aber verlor er endgültig das Bewusstsein.

# Inmitten der Flammen

Lange sah er ihm nach. Ihm, dem er sein Leben verdankte. Sicher, es gab keinen Grund, Sen zu glauben, schließlich stand seine Aussage gegen alles, was Erriel wusste oder zu wissen glaubte. Er konnte sich weder an ihn erinnern, noch hatten seine Eltern je von ihm erzählt. Weder in der Vergangenheit, noch an dem Tag, an dem er nach Sen gefragt hatte. Und dennoch, Erriel glaubte ihm. Er fühlte, nein, er *wusste*, dass Sen die Wahrheit sprach.

Er sah ihm nach, wie er sich den Flammen näherte und sah, wie sie vor ihm zurückwichen. Und in Erriel kam ein Gefühl auf, dass er nicht beschreiben konnte. Es mochte Stolz sein oder aber Ehrfurcht, vielleicht auch Hoffnung. Er wusste es nicht. Alles was er wusste war, dass irgendwo in ihm schon lange eine Lücke klaffte, dass da etwas gefehlt hatte. Etwas, das jetzt endlich wieder ein Teil von ihm war.

Für einen Moment, nur für einen winzigen Augenblick, schloss er die Augen und atmete tief ein. Er genoss dieses Gefühl mit jeder Faser seines Ichs und er nahm es in sich auf und schloss es tief in seine Gedanken. Dann aber widmete er sich wieder der Wirklichkeit.

Es war ein schrecklicher Anblick. Dort, wo die Flammen gewütet hatten, war nichts mehr zu retten. Kein normales Feuer hätte in so kurzer Zeit so viel Schaden anrichten können.

Sie versuchten ihr Glück gar nicht erst bei den ausgebrannten Häusern, sondern liefen gleich zu jenen, die noch unbeschadet waren. Es war bizarr. Während die eine Hälfte des Dorfes in Trümmern lag, war die andere gänzlich unbeschadet. Und nicht nur das – niemand schien dieses Inferno überhaupt bemerkt zu haben. Kein Licht brannte, niemand schrie, versuchte zu fliehen oder gar gegen das Feuer anzukämpfen. Die Menschen verschliefen schlichtweg ihren Untergang.

Marin und Erriel rannten zu dem nächstgelegenen Haus und schlugen ihre Fäuste gegen die Tür. Immer wieder sah Erriel sich um. Auch wenn Sen die Flammen weit zurückdrängte, so schossen diese doch an ihm vorbei und reckten ihre tödlichen Pranken nach den umliegenden Häusern. Sie hatten keine Zeit zu verlieren. Kurzerhand griff Erriel sich einen großen Pflanzenkübel und warf ihn durch das Fenster.

Mit einem Satz war er im Inneren des Hauses. Unter seinen Füßen knirschte das Glas, als er darauf landete, Rauch stob auseinander und flüchtete durch die zerbrochene Scheibe.

Erriel hustete und jeder Atemzug schmerzte ihm in der Kehle. Auch seine Augen begannen zu Tränen und brannten unerträglich. Er konnte kaum etwas sehen, so dunkel und verhangen von dichtem Rauch war es. Er sah kein Feuer, sodass er nicht, wusste, ob er sich darauf zubewegte oder es in einem Nacken lauerte, als er den Gang entlang lief.

Mit der einen Hand hatte er  seinen Ärmel bis über die Finger gezogen und hielt sich den Stoff vor Mund und Nase, mit der anderen ertastete er sich seinen Weg.

Er hoffte nur, dass die Leute hier noch am Leben waren und der Tod sie nicht etwa im Schlaf heimgesucht hatte. Erriel stieß die erstbeste Tür auf, die er fand und stolperte in das Zimmer. Dort, friedlich in ihrem Bett schlafen – oh, wie sehr Erriel doch hoffte, dass sie schliefen – lag der Metzger und seine Frau.

Erriel lief zu dem Mann und rüttelte an ihm und hätte der Metzger ihn nicht gleich erkannt, als er wach wurde, er hätte ihm wohl den Schädel eingeschlagen.

"Err…?", begann er noch schlaftrunken und sah sich dann verwundert um. "Was zum Donnerwetter ist hier los?"

Auch seine Frau kam nun langsam zu sich und hustete sogleich. Erriel warf einen Blick zur Tür, wo der Rauch dichter wurde und sich in dicken Schwaden im Raum zu verteilen begann.

"Es brennt!", erklärte Erriel gehetzt. "Das ganze Dorf! Wir müssen sofort hier raus!"

Die Frau sprang ohne weiter nachzufragen auf und lief in das Zimmer ihrer Kinder. Gemeinsam mit ihren zwei Töchtern brachte sie sich in Sicherheit, während der Metzger selbst sich Marin und Erriel anschloss.

Das Glück, dass ihnen im Haus ersten Haus noch hold gewesen war, hielt nicht lange an. Oft kamen sie zu spät.

Die Menschen erstickten einfach im Schlaf, ohne noch einmal die Augen zu öffnen. Es war der tückische Rauch, der dem Feuer vorausging und in die Häuser kroch, als habe er ein Eigenleben und täte, was die Feuervögel ihm befahlen.

Doch mit jedem, den sie retten konnten, wuchs die Zahl der Helfer und damit auch die Hoffnung, noch mehr Menschen in Sicherheit bringen zu können.

Marin lief bald den Hügel hinauf zu ihren Leuten und erstattete ihnen Bericht. Als sie wiederkam, wurde sie von Dion, Gazon, Heralf und einigen ihrer Leute begleitet. Die Helfer teilten sich auf. Es standen einige Häuser in Flammen und noch hatten sie die Hoffnung, dort Überlebende zu finden. Erriel zog Marin beiseite.

"Ich muss nach Hause", sagte er und Marin nickte zustimmend.

Bisher hatte er es nicht gewagt, an seine Eltern zu denken. Ihr Haus lag auf der anderen Seite des Dorfes. Dort, wo die Flammen bereits wüteten. Allerdings lag es auch ein Stück weit abseits, sodass es vielleicht noch nicht zu spät war.

Und tatsächlich, als er in die Straße einbog, die ihn nach Hause führte, lag sein Elternhaus unbeschadet vor ihm und sah fast friedlich aus im Dunkel der Nacht. Erriel fiel ein Stein vom Herzen und ohne zu zögern lief er los.

Er hatte das Haus fast erreicht, da hielt ihn doch etwas davon ab weiterzulaufen. Er wurde langsamer und schließlich blieb er stehen. Da stimmte etwas nicht. Er wusste nicht, was es war, doch dieses Gefühl in ihm wurde immer stärker, sodass er nicht nur stehen blieb, sondern begann, sich Schritt für Schritt rückwärts zu bewegen.

Und dann sah er ihn. Erst war es nur ein rotes Leuchten, das von irgendwo hinter dem Haus kam, dann aber hob der Feuervogel seinen Kopf. Der lange Hals zog sich Meter um Meter in die Höhe, türmte sich über dem Haus und dann trafen sich ihre Blicke.

Er sah Erriel, sah ihn lange an und die Zeit schien still zu stehen, schien sie beide zu schnüren und zu binden an diesen winzigen Augenblick, da sie sich Auge in Auge gegenüberstanden und keiner von beiden sich regte. Es war ein Kampf, ein Rennen um die Zeit und nicht Erriel war es, der am Ende gewinnen sollte.

Der Feuervogel riss seine Flügel hoch, breitete sie weit aus, umspannte die doppelte Länge des Hauses und kam schließlich auf ihn zu. Er zog sich über das Haus, kroch darüber hinweg wie eine Eidechse und bewegte sich dabei so langsam und zielstrebig wie eine Raubkatze auf der Pirsch.

Unter seinen mächtigen Klauen zerbarsten die Ziegel wie Herbstlaub und für einen Moment, als sich sein Körper über den Dachgiebel hinausbewegt hatte, umschloss die Bestie das gesamte Haus mit seinen flammenden Schwingen.

Erschreckend lange stand Erriel nur da und starrte hinauf zu dem Feuerwesen. Doch dann, endlich, brach auch er den Bann. Er rannte los, versuchte, die Haustür zu erreichen, doch es war ein sinnloses Unterfangen. Gerade, als er seine Hand nach der Türklinke ausstreckte, hatte der Feuervogel ihn erreicht.

Erriel stolperte einige Schritte zurück, als sich der Hals der Bestie wie eine Schlange vom Dach heruntergleiten ließ und sich zwischen ihm und der Haustür Platz schuf. Er reckte seinen Kopf und fletschte die Zähne, die gleich lodernden Schwertern waren.

Erriel wirbelte herum und blieb wie angewurzelt stehen. Weit vor ihm im Dorf ragte eine Feuersäule meterweit in die Höhe. *Sen.* Er war dort inmitten der Flammen und er war im Begriff, den Kampf zu verlieren. Wind fegte an Erriel vorbei, ließ ihn einige Schritte nach vorne taumeln, dann verschwand die Feuersäule.

Sie war nicht etwa tatsächlich verwunden, er konnte sie bloß nicht mehr sehen. Vor ihm, neben ihm, überall um ihn herum sah er nichts weiter als Flammen.

Ein rotes Meer aus züngelnden, sich immer wieder teilenden und ineinander verschlingenden, sich gegenseitig erstickenden und miteinander aufbrausenden Flammen. Und weit vor ihm und doch ganz nah, sah er einen Schatten, der sich ihm näherte. Erst nur ein schwarzer Fleck, ein Flackern, dann aber mehr und mehr an Form gewinnend, bis er schließlich die Silhouette eines Menschen darstellte.

Und dann hörte er die Stimme. Ob sie wirklich sprach, ob es Worte waren, die er hörte, wusste er nicht. Doch er verstand, was sie zu sagen hatte: *Du bist also der Junge, von dem ich schon so viel gehört habe.*

Erriel wollte antworten, doch seine Stimme gehorchte ihm nicht. Er wollte sich bewegen, doch er konnte es nicht. Er sah hinunter auf seine Hände und es kostete ihn all seine Kraft.

Es war, als verlange ihm selbst das Sehen, das bloße Wahrnehmen seiner Umgebung all seine Konzentration ab und als er auf seine Hände blickte, da wusste er nicht, ob er sie tatsächlich sehen konnte oder aber sie nur deswegen sah, weil alles in ihm darauf drängte, dass sie dort sein *mussten*. Sie waren nicht dort. *Er* war nicht dort. Womöglich war sein Körper zurück geblieben, als das Feuer ihn verschlungen hatte. Womöglich war er verbrannt und zu Asche zerfallen.

Alles, was von ihm noch geblieben war, waren seine Gedanken – sein Geist. Und dieser wurde genauso von den Flammen verzehrt, wie sein Körper. Er löste sich auf in dem ungreifbaren, ruhelosen Wesen des Feuers.

Wurde ein Teil von ihm, verlor sich selbst in der Formlosigkeit, der Unendlichkeit eines körperlosen Wesens, das keine Fesseln der Welt, kein Ende und keinen Anfang kannte und doch… Doch wusste er, dass er noch immer er selbst war und dass er, so frei er auch zu sein schien, ein Gefangener war. Denn es waren nicht nur die Fesseln seines Körpers, die man ihm genommen hatte. Es war auch sein Wille. Sein freier Wille und die Kontrolle über Körper und Geist.

Unbewusst mühte er sich noch immer zu sprechen. Versuchte Fragen zu stellen, Antworten zu bekommen und bald wurde ihm bewusst, dass es nicht vonnöten war, auszusprechen, was er dachte.

Sein Geist war nicht der einzige, der zu denken vermochte inmitten der Flammen. Er war nicht allein, er war ein Teil eines viel größeren Bewusstseins. Eines Bewusstseins, das zu mächtig war, um es zu erfassen, um es zu durchschauen. Mächtig genug, um Erriels Gedanken zu erkennen und dennoch keine Antwort zu geben.

S

Als Sen wieder zu sich kam, stand die Sonne bereits hoch am Himmel. Er musste eine lange Zeit ohne Bewusstsein gewesen sein. Zeit, die er nicht hatte.

Er schrak auf. Zu seiner Verwunderung befand er sich nicht mehr im provisorischen Lazarett, draußen auf der Weide. Er lag auf einem weichen Lager aus Schaffellen in einem kleinen Zelt, in dem sich neben seiner Schlafstätte nichts weiter befand als einige leere Holztruhen. Das, was er für die Sonne gehalten hatte, war lediglich das Licht einer Laterne, die unmittelbar vor dem Eingang hing.

Zögernd schob er seine Finger zwischen die Zeltplanen, um einen Blick ins Freie zu werfen und sah direkt in Marins Gesicht. Anscheinend war sie gerade im Begriff gewesen, nach ihm zu sehen, als er die Plane beiseite geschoben hatte.

"Du bist schon wach?", fragte sie und schlüpfte ins Innere des Zeltes, um sich neben ihn zu setzen. "Gerade wollte ich nach dir sehen."

"Wie lange habe ich geschlafen?", fragte er.

Marin lächelte ihn freundlich an, gab sich aber alle Mühe, ihre Antwort so lange wie möglich hinauszuzögern.

"Nicht sehr lange. Ein paar Stunden vielleicht."

Sie seufzte und begann, ihre Finger damit zu beschäftigen, einzelne Grashalme aus der Erde zu zupfen.

"Sie haben bisher keine Überlebenden finden können. Das Feuer kam einfach zu schnell. Aber das weißt du sicher schon. Nicht wahr? Du wusstest, dass da unten niemand mehr am Leben ist."

Sie sah ihn traurig an, beinahe als würde sie ihm einen Vorwurf daraus machen. Doch er wusste, dass dies nicht ihre Absicht war. Er nickte und beide schwiegen sie eine lange Zeit. Schließlich war er es, der die Stille durchbrach.

"Marin, ich möchte dir danken", sagte er. "Du hast viel für mich getan. Und nicht nur für mich, auch für die Leute aus dem Dorf. Ohne dich wäre alles viel schlimmer gekommen. Und ich möchte dich bitten, auch deinen Leuten meinen Dank auszurichten. Würdest du das für mich tun?"

Marin schüttelte den Kopf. "Das kannst du doch auch selber machen."

Er ging nicht weiter darauf ein. "Bevor ich gehe, muss ich dich noch um einen letzten Gefallen bitten. Sag mir genau, was vorgefallen ist, nachdem ich ins Dorf gegangen war."

"Was genau meinst du?", fragte sie nach.

"Ich muss wissen, was mit Erriel passiert ist."

Marin sah ihn stirnrunzelnd an.

"Es tut mir leid", sagte sie schließlich. "Ich... ich weiß es nicht. Ich dachte, du würdest es wissen." Wieder legte sie ihre Stirn in Falten, während sie ihm einen fragenden Blick zuwarf. "Du warst so überzeugt, so sicher. Ich dachte, du wüsstest etwas, hättest etwas gesehen!?"

"Ich weiß, dass sie ihn mitgenommen haben", erwiderte er.

Sie sah ihn lange an und viele Dinge gingen ihr durch den Kopf, als sie da saßen und keiner von ihnen ein Wort sprach. Schließlich senkte sie ihren Blick und beantwortete seine Frage.

"Wir sind in die Häuser und haben die Leute geweckt. Dort, wo das Feuer bereits gewütet hatte, gab es niemanden mehr, dem wir hätten helfen können.

Es ging alles sehr schnell. Wir haben die Leute hierher geschickt und bald kamen uns jene, die unverletzt und bei Kräften waren, zu Hilfe. Als sich das Feuer nur noch auf einen Punkt konzentrierte, wusste ich, dass du dort sein musstest. Ich hatte große Angst um dich."

Sie sah auf und Sen erkannte, dass sie mit den Tränen kämpfte. Sie musste schreckliche Dinge gesehen haben und er fühlte sich scheußlich, weil er sie dazu zwang, alles noch einmal zu durchleben.

"Ich weiß nicht, wann und wo ich Erriel zuletzt gesehen habe. Wir haben uns irgendwann aus den Augen verloren, schätze ich. Ich glaube, er wollte zu seinem Elternhaus."

Sen nickte. Er hatte nicht erwartet, dass sie ihm viel erzählen könne. Hätte sie etwas gewusst, so hätte sie es ihm sicher schon viel früher erzählt.

"Was hast du jetzt vor?", fragte sie.

Er schüttelte den Kopf. "Ich weiß es nicht. Ich werde ihm folgen. Aber ich weiß nicht, was mich erwartet. Ich verstehe auch nicht, was das alles soll – wieso sie ihn mitgenommen haben, wieso er noch am Leben ist. Hast du jemals von Feuervögeln gehört, die Gefangene nehmen?"

Es war keine Frage, auf die Sen eine Antwort erhoffte, dennoch schüttelte Marin den Kopf. "Nein... nein, das habe ich nicht."

"Ich auch nicht. Aber, da war etwas... Als ich inmitten der Flammen war, da habe ich etwas gespürt." Er suchte nach Worten. "Ich kann es nicht beschreiben, aber ich weiß, dass da irgendetwas ganz und gar nicht stimmte."

Marin sah ihn mit großen, ungläubigen Augen an, aber sie zweifelte nicht an dem, was er sagte.

"Vielleicht solltest du mit meinem Vater darüber sprechen", meinte sie schließlich.

"Mit deinem Vater?"

"Ja! Du und er, ihr habt viel gemein. Nanera würde wohl eher sagen, dass du das genaue Gegenteil von ihm bist. Aber wie dem auch sei, er wird dir sicher weiterhelfen können."

Sie zog die Zeltplane zur Seite und forderte ihn auf, ihr zu folgen, doch Sen sah sie nur fragend an.

Marin lächelte. "Er ist ein Illusionist!"

Auf die eine oder andere Weise hatten sie beide Recht, dachte Sen, während er Marin folgte. Ein Illusionist, ein Trickser, war so ziemlich das genaue Gegenteil von ihm und dennoch hatte er sicher mehr mit einem Illusionisten gemein als mit sonst einem Menschen.

Sie führte ihn nicht in Richtung des Dorfes, nicht durch die Reihen der Überlebenden und er war froh ob dessen. Er wusste nicht, ob sie ihm dankbar wären oder ihm aus irgendeinem Grund die Schuld an allem geben würden. Er glaubte nicht, dass sie das taten, doch er konnte es nicht ausschließen und allein, dass tief in ihm diese Befürchtung aufkam, erschreckte ihn und ließ ihn hoffen, diesen Menschen kein weiteres Mal gegenübertreten zu müssen.

Marins Vater erwartete sie hinter den Zelten, wo er gerade die Esel tränkte, die dort auf der Weide grasten. Er bemerkte sie erst, als sie bereits nah an ihn herangetreten waren, dann aber begrüßte er sie mit einem so freundlichen und offenherzigen Lächeln, dass Sen keinen Zweifel mehr an seiner Verwandtschaft mit Marin gehabt hätte, wäre es ihm je in den Sinn gekommen, daran zu zweifeln.

"Du musst Sen sein. Mein Name ist Gend", begrüßte er ihn, während er die schmutzigen Hände an seinen Hosenbeinen abrieb, um sie ihm daraufhin zu reichen.

Zögernd streckte ihm Sen seinerseits die Hand entgegen, doch als Gend die Bandagen sah, winkte schuldbewusst ab.

"Marin hat mir viel von dir erzählt. Du bist also ein Semant, wenn ich das richtig verstanden habe?"

"Ich... bin mir nicht sicher", räumte Sen wahrheitsgemäß ein. Er hatte dieses Wort noch nie zuvor gehört, obgleich Marins Vater ihn mit solch einer Selbstverständlichkeit als Semanten bezeichnete, dass er drauf und dran war, ihm anstandslos zuzustimmen.

"Nach allem, was ich von dir gehört habe, kann es wohl nicht anders sein. Wie es scheint, hat es dir nicht sehr gut getan, in so einer Gegend aufzuwachsen."

Gend warf einen abfälligen Blick in Richtung des Dorfes, besann sich dann aber eines Besseren. Wenn die Leute hier auf dem Lande auch alles andere als fremdenfreundlich waren, so hatten sie in der letzten Nacht sicher mehr als genug Buße getan.

"Nun denn. Ich habe gehört, was mit deinem Bruder geschehen ist und du hast mein Mitgefühl. Ich werde dir gerne helfen, so gut ich es vermag. Doch leider kann auch ich dir nicht viel über die Feuervögel und ihre Absichten sagen. Ich vermute, dass du es sehr eilig hast, deinem Bruder zu folgen?"

Sen nickte. "Wenn es nach mir ginge...", doch Marins Vater unterbrach ihn mit einer entsprechenden Geste.

"Ich verstehe schon. Meine Tochter kann sehr – überzeugend sein."

Marin sah ihren Vater trotzig an, gab aber kein Kontra.

"Doch sie hat gut darin getan, dich aufzuhalten." Er atmete sichtlich ein und seine Miene wurde sehr ernst, als er weitersprach.

"Hör mir zu. Du hast es bisher nicht leicht gehabt, aber glaube mir, die Welt da draußen kann noch viel grausamer sein als alles, was du bisher erlebt hast. Ich sage nicht, dass es grundsätzlich so ist, aber du solltest darauf vorbereitet sein, dass Leute wie du und ich es nicht leicht haben. Für mich ist es da noch einfacher. Niemand hält einen Illusionisten für gefährlich. Alles, was ich beeinflussen kann, ist meine eigene innere Kraft.

Die Leute amüsieren sich über meine Illusionen und niemand glaubt, welche Macht hinter einem so einfachen Taschenspielertrick stehen kann. Du aber hast die Gabe, die Kraft in allen Dingen und Wesen, die dich umgeben zu beeinflussen. Die Macht eines Semanten ist keine Illusion, sie ist wahrhaftig. Wenn uns mehr Zeit bliebe, würde ich dir gerne alles erzählen, was ich weiß. Aber ich sehe schon, dass ich dich nicht halten kann. Dein Bruder ist dir sehr wichtig, nicht wahr?"

Sen nickte, ging aber nicht weiter darauf ein. Tatsächlich wäre er dankbar gewesen, mehr über all das zu erfahren, doch alles in ihm drängte, Erriel zu folgen. Jeder Augenblick, der verging, war für ihn eine Qual und schürte die Angst, seinen Bruder zu verlieren. Und Marins Vater verstand das genau.

"Wenn sie mir Marin genommen hätten, würde mich auch niemand hindern können, ihr zu folgen." Er ließ diese Worte eine Weile stehen, bevor er fortfuhr. "Wie ich schon sagte: viel kann ich dir nicht sagen über die Feuervögel. Ich weiß, dass es machtvolle Wesen sind, die allein aus dem ihren Element bestehen und damit die reinste Form jener Kraft darstellen, die uns allen und allen Dingen innewohnt.

Sie sind zugleich formlos, aber dennoch an ihr wahres Wesen gebunden. Sie folgen alleine ihrem Instinkt und nichts anderes leitet sie. Und Feuer ist der Bestimmung verschrieben zu vernichten." Er schüttelte den Kopf. "Einen Menschen zu entführen geht so ziemlich gegen alles, was ich von diesen Wesen weiß und je gehört habe. Wenn du aber sagst, dass sie deinen Bruder entführt haben, lebend, dann... Dann weiß ich auch nicht weiter."

"Ich verstehe." Sen hatte nicht erwartet, viel von Marins Vater zu erfahren. Tatsächlich hatte er in diesem kurzen Gespräch mehr über sich selbst und über das was er war gelernt, als bisher in seinem ganzen Leben. Dennoch musste da wohl tief in seinem Inneren die Hoffnung gewesen sein, dass es für alles Geschehene und für all seine Fragen eine einfache Antwort gäbe und die Enttäuschung war groß, als ihm nichts blieb als weitere ungelöste Fragen.

Sicher hätte Gend ihm noch viel mehr über Illusionisten und Semanten erzählen können und Sen gab sich selbst die Schuld, dass er nicht die Gelegenheit ergriffen hatte, als Marin ihm das erste Mal anbot, sie einander vorzustellen.

Vieles wäre wohl anders gekommen, hätte er damals nicht abgelehnt. Doch er konnte nicht ändern, was geschehen war und nun blieb ihm nicht mehr die Zeit, um nachzuholen, was er versäumt hatte.

Er bemerkte erst, wie versunken er in seinen Gedanken war, als Gend ihm etwas in die Hand drückte. Als er hinunterblickte, sah er, dass es die Zügel eines Esels waren. Erst jetzt fiel ihm auf, dass einer der Esel gezäumt und schwer bepackt war. Ehe er dazu kommen konnte, eine entsprechende Frage zu stellen, gab ihm Marins Vater die Antwort.

"Nach letzter Nacht haben wir zwar nicht mehr viele Vorräte übrig, aber dein Weg wird sicher beschwerlicher sein als der unsrige."

Sen schüttelte ungläubig den Kopf und es dauerte, bis er in der Lage war zu antworten.

"Wie könnte ich das annehmen?" Er erinnerte sich an die leeren Truhen in dem Zelt, in dem er die Nacht verbracht hatte. Die Vorräte dieser Leute waren tatsächlich erschöpft und das Wenige, was sie hatten, teilten sie bereits bereitwillig mit den Dorfbewohnern. Doch Gend machte nicht den Anschein, als nähme er ein Geschenk zurück. Er grinste breit, klopfte Sen auf die Schulter und ließ ihn daraufhin mit den Zügeln in der Hand stehen.

"Ich wünsche dir viel Glück. Du wirst es brauchen!", sagte er, während er sich bereits entfernte.

Sen hob an, ihm etwas hinterherzurufen, doch es kam ihm nichts in den Sinn, was er hätte sagen können – was als Dank angemessen gewesen wäre. Schließlich war es Gend, der sich noch einmal, mit einem freundlichen Lächeln auf den Lippen, zu ihm umwandte.

"Du glaubst doch nicht etwa, dass ich meine einzige Tochter ganz ohne Hab und Gut losziehen lasse?"

Marin lief ihrem Vater hinterher und sprang ihm in die Arme. Sie wechselten einige Worte, die Sen von der Entfernung nicht verstehen konnte und verabschiedeten sich dann mit einer weiteren innigen Umarmung. Schuldbewusst lächelnd kam Marin schließlich zurück.

"Am besten nehme ich das!", erklärte sie, nahm ihm die Zügel aus der Hand und lief los.

Sen blieb allein auf der Weide zwischen den Eseln zurück. Die Hand noch erhoben, als halte er auch weiter die Zügel, fühlte er sich wie einer von ihnen. Kurz spielte er mit dem Gedanken, auf dem Absatz kehrtzumachen und schlichtweg einen anderen Weg einzuschlagen. Unglücklicherweise lief Marin genau in die Richtung, in die er zu gehen hatte.

Er selbst war es, der ihr den Weg offengelegt hatte, als er nach Erriel Ausschau hielt. Er hätte sich dafür ohrfeigen können. Aber wie konnte er ahnen, welche Folgen dieser eine Blick in jene Richtung hätte? Resignierend und mit einer ungewollt trotzigen Miene folgte er ihr schließlich.

Sie durchquerten das Lager der Gaukler und Marin verabschiedete sich von jedem, der ihnen begegnete, ohne weitere Erklärung. Anscheinend war Sen der Einzige, der nichts von ihrem Vorhaben gewusst hatte. Doch es blieb nicht bei einigen freundlichen Worten. Marins Leute, die ihm bisher völlig fremd waren, umarmten nicht nur sie, sondern verabschiedeten sich auch von ihm mit einer freundlichen Berührung oder einem schlichten Kopfnicken.

Sie hatten das Gauklerlager gerade hinter sich gelassen, da kam eine weitere Person auf sie zu. Diesmal allerdings schien nicht Marin das Ziel zu sein.

"Warte einen Moment!", rief der fremde Mann, der Sen doch irgendwie bekannt vorkam.

Sen hielt inne. Er hatte ihn beinahe eingeholt und auch Marin blieb nun verwundert stehen. Als der Mann ihn erreicht hatte, rang dieser nach Luft und deutete an, noch einen Moment Zeit zu brauchen, um wieder zu Atem zu kommen. Sen wartete geduldig und schweigsam, bis sich sein Gegenüber von dem kurzen Sprint erholt hatte.

"Ich habe gehört, dass du weggehst!", japste er schließlich, noch immer nicht völlig bei Kräften. "Ich wollte dir noch danken! Und mich entschuldigen… Wegen dem, was ich gestern gesagt habe. Es tut mir wahnsinnig leid. Ich habe die völlig falschen Schlüsse gezogen."

Sen dachte nach, doch es fiel ihm nicht ein, woher er diesen Mann kannte und auch nicht, worauf er anspielen wollte.

Auch wenn dem Fremden Sen Verwirrung nicht zu entgehen schien, so versuchte er, sich davon nicht beirren zu lassen.

"Ich hoffe, du findest deinen Vetter. Immerhin ist er dein einziger Verwandter, jetzt, wo deine Tante und dein Onkel…" Er sprach nicht weiter.

Sen hatte nicht gewusst, dass Onkel und Tante dem Feuer zum Opfer gefallen waren. Er schämte sich dafür, bisher keinen Gedanken daran verschwendet zu haben und es schmerzte ihn sehr, denn sie waren die einzigen Eltern, die er je gehabt hatte. Viele Jahre hatte er glücklich mit ihnen gelebt, bevor alles anders geworden war.

Irgendwie hatte er doch gewusst, dass sie tot waren und wahrscheinlich war das der Grund, weswegen er nicht weiter daran gedacht hatte. Der fremde Mann jedenfalls hatte nicht die Absicht gehabt, ihm diese Nachricht zu überbringen. Sicher ging er davon aus, dass Sen es bereits wusste und es war ihm sichtlich unangenehm, dass es nicht so war.

Er klopfte Sen auf die Schulter, vermied aber jeden weiteren Augenkontakt.

"Nun ja. Viel Glück wünsche ich dir und denk daran, dass du hier jederzeit willkommen bist!" Er warf einen flüchtigen Blick auf die erbärmlichen Überreste des Dorfes. "Sobald wir Bask wieder aufgebaut haben…"

Sen sah seinerseits zu den Trümmern hinunter, die da im Tal lagen wie der spärliche Rest eines zerstörten Vogelnestes und in diesem Moment war er sich sicher, Bask nie wieder zu sehen. Sei es, weil er nie wieder zurückkehrte oder aber, weil es den Dorfbewohnern nicht gelänge, ihr Dorf wieder aufzubauen.

Er stand viel zu lange da und starrte in das Tal hinunter, bis ihn das Gefühl überkam, der Mann aus dem Dorf könne seine Gedanken lesen. Tatsächlich sah ihn der Dorfbewohner fragend an. Sen bedankte sich rasch und verabschiedete sich mit kurzen Worten.

Der Mann schien zufrieden und verließ ihn so eilig, wie er gekommen war. Auch Sen zögerte nicht, schnellstmöglich zu Marin aufzuschließen und sie gingen nebeneinander weiter, als sie die Straße in Richtung Alkantor einschlugen.

Seine Begleiterin jetzt noch zurückzuschicken, wäre vielleicht nicht zu spät gewesen, doch diese Gelegenheit ließ Marin ihm nicht.

"Ich dachte, Erriel war dein Bruder?"

"Ja", antwortete er.

Seine Gedanken waren noch immer bei dem Mann und der Frage, woher er ihm so bekannt vorkam. Später fiel ihm ein, dass es der Mann gewesen sein musste, dessen Schulter er geheilt hatte, gleich nachdem die Feuervögel davongeflogen waren.

"Ja?", hakte Marin nach. "Ist er nun dein Bruder oder ist er dein Vetter?"

"Wir sind als Brüder aufgewachsen. Bist du sicher, dass du nicht-" Er deutete in die Richtung, aus der sie kamen, doch Marin unterbrach ihn mit einer abwehrenden Handbewegung und er resignierte endgültig.

Sie liefen eine Weile weiter schweigend nebeneinander her, bis Sen fortfuhr.

"Für mich war er immer mein kleiner Bruder, doch er kann sich nicht mehr erinnern. Ich frage mich, was ich für ihn bin."

Marin schenkte ihm ihr alles leichter machendes, alles aufhellendes Lächeln.

"Dieses Band zwischen dir und ihm, das dir sagt, wo er ist und wie es ihm geht, das besteht sicher nicht nur in einer Richtung. So eine Verbindung gäbe es doch sicher nicht, empfände er nicht genauso für dich wie du für ihn. Selbst wenn er sich nicht mehr an die Zeit erinnern kann, die ihr zusammen verbracht habt, bist du dennoch ein Teil seines Lebens."

Sen erwiderte ihr Lächeln. Er wusste nicht, ob sie richtig lag, doch es war ihm einerlei. Ihr Trost allein ließ ihn hoffen.

Erriel wusste nicht, wie viel Zeit vergangen war. Wie hätte er auch, ohne jedweden Anhaltspunkt? Wie kann man feststellen, ob die Zeit vergeht, wenn man nichts sehen, nichts fühlen, nichts hören kann? Wenn man nicht einmal Herr seiner eigenen Gedanken ist?

Nun gut, er war zweifelsohne Herr seiner Gefühle: er war verwirrt, aber vor allen Dingen war er wütend.

*Trotzig wie ein kleines Kind, träfe es wohl eher.*

Er war sich nicht so sicher, ob *ihm* dieser Gedanke kam oder ihm jemand – oder etwas – zu verstehen gab, dass er trotzig war.

Wie auch immer: die Zeit verging. Sie musste vergehen, denn nur *sie* konnte ihm erlauben zu begreifen. Und er begann zu begreifen, begann zu verstehen, was um ihn herum geschah. Er lernte seinen Geist zu beherrschen, ihn zu sammeln und zu ordnen, ihn fernzuhalten von dem Fremden, der sein Wärter war in diesem Gefängnis ohne Mauern.

Der Fremde mochte sich weigern, ihm Fragen zu beantworten, doch dieses Spiel ließ sich auch zu zweit spielen. Erriel hatte bald begriffen, dass seine Gedanken, wenn sie ihm nicht mehr untertan waren, nicht nur einsehbar waren für seinen Entführer, sondern ihm auch zu Diensten stehen konnten.

Womöglich war er in der Lage, Erriels Erinnerungen zu beeinflussen, zu ändern und zu verdrehen, sie ihm zu nehmen oder sie gegen ihn zu verwenden. Womöglich nutzte der Fremde auch seine Verwirrung und Angst, um ihn mit solch wahnhaften Gedanken zu kontrollieren, ihn abzulenken und in seiner eigenen kleinen Welt gefangen zu halten – ihm einen Kerker aus Gefühlen und Gedanken zu schaffen und fernzuhalten von… von-was-auch-immer.

Erriel kam nicht dazu, seine Gedanken und Gefühle, ob sie nun ein Teil von ihm waren oder aber nicht, zu Ende zu denken oder zu fühlen. Bevor alles zu Ende ging, zog er noch eine letzte Lehre aus alledem: er mochte seinen Körper und er mochte es ganz und gar nicht ohne ihn zu sein.

Er begann zu spüren. Im Nachhinein wurde ihm bewusst, dass der Wiederkehr der Sinne eine Unruhe vorausging, die nicht die seine war.

Die Wärme des Feuers floss wieder auf ihn ein. Tatsächlich war sie die ganze Zeit über da gewesen, nur eben war sie nicht spürbar, wenn auch fühlbar. Er sah. Sah Licht, Farben, sah das Feuer. Sah hinunter auf seine Hände, bewegte seine Finger, spürte seine Beine, seine Füße und den festen Boden darunter.

Er blieb stehen. Das Feuer hätte ihn mit sich gerissen, ihn weiter gefangen gehalten, hätte er nicht dagegen angekämpft. Und wie er zu kämpfen begann, waren die Flammen nicht mehr warm und ein Teil von ihm, sie brannten heiß auf seiner Haut.

Er riss die Arme hoch, stolperte einige Schritte rückwärts. Das Feuer stob an ihm vorbei und ließ ihn zurück. Nach Luft schnappend fiel er auf die Knie. Er konnte atmen und das erste Mal in seinem Leben tat er dies bewusst, füllte seine Lungen mit Luft und genoss, wie sein Körper seinem Befehl gehorchte.

Jemand packte ihn am Kragen und zerrte ihn mit sich. Erriel wehrte sich, versuchte zu erkennen, wer ihn festhielt – wo er war.

Es war dunkel, der Boden unter seinen Füßen war aus Stein und es roch modrig und feucht. Sterne standen am Himmel und es war laut. Das Schlagen vieler Hufe ließ den Boden vibrieren und Metall klirrte, dass es sich anhörte wie in einer Schmiede, in der dutzende Gesellen am Werke waren.

Der Mann, der ihn mit sich gezerrt hatte, zog ihn weg von dem Geschehen, zog ihn hinter eine halbhohe Mauer und drückte ihn dort gegen die Wand. Erriel sah zu ihm hoch, doch Schatten verbargen das Antlitz des Fremden. Dann ließ der Mann ihn allein. Er lief zurück in die Schlacht, lief mit erhobenem Schwert und streckte nieder, was sich ihm in den Weg stellte.

Erriel spähte über die Mauer. Die Feuervögel kreisten über der Burgruine, die den Ort des Geschehens markierte. Sie stürzten sich wie Falken auf ihre Opfer und dennoch schienen sie wie gegen eine unsichtbare Mauer zu fliegen und immer wieder prallten sie davon ab.

Rot beschienen von den Herrschern des Himmels tobte ein erbarmungsloser Kampf zwischen berittenen Kriegern, bewaffnet mit Schwertern und Bögen.

Erriel wusste nicht, zu wem er halten sollte. Auch konnte er nicht erkennen, wen die Feuervögel angriffen, ob die Ritter in blauen Tuniken oder die ledergerüsteten Krieger. Schließlich war es einer der Männer in Lederrüstung, der ihn erspähte und auf ihn zukam, wobei sich die Muskeln seines rechten Armes spannten, als er seinen Schwertgriff fester umschloss.

Erriel wich zurück. Er stolperte rücklings von seinem Verfolger weg, weg von dem Kampfgeschehen. Wenn er doch nur eine Waffe gehabt hätte. Etwas, irgendetwas, um sich zu verteidigen. Verzweifelt und wehrlos wie er war, riss Erriel die Arme hoch und jemand ergriff seine Hand. Mit einem Mal war er auf dem Pferd eines Ritters.

Es war derselbe Mann, der ihn zuvor schon aus dem Kampfgeschehen gezogen hatten. Ein stattlicher Krieger in schwerer Rüstung unter blauer Tunika. Auf dessen Brust prangte ein weißer Wanderfalke mit weit ausgebreiteten Schwingen. Das Wappen der Herrschaftslande, das Hauswappen der Königsfamilie von Enshir. Der Ritter gab seinem Pferd die Sporen und ließ ein Horn erschallen, auf dessen Signal des Königs Reiter den Rückzug antraten.

# Auf der Suche

Sie liefen den ganzen Tag hindurch ohne eine Rast. Marin erzählte unentwegt von ihren Leuten und den Dingen, die sie mit ihnen erlebt hatte. Mit all den Namen und Orten, die sie erwähnte, konnte Sen nichts anfangen, auch wenn sie sich redlich Mühe gab, ihm genau zu erklären, von welcher Person sie nun sprach und wo sich der Ort befand, den sie umschrieb.

Seine Unwissenheit hatte zur Folge, dass ihm kaum etwas von ihren Erzählungen lange im Gedächtnis blieb und dennoch empfand er es als angenehm, ihr zuzuhören. Und selbst, wenn es ihm keine Freude gewesen wäre, so wusste er doch, dass es ihr sehr wichtig war, von ihren Leuten zu erzählen. Sie vermisste sie wohl sehr.

Auf ihrem Weg in Richtung Alkantor begegnete ihnen kaum eine Menschenseele. Nur hin und wieder kam ihnen ein Ochsenkarren entgegen. Nie zuvor hatte sich Sen so weit von seiner Heimat entfernt. Die vielen Jahre alleine im Wald hatten die Welt um ihn herum fremd und furchteinflößend werden lassen. Hier, wo ihm nichts mehr vertraut war und hinter jeder Ecke ihn fremde Menschen erwarten konnten, deren Denken und Handeln er nicht einzuschätzen vermochte, fühlte er sich verloren und hilflos.

Doch er hatte eine Aufgabe, ein Ziel und den unbeirrbaren Willen, dieses zu erreichen. Er fühlte sich wie ein Fremdkörper in einer Welt, in der es keinen Platz für ihn zu geben schien. Doch wenn ihm auch alles unbekannt war und die Erlebnisse der vergangenen Tage mehr Fragen über ihn selbst und das was er war aufgerufen hatten, als er Antworten bekam, so wusste er doch, dass er all seine Bedenken und sein Unbehagen zur Seite schieben musste – dass es ihm vielmehr ein Leichtes war, sie beiseite zu schieben – um unbeirrt seinem Weg zu folgen – wo auch immer er ihn hinführen möge.

Als es dämmerte, suchten sie sich eine geeignete Lagerstätte etwas abseits des Weges. Wäre es nicht so bitterkalt gewesen, so hätte Sen davon abgesehen, ein Feuer zu entfachen, doch die Sonne war noch nicht vollends hinter dem Horizont versunken, da konnten sie bereits ihren eigenen Atem sehen.

Sie teilten sich Brot und Käse und auch ein wenig gepökeltes Fleisch und Marin setzte einen Kessel Wasser auf, um einen warmen Tee zuzubereiten.

Sen sprach es nicht aus, doch er war froh, dass Marin ihn begleitete. Wären sie und ihre Leute nicht, würde er jetzt bereits hungern. Alles was er an Proviant hätte mitnehmen können, wären ein paar Kräuter und ein halber Laib Brot gewesen. Und sicher hätte er nicht daran gedacht, einen Kessel mitzunehmen, geschweige denn Feuerstein und Zunder.

Beide waren sie sehr müde und Marin schlief ein, noch ehe sie ihre letzte Geschichte zu Ende erzählt hatte. Er aber saß noch eine lange Zeit am Feuer und suchte am Horizont etwas, das zu fern war, um es erfassen zu können. Schließlich fielen auch ihm die Augen zu.

Als er am nächsten Morgen erwachte, war das erste, was er wahrnahm, der süßliche Duft nach Minze und Honig. Sie nahmen ein einfaches Morgenmahl zu sich, packten ihre Habseligkeiten wieder sorgfältig zusammen und führten ihren Weg fort, gleich nachdem sie sich an einem nahegelegenen Bach erfrischt hatten.

Der Beginn des neuen Tages glich dem Ende des vorhergehenden in jeder Hinsicht. Erst als sie sich Alkantor näherten, häuften sich die Begegnungen mit Fremden, sodass sie sich entschlossen, vom Hauptweg abzuweichen, um die Stadt weitläufig zu umgehen.

"Wir können nicht jedes Mal einen Bogen um Städte und Dörfer machen. Irgendwann brauchen wir neuen Proviant." Marin erklärte dies nur beiläufig, doch Sen erkannte, dass sie Alkantor und auch die Reisenden, die ihnen begegneten, nur deshalb mieden, weil es für ihn so angenehmer war.

"Das, was mein Vater gesagt hat, muss dich nicht abschrecken. Selbst wenn die Leute wüssten, wer du bist, änderte das nichts. Aber sie wissen es nicht."

Natürlich hatte Marin Recht. Hier kannte ihn niemand und jeder, dem sie begegneten, hielte ihn für einen normalen Reisenden – wenn auch seine Kleidung noch Spuren des Feuers aufwies und alt und abgetragen war. Er wusste nicht, wie man mit Landstreichern umzugehen pflegte, doch Marin machte nicht den Eindruck, als ob sie es mit diesem Los schlecht getroffen hätten, trotz ihres leicht heruntergekommenen Auftretens.

Er verdrängte den Gedanken daran, dass man ihm vielleicht anmerkte, dass er etwas zu verbergen hatte. Schließlich waren sie noch nicht dazu gezwungen, eine Stadt aufzusuchen und so verschob er seine Sorgen auf den Zeitpunkt, da sie angebracht wären.

Als der Nachmittag dem frühen Abend wich, näherten sie sich einer Holzbrücke, die sich über eine tiefe Schlucht zog. Marin hatte ihm erklärt, dass nicht weit hinter der Brücke eine kleine Stadt lag, in der sie Freunde hatte, bei denen sie sicher einen Schlafplatz für die Nacht fänden.

Als Marin davon gesprochen hatte, dass sie sich nicht immer von Städten und Menschen fernhalten konnten, hatte er nicht geahnt, dass sie plante, sobald schon das Lagerfeuer gegen ein Dach über dem Kopf einzutauschen. Doch fand er keine Argumente, die gegen diese Stadt sprachen, die er nicht kannte, also nahm er es hin.

Eine ganze Weile hatte Marin schon geschwiegen und so drängte es Sen, diese Stille zu durchbrechen.

"Dieses Wort. Semant. Was bedeutet es?"

Marin warf ihm einen kurzen Blick zu, bevor sie sich wieder dem Weg vor ihren Füßen widmete und zu einer Antwort anhob.

"Ich weiß nicht genau, was es bedeutet", gab sie zu. "Weißt du, Semanten gibt es nicht sehr viele. Gab es noch nie. Aber heutzutage trifft man nur noch sehr selten auf sie. Es gibt alte Geschichten und Erzählungen – wie viel Wahres darin steckt, lässt sich schwer sagen. Man müsste einen Semanten fragen, um die Wahrheit zu erfahren."

Sie lächelte. Es war ein flüchtiges und bitteres Lächeln. "In solch kleinen Dörfern wie Bask, da weiß man mit einem Semanten nichts anzufangen, aber in großen Städten, da erzählt man sich noch heute diese Geschichten. Du wirst schon sehen!"

Mit den letzten Worten hellte sich ihre Miene auf und neue Worte wollten sich den bereits ausgesprochenen anschließen, als ein surrendes Geräusch die Luft durchschnitt, durch seinen Umhang fegte und fast lautlos gegen das Holz der Brücke schlug, die unmittelbar vor ihnen lag. Sen wirbelte herum.

Er hatte nicht lange gebraucht, um zu erkennen, dass es ein Pfeil war, der tief im Brückenpfosten steckte und zudem ein fingerdickes Loch in seinen Umhang gerissen hatte.

Ihnen gegenüber standen vier Männer. Einer von ihnen hielt einen gespannten Bogen und die runde Kupferspitze des Pfeils zielte geradewegs auf Marin.

"Wegelagerer!", stieß sie hervor, doch einer der Männer schüttelte verneinend den Kopf.

"Nein, Wegelagerer sind wir nun wirklich nicht", widersprach er und in seiner Stimme lag eine Gehässigkeit, die ihn als Lügner entlarvte. "Wir sind ehrliche Bürger, die nichts weiter tun, als den Wegezoll einzufordern, den jeder zu zahlen hat, der diese Brücke überquert. Das ist doch nur rechtens!"

Marin wich zurück. Die Brücke war noch gute zehn Schritte von ihnen entfernt und nichts bot ihnen Schutz, bis auf wenige Bäume weitere zwanzig oder gar dreißig Schritte über die Brücke hinaus. Sen stellte sich schützend vor Marin.

"Wie hoch ist der Wegezoll?", fragte er und hoffte einfach darauf, dass sich die Männer tatsächlich mit einer Entlohnung zufrieden gäben.

Der Mann, der bereits gesprochen hatte, ergriff auch diesmal das Wort.

"Wir sind ja keine Halunken, also geben wir uns zufrieden mit, sagen wir mal, dem Esel!"

Sen nahm die Zügel an sich und griff nach dem Gepäck. Ihre Reise würde ohne das Tier weitaus mühseliger verlaufen, aber den Esel gegen ihr Leben war ein fairer Preis.

Marin packte Sen am Arm. Ihr Blick verriet ihm ihre Furcht, ebenso wie ihr Schuldbewusstsein. Nicht sie war es, die ihn in diese Lage gebracht hatte – war sie doch nur seine Begleiterin. Dennoch erkannte er, dass sie sich verantwortlich fühlte für das, was geschah.

Ein weiterer Pfeil durchschnitt die Luft und ließ Sen einen Schritt zurückweichen.

"Du hast mich missverstanden", erklärte der Anführer der vier Männer. "Den Esel *und* das Gepäck."

Die Männer lachten.

Sen ließ die Zügel los und drängte Marin einige Schritt von dem Tier weg. Er sah in den Augen des Mannes, dass er längst noch nicht zufrieden war.

"Du verstehst, dass ich so ein ungebührliches Verhalten nicht ungestraft lassen kann?", pfiff er und das Grinsen in seinem Gesicht wurde so breit, dass seine gelben Zähne zum Vorschein kamen. "Wenn sich das jeder erlauben würde, wo kämen wir da hin? Also, der Esel mitsamt dem Gepäck und das Mädchen. Dann lassen wir dich unbehelligt weiterziehen."

Es gab nicht einen Moment, in dem die Möglichkeit bestanden hatte, unbehelligt von diesen Wegelagerern wegzukommen. Sie hatten nie vorgehabt, ihnen nur ihre Habe zu nehmen. Marin hatte das gewusst und auch Sen musste es nun schmerzlich begreifen.

Er wandte sich nicht um, als er ihr zuflüsterte. "Du läufst so schnell du kannst über die Brücke und bringst dich in Sicherheit. Du schaust nicht zurück und wirst nicht zögern."

Er konnte fast hören, wie Marin ihm widersprechen wollte und es doch nicht tat. Er erhob die Arme, Marin erkannte das Zeichen und rannte los.

"Haltet sie!", rief einer der Männer.

Doch der Pfeil, der ihr nachsetzte, wurde von einer plötzlich aufkommenden Windböe ergriffen und fiel zu Boden. Genauso schnell wie Marin die Brücke erreicht hatte, waren die Männer an Sen herangekommen.

Sein Herz pochte wild, doch wenn er es mit Feuervögeln aufnehmen konnte, so würden ihm diese Halunken keine Herausforderung sein.

Er konzentrierte sich auf alles, was ihn umgab. Er spürte den Herzschlag der Männer, hörte das Pfeifen des Windes durch das kleine, runde Loch, dass der Pfeil in seinem Umhang hinterlassen hatte, spürte die Erde unter seinen Füßen und die Wurzeln, die sich darin ihre Wege bahnten und jedes Leben, das sich dort im dunklen Feucht regte.

Er spürte das Wasser, wie es in den Wurzeln pulsierte und wie die Wurzeln danach gierten und sich sehnten wie die Blume nach dem Sonnenlicht.

Wie genau er es anstellte, war ihm nicht bewusst, doch die Erde unter seinen Füßen begann zu beben und zwei der Männer schlugen hart auf den Boden, als sie im Lauf von den Füßen gerissen wurden, aufgehalten von Wurzeln, die aus dem Erdreich brachen. Ein dritter lief an ihm vorbei, geradewegs auf die Brücke zu, die Marin zur Hälfte überquert hatte.

Sen wirbelte herum. Der Mann mit dem Bogen lag neben ihm, doch rappelte er sich bereits wieder auf. Marin wäre längst in Sicherheit, bis er zum Schuss käme, würde ihr Verfolger sie nicht vorher erreichen. Sen musste ihr einen Vorsprung verschaffen.

Er hob den Arm, da traf ihn ein dumpfer Schlag auf den Hinterkopf. Für den Bruchteil eines Augenblicks wurde ihm schwarz vor Augen und er fand sich auf den Knien wieder. Als er die Orientierung zurückgewann, erkannte er, dass Marin die Brücke bereits überquert hatte. Er hob ein weiteres Mal seine Hand, als wolle er nach der Brücke greifen. Das tote Holz bebte, doch es blieb, was es war: eine festgebaute Brücke, zusammengefügt durch Nägel und Pech.

Ein weiterer Schlag traf ihn zwischen den Schulterblättern. Jemand hatte sich auf ihn gestürzt und drückte ihn nun zu Boden. All sein Streben war jedoch auf die Brücke gerichtet und nichts, was um ihn geschah, konnte ihn davon wegreißen.

Er konnte jede Rille, jede Kerbe im Holz wahrnehmen. Er spürte, wie es nachgab unter den Schritten des Mannes, der Marin dicht auf den Fersen war und er spürte, wie das Metall der rostigen Nägel bei jeder Erschütterung vibrierte. Der Rost aber tat ungehindert das, was sein Streben war; er zerfraß das Metall. Er zerfraß es, bis nichts mehr von ihm übrig war und nichts mehr da war, was das Holz zusammenhielt und davon abhielt, in die Tiefe zu stürzen.

Das laute Scheppern der einstürzenden Brücke lies Marin herumwirbeln und Sen erkannte ihr Entsetzen, doch sie lief weiter. Sie hätte ihn niemals zurückgelassen, hätte es einen Weg gegeben. Nun aber gab es kein Zurück und er war unendlich erleichtert, als sie weiterlief und schließlich außer Sicht war.

Erst jetzt spürte er den festen Griff des Mannes, der ihn zu Boden drückte. Er versuchte, gegen ihn anzukämpfen, sich aufzurichten, doch der Angreifer drückte seine Schultern mit solcher Kraft zu Boden, dass jede Gegenwehr vergebens war.

Sen legte seine Hände auf die Erde. Diese Männer hatten Waffen und waren ihm in Anzahl und Körperkraft weit überlegen, doch er war alles andere, als bereit aufzugeben. Wieder bebte die Erde unter ihm und er sah tief in sie hinein.

Die Männer um ihn herum waren in hellem Aufruhr.

"ERSCHLAG IHN!", schrie der eine und Sen spürte, wie dem Mann die Hand zitterte, in der er einen Dolch hielt – unfähig, ihn gegen den Semanten zu richten.

"SCHNEID IHM DIE KEHLE DURCH!", schrie der dritte, doch der Mann, der Sen noch immer niederdrückte, blieb völlig ruhig. Sen konnte sein boshaftes Grinsen förmlich in seinem Nacken spüren und diese vollkommene Ruhe, die der Mann trotz allem behielt, war es, die Sen einen Moment zu lange zögern ließ.

"Einen Pfeil!", forderte der Mann und als der Bogenschütze neben ihm nicht reagierte, griff er selbst in den Köcher.

Sen schrie auf, als der Schmerz durch seinen Fuß zuckte und ihm das ganze Bein hinaufkroch.

"Auf die Beine mit ihm!", schrie der Mann und ließ zugleich von ihm ab.

Sen sah noch, wie er ihm das abgebrochene Pfeilende hinwarf, bevor sie ihn hochzogen. Der kleinere Teil musste wohl noch immer in seinem Bein stecken und sie ließen ihn das schmerzhaft spüren, als sie ihn zwangen, aufrecht zu stehen.

Verzweifelt kämpfte Sen gegen die beiden Männer an, die ihn an den Armen hielten. Er hätte genauso mit bloßen Fäusten gegen Felsen schlagen können, so sinnlos war dieses Unterfangen.

"Was nun?", fragte ihn der Anführer mit einem zufriedenen Grinsen. "Du dachtest wohl, du hättest leichtes Spiel mit uns. Hah!"

Er lachte, als Sen dem nichts weiter entgegenzusetzen hatte. Wider besseres Wissen versuchte er, sich auf irgendetwas in seiner Umgebung zu konzentrieren, irgendetwas zu tun, um sich aus dieser Situation zu befreien. Doch der Schmerz war zu groß. Er versuchte, sein Bein zu entlasten. Hätte er nur einen Moment Zeit, seine Gedanken zu sammeln, so würde es genügen.

"Auf!", schrie der Befehlshaber seinen beiden Männern zu. "Wir haben keine Zeit zu verlieren! Und vergesst den Esel nicht!"

Und als sie losliefen und ihn mit sich zogen, durchzuckte ihn der Schmerz bei jedem Schritt. Er hatte ihm den Pfeil zwischen Knöchel und Sehne gejagt und mit jeder Bewegung spürte er den Schmerz aufs Neue aufkommen. Der lederne Schaft seines Schuhs schlug unentwegt gegen den Fremdkörper und das Blut lief an ihm herunter, sodass ihm seine Sohle keinen Halt mehr bot und er unentwegt abrutschte.

Er versuchte, den Schmerz abzuschalten, ihn zu ignorieren, doch es gelang ihm nicht. Er versuchte, sich auf seinen eigenen Körper zu konzentrieren, auf seine eigenen Wunden, so wie er es zuvor bei den vielen Verletzten getan hatte, doch, selbst wenn er sich hätte konzentrieren können, er konnte genauso wenig in sein Inneres sehen, wie er in sein eigenes Antlitz blicken konnte.

"Was ist mit Malik?", fragte einer der Männer. "Lassen wir ihn einfach zurück?"

"Wir haben keine Zeit, um nach ihm zu suchen", erklärte der Vordermann unwirsch. "Wenn er noch am Leben ist, muss er sich selber helfen."

Doch seine Männer konnten das nicht so einfach hinnehmen. "Wir schleppen diesen Kerl hier mit und lassen Malik einfach zurück?", knurrte der eine und der zweite stimmte ihm zu. "Wieso haben wir ihn nicht einfach abgestochen?"

Wieder lachte ihr Anführer.

"Warum? Ich sage euch warum: der Bursche hier macht uns alle reich! Wenn wir es geschickt anstellen, werden wir eine hohe Summe für ihn einstreichen. Habt ihr überhaupt eine Ahnung, wer uns da ins Netz gegangen ist?"

Seine Männer gaben keine Antwort, also richtete er seine Frage an Sen.

"Du weißt es, nicht wahr? Du weißt, was du bist! Aber du hast nicht damit gerechnet, dass ich es auch weiß und schon gar nicht, dass ich weiß, wie man mit Leuten wie dir umzugehen hat! Eingebildetes Semantenpack!" Er ließ seine Worte einen Moment wirken und badete derweil in seinem Triumph. "Wir könnten dir die Augen ausstechen, die Hände abhacken, die Zunge rausschneiden und die Ohren durchstechen und du würdest noch genauso gefährlich sein wie zuvor. Aber wenn du nicht in der Lage bist, dich zu konzentrieren, dann ist es aus mit deiner Macht. Nicht wahr?" Er lachte bitterlich und sein Blick huschte zu seinen Männern, um deren Bewunderung zu ernten.

"Alles was man braucht, ist eine kleine Ablenkung. Immer und immer wieder. Seelenfänger tut es auch, aber von dem Kraut habe ich nichts zur Hand und diese Methode gefällt mir ohnehin besser", erklärte er, als gäbe er ein Kochrezept weiter. "Und deswegen haben wir keine Zeit, um stehenzubleiben und nach Malik zu suchen. Wir wollen ja nicht, dass du Zeit zum Kräftesammeln hast."

Sen antwortete nicht. Es gab nichts, was er hätte tun können, nichts, was er hätte sagen können. Diese Männer hatten bewiesen, wie gnadenlos sie waren und sie hatten ihm offenbart, welches Schicksal ihn erwarte. Sie würden ihn verkaufen wie ein Stück Vieh und dafür brauchten sie ihn lebend. Wenn er durchhielte, käme vielleicht irgendwann der richtige Moment, um zu fliehen und doch spürte er, wie er sich immer weiter von seinem Bruder entfernte und es war nicht einmal die körperliche Entfernung, die größer wurde. Es war vielmehr, dass ihm nicht einmal die Kraft blieb, um diese eine Verbindung aufrechtzuerhalten, die ihm noch geblieben war.

Schließlich musste er sich eingestehen, dass er nicht mehr wusste, ob er sich ihm näherte oder sich mit jedem Schritt weiter von seinem Bruder entfernte. Dabei war die Verbindung zu Erriel alles, was seinen Willen durchzuhalten aufrechterhalten konnte.

Am Himmel standen bereits die Sterne, als sie noch immer nicht anhielten. Sie liefen seit einer geraumen Zeit schon nicht mehr auf dem offenen Weg und selbst, wenn Sen sich in dieser Gegend ausgekannt hätte, so hätte er längst die Orientierung verloren. Alles, was er wahrnehmen konnte, war der stete Schmerz, der mit jedem Schritt durch seinen Körper zuckte und das dumpfe Dröhnen in seinem Schädel, dass ihm die Sinne vernebelte.

Sicher würden sie die ganze Nacht hindurch weiterwandern, doch Sen hielt sich längst nicht mehr aus eigener Kraft auf den Beinen. Immer wieder kam er ins Straucheln, brach ihm der Fuß weg und ließ ihn der Schmerz aufschreien. Und immer wieder wurde er unsanft auf die Füße gezogen.

Er gab sich alle Mühe aufrecht zu gehen, immer einen Fuß vor den anderen zu setzen – die Aussicht heil aus dieser Sache herauszukommen, hatte er jedoch längst hinter sich gelassen. Ja, zu Anfang hegte er noch die Hoffnung auf Flucht – wenn der Zeitpunkt gekommen wäre – doch nun war er sich sicher; irgendwann wäre er ihnen eine zu schwere Last und sie würden sich seiner entledigen. Und er ertappte sich dabei, wie er sich nach diesem Moment sehnte.

Auch die Hoffnung auf Rettung hatte er bereits aufgegeben. Marin war entkommen, doch alleine konnte sie es nicht mit diesen Männern aufnehmen und so dumm war sie nicht, es auf einen Versuch ankommen zu lassen. Sie könnte Hilfe holen, doch wer würde ihr helfen? Ihre Leute waren fast zwei Tagesmärsche entfernt. Und die Bekannten in der Stadt, von denen sie gesprochen hatte? Erst einmal musste sie diese Stadt erreichen und wenn es dort denn jemanden gäbe, der ihr und damit ihm, zu Hilfe käme, wie hätten sie ihn je einholen können? Sie kannte doch nicht einmal die Richtung, in der sie unterwegs waren und die Brücke war zerstört.

"Können wir den Kerl nicht einfach niederschlagen und ihn dann auf den Esel binden?", beschwerte sich einer der Männer und spuckte Sen vor die Füße. "Wir können doch nicht immer so weiterlaufen, ohne eine Pause einzulegen."

Sein Anführer aber brachte ihn mit einer herrischen Geste zum Schweigen.

"Und was glaubst du was passiert, wenn er wieder zu Bewusstsein kommt? Nein! Diesen Gefallen werden wir ihm ganz bestimmt nicht tun." Er schaute sich um und blieb schließlich stehen. "Aber du hast Recht, wir müssen rasten. Ohne die Brücke ist es ein beachtlicher Umweg und wir haben noch eine weite Strecke vor uns."

Er kam auf Sen zu, der kraftlos in den Armen der beiden Männer hing und beugte sich zu ihm hinunter. Eine Weile sah er ihn nur misstrauisch an, packte ihn schließlich am Schopf und zerrte ihn hoch, dass sie auf einer Augenhöhe waren.

"Wenn du glaubst, wir würden dir die Gelegenheit geben zu entkommen, hast du dich geschnitten! Also versuch es gar nicht erst!"

Die Worte klangen fern und unwirklich für Sen und alles, was er sehen konnte schien düster und verschwommen, doch das überlegene Grinsen des Mannes konnte er ebenso klar erkennen wie die Gier in seinen Augen.

Es widerte ihn an, wie dieser raffgierige Abschaum sich in der Macht badete, die er über ihn hatte. Sens Hände formten sich zu Fäusten und er schaffte es irgendwie, sich aus eigener Kraft ein wenig aufzurichten. Der Schmerz schien plötzlich ein Stück in die Ferne gerückt und er begann mehr zu spüren als nur das Rauschen seines eigenen Blutes.

"Schafft ihn weg!", befahl der Mann und seine Lakaien zogen Sen von ihm fort.

Sie zerrten ihn zurück in die unwirkliche Welt, in der er gefangen war in seinem eigenen Körper, schleppten ihn an eine Stelle, die ihnen für eine Rast geeignet schien und zwangen ihn auf die Knie. Sofort stellte Sen den Versuch an, seine Kräfte erneut zu sammeln, doch noch waren seine Gedanken zu wirr und alles, was er vernahm, war der pochende Schmerz in seinem Bein.

Sie banden ihm die Hände auf den Rücken und schnürten das Seil um seine Fußknöchel. Er spürte, wie die straffgebundenen Fesseln an dem Pfeil zerrten und er wagte es nicht, seine Hände auch nur ein winziges Stück zu bewegen.

Der Anführer der Männer setzte sich schließlich ihm gegenüber und sein abfälliger, spöttischer Blick grub sich tief in Sens Fleisch – durchbohrte ihn, wie er es zuvor mit dem Pfeil getan hatte.

"Nur ein paar Stunden", sprach er zu seinen Männern, wobei er keinen Moment von Sen aufsah.

"Und wenn du auch nur mit den Wimpern zuckst..." Er zog seinen Dolch und brauchte nichts weiter zu sagen, um deutlich zu machen, was er meinte.

Sen gelang es nicht, vollkommen still dazusitzen. Alleine jeder Atemzug bewegte seinen Körper, seine Hände und damit die Fesseln genug, um ihn qualvoll an den Pfeil zu erinnern. Der dumpfe Schmerz in seinem Kopf hätte alleine nicht viel ausrichten können. Er hatte mit verbrannten Handflächen gegen Feuervögel gekämpft und die Verletzungen nicht einmal wahrgenommen, doch der Schmerz in seinem Bein war anders.

Er durchzog seinen ganzen Körper bei jeder Bewegung aufs Neue und jedes Mal zerriss er seine Gedanken – zerschlug seine Konzentration, zog ihn zurück in seinen Körper, hin zu dem Schmerz.

Woher hatte dieser Mann das wissen können? Woher kannte er diese Schwachstelle und wusste sie zu nutzen, wo nicht einmal Sen selbst je geahnt hätte, dass dies möglich sei?

In seinem Heimatdorf, da wusste niemand um das große Ganze. Da wusste niemand um die herrschenden Könige, um die zu führenden Schlachten, die erlassenen Gesetze und ganz bestimmt wusste niemand um Semanten, wie man diese band und welchen Wert sie auf dem Sklavenmarkt hatten.

Nicht einmal, dass es so etwas wie Sklaverei in den Herrschaftslanden noch gab. Dort war er einsam gewesen, doch auch sicher. Hier und jetzt konnte er niemandem mehr eine Hilfe sein. Er war aufgebrochen, um Erriel aufzuspüren und zu befreien und nun war er es, der befreit werden musste.

In welcher Lage sein Bruder war und wie wenig Hoffnung er auf Rettung haben mochte, konnte Sen sich nur zu genau vorstellen – und er litt mehr darunter, seine Aufgabe nicht erfüllen zu können, denn unter dem Schmerz, der seinen Körper beherrschte.

Sie gingen weiter, wie angekündigt, nach nur wenigen Stunden. Irgendwann dann wurde es hell, doch der Wald, durch den sie liefen, war zu dicht, als dass Sen wissen konnte, ob der Tag erst angebrochen oder weit fortgeschritten war.

Es musste wohl bewölkt sein, denn Sen hatte das Gefühl, viele Tage und Nächte zu laufen und doch wusste er, dass es nur die Wolken sein konnten, die sich vor die Sonne schoben und sie schließlich wieder preisgaben. Denn seine Entführer aßen nichts in all der Zeit und nur hin und wieder tranken sie aus einem Wasserschlauch.

Sie gaben auch ihm zu trinken, um ihn bei Kräften zu halten. Noch waren sie es nicht leid, ihn mitzuschleppen. Anscheinend war ein Semant viel mehr wert, als er vermutet hatte. Er wusste nicht, ob ihn das erschrecken oder aufmuntern sollte. Wie viele Semanten es außer ihm wohl gab? Ob sie frei unter den Menschen lebten oder sich versteckten, wie er es getan hatte?

Zogen sie wie Gaukler umher oder hielten sie sich fern von Städten und Menschen, um den Fängen der Sklavenhändler zu entkommen? Schließlich war es ihm einerlei. Er gab sich seinem Schicksal hin, hoffte nur noch darauf, bald die Besinnung zu verlieren, damit all dies ein Ende haben würde.

Irgendwann bemerkte er, dass er nicht mehr auf Laub lief. Es war zu dunkel, um den Boden unter seinen Füßen zu erkennen und er musste all seine Kräfte aufwenden, um seinen Kopf anzuheben.

Sie hatten den Wald verlassen und liefen wieder auf einem Feldweg oder einer Straße. Er musste den Himmel nicht sehen, um zu wissen, dass es bereits wieder Nacht war.

Plötzlich wurde er geblendet. Es trieb ihm die Tränen in die Augen und er erkannte, dass sie durch einen Lichtkegel liefen. Die Männer zogen ihn aufrecht und zurück in den Schatten. Nachdem sie ihn die letzten Stunden vornübergebeugt hatten laufen lassen, zwangen sie ihn nun wieder, bei jedem seiner Schritte die Schmerzen zu spüren, die sie ihm zufügten ob ihrer eigenen Gier. Und wie er wieder aufrecht stand, erkannte er weitere Lichtkegel die in einer Reihe vor ihnen lagen.

Es waren die Laternen einer Stadt und nun sah er auch die Gebäude zu beiden Seiten, die wenigen Kerzen, die zu später Stunde noch hinter den Fenstern flackerten und Menschen. Sofort kam ihm in den Sinn, um Hilfe zu rufen. Er musste auf sich aufmerksam machen, wo die Stadtbewohner im Dunkeln doch wohl kaum erkennen würden, in welcher Lage er war, sodass die drei Männer ihn unbehelligt durch die Straßen führen konnten.

Er öffnete den Mund, doch er brachte nichts weiter über die Lippen als ein leises Wimmern. Im nächsten Moment besann er sich wieder. Würde er schreien, würden seine Entführer ihn schneller zum Schweigen bringen, als irgendjemand hätte reagieren können und selbst wenn man ihm zu Hilfe käme, so wusste er längst nicht, ob man jemanden wie ihm tatsächlich helfen würde. Nein. Er hatte längst jeden Glauben verloren, jede Hoffnung aufgegeben.

Sie schleppten ihn durch die Straßen, hielten sich fern von den Laternen, die sie verraten würden und schleiften ihn schließlich in eine Scheune, wo sie ihn in einer Ecke zu Boden sinken ließen. Sie erwogen nicht einmal mehr, ihn zu knebeln oder zu bewachen. Sie taten Recht darin, seiner Befähigung zur Flucht keine Beachtung zu schenken.

Was folgte, nahm er nur schemenhaft wahr. Anscheinend trafen sich die Männer mit irgendjemandem. Zumindest waren sie bald nicht mehr zu viert in der Scheune. Es brach eine hitzige Diskussion aus.

Wenn sie auch längst seinen Willen gebrochen hatten, so regte sich tief in ihm doch noch etwas, eine Stimme, die längst nicht verstummt war und ihn beschwor, von hier zu verschwinden.

Aus dem Disput zwischen den Männern wurde alsbald ein Handgemenge und aus dem Handgemenge eine ausgewachsene Schlägerei. Wenn es einen Ausweg gab, auch nur die geringste Aussicht auf ein Entkommen, dann war dies die einzige, womöglich die letzte Gelegenheit.

Es kostete ihn all seine Kraft, sich auf die Füße zu ziehen. Er lag mehr an der Wand, als dass er tatsächlich stand und jeder Schritt kostete ihm so ungemein viel Überwindung, dass er sich nicht sicher war, einen weiteren tun zu können.

Der Boden, auf dem er lief, war mit Stroh bedeckt, was für ihn ein fast unüberwindbares Hindernis darstellte. Er wusste nicht einmal, ob ihn die Richtung, in die er sich schleppte, zu einem Ausgang führen würde, doch die Zeit darüber nachzudenken hatte er nicht.

Sein Fluchtversuch blieb nicht lange unbemerkt. Jemand rief ihm etwas hinterher und bald folgte man ihm. Anscheinend war der Mann, der ihm nachsetzte, selbst verletzt oder aber er zögerte aus Angst, Sen könne genug Kraft aufwenden, sich zur Wehr zu setzen. Aus welchem Grund auch immer, er lief sehr langsam. Jedoch nicht langsam genug.

In seiner Verzweiflung wagte Sen einen letzten Versuch, sich seiner Umgebung gewahr zu werden. Er konzentrierte sich auf den Boden, doch der pochende Schmerz übertönte seine Gedanken. Er erkannte, dass unter dem Stroh alte Holzdielen lagen. Sie waren morsch und gaben bei jedem seiner Schritte nach, doch Sen wusste nicht, ob er dies erkannte, schlichtweg, weil er auf ihnen lief oder aber weil er in der Lage war, sie zu erkennen.

Selbst wenn seine Konzentration ausgereicht hätte, um das Holz zu spüren, so reichte sie längst nicht, um irgendetwas zu bewirken. In diesem Moment hatte sein Verfolger ihn eingeholt. Er griff nach Sen und unter ihm brachen die Dielen ein, ehe er ihn zu fassen bekam.

Ob es nun reines Glück gewesen war oder nicht, Sen gab es die Kraft, noch einmal schneller zu laufen. Er erreichte die Seitenwand der Scheune, tastete sich ein Stück an ihr entlang und verließ sich dabei mehr auf das, was er unter seinen Handflächen fühlen konnte, als auf das, was er vernebelt und verschwommen mit tränen- und blutverschmierten Augen zu erkennen glaubte.

Tatsächlich war dort ein Hinterausgang. Er stürzte ins Freie und fiel sofort zu Boden. Hinter ihm waren Stimmen zu hören und er zog sich weiter vorwärts, irgendwie wieder auf die Beine und weg von der Scheune.

Er war nicht schnell genug. Neben ihm tauchten bereits die ersten Verfolger auf. Sie mussten einen anderen Ausgang genommen haben, um ihm in der Gasse hinter der Scheune den Weg abzuschneiden. Er drehte sich zur Seite, doch sie hatten ihn bereits umzingelt.

Auch wenn seine Flucht längst kein Erfolg mehr werden konnte, so wollte er zumindest versuchen, sich bis zuletzt zur Wehr zu setzen. Mit allerletzter Kraft lief er weiter, strauchelte und fiel auf die Knie und gab dennoch nicht auf.

Mit den Händen zog er sich voran, zog sein verletztes Bein hinter sich her, bis er schließlich die gegenüberliegende Wand erreichte. Er wollte sich daran hochziehen, um seinen Verfolgern Auge in Auge gegenüberzustehen, doch es gelang ihm nicht. So saß er nur da, mit dem Rücken zur Wand, als der Kreis sich um ihn schloss.

Eine der Gestalten löste sich von den anderen und kam auf ihn zu. Sen sah sein Gegenüber mit festem Blick an – alles, was er jetzt noch entgegenzusetzen hatte.

Der Fremde, im fahlen Licht der Gasse mehr ein Schatten denn ein Mensch, ließ sich neben ihm nieder und beugte sich über ihn. Und als er in sein Gesicht sehen konnte, sah er das Antlitz jener jungen Frau, die ihn Tage zuvor in Tränen aufgelöst hatte zurückgelassen müssen. *Marin.* Er wollte ihren Namen sagen, doch ihm fehlte die Kraft.

"Ich bin es", flüsterte sie und streckte zögerlich die Hände nach ihm aus. "Keine Angst. Ich bin es nur."

Sie wagte es nicht, ihn zu berühren. Womöglich aus Angst, er sei so sehr verletzt, dass eine Berührung alleine ihm bereits Schmerzen bereiten würde – so griff er seinerseits nach ihr.

Nun gab es für Marin kein Halten mehr und sie weinte und presste seine Hand an ihr Gesicht, sodass ihre Tränen ihm über die Finger rannen und was er fühlte, war eine unendliche Erleichterung. Für diesen kurzen Augenblick vergaß er alles um sich herum, vergaß die dunkle Gasse, den kalten Steinboden und die fremden Menschen. Bis jemand näherkam.

"Keine Sorge! Hier tut dir niemand etwas", erklärte Marin mit ruhiger Stimme. "Das hier ist Elin. Sie ist eine Freundin und wird nach deinen Verletzungen sehen."

Sie deutete auf den sich nähernden Schatten, der sich beim genaueren Hinsehen als ein junges Mädchen entpuppte. Sen nickte und versuchte, etwas zu entgegnen. Er sprach leise mit zittriger Stimme, doch war es ihm wie eine Erlösung und auch Marin schien ein Stein vom Herzen zu fallen, als sie seine Stimme hörte. Wenn auch das, was er hervorbrachte, mehr an ein Stöhnen erinnerte als an verständliche Worte.

Elin setzte sich neben ihn und musterte ihn von oben bis unten.

"Wir bringen dich jetzt erst einmal hier weg – in Sicherheit", sagte sie. "Hast du außer der Kopfverletzung noch andere Wunden?"

Sen brauchte lange, um ihre Worte zu verstehen und noch einmal solange, um eine Antwort darauf zu finden. Er deutete auf seinen Fuß. Elin nickte und winkte jemanden mit einer Laterne herbei. Das Licht brannte ihm in den Augen und er musste sich abwenden. Mit aller Vorsicht schob Elin den Saum seiner Hose hoch und er biss die Zähne zusammen, als der Stoff den Pfeil streifte. Er hielt Marins Hand fest umklammert und ihre warmen Augen schenkten ihm Trost.

Ein Mann kam und sprach ihn an, doch erst beim zweiten oder dritten Mal drangen die Worte zu ihm vor.

"Kannst du laufen?", fragte er.

Sen nickte. Er würde laufen können. Er hatte es bis hierher geschafft, er würde auch die Kraft aufwenden, sich ein weiteres Mal aufzurichten. Einen Moment lang schloss er die Augen, versuchte, ruhig zu atmen, Kräfte zu sammeln, doch es gelang ihm nicht. Kurzerhand ergriff der Mann Sens Arm, legte ihn über seine Schultern und half ihm, sich aufzurichten. Marin stand ihm sofort zur Seite und stützte ihn, so gut sie konnte. Sie waren keine zwei Schritt vorangekommen, da trat ein kräftiger Mann an Marin heran und löste sie ab.

Sie verließen die dunkle Gasse und überquerten die Straße. Einer der Männer stieß mit dem Fuß eine Tür auf und sie betraten einen hell erleuchteten Raum. Es dauerte einige Augenblicke, bis Sen sich an die neuen Lichtverhältnisse gewöhnt hatte, dann aber erkannte er, dass sie im Begriff waren, eine Taverne zu betreten. Die gut besuchte Stube verfiel in gebanntes Schweigen, als die Neuankömmlinge über die Schwelle traten.

"Fenni, wir brauchen ein Zimmer!", bedeutete einer der Männer der Wirtin lautstark.

Ohne eine Antwort abzuwarten steuerten sie auf eine Tür am anderen Ende des Raumes zu.

Die Wirtin, deren Name Fenni war, brauchte einen Moment, um den Schrecken zu überwinden, dann aber war sie in wenigen Sätzen bei ihnen. Das Schweigen, das sich zu Anfang über die Gäste gelegt hatte, war längst einem aufgeregten Raunen gewichen. Die Wirtin lief ihnen voraus, um die Tür zu öffnen, wirbelte dann aber voller Entsetzen herum und schlug dabei die Hände über dem Kopf zusammen.

"Herrje!", rief sie aus. "Aber die Zimmer sind doch gar nicht beheizt!"

Es blieb ihnen nicht die Möglichkeit, ihr begreiflich zu machen, wie unerheblich es war, ob das Zimmer nun beheizt war oder nicht, denn schon sprang eine Gruppe von Männern aus ihren Sesseln vor dem Kamin und schoben ihren vollgestellten Tisch so hastig beiseite, dass gleich mehrere Bierkrüge scheppernd zu Boden fielen.

Seine Begleiter ließen sich nicht zweimal bitten. Sie zogen Sen zum Kamin, wo man bereits einen der Sessel näher an das Feuer gerückt hatte. Erst als er sich in den mit Fellen gepolsterten Lehnstuhl sinken ließ und die Wärme des Feuers auf ihn einströmte, wurde ihm bewusst, dass er am ganzen Leib zitterte.

Irgendjemand legte ihm einen wärmenden Mantel um und ein anderer hob sein verletztes Bein auf einen gepolsterten Hocker. Die Leute riefen wild durcheinander, gaben Rat, was zu tun sei und Sen sah das alles und es fiel ihm schwer zu begreifen, was um ihn herum geschah. Über mehrere Hände gelangte ein Krug Wasser zu ihm und er trank so hastig daraus, dass er sich verschluckte und sich unter einem nicht enden wollendem Hustenanfall krümmte.

"Nicht so hastig!", tadelte man ihn.

"Er erstickt noch!", rief ein anderer und immer wieder wurde nach einem Heiler gefragt.

Jemand ergriff seine Hand und als er aufschaute, erkannte er, dass es Marin war, die sich neben ihn auf den Boden setzte. Sie lächelte ihn an und legte schließlich ihren Kopf auf seine Hand.

"Ich hatte solche Angst", flüsterte sie und wieder spürte er ihre Tränen auf seiner Haut. "Ich dachte, sie hätten dich getötet!"

Wie leichtsinnig und übermütig sein Handeln gewesen war, hatte Sen bereits schmerzlich zu spüren bekommen – wie sehr auch Marin darunter gelitten hatte, wurde ihm erst jetzt bewusst. Dennoch bereute er nicht, was er getan hatte. Nur so war er in der Lage gewesen ihr Leben zu retten – nur so war es ihm möglich gewesen.

Die Tür wurde aufgerissen und kalter Wind fegte durch die Taverne.

"Macht Platz!", schnaubte eine dunkle Stimme und die Leute gehorchten.

Dennoch musste sich der alte Mann den Weg durch die Menge erkämpfen, bis er schließlich zu Sen gelangte. Mit müdem Blick und sorgenvollen Augen sah er auf ihn herab.

"Ihr lasst dem Jungen ja kaum Platz zum Atmen", brummte er.

"Ihr habt den Mann gehört!", brüllte die Wirtin. "Raus hier! Und zwar alle!"

Die Gäste folgten nur widerwillig ihrer Aufforderung, aber schließlich gingen sie und es kehrte Ruhe ein.

Der alte Mann wartete geduldig, bis ihm die Wirtin schließlich mit einem Nicken zu verstehen gab, dass nun alle unbeteiligten den Raum verlassen hatten.

"Dann schauen wir uns das mal an", murmelte er.

Marin stand auf, um dem Heiler nicht im Wege zu sein, doch Sen ließ ihre Hand nicht los. Es mochte albern sein, sich an sie zu klammern wie ein kleines Kind, doch das war das letzte, worüber er sich in diesem Moment Sorgen machte.

Er hielt ihre Hand und als der Heiler ihn von dem Pfeil befreite und die Schmerzen größer waren denn je, da ergriff sie mit beiden Händen die seine und presste sie fest an sich, sodass er ihren Herzschlag spüren konnte. Und für einen kurzen Moment war da nichts anderes als das Pochen ihres Herzens.

Er hatte geschrien. Das wurde ihm erst bewusst, nachdem das Schlimmste bereits vorüber war. Ein leises Klirren, ein Geräusch von Metall, das auf Stein fällt, drang an sein Ohr und damit kamen auch all seine anderen Sinne zurück.

Vor dem Kamin lag der abgebrochene Pfeil, rot gefärbt von seinem Blut. Die dünne Metallspitze glänzte im Schein des Feuers und zog ihn für einen Augenblick in ihren Bann.

Sein Atem ging schwer, Schweißperlen standen ihm auf der Stirn und auch wenn ihm nicht mehr kalt war, so zitterte er dennoch am ganzen Leib. Der alte Mann reinigte die Wunde sorgsam und als er ihm den Verband anlegte, blieb von dem Schmerz nichts weiter als ein dumpfes Pochen.

Sen atmete sichtlich auf. Er wollte dem Heiler danken, doch als dieser ihn ansah, schien dessen Blick so besorgt, dass ihm die Worte nicht über die Lippen kommen wollten. Marin war es, die zuerst sprach.

"Wie sieht es aus?", fragte sie mit gebrochener Stimme und der alte Mann schüttelte den Kopf.

"Ich habe getan, was ich konnte", begann er. "Die Wunde hat sich entzündet. Aber wen wundert's?"

Nun war es Fenni, die Wirtin, die ihn fortzufahren drängte.

"Und weiter?", hakte sie nach.

"Nun macht euch mal nicht unnötig Sorgen. Er wird es schon überstehen", erklärte er den Umstehenden, wobei seine Aufmerksamkeit weiter Sen galt. "Es ist wichtig, dass er sich schont, damit die Verletzung gut heilen kann."

Nachdem er auch die Kopfverletzung versorgt hatte, bedeutete er Marin, ihm zu folgen und führte sie wenige Schritte bei Seite. Sie wechselten ein paar Worte, bevor der alte Mann ging, ohne sich ein weiteres Mal an Sen zu wenden. Als Marin schließlich zu ihm zurückkam, schenkte sie ihm ein warmherziges Lächeln und so fragte er nicht weiter.

Für einen kurzen Moment schloss er die Augen. Bloß um ihnen etwas Ruhe zu gönnen.

"Lassen wir ihn schlafen", flüsterte jemand.

Sen wollte die Augen wieder öffnen und erklären, dass er nicht schlief, doch seine Lider wollten ihm nicht gehorchen und das war das Letzte, was er wahrnahm.

# Enshir

Noch nie zuvor hatte Erriel auf einem Pferd gesessen. In seinen ersten Jahren auf dem Feld, als er noch zu klein gewesen war, um die lange, harte Arbeit bis in die späten Abendstunden durchzuhalten, ließ ihn sein Vater des Öfteren auf dem Ochsen reiten. Mit dem Ritt auf einem Pferd hatte dies aber nichts gemein.

Der Ritter, dem er sein Leben verdankte, saß fest in seinem Sattel, als sie durch die Felder preschten und Erriel hatte alle Mühe, nicht rücklings vom Pferd zu fallen. Gleich einem Pfeil flogen sie über Wiesen und Felder und die schwere Plattenrüstung des Reiters schepperte dabei laut.

Mehrmals schon hatte Erriel einen Blick zurückgeworfen, doch er konnte keine Verfolger entdecken. Es war ihr Glück, denn einem Feuervogel konnten die schwerbeladenen Pferde, so schnell sie auch sein mochten, sicher nicht auf Dauer entfliehen.

Es kam ihm vor wie eine Ewigkeit, bis die sechs Reiter vom offenen Gelände in ein Waldstück gelangten, in das ihnen sicher kein Feuervogel folgen konnte, ohne dabei ein Inferno auszulösen.

An einer Lichtung zügelten die Ritter schließlich ihre Pferde.

"Wir schlagen ein Nachtlager auf. Sattelt die Pferde ab!", befahl einer der Männer.

Erriel kletterte unbeholfen vom Pferd und wurde sogleich am Arm gepackt. "Du bleibst schön hier!"

"Ich hatte nicht vor, woanders hinzugehen!", fuhr Erriel den Mann an, der gut zwei Kopf größer war als er, wohl doppelt so alt und den Arm des Jungen wahrscheinlich mit einem Ruck hätte brechen können, wenn er es gewollt hätte. "Eine Begegnung mit diesen Feuervögeln reicht mir voll und ganz aus! Ich muss es nicht auf eine zweite anlegen."

Die Männer lachten.

"Also gut. Wir wollen dir die Gelegenheit geben zu berichten. Dann sehen wir weiter."

Die Männer sattelten ihre Pferde ab und entzündeten ein Lagerfeuer. Keiner machte sich die Mühe, ein Zelt aufzuschlagen. Sie erleichterten sich nicht einmal ihrer Rüstungsteile, sondern hockten in voller Aufmachung auf dem kahlen Boden um das Feuer.

So hatte sich Erriel die Krieger des Königs nicht vorgestellt. In all den Geschichten über die edlen Ritter Enshirs war stets die Rede von dutzenden Knappen und anderem Gefolge – von ganzen Zeltstädten mit Zelten so groß wie ein Haus und größer.

Wohl trugen die Männer schwere Rüstung und die heraldischen Farben der Herrschaftslande fanden sich in jedem Detail wieder – von den prunkvollen Wappenröcken bis hin zu dem Behang der Pferde – doch folgte ihnen keine Heerschar an Bediensteten, noch legten sie besonderen Wert auf diese Art der Dekadenz, die ihnen nachgesagt wurde. Nicht einmal ihre Art zu sprechen schien sich sehr von der Mundart einfacher Bauersleute zu unterscheiden.

Erriel erzählte den Männern alles, was geschehen war. Vom Moment, als er das rote Glimmen am Horizont gesehen hatte, bis hin zum Kampf in den Ruinen. Und die Krieger hörten geduldig zu.

"Faran-Provinz sagst du?", fragte der eine nach. "Hab' ich noch nie was von gehört."

"Hm. Ich glaube, ich weiß, wo das liegt. Ist ein gutes Stück weit weg. Da ist man einige Tage unterwegs."

"Tage?" Erriel legte die Stirn in Falten. Zwar hatte er in den Flammen kein Zeitgefühl gehabt, doch dass mehrere Tage vergangen sein sollten, konnte er sich nicht vorstellen.

"Wie dem auch sei. Prinz Atamis muss von diesen Entwicklungen erfahren, also wirst du uns nach Enshir begleiten."

"Nein!", stieß Erriel hervor. "Nein, ich muss zurück. Ich muss zu meinen Eltern! Sie waren noch im Haus!"

Der Ritter aber schüttelte nur den Kopf. Einer grinste sogar hämisch, ob Erriels Naivität.

"Du sagtest, dein Elternhaus stand in Flammen?"

"Ja", antwortete Erriel und bitterliche Gewissheit schnürte ihm die Kehle zu.

Weitere Worte zu wechseln war überflüssig.

Die Ritter von Enshir schliefen gerade so wie sie saßen: angelehnt an Bäumen, nahe dem Feuer, mit der Hand am Schwert und als einziges Rüstungsteil nur den Helm abgelegt.

Sie hatten Erriel eine der Pferdedecken gegeben und er rollte sich darunter zusammen wie ein Straßenköter, dem man in kalten Wintertagen ein warmes Plätzchen zum Übernachten angeboten hatte. Er vergrub sein Gesicht in den Armen, denn Tränen liefen ihm die Wangen hinunter.

Zu viel war passiert, zu schnell und unerwartet kam alles, um tatsächlich begreifen zu können, was geschehen war. Doch jetzt, da die Stille der Nacht ihn umfing, strömte alles zugleich auf ihn ein.

Er hatte seine Eltern verloren. Sie waren tot, umgekommen in den Flammen und er hatte nicht das Geringste dagegen tun können. Seine Heimat war zerstört, sein Zuhause, das Haus, in dem er geboren und aufgewachsen war, lag in Trümmern. Und Sen… er hatte gesehen, wie das Feuer ihn verschlungen hatte, doch er konnte es nicht glauben.

Am nächsten Morgen sprach Erriel kein Widerwort, als die Ritter ihre Reise nach Enshir fortsetzten und ihn mit sich nahmen. Nur ungern stieg er wieder in den Sattel. Die wenigen Stunden, die er am Tag zuvor auf dem Rücken eines Pferdes verbracht hatte, saßen ihm noch tief in den Knochen. Es war sein Glück, dass ihr Weg nicht sehr weit war.

Sie durchquerten den Wald und folgten einen halben Tag lang der Straße, bis hinter einem Hügel die Stadt zum Vorschein kam, die ohne jeden Zweifel die Hauptstadt der Herrschaftslande und Sitz der königlichen Familie sein musste.

Wie ein unbezwingbarer Berg, der den blauen Himmel bis weit hinauf in die Wolken zerteilte, so türmte sich Enshir vor seinen Augen auf. Eine uneinnehmbare Festung, mit Mauern so hoch wie nichts, was er zuvor gesehen hatte. Umgeben von grünen Feldern reckte sich die Stadt mit ihren unzähligen Turmspitzen gen Himmel, gleich einer ausgestreckten Hand bei dem Versuch die Sonne zu berühren. Und fast schien es, als gelänge ihr dies.

Bereits vor den Mauern tummelten sich Bauernhäuser, wie Ameisen um eine reife Frucht und nahmen eine Fläche ein, die so gewaltig war, dass man Bask wohl mehrere Dutzend Male hätte neu darauf errichten können. Es waren kleine, bescheidene Häuser, durch die sich staubige Pfade zogen.

Die Bauern, die so heruntergekommen und ärmlich aussahen, wie Erriel es nur von dem Gesindel auf den Straßen von Alkantor kannte, verbeugten sich ehrfürchtig vor den edlen Rittern, die an ihnen vorüberritten.

Nie hatte Erriel sich so klein gefühlt wie in dem Moment, da sie die mächtigen Mauern von Enshir passierten. Das Tor allein war so hoch, so immens in seinen Ausmaßen, dass wohl zehn Männer Fuß auf Schulter hindurch gepasst hätten und der oberste hätte sich dennoch recken müssen, um mit den Fingerspitzen den Torbogen berühren zu können.

Sie passierten die offenstehenden Torflügel, die so massiv waren, dass man sicher ein halbes Dutzend Ochsen brauchte, um sie zu bewegen. Die gesamten Ausmaße der Stadt konnte Erriel nur erahnen. Doch, wie groß sie auch sein mochte, so unterschieden sich diese Straßen kaum von denen ihm bekannter Städte.

Es war laut und die Häuser drängten sich so dicht aneinander, dass all dem Lärm kein Fluchtweg blieb – Genauso wenig wie dem Gestank, der dick wie Nebel in den Gassen hing. Die Menschen waren hektisch, wuselten durch die Straßen gleich einem Haufen aufgeschreckter Käfer, wie man sie unter einem Stein fand.

Wenn die Männer und Frauen vor den Toren sich noch ehrfürchtig vor den Rittern verbeugt hatten, so waren diese Menschen hier viel zu beschäftigt, um den Trupp zu bemerken, der zügig an ihnen vorbeitrabte.

Ohne Rücksicht auf die Stadtbewohner preschten die Reiter durch die engen Gassen, geradewegs auf das Stadtinnere zu. Erriel vermied es, sich umzusehen. Das Wenige, was er zu Gesicht bekam, war schon abstoßend genug. Grau und dunkel waren die Straßen. Leblos und kalt und doch in ruheloser Bewegung, wie die letzten Zuckungen sterbenden Viehs. Erriel schloss die Augen und in seinen Gedanken war er bei den weiten Feldern seiner Heimat. Erst als der beißende Geruch allmählich abklang und er frei atmen konnte, riskierte er wieder einen Blick.

Der Stadtteil, der nun vor ihnen lag, hatte kaum mehr Ähnlichkeit mit dem Morast vor den Toren oder der stinkenden Gosse, die sie eben noch passiert hatten. Er schaute zurück und sah die dunklen Gassen weiter hinter sich, die voll lärmender Farben und drängendem Getöse waren. Hier, nahe dem Stadtzentrum, waren die Häuser größer, standen frei und waren von kleinen Gärten umrahmt.

Die Reiter zügelten ihre Pferde in einen gemächlichen Schritt, sodass Erriel die Gelegenheit hatte, sich in Ruhe umzusehen. Die Menschen blieben stehen und verbeugten sich vor den Rittern, als sie vorbeischritten.

Sie überquerten einen großen Platz, in dessen Mitte ein prachtvoller Brunnen glänzte. Blattgold und reiche Verzierungen zeugten von seinem unermesslichen Wert. Fasziniert verfolgte Erriel das tänzelnde Wasserspiel der in sich verschlungenen Fischstatuen, die sich in der Mitte des Brunnens in die Höhe wanden.

Sie passierten das Zentrum des Vorplatzes und näherten sich einer mächtigen weißen Wand, in deren Mitte ein gusseisernes Tor die einzige Passage durch die Mauer darstellte. Zwei Torwachen begrüßten die Ankömmlinge mit einer knappen Verbeugung.

Hinter dem Durchgang offenbarte sich ihm ein Anblick, der alles zuvor Gesehene in den Schatten stellte. Gegenüber einem geschotterten Vorplatz lag in leuchtend weißem Marmor der königliche Palast. Makellos war sein Anblick, wie der eines vom Fluss glatt geschliffenen Steins. Keine Fuge war zu sehen, als habe man das mächtige Gebäude in einem Stück aus einem Berg gehauen. Dutzende Türme und Zinnen, bedeckt mit goldenen Ziegeln, reckten sich gen Himmel. Unzählige buntverglaste Fenster fingen die Sonne ein und ließen das Schloss glitzern, wie die Wasseroberfläche eines Sees an einem sonnigen Frühlingsmorgen.

Sie stiegen ab und die Pferde wurden sogleich von Stallburschen in Empfang genommen. Der Vorplatz, den sie nun überquerten, war mehr als nur ein kahler Schotterplatz. Kunstvoll angelegte Gärten lagen zu beiden Seiten des Weges. Erriel vermochte nicht zu erahnen, wie schön diese Gärten waren, wenn die Blütezeit begann.

Seine Begleiter führten ihn zum Palast, wo einer der Männer mit den dort postierten Wachen sprach. Zu Erriels Verwunderung zögerten diese nicht, den Trupp und damit auch ihn in den Palast eintreten zu lassen.

Das Innere des Palastes stand dem Äußeren in nichts nach. Die reichverzierten Wände waren von floralen Ornamenten überzogen, zwischen den deckenhohen Fenstern hingen die Reichswappen aller den königlichen Landen angeschlossenen Provinzen und an der dreimannhohen Decke hingen funkelnde Kronleuchter. Die Decke selbst war ein einziges Gemälde, das wohl die Geschichte des Landes erzählte. Kriege und Krönungen waren hier abgebildet, sowie die größten Städte und schönsten Orte der Provinzen.

Die Ritter führten ihn durch einen weiten Gang, der kein Ende zu haben schien, dann durch einen Weiteren, durch mehrere Hallen, in denen nichts weiter stand als hohe Vasen und Marmorstatuen und wieder durch einen der immer gleichen Gänge, bis sie schließlich eine Flügeltür erreichten, die von zwei Palastwachen flankiert wurde. Zögernd betrat Erriel den dahinterliegenden Raum.

Sechs Männer standen dort an einem runden Eichentisch und beugten sich über eine große Anzahl von Karten und Schriftstücken. Als die Reichsritter den Jungen durch die Tür geleiteten, sahen die Männer nacheinander auf.

"Farmond", sprach einer von ihnen den führenden Ritter an und kam einige Schritt auf die Ankömmlinge zu. Es war ein hochgewachsener Mann mittleren Alters. Zarte Falten lagen um seine Augen, doch war sein Haar noch längst nicht ergraut, wenn auch hier und dort schon ein Silberschein im dichten Braun verborgen lag. "Von einer verfrühten Rückkehr war mir nichts bekannt. Wann seid Ihr in Enshir angekommen?"

"Gerade erst", antwortete Farmond. "Mein Herr, es gab dringliche Gründe, die eine verfrühte Rückkehr erforderlich machten."

"Ich verstehe", antwortete der Edelmann, doch seine Aufmerksamkeit galt nicht Farmond sondern vielmehr Erriel.

Nachdenklich strich er sich über seinen wohlgestutzten Bart, während sein prüfender Blick den Jungen regelrecht durchbohrte und Erriel fiel es schwer, diesem Blick standzuhalten.

"Hat dieser Junge etwas mit diesen Gründen zu tun? Das würde zumindest seine unerlaubte Anwesenheit in diesen Hallen erklären", fragte der Mann und zog dabei eine Braue hoch.

Farmond warf Erriel einen strafenden Blick zu. Auch wenn Erriel nicht wusste, was er falsch gemacht hatte, wich er augenblicklich einen Schritt zurück und senkte seinen Blick.

Hier in Enshir, im königlichen Palast zu stehen, ihm gegenüber der Hochadel der Herrschaftslande, umgeben von Reichsrittern, schüchterte Erriel mehr ein, als er es von sich erwartet hatte. All der Reichtum, der im Palast zur Schau gestellt wurde und die Ausstrahlung dieser Männer, für die Erriel nichts weiter als ein weit unter ihnen stehender Bauerntölpel sein mochte, hatten ihre Wirkung auf den Jungen vom Lande, der nie weiter von zu Hause weg gekommen war als bis zur nächstgelegenen Stadt.

"So ist es, mein Herr", antwortete Farmond schließlich. "Wenn ich erklären dürfte."

Der Edelmann bedeutete den anderen Männern am Tisch mit einer Handbewegung zu gehen und diese gehorchten unverzüglich. "Nun, ich bin gespannt auf die Erklärung."

Farmond schilderte ausführlich, was Erriel ihm über den Angriff auf Bask erzählt hatte und während er erzählte, lag der Blick des Edelmannes unentwegt auf Erriel. Doch nun war Freundlichkeit in den Zügen des Mannes zu erkennen. Es kam soweit, dass er Erriel gar anlächelte.

"Ein Angriff der Rebellen auf Bask", beendete der Edelmann die Ausführungen von Farmond, noch bevor dieser zu den Geschehnissen kam, die zu ihrem Zusammenstoß mit Erriel führten. "Alles Weitere könnt Ihr mir ein anderes Mal berichten. Nun sollte unser Gast erst einmal zur Ruhe kommen. Die Ereignisse der letzten Tage und die lange Reise müssen ihn erschöpft haben."

"Wie Ihr wünscht", sprach Farmond und senkte dabei sein Haupt.

"Geht nun", befahl er den Rittern und wandte sich daraufhin Erriel zu. "Und du, folge mir. Wir werden dir ein Gästezimmer bereiten." Er legte seinen Arm um Erriels Schulter und führte ihn von den Männern weg, die ihn bis hierher begleitet hatten. "Wenn du dich erholt hast, haben wir sicher viel zu bereden."

Erriel hob an zu sprechen, doch der Edelmann ließ ihm keine Gelegenheit zu antworten.

"Wir werden deinem Heimatdorf natürlich schnellstmögliche Hilfe zukommen lassen. Sei darum nicht besorgt."

Er führte ihn durch die Tür, durch die zuvor die anderen Edelmänner verschwunden waren und übergab ihn dort der Obhut eines Bediensteten.

"Kümmert Euch um unseren Gast. Es soll ihm an nichts fehlen. Lasst ihn baden und gebt ihm etwas zu essen. Richtet auch ein Schlafgemach in unserem Gästeflügel und lasst meine Berater wieder antreten. Wir wollen die Besprechung unverzüglich fortsetzen und um einen Punkt erweitern."

Bei den letzten Worten schenkte er Erriel ein freundliches Lächeln. Hinter dessen Rücken aber warf ihm der Bedienstete einen weiteren strafenden Blick zu, wie es zuvor Farmond bereits getan hatte.

Erriel schaltete schnell.

"Habt Dank!", antwortete er mit sich überschlagender Stimme und verbeugte sich gleich darauf.

Als er wieder aufsah, war der Edelmann bereits in seine Räumlichkeiten verschwunden.

Missmutig ließ der Bedienstete seinen Blick über Erriel schweifen. Dabei ließ er sich unverhältnismäßig lange Zeit und schien das Unbehagen des Jungen regelrecht zu genießen. Schließlich gebot er ihm zu folgen und führte ihn durch mehrere Korridore, die einer aussahen wie der andere, bis hin zu einer großen Flügeltür, die in einer Reihe selbiger Türen lag.

"Dies hier wird Euer Gemach sein, solange Ihr Gast im Palast seid.", erklärte der Mann gestelzt. Er öffnete die Tür und gebot Erriel einzutreten. "Wenn es Euch genehm ist, wird man Euch ein Bad einlassen. Ich werde den Zofen Bescheid geben, auf dass man sich um Euer Wohl kümmere."

Zögerlich betrat Erriel das Zimmer und sah sich um. Das Geräusch der sich schließenden Tür ließ ihn aufschrecken. Der Bedienstete war ohne ein weiteres Wort gegangen und hatte ihn allein zurückgelassen. Er atmete tief ein und bewegte sich langsam durch den prächtigen Raum.

Durch deckenhohe Fenster, an der ihm gegenüberliegenden Front, fiel Licht durch hauchdünne Vorhänge und warf Muster auf den polierten Holzboden. In einem steinernen Kamin brannte ein Feuer und Erriel stellte sich unwillkürlich die Frage, warum in einem leeren Raum, bei angenehmen Herbsttemperaturen ein Feuer in Kamin entzündet worden war.

Auf einem reich verzierten Tisch in der Mitte des Raumes stand eine leere Obstschüssel und Erriel bekam bei dem Anblick der gemalten Äpfel auf der Porzellanschale sogleich Hunger. Er rieb sich den rumorenden Bauch und schlenderte zu dem Himmelbett, das aussah, als sei es für einen König gemacht. Unsicher ließ er sich auf der weichen Matratze nieder, als jemand an die Tür klopfte. Sofort sprang er wieder auf und erst als es zum zweiten Mal klopfte, bat er einzutreten.

Eine ältere Frau, gefolgt von zwei jungen Damen, alle drei in dunkelblaue Kostüme gekleidet, betraten den Raum. Die Frauen verbeugten sich tief vor ihm und die Älteste sprach ihn mit sanfter Stimme an.

"Verzeiht, mein Herr. Wenn es Euch beliebt, werden wir Euch ein Bad einlassen."

Einen Moment stand Erriel nur verwundert da, bis ihm klar wurde, dass die drei Frauen sich erst dann von ihrer Verbeugung aufrichten würden, wenn er etwas entgegnete, also stimmte er dem Vorschlag dankend zu.

Eine der Damen huschte durch eine Seitentür und Erriel konnte das Plätschern von Wasser hören. Die Zweite ging zum Bett und schüttelte die Kissen auf, während sich die ältere Dame ein weiteres Mal verbeugte und daraufhin den Raum verließ.

Auch die zwei jungen Damen folgten ihr kurz darauf. Während die eine nur schweigend knickste, unterrichtete die dritte ihn davon, dass das Bad nun vorbereitet sei.

Wieder alleine, stand Erriel noch eine Weile regungslos da. Noch vor wenigen Tagen hatte er auf dem Feld gestanden und den Acker auf den Winter vorbereitet. Nun stand er hier in einem Raum, der so groß war wie das gesamte Erdgeschoss seines Elternhauses und wurde von Bediensteten umsorgt. Unter anderen Umständen wäre das sicher ein Grund zur Freude gewesen, doch dies hier waren keine anderen Umstände.

Sein Elternhaus war nur noch ein Haufen Asche, genauso wie der größte Teil seines Heimatdorfes. Viele seiner Freunde, seine Eltern und Mitmenschen waren tot und der einzige Verwandte, der ihm noch blieb... Er wusste nicht, ob es Verzweiflung war, die ihn an diesem Glauben festhalten ließ, doch alles in ihm schrie danach, dass Sen noch am Leben war.

Er hatte die Feuersäule gesehen. Er war sich sicher, dass es kein Entkommen hätte geben können. Er hatte die Hitze gespürt, als stünde er selbst inmitten der Flammen und doch: er glaubte, nein, er wusste, dass Sen noch am Leben war.

Das Wasser würde kalt werden. Er konnte den Dampf durch die Türritzen fliehen sehen und der Gedanke an ein heißes Bad war sehr angenehm in diesem Moment. Zu Hause hatte er sich nach getaner Arbeit stets an einer Wasserschüssel gewaschen. Das Brunnenwasser war kalt, aber angenehm auf der erhitzten Haut.

Doch noch angenehmer war es gewesen, wenn er an einem kalten Wintertag nach Hause kam und seine Mutter ihm eine Schüssel heißen Wassers vor den Kamin gestellt hatte, wo er seine durchgefrorenen Füße aufwärmen konnte.

Erriel entledigte sich seiner Kleidung und ließ sich in das dampfende Wasser sinken. Auch wenn dieses Bad eine Wohltat war, so gelang es ihm trotzdem nicht, sich vollends zu entspannen. Er wurde das Gefühl nicht los, es könne jeden Moment jemand durch die Tür treten.

Dennoch genoss er das Bad, solange bis seine Haut schrumpelig und das Wasser allmählich kalt wurde. Er fragte sich, wie diese schmächtige Frau so viel Wasser in so kurzer Zeit in diese Wanne hatte füllen können und wie sie es an ihm vorbeibekommen hatte, ohne dass er es ihm aufgefallen war. Als ihm keine plausible Antwort in den Sinn kam, gab er die Überlegungen auf.

Er hüllte sich in eines der Tücher, die man ihm zum Abtrocknen bereitgelegt hatte. Seine Kleidung war verdreckt von Ruß und Straßenstaub und nun, da er selbst sauber war, kam er nicht umhin, den Gestank zu bemerken, der von ihnen ausging. Er spielte mit dem Gedanken, sie im Badewasser zu säubern, doch verwarf er diesen gleich wieder.

Er hatte hier weder ein Waschbrett, noch wollte er die gute Handseife verwenden, die in einer schmucken Porzellanschale neben der Wanne lag. Zudem fiel ihm kein Ort ein, an dem er seine Kleidung zum Trocknen hätte aufhängen können.

Wie würde es wohl aussehen, hinge aus einem geöffneten Fenster des Palastes die zerschlissene Kleidung eines Bauernjungen?

Erriel schüttelte den Kopf. In welche Situation war er da nur geraten? Er konnte ein noch so kluger und wohlerzogener Junge sein, er war doch nur ein einfacher Bauernjunge. Die Maßstäbe, nach denen man in Bask urteilte, waren hier nichts wert.

Er verließ das Bad und hätte beinahe das Tuch fallen lassen, das er, um die Hüfte geschlungen, mit seiner Rechten festhielt. Ihm gegenüber stand eine junge Edeldame, gekleidet in wallende, pastellfarbene Seide, verziert mit filigran gestickten Wildrosen, die sich in verspielten Spangen wiederfanden, die ihr goldenes Haar zu einer aufwändigen Steckfrisur hochbanden. In Händen hielt sie ein Bündel, fest an ihre Brust gedrückt. Sie lächelte ihn freundlich an und ihre blauen Augen lächelten mit.

"Verzeih. Ich wollte dich nicht erschrecken." Ihre Worte waren wie Milch und Honig und ihr Lächeln klang in ihnen wider. "Meine Neugier war es, die mich zu dir führte, Junge."

"Nein...", rief Erriel aus und seine Gedanken überschlugen sich. "Nein, verzieht mir! Ähm, verzeiht! Verzeiht, meine ich!"

Verzweifelt suchten seine Augen nach etwas, hinter dem er sich hätte verstecken können. Er wusste nicht, wer diese Frau war, doch alles an ihr schrie nach Hochadel. Und auch, wenn Erriel nicht viel über die Sitten am Hofe wusste, war es doch sicher mehr als anmaßend, sich einer Dame von Stand so leicht bekleidet zu zeigen. Doch anstatt empört zu sein, schien der Anblick des Jungen sie zu belustigen.

Was hatte er kurz zuvor noch gedacht? Er war bloß ein einfacher Bauernjunge. Er war hier so fehl am Platz wie ein Pantoffel im Hirsebrei. Als ihm klar wurde, dass es keinen Ausweg aus dieser Situation gab, blieb ihm nichts weiter, als seinen Blick von der Adligen abzuwenden und sich der Situation zu ergeben.

"Als ich erfuhr, dass wir einen Gast haben und was es mit dir auf sich hat, wurde ich sehr neugierig. Ich habe dir Kleidung gebracht, etwas Angemesseneres."

Sie hatte sich ihm bis auf wenige Schritte genähert und reichte ihm nun das Bündel, das sie in Händen hielt. Zögernd und ohne aufzusehen nahm er es entgegen. Dabei berührte er die Hand der jungen Frau und schreckte zurück. Die Kleidung fiel zu Boden.

"Oh, welch Missgeschick!", rief sie aus und beugte sich hinunter, um das Bündel wieder an sich zu nehmen.

"Nein!", warf Erriel ihr entgegen. "Nein, bitte, ich werde es aufheben. Bitte lasst mich das tun!"

Natürlich konnte er sich, nur mit einem Tuch bekleidet, nicht hinunterbeugen, ohne noch mehr von sich preiszugeben. Doch zumindest ließ die Dame davon ab, vor ihm auf die Knie zu gehen und entfernte sich zugleich wieder einige Schritt von ihm.

"Ich sehe. Ich bereite dir Unbehagen. Das war sicher nicht meine Absicht", sagte sie.

Erriel sah zu ihr auf. Ihre Augen sahen ihn ehrlich und offen an. Und wenn sie in Lumpen gekleidet ihm gegenüber gestanden hätte, wenn sie ihm auf der Straße zwischen Dreck und Morast begegnet wäre, so hätte sie ihre Herkunft doch nicht verbergen können. Sie stand weit über ihm und alles in ihm sträubte sich dagegen, sie auch nur mit einem Blick zu berühren – und doch tat er es.

"Edle Dame. Euer Durchlaucht? Verzeiht. Ich weiß nicht einmal, wie ich Euch anzusprechen habe." Er suchte nach Worten und dabei ging er einen Schritt auf die junge Frau zu. "Versteht mich nicht falsch, ich bin nur ein Bauernjunge. Ich kenne mich nicht aus mit den Sitten und Gebräuchen an einem solchen Ort, unter solchen Leuten. Ich möchte Euch nicht zu nahe treten, Euch womöglich beleidigen. Es ist sicher nicht angemessen, dass Ihr mich so seht und ich weiß, was mit Menschen passiert, die sich dem Adel gegenüber unangemessen verhalten. Ich will keinen solchen Fehler begehen."

Die Dame nickte.

"Ich habe dir also wirklich Unbehagen bereitet."

"Ja… Nein!" Erriel wusste nicht mehr, wo ihm der Kopf stand, verbarg sein Gesicht mit der freien Hand und schüttelte den selbigen. Es gelang ihm nicht, ein Lächeln vollends zu unterdrücken.

"Nun, lass dir eines über den Adel sagen", begann die Edeldame mit einem Schmunzeln auf den Lippen. "Wenn man Gast in einem hohen Haus ist, so steht einem das Gastrecht zu. Egal, ob nun Bauernjunge oder König. Es steht dir zu, jedem in diesem Palast in die Augen zu sehen und jeden anzusprechen. Prinz Atamis hätte dich genauso gut bei den Stallburschen unterbringen können. Er hätte dich ebenso hinauswerfen, ja sogar köpfen können, nur weil du ihm unangemeldet vorgestellt wurdest. Das alles hat er nicht getan. Er zog es vor, dich als Gast im Palast verweilen zu lassen und so stehst du unter dem Gastrecht wie jeder andere auch."

"Ich verstehe", war alles, was Erriel darauf antworten konnte.

Die junge Dame nickte ihm freundlich zu und wandte sich zum Gehen.

"Es wäre mir eine Freude, dich beim Abendmahl zu sehen. Du scheinst mir sehr amüsant zu sein", sagte sie, als sie bereits an der Tür angelangt war. Sie warf ihm einen Blick zu, der fast zu dreist schien, für eine Dame von Stand. "Und gutaussehend dazu."

"Bitte, wartet!", rief Erriel ihr nach, doch gleich bereute er seinen Ausruf wieder. Es schien ihm unangebracht, einer Adligen so hinterherzurufen. Die junge Dame schien es ihm jedoch nicht übel zu nehmen, als sie sich ihm zuwandte. "Bitte, wie lautet Euer Name?"

Sie lächelte.

"Isleya. Ihre Hochwohlgeboren Isleya von Vales, wenn du so willst. Und dein Name war Erriel, nicht wahr?"

Er nickte.

"Es ist mir eine außerordentliche Freude", sagte sie und ging.

Seufzend sank er gegen die Wand, doch richtete er sich umgehend wieder auf. Wenn hier jeder unangekündigt durch die Tür treten konnte, wollte er sich schnell ankleiden. Noch einmal würde er eine so peinliche Situation nicht durchstehen.

Er hob das Bündel auf und breitete die Kleidung auf dem Bett aus.

Erriel war vor noch nicht allzu langer Zeit zu einem jungen Mann herangewachsen und die Mädchen aus Bask hatten ihm mehr als deutlich gemacht, dass er ein guter Fang war. Nicht nur seiner Familie wegen, auch weil er ein ansehnliches Äußeres hatte. Doch kein geflochtener Blumenkranz und kein Wangenkuss konnten mithalten mit den Worten einer Adligen – dieser Adligen – selbst wenn sie viel zu alt und, ganz abgesehen davon, viel zu blaublütig für ihn war und ihn am Ende doch bloß in Verlegenheit hatte bringen wollen.

Er lief rot an, als er sich ihre Worte noch einmal in Erinnerung rief. Sich die Haare raufend versuchte er, sie aus seinem Gedächtnis zu streichen.

Er betrachtete die Kleidung, die er vor sich ausgebreitet hatte. Es waren edle Stoffe, aus denen das Gewand hergestellt war. Dunkler Brokat und feinste Seide. Stoffe, die Erriel bisher nur von der Ferne gesehen hatte. Wie beim Adel üblich, hatte das Hemd reichliche Rüschen. Abgesehen davon verzichtete es auf jede weitere Zier. Seidenhemd, Brokatwams und Pluderhose.

Erriel würde aussehen wie ein Prinz, wenn ihm die Kleidung denn passte. Doch erst einmal legte er alles fein säuberlich beiseite und zog sich das Nachtgewand über. So müde wie er war, konnte er sich kaum vorstellen, am Abend mit feinen Leuten zu speisen. Einige Stunden Ruhe würden ihm sicher gut tun.

Er hatte es sich kaum unter der weichen Federdecke gemütlich gemacht, als ihn auch schon der Schlaf überkam.

# Astwer

Sen erwachte. Er erwachte und stellte fest, dass er wieder einmal nicht an demselben Ort die Augen öffnete, an dem er sie zuvor geschlossen hatte.

Er lag in einem weichen Bett, neben ihm stand ein Stuhl über dem saubere Kleidung hing und ein Feuer knisterte im Kamin. Es war ein beschauliches kleines Zimmer, in dem er sich wiederfand, mit verzierten Spitzenvorhängen, gerahmten Landschaftsbildern und einem flauschigen Bettvorleger auf gepflegtem Holzboden. Die Einrichtung bestand neben seinem Bett, dem kleinen Kamin und dem Stuhl lediglich noch aus einer Kommode, auf der sich eine Blumenvase, eine Schüssel frischen Wassers und ein großer Spiegel befanden.

Sen lag sehr lange da und betrachtete das Lichterspiel der Sonnenstrahlen, wie sie durch das Zimmer huschten. Er genoss die Ruhe, die Freundlichkeit, die man ihm hatte zuteilwerden lassen und er wünschte, dies alles könne die Erinnerungen an die Tage zuvor einfach auslöschen. Schließlich richtete er sich auf.

Behutsam setzte er seinen linken Fuß auf den Boden, bedacht, ihn nicht zu sehr zu belasten, um gleich drauf sein Vorhaben, zur Kommode zu humpeln, um Gesicht und Glieder zu waschen, zu verwerfen. Zu sehr schmerzte die Verletzung. Er ergriff die Kleidung, die man ihm bereitgelegt hatte – zumindest anziehen können würde er sich – und da huschte ihm ein Lächeln über die Lippen.

Am Stuhl, bisher verdeckt durch Hemd und Hosen, hatte man ihm Krücken bereitgestellt. Er zog sich an, nahm die Krücken und erreichte mit deren Hilfe die Kommode, wo er sein Gesicht im Spiegel betrachtete. Es sah bleich und ausgemergelt aus. Seine Lippen waren rissig und ohne Farbe und dunkle Augenringe zeugten von schlaflosen Nächten.

Dennoch, nach dem Kampf gegen die Feuervögel, dem langen Marsch durch Faran und den Geschehnissen der letzten Tage – nach alldem stand er nun hier und fühlte sich, als sei ein Schleier von ihm genommen und alles, was bisher trist und grau gewesen war, leuchtete nun wieder und war voll bunter Farben.

Er ließ ab von dem Spiegelbild, von den wirren Gedanken, warf einen Blick aus dem Fenster und suchte nach dem Band zu seinem Bruder. Er war so weit fort. So weit, wie er noch nie von ihm getrennt gewesen war. Mit einem Seufzen widmete er sich seinen Händen, befreite sie von den verdreckten Bandagen, wusch sich und anschließend den Leinenstoff, bevor er den Verband wieder anlegte.

Er humpelte zur Tür, legte seine Hand auf die Klinke und hielt inne. Nach allem, was geschehen war, ergriff ihn dennoch Furcht. Furcht vor dem, was ihn hinter dieser Tür erwarten mochte. Er atmete tief durch und verließ den Raum, folgte den Stimmen, die an sein Ohr drangen, durch einen schmalen Gang, bis zu einem weiteren verschlossenen Durchgang.

Die Menschen verstummten, als sie ihn in der Tür stehen sahen und Sen fühlte, wie er innerlich zusammenschrumpfte.

"Nun bleib doch nicht im Türrahmen stehen!", rief ihm die Wirtin zu und bedeutete ihm, näher zu kommen.

Sen zögerte, tat dann aber, wie ihm geheißen. Er fühlte sich verloren in dem großen Raum voller fremder Menschen, deren Absichten er nicht kannte und die Erleichterung war groß, als er Marin sah, die aus einer Ecke der Taverne zu ihm gelaufen kam.

"Wie geht es dir?", fragte sie ihn behutsam, kaum dass sie ihn erreicht hatte. "Du siehst schon viel besser aus!"

"Ja… Besser", antwortete er, weil ihm mehr nicht einfiel.

Marin führte ihn zu einem runden Tisch, an dem sie nicht allein saßen. Alles in allem war die Taverne außerordentlich gut besucht. So gut, dass Sen sich fragen musste, ob die Menschen hier keine Arbeit hatten, der sie nachgehen mussten.

"Du siehst aus wie ein verschrecktes Huhn!", dröhnte eine Stimme neben ihm und wie um diese Aussage zu untermauern, zuckte Sen zusammen.

Der Mann, der sich neben ihm aufgebaut hatte, lachte laut und schlug ihm so kraftvoll gegen die Schulter, dass Sen fürchtete, vom Stuhl zu fallen. Wie ein Lauffeuer breitete sich das Gelächter in der Taverne aus, doch wollte die ausgelassene Stimmung nicht auf Sen übergreifen.

Die Wirtin kam herbei geeilt und brachte ihm eine Schüssel dampfenden Eintopfs.

"Wollt ihr wohl den armen Jungen in Ruhe lassen?", brüllte sie herrisch in die Runde. "Ist ja nicht so, als ob er nicht schon genug durchgemacht hätte, was? Da müsst ihr auch noch auf ihm herumhacken!?"

Sie schob ihm die Schüssel hin und schenkte ihm ein aufmunterndes Lächeln. "Iss erst mal was, damit du wieder zu Kräften kommst."

"Jetzt übertreib' mal nicht, Fenni!", entgegnete ihr einer der Gäste. "Man wird sich wohl noch einen Spaß erlauben dürfen! Du verstehst doch Spaß oder?"

Die letzten Worte richteten sich an Sen und der suchte verzweifelt nach einer passenden Antwort. Überlegte, wann er das letzte Mal einen Witz gehört hatte und ob er darüber hatte lachen könnte.

"Aber sicher tut er das!", nahm ihm einer seiner Tischnachbarn die Antwort vorweg und wieder brach Gelächter unter den Gästen aus.

"Mach dir nichts daraus." Marins Stimmte lag sanft im Raum und übertönte das raue Lachen aller Anwesenden. Sen lächelte und begann seinen Eintopf zu essen.

Während er Löffel für Löffel sein deftiges Mahl genoss, entbrannte am Tisch eine lebhafte Diskussion über Pflaumenmus. Anscheinend gab es da zwei Fraktionen: die einen bevorzugten die kleinen, süßen Gemirder Zwetschgen, die anderen kämpften standhaft für die guten alten Eierpflaumen, die man wohl schon seit jeher in dieser Gegend anpflanzte.

Früher, in der guten alten Zeit – wie es mehrmals im Laufe des Gesprächs unterstrichen wurde – da waren die Leute noch zufrieden mit ihren Eierpflaumen. Zwar waren diese nicht so süß, dafür erzielte die Ernte höhere Erträge und leichter zu entkernen waren sie allemal.

Marin schloss sich der Gemirder-Fraktion an und schuf sich damit einige Feinde. Sicher waren ihre Argumente durchaus überzeugend, doch konnte sie sich schwer gegen die jahrelange Erfahrung der alteingesessenen Eierpflaumenvertreter behaupten.

"Nun sag doch auch mal was!", verlangte sie von Sen und ihre Stimme klang fast flehend.

Alle Blicke waren nun auf ihn gerichtet und es schien, als habe dieses ganze Gespräch nur darauf gezielt, ihm seine Meinung über Pflaumen zu entlocken. Er zögerte.

"Ich muss zugeben, dass ich noch nie eine Pflaume gegessen habe", gestand er schließlich.

Es folgte betroffenes Schweigen.

"Ach, du machst Witze!", rief sein Gegenüber. Ein stämmiger Mann mit grauem Haar und dichtem Bart. Dessen Tischnachbar schüttelte daraufhin den Kopf.

"Berri, du hast ihm wohl nicht zugehört!", sagte er. "Der Junge hat gesagt, dass er noch nie eine Pflaume gesessen hat. Und wenn er das sagt, dann ist das auch so."

Berri runzelte sie Stirn. "Hm. Wenn das so ist."

Sen sah verwundert von einem zum nächsten.

Fenni kam, füllte die Krüge der Männer mit Bier und nahm die leere Schüssel vom Tisch.

"Hat's geschmeckt?", fragte sie.

Sen nickte.

"Ja, sehr. Danke." Er sah zu ihr auf, die ihn freundlich anlächelte. "Danke für alles. Ich weiß nicht, wie ich mich erkenntlich zeigen kann..."

Die Frau schüttelte energisch den Kopf.

"Ach woher! Man hat schließlich nicht alle Tage einen Semanten zu Gast!"

Die letzten Worte trafen Sen wie ein Schlag. Er sah sich um. Noch immer lächelten die Leute ihm freundlich zu, sahen ihn mit gutmütigen Augen an und verbargen dabei keinen Argwohn in ihren Blicken.

"Jetzt schaut er schon wieder wie ein verschrecktes Huhn!"

Und wieder brach Gelächter au und auch Sen huschte ein Lächeln über die Lippen.

"So, jetzt ist es aber genug!", erklärte ein Mann am Nachbartisch und es wurde ruhig.

Der Mann erhob sich und kam zu ihnen hinüber, wo man ihm gleich einen Stuhl heranschob. Er hatte noch nicht Platz genommen, da streckte er Sen seine Hand zur Begrüßung entgegen.

"Erst einmal willkommen hier in Astwer", begann er und schüttelte ihm die Hand. "Wir hatten gestern ja leider nicht die Gelegenheit, Höflichkeiten auszutauschen. Mein Name ist Torus, Stadtratsmitglied und Schlichter hier in unserer bescheidenen Stadt."

Er legte eine kurze Pause ein, die der Wirtin die Gelegenheit gab, ihm einen Krug Bier anzureichen. Er bedankte sich flüchtig, richtete seine Aufmerksamkeit dann aber wieder auf Sen.

"Nun. Wie geht es dir?"

Sen hob an zu sprechen, doch er zögerte. Es war eine einfache Frage, die Torus ihm da stellte, doch zu antworten fiel ihm nicht leicht. Er kannte diesen Mann nicht, genauso wenig wie er all die anderen kannte. Die Menschen hier schienen sehr freundlich zu sein und selbst wenn er seinem eigenen Urteil nicht trauen mochte, so konnte er sich doch auf Marins Menschenkenntnis verlassen. Zudem beruhten seine Befürchtungen diesen Leuten gegenüber allein auf der Vermutung, dass ihnen nicht klar war, mit wem sie es zu tun hatten und so gab es nun, da er erkannt hatte, dass sie es sehr wohl wussten, keinen Grund mehr zur Vorsicht.

Dennoch fiel es ihm schwer, auszusprechen, was in ihm vorging. Nicht nur, weil er unter Fremden war, auch weil er es selbst nicht genau wusste.

"Schon gut", sagte Torus schließlich. "Das war eine dumme Frage."

"Nein." Sens Antwort kam so plötzlich, dass es ihn selbst überraschte. "Nein, es ist nur..." Es war nur, dass er es nicht übers Herz brachte diesen Leuten, die so freundlich zu ihm waren, etwas schuldig zu bleiben und sei es nur die Antwort auf eine Frage.

Marin nahm ihm die Antwort vorweg.

"Es ist nur so viel passiert, nicht wahr?"

Sen nickte. "Ja."

Ja. Es war viel passiert. All die Freundlichkeit, all die Nächstenliebe, die ihm entgegengebracht wurde und ihm so fremd war und so ungewohnt, konnte nicht weg wischen, was geschehen war. Und keine Worte, konnten ändern, dass seine Reise ein jähes Ende genommen hatte. Dass seine Hoffnungen, Erriel folgen und einholen zu können, zerschlagen wurden.

Es ging ihm nicht gut. Es ging ihm ganz und gar nicht gut. Doch wie hätte er Torus dies zur Antwort geben können? Wie hätte er, nach allem was geschehen war, sagen können, dass es ihm nie schlechter gegangen war, als in diesem Moment, da ihm klar wurde, dass es kein Vorwärts mehr gab und auch kein Zurück?

Und während Sen dasaß und nicht auszusprechen wagte, was ihn bedrückte, da bemerkte er, dass sich die Stimmung in der Taverne geändert hatte. Fast unmerklich hatte sich dieser Wandel in den Raum geschlichen, breitete sich aus wie Nebeldunst in der Dämmerung. Niemand lachte mehr auf, wurde laut, niemand stach aus der Masse hervor oder sagte etwas von Bedeutung.

Das Raunen vieler Stimmen wurde einheitlich und monoton. Wie Nebel woben sich ihre Worte durch den Raum, legten sich grau und dumpf über alles und ließen fern scheinen, was nah war. Die Leute unterhielten sich, um nicht zu schweigen, um nicht zu hören, was am Nachbartisch besprochen wurde, wo Torus im Begriff war, Sen auf das anzusprechen, was geschehen war.

Niemand hier wollte sich etwas anmerken lassen, doch Sen konnte es in ihren Gesichtern lesen, konnte ihre Gedanken sehen, als trügen sie sie wie Kerzen auf offener Handfläche vor sich her. Und er war dankbar ob ihrer Umsicht.

Torus räusperte sich. "Als Marin zu uns kam und erzählte, was vorgefallen war... Ich muss zugeben, dass ich nicht an ein gutes Ende geglaubt hatte", erklärte er mit gesenkter Stimme. "Die Wegelagerer, mit denen ihr es zu tun hattet, haben uns schon seit Jahren das Leben schwer gemacht. Sie überfallen Reisende und tauchen in den Wäldern unter, ohne Spuren zu hinterlassen. Wir haben alles abgesucht, aber niemand hatte ernsthaft damit gerechnet, dich zu finden. Es war ein Glück, dass sie so übermütig wurden, dich direkt zu uns zu bringen."

"Ach Torus", unterbrach ihn Fenni, die sehr leise sprach, um keine Aufmerksamkeit auf das Gespräch zu ziehen, in dass sie sich einzumischen gedachte. "Glaubst du wirklich, das hier ist der richtige Ort für dieses Thema?"

Torus schüttelte den Kopf. "Deine Taverne ist genauso gut wie jeder andere Ort. Früher oder später werden die Leute sowieso alles erfahren. Nur deswegen sind sie doch hier oder? Also, sei froh ob des unerwarteten Umsatz und kümmere dich um deine Gäste."

Fenni schüttelte den Kopf, doch sie beließ es dabei und räumte schweigend leere Bierhumpen vom Tisch. Schon im Begriff zu gehen, sah sie noch einmal zu Sen und lächelte ihm herzlich zu.

"Lass dich bloß nicht einschüchtern, von den vielen Leuten hier. Sie sind nur neugierig... Und er ist da keine Ausnahme!" Sie warf Torus einen bösen Blick zu, ehe sie sich wieder ihren Gästen widmete.

"Sie hat ja Recht", räumte Torus ein. "Ich bin nicht weniger ein Schaulustiger, als alle anderen hier. Mehr noch muss ich der unangenehmen Pflicht nachkommen, dir Fragen zu stellen, über die vergangenen Ereignisse. Fragen, die beantwortet werden müssen, wenn die Wegelagerer, die wir gestern fassten, für ihre Taten zur Rechenschaft gezogen werden sollen."

"Das ist schon in Ordnung", antwortete Sen und er sah nicht auf, als er sprach.

"Wie ich bereits sagte, war es unser und dein Glück, dass diese Verbrecher uns direkt in die Arme liefen", erzählte Torus weiter. "Wir wussten schon lange, dass die erbeutete Ware nicht von den Wegelagerern selbst weiter verkauft, sondern über einen Mittelsmann außer Landes gebracht wurde und auch, dass dieser Mittelsmann hier in Astwer ein Zwischenlager besaß.

Wir warteten nur auf den richtigen Moment, den Banditen den Garaus zu machen. Nun erwartet sie ihre gerechte Strafe am Gerichtshof von Riavera und mit deiner Aussage wird sichergestellt, dass sie diese auch erhalten. Die Worte eines Semanten, zu Papier gebracht und besiegelt durch den Stadtrat von Astwer, werden dem Gerichtshof von Riavera genügen."

Wie selbstverständlich hier in dieser kleinen Stadt über Semanten gesprochen wurde, ja, dass sogar das Wort eines Semanten viel wert war in dieser Gegend – gar vor Gericht – verdeutlichte Sen, wie klein, unbedeutend und unwissend Bask, seine Einwohner und auch er selbst doch waren – und wie weltfremd sein Leben, das er bisher geführt hatte.

Auch wenn Sen kaum eine klare Erinnerung an das hatte, was geschehen war, so tat er sein Bestes, Torus Bericht zu erstatten. Und erst, als er geendet hatte, bemerkte er Marins Hand, die auf seiner Schulter ruhte.

"Marin erzählte, dass du auf der Suche nach deinem Bruder warst?"

"Ich bin es noch", entgegnete Sen.

"Nun, sei versichert, dass du hier in Astwer willkommen bist. Bis du deine Reise fortsetzen kannst, freuen wir uns, dir Unterkunft bieten zu dürfen."

Erriel schlief sehr unruhig. Seine Träume handelten von Feuer und verkohlten Leichen. Er hörte die Hilferufe aus den Flammen, doch er konnte sich nicht rühren.

Er träumte, wie ihn das Feuer umgab, wie ein Strudel aus Flammen. Er drehte sich im Kreis und sah keinen Ausweg. Alles was zwischen ihm und dem Feuer war, waren seine ausgestreckten Hände. Die Hitze verbrannte ihm das Fleisch, doch irgendwie gelang es ihm, das Feuer fernzuhalten und doch nicht wegzustoßen. Der Strudel nahm ihm die Luft zum Atmen und unaufhörlich drangen die Schreie an sein Ohr.

Er schreckte auf. Aufrecht saß er im Bett und Schweißperlen standen ihm auf der Stirn. Sein Atem ging schwer. Ihm gegenüber stand eine Zofe und sah ihn so erschrocken an, wie er sich fühlte. Es war die Frau, die ihm das Bad bereitet hatte.

"Verzeiht. Ich wollte Euch nicht wecken", entschuldigte sie sich mit einem tiefen Knicks.

Erriel schüttelte den Kopf. "Das habt Ihr nicht."

Eilig ging sie wieder ihren Aufgaben nach. Öffnete die Fenster, schaute nach dem Feuer, füllte die Obstschale mit Äpfeln und Trauben und ließ seine alte Kleidung in einem großen Leinensack verschwinden.

"Ihr habt schlecht geschlafen", stellte sie beiläufig fest, während sie die Trauben drapierte. "Hattet Ihr einen Alptraum?"

Sie füllte Wasser in die Waschschüssel auf der Kommode gleich neben dem Bett und bedeutete Erriel, sich frisch zu machen. Wortlos kam er ihrer Aufforderung nach.

"Das kann man wohl sagen", antwortete er ihr schließlich und erfrischte sein Gesicht mit dem kalten Nass. Freundlich lächelnd reichte sie ihm ein Handtuch.

"Ihr müsst Schlimmes erlebt haben. Überall erzählt man sich von den Vorkommnissen in Eurer Heimatprovinz. Das alles sind natürlich nur Gerüchte."

Erriel gab keine Antwort. Ihm war nicht danach, über das Vergangene zu reden, ob nun Neugier oder Mitleid die Zofe dazu veranlasste, ihn danach zu fragen.

Schließlich widmete sie sich wieder ihren Aufgaben und verabschiedete sich kurz darauf mit einem weiteren Knicks. "Wenn Ihr noch etwas wünscht, so scheut nicht, darum zu bitten. In Kürze wird der Schneider zu Euch kommen, um die Kleidung anzupassen, die man Euch brachte. Zum Abendmahl erwartet man Euch zu Tisch bei den hohen Herren."

Erriel rief ihr einen Dank hinterher, als sie den Raum verließ.

Ein Blick aus dem Fenster verriet ihm, dass die Mittagszeit noch nicht lange vorbei sein konnte. Er nahm sich einen Apfel und verschlang ihn gierig. Bei all dem Luxus hier, konnten die Adligen nicht einmal vernünftig zu Mittag essen? Aber vielleicht taten sie das ja auch ohne ihn. Andererseits hatte er ja bereits erfahren, wie wichtig das Gastrecht hier war. Man ging wohl davon aus, dass er nach der langen Reise den ganzen Tag über schlafen würde.

Er wünschte, er hätte dem nachkommen können. Doch es graute ihn vor den Träumen, die ihn erwarteten. Stattdessen stand er nur am Fenster und betrachtete die Palastgärten, die er von hier aus sehen konnte. Wie vielen Menschen es wohl vergönnt war, diesen Anblick zu genießen? Nie hatte er einen schöneren Flecken Natur gesehen als die inneren Gärten des Palastes.

Als er angekommen war, hatte er bereits die Anlagen vor dem Palast bewundern können, doch diese hier waren um ein Vielfaches schöner. Hier gab es dichtes, sattes Gras, hohe Bäume von einer Art, wie er sie nicht kannte, aber auch bekannte Sorten wie Eiche und Trauerweide.

Lange stand er am Fenster und dachte an nichts, als an die Schönheit der Gärten.

Der Schneider hatte nicht viel Arbeit mit dem Anpassen der Kleidung. Ihr Vorbesitzer musste wohl eine ähnliche Statur gehabt haben. Da der Mann sehr flink mit der Nadel war – was man von einem Schneider am königlichen Hof nicht anders erwarten würde – dauerte es nicht lange, bis er seine Arbeit beendete.

Erriel bewunderte noch sein neues Aussehen im Spiegel, als man ihn schon zu Tisch bat. Wenn seine Eltern ihn jetzt hätten sehen können, dachte er bei sich, als er dem Pagen durch die Gänge folgte. Keiner der Bediensteten rümpfte mehr die Nase, wie sie es bei seiner Ankunft vor nur wenigen Stunden noch getan hatten. Ganz im Gegenteil brachten sie ihm den höchsten Respekt entgegen und Erriel kam nicht umhin, diese Ehrerbietung zu genießen.

Sicher wusste er, dass diese Kleider nur äußerlich über seine wahre Herkunft hinweg täuschen konnten. Jeder, der mit ihm auch nur ein Wort wechselte, musste bemerken, dass er sicher kein Prinz oder auch nur jemand von niederem Stand war.

Erriel bedauerte keineswegs, der zu sein, der er war. Er wusste sehr wohl, dass blaues Blut nicht nur Privilegien, sondern auch Pflichten mit sich brachte. Doch in diesem Augenblick, da seine Welt in Trümmern lag, wollte er nichts weiter als genießen, was ihm dargeboten wurde. Um die Schattenseiten konnte er sich ein anderes Mal sorgen.

Man führte ihn in den Speisesaal, wo sich bereits der größte Teil der Gesellschaft eingefunden hatte. Erriel wusste nicht, ob es im Schloss üblich war, das Abendmahl wie ein Festbankett zu zelebrieren oder ob es einen besonderen Anlass für diese Festlichkeiten gab.

Das letzte Mal, als er so viele Menschen gemeinsam an einem Tisch sitzen gesehen hatte, war im letzten Sommer, als das ganze Dorf die reiche Ernte feierte und jeder seinen Esstisch an den des Nächsten stellte. Ganz Bask saß damals an einem Tisch und feierte. Hier war es ähnlich.

Ein langer Tisch in der Mitte des Saals bot den gut vier Dutzend adligen Herren und Damen Platz. Damals in Bask hatte der Dorfälteste am Kopf des Tisches gesessen. Hier war es der Mann, der ihn im Schloss empfangen und ihm das Gastrecht zugesprochen hatte. Prinz Atamis.

Zu seinem Erstaunen saß neben dem Prinzen Ihre Hochwohlgeboren Isleya von Vales. Womöglich war sie seine Tochter oder aber seine Anvertraute, auch wenn Erriel sie für zu jung hielt, um mit einem Mann diesen Alters verheiratet zu sein.

Auch einige der anderen Gesichter erkannte er wieder. Es waren die Ritter, die ihn hergebracht hatten. Sie waren nicht leicht wiederzuerkennen, nun da sie ihre Rüstungen gegen Kleidung aus Samt und Seide getauscht hatten.

Erriel durfte an einem Platz weit am Ende der Tafel Platz nehmen.

Die Gespräche zu Tisch waren verwirrend vielfältig und so, auch wenn man sich sehr gesittet unterhielt, niemand zu laut wurde und jedermann lächelte, sorgte die Masse an Gesprächen doch für einen recht hohen Geräuschpegel, der nur von den Instrumenten des Orchesters übertönt wurde, das in einer Ecke des Raumes spielte.

Erriel versuchte, sich so klein zu machen wie ihm möglich war, in der Hoffnung, nicht weiter aufzufallen. Er hätte sicher nichts Interessantes beizutragen, zu den Gesprächen über Politik und Wirtschaft. Das Meiste von dem, was gesprochen wurde, verstand er nicht einmal. Einige Worte waren ihm sogar gänzlich fremd und er stellte sich mehr als einmal die Frage, ob das eine oder andere Gespräch nicht in einer anderen Sprache geführt wurde, die der seinen wohl zum Teil ähnlich, zum anderen Teil wiederum aber sehr fremd war.

Schließlich wurde aufgetischt. Ein Bediensteter nach dem anderen betrat den Raum, bis sie, jeder ein schweres Tablett tragend, eine Reihe bildeten, die ebenso lang wie die Tafel selber war. In gleicher Bewegung trat die Dienerschaft an den Tisch heran und servierte die Abendmahlzeit.

Erriel warf nur einen flüchtigen Blick auf die Speisen. Er wollte nicht zu neugierig wirken. Doch das, was er sah, ließ ihm das Wasser im Mund zusammenlaufen. Direkt vor ihm stand ein mit Früchten dekorierter Vogel, der einem Brathuhn recht ähnlich sah, allerdings gut dreimal so groß sein mochte. Zwischen den einzelnen Tabletts standen Körbe mit feinem Gebäck und weiter sah er Schweinebraten, Pastete, gefülltes Gemüse und Schüsseln, deren Inhalt er nicht erkennen konnte.

Erriel hätte vermutet, dass der Adel sich nun von den Dienern die Teller füllen ließ, doch tatsächlich bediente man sich von dem, was man erreichen konnte selbst und da die Speisen sich zu wiederholen schienen, kam fast jeder an alle Gerichte heran. Die Diener boten Wein und Tafelwasser und halfen, wo man sie dazu aufforderte. Erriel selbst nahm sich von dem Vogel und ein wenig Gebäck.

Alles in allem war Erriel mehr als froh, als die Dienerschaft die Tafel abräumte. Womit er nicht gerechnet hatte, war ein zweiter Gang. Sein Tischnachbar, ein älterer Edelmann, der sich bisweilen mit einer jungen Dame ihm gegenüber unterhalten hatte, schien sich besonders auf die Nachspeisen zu freuen, die nun serviert wurden. Übermütig rieb er die

Hände aneinander.

"Wenn ich etwas mehr liebe als mein eigenes Weib, dann sind es diese Kirschplunder!", warf er in die Runde und griff beherzt zu, als eben diese Plunder serviert wurden.

Erriel hielt sich zurück. Er hatte sich den Bauch bereits mit dem großzügigen Hauptgang vollgeschlagen.

"Keine falsche Scheu!", riet ihm der Mann.

Er schüttelte den Kopf. "Ich kriege keinen Bissen mehr runter."

Der Mann zuckte mit den Schultern. Die junge Frau ihm gegenüber nahm nun sein statt das letzte Plunderstück.

"Wenn Ihr nicht mögt, dann bin ich so frei", erklärte sie. "Sagt, mein Junge. Woher kommt Ihr? Ich bin mir sicher, Euch noch nie bei Hofe bemerkt zu haben."

Erriel schluckte. Einige der direkten Tischnachbarn schienen ebenfalls interessiert an seiner Antwort zu sein und sahen ihn bereits neugierig an.

"Ich bin nur zu Gast", antwortete er schließlich.

Die junge Frau lächelte. "Und woher stammt dieser Gast?"

"Aus Faran."

Die Edelleute, die das Gespräch mit anhörten, schienen zu grübeln, bis die junge Dame selbst das Wort ergriff. "Das liegt bei den Provinzen Gembird und Riavera, wenn ich mich nicht irre..."

Der ältere Mann neben ihm runzelte die Stirn.

"Herrje!", rief er schließlich aus. "Du wirst doch nicht der Junge aus Bask sein?"

Erriel sah sich verwundert um. Anscheinend hatte die Kunde von den Geschehnissen in Bask und seine Ankunft hier am Palast bereits ihre

Runde gemacht. Einige der Zuhörer sahen ihn nun noch neugieriger an, wenn das überhaupt möglich war.

"Wenn ich mich vorstellen darf", sprach nun wieder die junge Dame. "Firnan von Ellswald. Es ist mir eine Ehre, dich kennen zu lernen."

"Oh und auch mir ist es eine Ehre. Scheraf von Harabsbrick mein Name. Dein Ruf eilt dir voraus, mein Junge!" Der ältere Mann ergriff Erriels Hand und schüttelte sie. Dabei hinterließ er eine klebrige Masse von Zuckerguss und Kirschmarmelade an seiner Handfläche.

"Welcher Ruf?", wollte Erriel wissen.

"Oh, von deinen Heldentaten natürlich", antwortete ein Dritter. "Man sagt, du sollst dutzende Menschenleben gerettet haben, als Bask überfallen wurde. Und zudem hast du das Zusammentreffen mit einem Feuervogel ohne einen Kratzer überlebt. Das kann wohl niemand von sich behaupten!"

Erriel schüttelte den Kopf. "Das alles war sicher nicht mein Verdienst."

Hilfesuchend sah er sich um und bemerkte den Prinzen, der alles mit angehört hatte und dem Jungen ein wohlwollendes Lächeln schenkte, als ihre Blicke sich trafen. Anscheinend war er nicht ganz unbeteiligt an der Verbreitung dieser Gerüchte. So war zumindest Erriels Vermutung.

"Ich bin bloß hier, um Hilfe zu erbitten. Bask liegt in Trümmern", sagte er schließlich.

"Und diese Hilfe wirst du auch bekommen, da sei unbesorgt", erklärte Scheraf und alle Beteiligten schienen seiner Meinung zu sein.

Firnan beugte sich etwas vor, als sie zu Erriel sprach.

"Es mag sein, das der Krieg uns unseren König genommen hat, doch Prinz Atamis führt sein Amt gut und in seinem Namen. Er wird nicht zulassen, dass die Kämpfe sich bis nach Bask ausweiten."

Nun kam sich Erriel noch viel mehr wie ein dummer Bauernjunge vor, als die Durchlaucht Firnan über den Krieg sprach, von dem er kaum etwas wusste.

Sicher war ihm bekannt, dass die Herrschaftslande sich im Zwist mit Hirankun und den fernen Maharenialanden befanden, auch dass die Grenze zu Hirankun stetig umstritten war und Übergriffe nicht ausblieben, doch dass diese Streitigkeiten als Krieg bezeichnet wurden, war ihm völlig neu.

Zudem war Faran viel zu weit weg von der Grenze zu Hirankun, um mit in die Kämpfe hineingezogen zu werden. Schließlich wurden nicht einmal Männer für den Kampf eingezogen, wie dies sonst üblich wäre, bei einem Krieg dieses Ausmaßes.

"Es sind die Rebellen", erklärte ein Jüngling, kaum älter als Erriel. "Sie verrieten die Herrschaftslande und den König und stellten sich auf die Seite dieser Barbaren. Bask ist nicht das erste Dorf, das ihnen zum Opfer gefallen ist. Sie wüten überall."

Scheraf nickte. "Für manch einen kamen die Veränderungen zu schnell. Es ist nicht leicht, sich auf neue Gegebenheiten einzustellen. Immer wieder habe ich den jungen König um Geduld gebeten, doch sein Blick war weit in die Zukunft gerichtet und so übersah er so manches, was in der Gegenwart geschah."

"Er hat viel erreicht in kurzer Zeit. Er war ein guter Mann und ein guter König", erklärte ein anderer.

Von da an drehte sich das Gespräch der Adligen um die Errungenschaften des ehemaligen Königs und ihre politischen und wirtschaftlichen Auswirkungen auf die Herrschaftslande und ihre direkten Nachbarn. Erriel hatte kaum etwas zu diesen Themen beizutragen. Wenn ihm überhaupt einmal etwas zu dem einen oder anderen eingefallen wäre, dann behielt er dies für sich.

Es schien eine halbe Ewigkeit zu vergehen, bis das Abendmahl beendet wurde. Dies geschah, indem Prinz Atamis den Saal verließ. Ihm folgte Isleya und eine Heerschar von Dienern, Wachen und Vertrauten. Als sich daraufhin die ersten Gäste vom Tisch erhoben, nutzte auch Erriel die Gelegenheit, sich unbemerkt davonzustehlen.

Erst, als er sich soweit von dem Speisesaal entfernt hatte, dass das Geschwätz der Adligen nicht mehr zu hören war, verlangsamte er seinen Schritt.

Erleichtert atmete er auf, nun da er sich in Sicherheit wog. Er musste unwillkürlich an seinen Vater und seine allabendliche Männerrunde in der Taverne von Bask denken. Hier waren die Gespräche sicher hochtrabender, die Worte gewählter und die Stimmung ruhiger, doch der Inhalt der Gespräche unterschied sich kaum.

Man lästerte über jene, die nicht da waren und sich nicht verteidigen konnten, erklärte wie anders und vor allem besser man Dinge machen würde, auf die man eigentlich keinen Einfluss hatte und beschwerte sich über alles, was nicht mehr so gut war wie früher.

Was wohl über ihn gesprochen wurde, wenn er nicht gerade neben ihnen saß? Ein Bauernjunge im Palast. Wenn das nicht für reichlich Gesprächsstoff sorgte.

# Isleya

Es war dunkel geworden. Das Mondlicht schien durch die Fenster und ließ den Palast düster und kalt wirken. Erriel folgte dem Gang, der ihn, wie er glaubte, zu seiner Unterkunft führen würde, als er durch eines der Fenster zu seiner Rechten, die Palastgärten entdeckte, die er bereits von seinen Räumlichkeiten aus bewundern konnte.

Was er hier sah, war allerdings ein ganz anderer Teil der Gärten. Damit war klar, dass er sich verlaufen hatte.

Von nahem waren die Palastgärten noch weitaus eindrucksvoller, als von der Ferne, wenn auch im Dunkeln nicht allzu viel zu erkennen war. Die Schönheit der Natur hielt Erriels Blick gefangen, während er weiter dem Gang folgte. Da bemerkte er hinter einigen Bäumen eine Bewegung. Gebannt starrte er in die Dunkelheit. Seine rechte Hand auf das Glas gelegt, konnte er die feuchte Kälte spüren, die auf der anderen Seite der durchsichtigen Barriere herrschte.

Die Finger des Jungen flogen über das Glas, während er seinen Schritt beschleunigte. Seine Augen aber flogen über Schatten in der Dunkelheit, suchend nach dem, was sich dort draußen regte und plötzlich stand er vor einer Tür.

Einen kurzen Moment zögerte er, dann aber griff er nach der Klinke und trat ins Freie. Die Kälte durchströmte ihn unmittelbar und ließ ihn erschauern. Der Duft von Blumen und Gräsern drang ihm in die Nase und erinnerte ihn an Zuhause.

Er folgte dem schmalen Pfad, der ihn über eine Holzbrücke tiefer in die Gärten führte. Zu allen Seiten konnte er die Wände des Schlosses sehen. Dieses Kleinod musste den Mittelpunkt des ganzen Gebäudes bilden. Für jedermann zu sehen und doch waren sie so groß, dass wohl dutzende Leute sich darin aufhalten konnten, ohne einander zu begegnen.

Erriel berührte im Vorbeigehen mit den Fingerspitzen eine Rose, deren Blüte so groß war wie seine ganze Hand. Sie fühlte sich an wie Seide und ihr starker Duft strömte auf ihn ein.

Weiter entfernt stand eine Trauerweide. Ihre Äste hingen bis auf den Boden und verbargen den Stamm des Baumes vollends. Von Neugier getrieben näherte er sich dem Vorhang aus Ästen und wagte einen Blick dahinter.

Obgleich die Palastgärten in tiefer Nacht von den Lichtern hunderter Fenster erhellt wurden, herrschte hier, unter dem Geäst des Baumes, nichts weiter als Dunkelheit.

Erriel strich über den Stamm der Weide, fühlte die raue Rinde und ließ sich schließlich zu seinen Wurzeln nieder.

Müdigkeit umfing ihn. Hier, auf dem weichen Moos, geschützt vor Wind, Regen und den Blicken Fremder, fühlte Erriel sich sicher. Doch kaum hatte er die Augen geschlossen, kamen die Träume wieder.

Flammen, die ihn umgaben, ihn gefangen hielten, in einem brennenden Strudel. Seine Lungen füllten sich mit beißendem Rauch, seine Augen tränten, doch er konnte die Flammen fernhalten, konnte sie, allein durch die Kraft seines Geistes, davon abhalten, ihn zu verschlingen. Er konnte ihren Willen fühlen, den Drang alles zu vereinnahmen, sich unendlich auszuweiten und alles auf ihrem Weg zu vernichten. Aber auch ihre Wut, ihren Hass. Ihren Hass auf etwas oder jemanden.

Geräusche riefen ihn wieder in das Hier und Jetzt – ließen die Träume verblassen. Da war jemand, ganz in seiner Nähe. Die Schritte waren kaum vernehmbar, doch in der Stille der Nacht konnte man selbst das Laufen von nackten Füßen auf weichem Gras hören. Dann ein Flüstern, gefolgt von dem Gezwitscher vieler Vögel.

Erriel erhob sich und ließ die Träume zurück, ehe er durch den Vorhang des Geästes ins Freie trat. Nicht weit von ihm stand eine Vogelvoliere und davor erkannte er die Silhouette einer Frau. Als Erriel sich ihr näherte, erkannte er, dass es Isleya war, die dort stand, in ein einfaches Kleid gehüllt.

Barfuß und ohne jede Zier stand sie da, fütterte die Vögel und sprach zu ihnen mit ihrer zarten Stimme, die zarter war, als der Gesang der Vögel selbst.

Erriel vergaß jede Scheu, vor der Adligen.

"Es scheint etwas spät, um die Vögel zu füttern", sprach er sie an.

"Es ist nie zu spät, etwas zu tun, das getan werden muss", sagte sie und Erriel konnte das Lächeln auf ihren Lippen in den Worten lesen, die sie zu ihm sprach, ohne ihn anzusehen.

Sie beendete ihre Arbeit, bevor sie sich ihm zuwandte. "Mir scheint, es ist auch etwas zu spät für einen Gast, sich frei im Hause seines Gastgebers zu bewegen."

"Wie ich bereits sagte: über die Sitten, die hier Brauch sind, weiß ich nicht viel", gab er zu verstehen.

"Das scheint mir auch so", entgegnete Isleya schmunzelnd. "Du solltest wissen, dass Prinz Atamis dich im Auge haben wird. Die Tatsache, dass du dich zu so später Stunde nicht in deinen Gemächern aufhältst, wird nicht unbemerkt bleiben. Aber keine Sorge, man wird dich dafür nicht rügen. Womöglich wird man in Zukunft jedoch mehr Acht auf dich geben."

"Das hört sich ganz so an, als sei ich kein Gast, sondern ein Gefangener", stellte Erriel unverhohlen fest.

Die junge Frau schlenderte an der Voliere vorbei, tiefer in die Gärten hinein und Erriel folgte ihr.

Während sie gemeinsam durch die Schönheit der Nacht flanierten, sprach sie weiter. "Es ist eine unausgesprochene Wahrheit, dass jeder hier im Palast ein Gefangener ist."

"Wie meint ihr das?", wollte er wissen.

Isleya aber lächelte nur und wechselte das Thema.

"Erzählt mir von deinem Leben in Bask", bat sie ihn. "Wie lebt es sich als Bauernjunge?"

Beinahe hätte Erriel vergessen, dass sein Leben für diese Adlige so fremd sein musste wie für ihn das ihrige.

"Nun. Die Tage sind lang. Die Arbeit hart. Aber wir haben es ganz gut getroffen. Wir *hatten* es ganz gut getroffen", verbesserte er sich und zögerte einen Moment, weiterzusprechen. "Meine Familie pflanzte seit je her Kopfsalat an. Davon lässt es sich gut leben." Sein Missmut über den Anbau von Kopfsalat war schwerlich zu verbergen, doch Isleya überging das geschickt.

"Ich stelle es mir schön vor, etwas mit eigenen Händen zu erschaffen", sagte sie. "Einen einzelnen Samen zu sähen und zu sehen, wie daraus kräftige Pflanzen erwachsen. Das muss schön sein."

Von dieser Warte aus hatte er die Arbeit auf dem Feld noch nie betrachtet und er kam nicht umhin, ihr beizupflichten.

"Ja, das ist es."

Als Erriel in sein Gemach zurückkehrte, war es bereits tiefdunkle Nacht. Isleya und er hatten sich noch lange unterhalten. Nachdem er ihr von Bask erzählt hatte, von seinen Eltern, seinem Alltag – jedes Detail hatte sie interessiert – sprachen sie über die Gärten, die verschiedenen Bäume und Pflanzen und die Vögel ihrer Voliere.

Kein Wort sprachen sie über den Angriff der Feuervögel, kein Wort über Krieg und Politik. Für die wenigen Stunden an Isleyas Seite, in den Gärten des Palastes, hatte er sich frei von allem Übel gefühlt.

Müde war er. Er wollte nicht schlafen, wusste er doch, was das mit sich brächte.

Noch lange lag er also mit geöffneten Augen in seinem Bett, das zu weich und einladend war, um nicht vom Schlaf übermannt zu werden und er war kaum weggedriftet, da roch er bereits den Rauch.

Er wusste, dass es ein Traum war und auch, dass er ihm nun nicht mehr entkommen konnte – nicht dem Rauch, dem Feuer und auch nicht den Schreien.

Am nächsten Morgen erwachte er aus schweren Träumen. Es waren immer die gleichen grausamen Szenen, die ihn nicht loslassen wollten. Das Feuer. Der beißende Qualm. Die Toten.

Er wusch sich das Gesicht und kleidete sich an. Gleich darauf klopfte es an seiner Tür und er bat, einzutreten. Die junge Zofe beugte respektvoll ihr Haupt und widmete sich dann ihrem Tagwerk.

Sie begann damit, die Fenster zu öffnen und die Kissen aufzuschütteln.

"Ich hoffe, Ihr hattet eine angenehme Nachtruhe?", fragte sie ihn höflich.

"Ähm, ja… sicher", schwindelte Erriel.

Gedankenversunken griff er seinerseits nach einem der Kissen, um es aufzuschütteln, doch die Zofe strafte ihn sogleich mit einem bösen Blick und nahm ihm das Kissen aus der Hand.

"Wenn ihr so freundlich wäret, mich meine Arbeit machen zu lassen?", bat sie, doch ihr darauf folgendes Schmunzeln verriet ihm, dass sie es ihm nicht übel nahm.

"Ich wollte ja nur helfen", antwortete er und trat zur Seite, als die Zofe an ihm vorbeihuschte, um den Kamin anzufachen.

"Wenn hier jeder Gast seine Kissen selber aufschütteln würde, wäre ich am Ende noch überflüssig."

"Wenigstens habt Ihr etwas zu tun", erwiderte er.

Er seufzte und sah gelangweilt dem Mädchen dabei zu, wie es weiter seine Arbeit verrichtete.

Schließlich erbarmte sie sich seiner: "Ihr seid hier im königlichen Palast von Enshir! Da wird sich doch sicher eine Zerstreuung für Euch finden lassen", gab sie zu bedenken.

Erriel verschränkte die Arme vor der Brust. "Und was sollte das sein?", fragte er mit einem Schulterzucken. "Was tun denn die anderen Gäste hier im Palast Tag ein Tag aus?"

Die junge Zofe lief von Fenster zu Fenster, um diese wieder zu schließen.

"Hm...", überlegte sie. "Hauptsächlich reden. Pläne schmieden." Sie schloss das letzte Fenster und ging dann auf Erriel zu. "Es wird wirklich sehr viel geredet", betonte sie und kicherte verstohlen.

Erriel verdrehte die Augen. "Was hätte ich denn schon zu bereden? Und vor allem: mit wem?"

"Nun ja, wusstet Ihr als Beispiel, dass die Verlobung von Prinz Atamis und Ihrer Hochwohlgeboren Isleya von Vales kurz bevorsteht?"

"Ihre Verlobung?", fragte Erriel verwundert nach.

"Ja!", antwortete sie. "Ist das zu glauben?"

"Ich nahm an, sie seien bereits verheiratet."

Das Mädchen kicherte wieder. "Verheiratet? In welcher Welt lebst du denn?", fragte sie und schlug sich sofort die Hände vor den Mund. "Verzeiht! Lebt *Ihr*!"

Erriel schüttelte den Kopf. "Schon gut! Mir sind diese Höflichkeiten eh zuwider! Sehe ich etwa wie ein Adliger aus, dem man solche Floskeln schuldig ist?", fragte er und schaute dabei an sich herunter, wobei ihm natürlich klar wurde, dass er Kleidung trug, die sehr wohl eines Adligen würdig war.

Die junge Zofe lächelte ihn an und sparte sich die passende Antwort. Während sie weiter ihren Aufgaben nachging, begann sie zu erklären. "Wie du sicher weißt, verstarb der alte König vor nicht einmal zwei Jahren und nach seinem Wunsch bestieg sein zweitgeborener Sohn den Thron. Dieser erwählte sich eine Frau, die an seiner Seite regieren sollte. Ihrer Hochwohlgeboren Isleya von Vales fiel diese Ehre zu.

Doch nur wenige Tage vor der Hochzeit kam der junge König bei einer Reise ums Leben. Prinz Atamis, sein älterer Bruder, übernahm das Zepter. Wohl gemerkt war nicht jeder glücklich mit dieser Wendung. König Sassmin gab nicht grundlos sein Amt an seinen zweitgeborenen Sohn weiter, hieß es.

Viele Stimmen wurden laut, dass Ihre Hochwohlgeboren Isleya als Königin das Land regieren sollte, doch ihr stand das nicht zu, denn der junge König und sie waren ja noch nicht getraut worden." Das Mädchen flüsterte, als es weiter sprach. "Es heißt, Prinz Atamis hofft, durch ihre Beliebtheit sein Amt stärken zu können und nun steht im Prinzip der Tag ihrer Hochzeit bereits fest."

Erriel hatte sich derweil auf sein Bett gesetzt und lauschte aufmerksam. Er hing immer noch an den Lippen der Zofe, als diese zur Tür trat.

"Man erwartet Euch bei Tisch", berichtete sie ihm schließlich und riss ihn damit aus seinen Gedanken. "Wenn Ihr mir folgen möget."

"Ähm, ja!", antwortete er nickend und versuchte, seine Gedanken zu ordnen.

Er folgte dem Mädchen aus dem Zimmer und ein Bediensteter nahm sich seiner an und führte ihn in einen Speisesaal, der weitaus kleiner war als der, in dem am Abend zuvor die große Gesellschaft speiste.

Am Tisch erwarteten ihn bereits Prinz Atamis, Isleya und eine Hand voll weiterer Personen, deren Gesichter Erriel wohl bekannt vorkamen, er jedoch nicht direkt einordnen konnte.

"Nimm Platz, mein Junge", bat ihn Atamis und deutete auf einen freien Stuhl. Erriel folgte seiner Aufforderung schweigend.

"Nun, wir unterhielten uns gerade über Bask und da ist es doch nur recht und billig, dass du dieser Unterhaltung beiwohnst, nicht wahr?"

Erriel sah auf. Er war sich nicht sicher, ob es angebracht war zu antworten oder ob diese Frage nur eine höfliche Floskel war, doch Isleyas Blick bedeutete ihm, etwas zu entgegnen.

"Wenn Ihr dies für angebracht haltet, will ich Euch nicht widersprechen", sprach er überlegt und war selbst verblüfft ob seiner weisen Wortwahl.

"Nun denn, wie seine Gnaden Herzog Kastras just berichtete, sandte er bereits gestern einen Falken an Graf Torwalis von Faran."

"So ist es", bestätigte der Herzog. "Die Nachricht enthält alle Informationen, die uns derzeit über den Vorfall vorliegen und ein Angebot jederzeit Hilfsgüter zur Verfügung zu stellen, falls von Nöten."

"Es wäre wohl auch angebracht, eine Delegation an den Hof von Faran zu senden. Sicher wird Graf Torwalis für den Beistand dankbar sein, den das Königshaus ihm zukommen lässt", schlug jemand vor.

Die Anwesenden stimmten zu.

"Es ist eine hervorragende Gelegenheit, die Beziehungen zu Faran zu verbessern. Eine Einladung in den Palast wäre wohl angebracht."

Erriel biss sich auf die Unterlippe. So nannte man das also, wenn Dutzende Menschen starben, ihr Heim verloren, ihre Familie, all ihren Besitz und ihr Einkommen.

Isleya war es, die schließlich für ihn sprach.

"Es ist wohl *nicht* angebracht, vor unserem Gast von einer hervorragenden Gelegenheit zu sprechen. Meint Ihr nicht auch?"

"Verzeiht. Ihr habt vollkommen Recht, Euer Hochwohlgeboren!", gab der Mann zu.

Atamis hob aber die Hand. "Es mag schrecklich sein, was in Bask passierte, doch überdies darf die Diplomatie nicht außer Acht gelassen werden. So sehr wir alle hier das Schicksal dieser armen Menschen bedauern, müssen wir doch sachlich bleiben bei unseren Überlegungen."

"Wahre Worte!", pflichtete Herzog Kastras bei.

Es war überflüssig gewesen, Erriel zu diesem Gespräch einzuladen. Es mochte eine Geste der Höflichkeit gewesen sein, doch war es für ihn nur schmerzlich und ernüchternd mit anzuhören, welche Pläne Prinz Atamis und seine Berater schmiedeten, die Vorfälle in Bask für sich zu nutzen.

Der Prinz selbst schien der festen Überzeugung, Erriel einen Gefallen getan zu haben. Im Laufe des gemeinsamen Morgenmahls warf er ihm immer wieder ein aufmunterndes Lächeln zu. Gegen Ende des Mahls bat er ihn zu alledem noch zu einem persönlichen Gespräch im Verlauf des Nachmittags.

Bis dahin wurde Erriel wieder in sein Gemach geschickt wie ein kleiner Junge, den die Eltern in sein Zimmer schickten, wenn die Erwachsenen sich ungestört unterhalten wollten.

Je mehr Zeit Erriel im Palast zu verbringen gezwungen war, desto unbehaglicher fühlte er sich.

Er fühlte sich eingesperrt und gefangen. Die Stunden zogen sich dahin wie zäher Teig und Erriel gefiel es gar nicht, mit seinen Gedanken allein gelassen zu werden. Andererseits wollte er auch nicht wieder unter Adligen sein. Deren hohles Geschwätz und aufgesetzte Freundlichkeit bereitete ihm Kopfschmerzen.

Ruhelos lief er in seinem Zimmer auf und ab.

Draußen schien die Sonne und ein sanfter Wind ließ die Kronen der Bäume in den Gärten leicht schaukeln. Hier drinnen konnte er es nicht länger aushalten, er musste raus in die Gärten. Er musste sich bewegen, etwas anderes sehen als diese vier Wände, die vor Reichtum nur so strotzten.

Vorsichtig öffnete er die Tür. Es war ihm, als würde er etwas Verbotenes tun, als er es wagte, den Gang zu betreten.

"Benötigt Ihr etwas?", fragte eine Stimme hinter ihm.

Erriel fuhr zusammen. Neben seiner Tür stand ein hochgewachsener Mann mit Hakennase und weit nach unten hängenden Mundwinkeln. Auch wenn die Wortwahl des Dienstboten höflich war, so war es sein Tonfall keinesfalls. Es bestand kein Zweifel daran, dass dieser Mann hier vor seiner Zimmer Wache hielt. Erriels Verschwinden am gestrigen Abend war wohl doch nicht ohne Folgen geblieben.

"Nein danke. Ich möchte mir nur die Beine vertreten."

Der Mann rümpfte seine übergroße Nase.

"Gewiss habt Ihr in Eurem großzügigen Gemach genug Platz zum Vertreten oder ist Euch Eurer Quartier zu klein? Wenn dem so ist, werde ich es auf gleich dem Prinzen mitteilen."

Erriel schüttelte energisch den Kopf. "Nein, nein. Es ist sicher nicht zu klein."

Das fehlte ihm gerade noch, dass es ihm als Beleidigung gegenüber dem Prinzen ausgelegt würde, sich über sein Gemach zu beschweren und man ihn am Ende deswegen einen Kopf kürzer machte. Enttäuscht schlich er wieder zurück in sein Zimmer.

"Wenn man mir vielleicht etwas zu lesen bringen könnte", bat er dann doch, wenn auch zögerlich.

Wieder rümpfte der Mann abfällig die Nase. "Ein Buch. Das lässt sich einrichten."

Kurze Zeit später stand Erriel eine ganze Reihe Bücher zur Verfügung. Er blätterte durch einige, kam aber nicht recht in die Stimmung zu lesen. Seufzend lehnte er sich ans Fenster und betrachtete die Gärten. Er suchte nach der Trauerweide, unter der er in der Nacht gelegen hatte und fand sie schließlich. Was Isleya wohl die ganze Zeit lang tat, Tag ein Tag aus, allein in diesem großen Palast?

Seine Mutter hatte tagsüber mit der Hausarbeit zu tun gehabt, welche hier von Zofen übernommen wurde. Abends jedoch widmete sie sich ihren Näharbeiten. Ob Isleya ähnliche Zerstreuung fand?

Spät am Nachmittag klopfte es an der Tür. Ohne auf Erlaubnis zu warten, betrat der hakennasige Bedienstete, der vor Erriels Tür Wache hielt, den Raum.

"Seine königliche Hoheit Prinz Atamis ist nun bereit, Euch zu empfangen, wenn ihr mir folgen möget."

Es blieb ihm kaum die Zeit, sich ein Lesezeichen in das Buch zu legen, das ihm die letzten Stunden erträglich gemacht hatte. Der Mann drehte auf dem Absatz um und stolzierte erhobenen Hauptes aus dem Zimmer und Erriel gab sich alle Mühe, mit ihm Schritt zu halten.

Wieder wurde ihm deutlich, wie riesig dieser Palast doch war, als man ihn durch die langen Gänge führte. Einige Korridore kamen Erriel bekannt vor, doch er mochte sich täuschen. Genauso hätte es sein können, dass er durch einen Teil des Palastes geführt wurde, den er zuvor noch nie betreten hatte. Als sein Führer vor einer einflügeligen Tür stehen blieb und ihm bedeutete zu warten, bis er ihn angekündigt hatte, wusste Erriel, dass er hier schon einmal gewesen war.

Hinter der Tür lag das Arbeitszimmer des Prinzen. Der Raum, in dem er ihm das erste Mal vorgestellt worden war.

Erriel wartete geduldig, bis der Mann zurückkehrte und ihn bat, einzutreten. Prinz Atamis saß an einem Schreibtisch unter drei deckenhohen Fenstern, die den Raum erhellen mochten, wären sie nicht mit schweren Stoffen verhängt.

Dennoch war es nicht dunkel. Ein mächtiger Kronleuchter, direkt über dem runden Tisch in der Mitte des Raumes erfüllte seinen Zweck. Der Prinz saß über einen Stapel Schriftstücke gebeugt, die Feder in der Rechten, die Dokumente in der Linken, mit tiefen Denkfalten zwischen den Augenbrauen, an seinem Tisch und sah nicht auf, als der Junge sich näherte.

Unsicher blieb Erriel mit gebührendem Abstand vor dem Schreibtisch stehen und räusperte sich. Der Prinz sah auf und die Falten zwischen seinen Brauen lösten sich.

"Mein Junge. Es freut mich, dass du meiner Einladung gefolgt bist."

Als ob ich eine Wahl gehabt hätte, dachte Erriel trotzig, sprach es jedoch nicht aus. Atamis steckte die Feder in ihren Halter und richtete sich auf.

"Ich hoffe, du wurdest bisher gut behandelt", fragte der Prinz. "Noch hatten wir nicht Gelegenheit, darüber zu sprechen."

In Gedanken ging Erriel die Antworten durch, die er hätte geben können, wenn ihm nicht an seinem Kopf gelegen wäre.

"Es war sehr ruhig in den Räumlichkeiten, die ihr mir zur Verfügung gestellt habt. Ich bin solche Ruhe nicht gewohnt", gab er schließlich zur Antwort und versuchte dabei, so diplomatisch zu klingen, wie er es vermochte.

Prinz Atamis runzelte die Stirn. "Aber man hat dir doch sicher etwas zum Zeitvertreib bereitgestellt. Andernfalls hättest du nur fragen müssen."

"Ich habe nach Büchern gefragt, danke."

"Du liest?" Atamis schien verwundert zu sein, überwand dies jedoch schnell. Er ging zu einem Bücherregal und überflog die Titel.

"Nun, dann solltest du dies hier lesen." Er zog ein schweres Buch aus dem Regal und streichelte über den Einband wie über das Gesicht einer Geliebten. Schließlich reichte er ihm das Buch.

"Der erste König", las Erriel den Titel. "Habt Dank."

Atamis nickte.

Schweigend betrachtete Erriel weiter das Buch.

"Euer Hoheit", begann er unsicher. "Ich möchte nicht undankbar erscheinen, doch ich fühle mich wie ein Gefangener in meinen Gemächern."

Der Prinz seufzte und ging zurück zu seinem Schreibtisch. Schwer ließ er sich in seinen Stuhl sinken.

"Vielleicht hast du dir schon die Frage gestellt, wie das alles geschehen konnte. Warum es gerade dir zugestoßen ist?" Er legte eine demonstrative Pause ein, um Erriel die Möglichkeit zu geben, darüber nachzudenken, nicht aber, um zu antworten. "Leider kann ich dir diese Fragen auch nicht beantworten. Noch nicht. Jedoch gibt es sicher einen Grund, weswegen die Feuervögel es auf dich abgesehen hatten. Ob sie nur wegen dir nach Bask kamen oder nur durch Zufall dort auf dich trafen, kann ich nicht sagen, doch sie haben dich mit sich genommen und nur mit Glück gelang dir die Flucht.

Solange uns der Grund für dies alles nicht bekannt ist, bist du in Gefahr und nur hier im Palast kann ich für deine Sicherheit bürgen."

Ernst sah er Erriel an, richtete sich schließlich auf und ging auf den Jungen zu. Er legte die Hand auf Erriels Schulter, bevor er fortfuhr.

"Es soll keineswegs eine Strafe sein, verstehst du."

Erriel schüttelte den Kopf.

"Nein, ich verstehe nicht. Ich verstehe überhaupt nichts mehr!", antwortete er unverhohlen und ein Anflug von Panik lag in seiner Stimme.

Dass Bask niedergebrannt war, dass so viele Menschen starben. Seine Eltern, seine Freunde. Das alles sollte seine Schuld sein? Nur auf ihn hatten sie es abgesehen, nur ihn wollten sie haben? Als die Feuervögel Bask angegriffen hatten, war er nicht einmal im Dorf gewesen. Wie konnte es dann seine Schuld sein?

Es war nicht das erste Mal, dass Erriel diese Gedanken kamen, doch dass nicht nur er diese Befürchtung hatte, dass jeder mit nur einem Funken Verstand sehen konnte, dass es seine Schuld war, versetzte ihm einen schweren Schlag. Würden die Menschen in Bask, die Überlebenden, auch auf diesen Gedanken kommen?

Würden sie ihm die Schuld geben und ihn verfluchen, für das was er ihnen angetan hatte?

Sie hatten schon einmal über einen von ihnen geurteilt und ihn ausgeschlossen. Sie würden mit ihm genauso verfahren wie mit Sen. Würden ihn verstoßen, ihn verurteilen. Nie wieder würde er nach Bask zurückkehren können. Doch Prinz Atamis hatte ihm nicht die Schuld gegeben, ihn nicht verurteilt. Der Blick des Prinzen war ernst, doch voller Mitgefühl, die Hand auf Erriels Schulter spendete ihm Trost.

Er steigerte sich da in etwas hinein, das womöglich gar nicht so schlimm war, wie es den Anschein hatte. Und selbst wenn? Was würde es für einen Unterschied machen? Was würde sein Schicksal, das Schicksal eines Einzelnen schon wiegen in Anbetracht der Zerstörung, die diese Feuervögel angerichtet hatten? Es war töricht und vor allem selbstsüchtig, sich darüber Sorgen zu machen.

Es gab nichts Besonderes an ihm. Die Feuervögel hatten keinen Grund, ausgerechnet ihn zu entführen und dafür ein ganzes Dorf zu zerstören. Es würde sich herausstellen, dass alles bloß ein Irrtum gewesen war, dass er nicht der erste und nicht der letzte Junge war, der von den Feuervögeln grundlos entführt wurde. Vielleicht, weil sie ihn später vertilgen wollten, ihn ihrer Brut zum Fraß vorwerfen oder ihn ihrem Anführer opfern.

Wenn Prinz Atamis herausfände, welch banalen Grund die Feuervögel für ihr Handeln gehabt hatten, würde er ihn schnell wieder heimschicken – und alles wäre wieder, wie es hätte sein sollen.

"Nun, dass musst du auch nicht", gab Prinz Atamis zur Antwort und riss Erriel aus seinen Gedanken. "Die Hauptsache ist, dass du hier in Sicherheit bist, nicht wahr?"

Er nahm die Hand von Erriels Schulter und schlenderte zurück zu seinem Schreibtisch. Dort angekommen, wandte er sich ihm wieder zu.

"Ich möchte, dass du mir alles noch einmal genau erzählst. Lass bitte kein Detail aus."

Also erzählte Erriel ihm alles genau so, wie es sich zugetragen hatte. Dabei achtete er genau darauf, nichts zu vergessen.

Er erzählte ihm von dem ersten Flimmern am Horizont, von der brennenden Mühle, von Marin und Sen. Jedoch ließ er aus, was Sen ihm erzählt hatte, über ihre gemeinsame Vergangenheit und er ließ aus, welche

Bindung er zwischen ihm und sich gespürt hatte und noch immer spürte. Er ließ auch aus, wie sicher er sich war, dass Sen noch Lebte.

Trotz der Feuervögel und allem, was ihm in den letzten Tagen widerfahren war, war diese Sache doch zu obskur, zu undefinierbar für ihn, um mit einem Fremden darüber zu sprechen. Selbst wenn dieser Fremde Prinz Atamis war, der ihn gebeten hatte, jedes Detail zu erzählen.

# Der Aufbruch

Die Tage vergingen. Mal kam es Sen vor, als plätscherten sie dahin wie ein schneller Flusslauf – stetig vorangetrieben und unaufhaltsam – an anderen Tagen wiederum schien die Zeit stehengeblieben zu sein. An jenen Tagen saß er oft stundenlang am Fenster und betrachtete das Spiel des Windes und die Vögel, wie sie auf ihm dahingetragen wurden – ein fernes Ziel vor Augen.

Auch er hatte ein Ziel. Wenn er da saß und den Horizont betrachtete, da drängte es ihn so sehr in die Ferne an einen Ort, von dem er nicht wusste, wie er ihn erreichen sollte. Ein Ort, von dem er nicht wusste, wo er war und was ihn dort erwartete.

Es drängte ihn so sehr weiterzuziehen, dass er an diesem Tag nicht zum ersten Mal aufsprang, in fester Entschlossenheit loszuziehen. Doch, ebenso wie die Tage zuvor, brauchte er nur wenige Schritte zu gehen, um sich daran zu erinnern, was ihn mal um mal davon abhielt.

Sen ergriff seinen Gehstock und humpelnd verließ er sein Zimmer.

In Fennis Taverne herrschte kein reges Treiben, wie es an den ersten Tagen seiner Ankunft gewesen war. Die Bewohner hatten sich an ihn gewöhnt, hatten ihre Neugier längst gestillt und widmeten sich nun wieder ihrem Alltag. So bemerkten nur Fenni und die kleine Elin, dass Sen erst spät am Morgen sein Zimmer verlassen hatte.

Wie jedes Mal, wenn Sen so viele Stunden alleine auf seinem Zimmer blieb, schenkte Fenni ihm einen sorgenvollen Blick, denn sie wusste um die Qualen, die ihm sein Herz zuschnürten. Elin aber war zu jung, um zu begreifen, wie schmerzvoll es für Sen war, an diesen Ort gebunden zu sein, so sehr er Astwer und seine Bewohner auch ins Herz geschlossen hatte.

Wie jeden Tag bereitete Fenni einen deftigen Eintopf für die Feldarbeiter vor, die zur Nachmittagsstunde in ihre kleine Taverne einfallen würden. Elin fegte indes die Stube. Als sie Sen bemerkte, schenkte sie ihm ein breites Lächeln. Sie hatte ihn sehr lieb gewonnen und ihre anfängliche Scheu war längst einer unstillbaren Neugier gewichen.

Auch Sen mochte das aufgeweckte Mädchen sehr und so verbrachte er viele Stunden damit, ihr alles über sich und sein früheres Leben zu berichten, doch vermied er dabei, auf die Geschehnisse einzugehen, die ihn hierher geführt hatten.

Elin lauschte seinen Worten stets so voller Begeisterung, dass kein Zweifel daran bestand, dass seine Geschichten für sie voller Abenteuer, voller Wunder und Fabeln sein mussten und sie in Sen einen strahlenden Ritter sah, der er ganz gewiss nicht war. Bask war für sie ein ferner Ort in einer fremden Welt, der so weit entfernt, so anders war, dass nichts darin für das Mädchen so wahrhaftig sein konnte, dass es ihre Welt berührte. Und doch war jener Ort, an dem einst das Dorf Bask gelegen hatte, nur wenige Tagesmärsche von hier entfernt.

Elin erzählte ihrerseits oft von ihrer großen Schwester, die das Dorf schon vor vielen Jahren verlassen hatte. Sie, die Sen nie kennen gelernt hatte, war genau wie er ein Semant und somit wohl der Grund für die Freundlichkeit, die man Sen hier entgegenbrachte.

Er erinnerte sich oft an die Worte der alten Klara, dass die Menschen fürchteten, was sie nicht kannten. Die Bewohner von Astwer wussten aber um die Fähigkeiten eines Semanten und so war der Grund für ihre Offenherzigkeit nicht nur, dass man in dieser Provinz viel aufgeklärter war. Auch aus ihren eigenen Erfahrungen konnten die Dorfbewohner schöpfen.

Elins Schwester hatte sich stets um die Belange ihrer Mitmenschen gekümmert, hatte Krankheit und Unheil von Kind und Vieh ferngehalten und in Dürrezeiten das Wasser tief aus der Erde gelockt. Sie hatte eine große Lücke zurückgelassen, als sie ihre Heimat verließ. Eine Lücke, die Sen nicht zu füllen vermochte. Denn, auch wenn er nur zu gerne die Krankheit der Kinder linderte und sich auf die Weiden begab, um auch das Vieh zu heilen, so wusste er doch, dass er gehen musste. Sobald es ihm denn möglich war.

"Guten Morgen!", rief Elin ihm freudig zu und Sen antwortete ihr mit einem Lächeln. Auch Fenni schenkte er einen freundlichen Gruß, bevor Elin ihn an sich heranzog.

"Sen, sag, könntest du dem Staub und Dreck nicht befehlen, einfach zu verschwinden? Jeden Tag kehre ich ihn weg und am nächsten Tag ist er doch wieder da."

"Wie stellst du dir das vor? Der Staub hat doch gar keine Beine, um von selbst davon zu laufen und Ohren hat er auch nicht, um meine Bitte anzuhören."

Bei diesen Worten konnte sich Fenni das Lachen nicht verkneifen.

"Mädchen, du solltest nicht versuchen, dich um deine Arbeit zu drücken, sonst wirst du am Ende nur faul und träge!", rief sie Elin zu und zwinkerte dabei unverhohlen in Sens Richtung.

"Ach, ich will mich doch gar nicht um die Arbeit drücken!" erklärte Elin. "Ich wollte doch bloß wissen, ob es möglich ist."

Sie sah Sen traurig an und es fiel ihm schwer, ihr einen Wunsch abzuschlagen.

"Na gut, auf einen Versuch wollen wir es ankommen lassen."

Elin machte einen Freudensprung, als sie das vernahm und ihre Begeisterung spiegelte sich in Sens Augen wider.

"Lass und alle Fenster öffnen und auch die Tür", forderte er sie auf.

Elin folgte seinem Beispiel und klappte die Läden der Fenster nach außen, während Fenni dem Treiben nur argwöhnisch zusah.

Noch nie zuvor hatte Sen versucht, den Wind gezielt zu lenken, wenn er auch schon unbewusst auf dessen Kraft zurückgegriffen hatte. Er ließ sich ein auf die unsichtbaren Böen, die ihn umwoben. Er spürte die Luft, wie sie bei jedem Atemzug tief in seine Lungen drang und er spürte die Blätter der Bäume, wie sie sanft an den Ästen tänzelten und auch das Laub, wie es weit fortgetragen wurde von dieser unsichtbaren Macht, die so viel Stärke innehatte, ebenso wie sie sanft sein konnte. Er schloss die Augen und ließ die Luft durch seine Finger tänzeln.

Der Wind war dem Feuer nicht gleich und doch waren sie Brüder, wie Regen und Meer, wie Blume und Baum. Nie hätte er einer Blume gebieten können, davon zu laufen auf ihren Wurzeln anstelle der Beine, genauso wenig wie er es einem Baum hätte aufzwingen können. Doch ihrer Natur nachzugehen, ihrem Streben zu wachsen und zu blühen, konnte er von ihnen verlangen. Und so konnte er dem Feuer gebieten zu brennen und zu verschlingen und dem Wind zu wehen.

Er öffnete die Augen, bewegte die Arme und der Wind tat es seiner Bewegung gleich. Wie trockene Erde an einem heißen Sommertag, wirbelte der Staub über die Holzdielen der Stube. Sen vollzog eine ausholende Geste und eine kräftige Böe trug den Staub in Richtung der Fenster.

Der Wind schlug gegen Tische und Stühle und alles, was ihm im Weg stand, verursachte weitere Verwirbelungen und Böen, die den Dreck in alle Richtungen trugen. Dichte Staubwolken schossen aus den Fenstern der Taverne und zogen die Blicke der Dorfbewohner auf sich. Sen und Elin standen inmitten der Stube und husteten. Beide rieben sie sich die staubverklebten Augen und unter das Husten mischte sich ihr Lachen.

Fenni hatte sich schützend über ihren Eintopf geworfen und sah genauso grau und verdreckt aus wie Elin, Sen und alles andere im Raum.

"Das konnte ja nicht gut gehen!", rief Fenni und musterte griesgrämig die Stube. Doch auch sie konnte sich ein Schmunzeln nicht verkneifen.

"Oh nein!", schrie Elin bestürzt und doch noch immer lachend, als sie das Ausmaß ihres missglückten Experiments erkannte. "Jetzt ist es ja noch viel staubiger als vorher!"

Sen rieb sich die Tränen aus den Augen, die Staub und Erheiterung gleichermaßen hervorgerufen hatten und sah sich seinerseits um. Anstatt den Dreck aus dem Raum zu tragen, hatte er ihn lediglich aufgewirbelt und so eine feine Staubschicht über die gesamte Einrichtung gelegt.

"Sehen wir es mal positiv!", sagte er, immer noch hustend. "Ein Teil des Drecks ist sicher nach draußen gelangt."

"Das ist nicht lustig!", knurrte Elin und versetzte Sen einen Stoß. "Du wirst mir schön helfen, das wieder in Ordnung zu bringen!"

Gerade, als Sen den Staub von den letzten Tischen wischte, betrat Torus die Taverne.

"Sen, du wurdest zu Hausarbeit verdonnert?"

Sen richtete sich auf, warf den Lumpen über die Schulter und nahm seinen Gehstock an sich.

"Was führt dich hier her, Torus?"

"Ich wollte nach deinem Befinden fragen und ob du mich wohl auf einem Spaziergang begleitet möchtest, für ein kurzes Gespräch."

Sen stützte sich schwer auf seinen Gehstock, als er sich zur Theke bemühte, um Fenni den Putzlappen zurückzugeben. Am Tag zuvor hatte er den Landwirt Emmerich zu seinen Viehherden auf die Weide begleitet, um nach einer Kuh zu sehen, die trächtig war und schon längst überfällig. Die Weide lag ein gutes Stück außerhalb von Astwer und Sen konnte bei jedem einzelnen Schritt, den er heute Morgen tat, spüren, dass er sich zu viel zugemutet hatte. Dennoch begleitete er Torus bereitwillig.

Sie verließen Astwer in Richtung Osten.

"Ich sehe, dass es dir mit jedem Tag besser geht und dass dein Wunsch, deine Reise fortzusetzen, immer größer wird."

Die beiden Männer liefen nebeneinander die Straße entlang, die schlängelnd über einige sanfte Hügel führte.

"Ich wünschte, ich müsste Astwer nicht verlassen. Doch, auch wenn ich viel Zeit verloren habe, will und kann ich es so nicht enden lassen", erklärte Sen, dem es schwer fiel, davon zu sprechen, die Menschen hier zu verlassen. "Sobald es mir irgendwie möglich ist, werde ich von hier fortgehen."

Sie erreichten den höchsten Punkt des Hügels, von wo aus sie weit über die Täler, die sich hinter Astwer erstreckten, sehen konnten. Prachtvolle Bäume standen hier in dunkelrotem Herbstlaub Reih an Reih. Es waren die viel gelobten Pflaumenbäume, die Sen nun zum ersten Mal zu Gesicht bekam. Der Anblick des Farbenspiels von goldenem Sonnenlicht und leuchtend rotem Blattwerk waren jeden einzelnen Schritt des Weges wert.

"Glaub mir, uns allen ist dies schmerzlich bewusst. Keinem von uns wird es leicht fallen, dich ziehen zu lassen, doch halten können wir dich nicht."

Sens Blick schweifte über den Horizont bis zu einem mächtigen Berg, der sich wie ein Dorn aus der Erde erhob und mit gezackter Krone den Himmel berührte. Etwas an diesem Anblick zog ihn in seinen Bann.

"Was ist das für ein Berg?", wollte er wissen.

Torus folgte Sens Blick zu dem Berg, der weit vor ihnen lag und dunkle Schatten über die Felder warf. "Das ist der Dongar. Vor vielen hundert

Jahren, heißt es, habe er Feuer gespuckt und die Erde bebte unter seinem Getöse. Vor wenigen Jahren spuckte er einmal Asche und wir befürchteten schon, Feuer würde dem folgen. Doch nichts dergleichen geschah."

Sen sah lange zum Horizont, suchte den zerklüfteten Bergwipfel nach einem Zeichen ab, doch die Entfernung war zu groß, um etwas erkennen zu können – weder mit bloßen Auge noch auf andere Weise.

"Wie weit ist es bis zu dem Fuß des Berges?"

"Zu Pferd eine Tagesreise", antwortete Torus.

Am selben Abend noch brach Sen auf. Er tat es heimlich und ohne jedes Aufsehen. Er wusste, dass die Menschen in Astwer ihn nicht aufgehalten hätten, hätte er ihnen von seinen Absichten erzählt. Vielleicht hätten sie seinen Aufbruch um einige Tage verzögert, doch schließlich hätten sie ihn ziehen lassen. Dennoch ging er ohne jedes Wort des Abschieds.

Es war nicht nur, dass es ihn davor graute, all diesen Menschen, die ihm ans Herz gewachsen waren, Lebewohl zu sagen. Es war auch, dass er Marin nicht mitnehmen wollte, auf diesem gefährlichen Weg, der vor ihm lag.

Sie würde sich nicht so leicht abwimmeln lassen. Schon gar nicht, wenn seine Begründung, sie zurückzulassen, die war, dass ihr dort oben auf dem Dongar und auf dem Weg dorthin zu viel Gefahr drohte.

Er ging und hinterließ keine Nachricht. Kein Wort des Abschieds. Auf dass ihm niemand folgen möge.

Erriel schlug das Buch zu. Wie viele Tage hatte er gebraucht, diesen Wälzer zu lesen? Er konnte sie schon gar nicht mehr zählen. Als Prinz Atamis das Buch zu lesen gegeben hatte, war er es Freundlichkeit für das er diese Geste gehalten hatte, doch tatsächlich war es eine hinterlistige Art, ihm – dem Bauernjungen – verständlich zu machen, dass es einen großen Unterschied gab zwischen den Büchern, die der Pöbel liest und jenen, die für den Adel gedacht waren.

Wenn es nicht dem Eingeständnis einer Niederlage gleich käme, hätte er längst nach einem Wörterbuch gefragt, um zu verstehen, was der Schriftsteller ihm mit den Worten, die er da niedergeschrieben hatte, sagen wollte.

Nachdem er es doch geschafft hatte, dass Buch zu Ende zu lesen und sogar fast behaupten konnte, im Groben zu verstehen, um was es dabei ging, war er zwar nicht schlauer – denn die Geschichte des ersten Königs war ihm wohl bekannt – doch zumindest hatte sein Wortschatz sich erweitert. Wörter, die er unbedingt in seinem nächsten Gespräch mit einem Adligen einflechten musste.

Just in diesem Moment klopfte es an seiner Tür. Wieder einmal ungefragt, trat seine Wache ein und hob die Nase in die Höhe, als er zu sprechen begann.

"Ihre Hochwohlgeboren Isleya von Vales", kündigte er an und trat zur Seite um Isleya den Eintritt zu ermöglichen.

Mit einer tiefen Verbeugung und ohne sich von der jungen Adligen abzuwenden verließ er den Raum und schloss hinter sich die Tür. Erriel sprang vom Bett, wo er es sich zum Lesen gemütlich gemacht hatte.

"Bitte. Kein Aufheben meinetwegen", bat Isleya.

Erriel grinste. "Wäre es Euch lieber, ich bliebe liegen?", gab er zur Antwort und deutete dabei auf sein Bett. "Wollt ihr Euch vielleicht dazu legen?"

Isleya aber belächelte seine Antwort nur.

"Ich bin auf dem Weg, die Vögel zu füttern", sagte sie. "Möchtest du mich vielleicht begleiten?"

"Sehr gerne!", antwortete er.

Seit Tagen war er nun schon in diesem Zimmer eingesperrt und hatte die Gärten nur sehnsüchtig von der Ferne aus betrachten können. Er hätte alles getan, um hier hinauszukommen, war sogar schon drauf und dran gewesen, sich mit einem Betttuch aus dem Fenster abzuseilen. Isleyas Bitte, sie zu begleiten, kam ihm mehr als gelegen.

Erriels Wache war nicht begeistert, den Jungen gehen zu lassen, doch gegen Isleyas Willen konnte er nichts ausrichten.

Der frische Wind und die letzten Strahlen der untergehenden Sonne auf Erriels Haut fühlten sich an wie ein Willkommensgruß der Natur. Er begleitete Isleya zu der Voliere und sah ihr zu, wie sie die Vögel aus ihrer Hand fütterte.

"Habt ihr denn keine Bediensteten, die die Vögel füttern?", fragte er sie. "Hier gibt es doch kaum etwas, dass nicht von der Dienerschaft erledigt wird."

Isleya lächelte. "Dass sie einem nicht das Essen vorkauen, ist ein Wunder, nicht wahr?" Sie seufzte. "Als König Cassiem noch hier war, konnte man noch durch eine Tür treten, ohne dass gleich zwei Pagen herbeieilten, um sie für einen zu öffnen."

"Und ich ging davon aus, dass Adlige immer so leben."

Isleya gab die letzten Körner in die Futterschale. Die Vögel machten sich sogleich über ihre Mahlzeit her und Isleya beobachtete sie eine Weile, bevor sie sich von der Voliere abwandte und einem der vielen Wege einschlug, die sich durch die Gärten schlängelten.

"Es ist wohl üblich, doch König Cassiem hielt nicht sehr viel davon, bei jedem Schritt und Tritt von Dienern umringt zu sein", erklärte sie schließlich. "Prinz Atamis sieht das anders. Als er die Amtsgeschäfte übernahm, zog er umgehend in den Palast und brachte seinen gesamten Hofstab mit."

Erriel blieb stehen. Er wusste nicht, ob es unangebracht war diese Frage zu stellen, doch zu schweigen kam für ihn nicht in Frage: "Ihr haltet nicht viel von Prinz Atamis, nicht wahr?"

Die Adlige lief noch einige Schritte weiter, bevor sie ebenfalls innehielt.

"Es ist nicht nur das. Vielmehr vertraue ich ihm nicht", antwortete sie, ohne sich ihm zuzuwenden, mit tiefer Besorgnis in der Stimme. "Vertrauen ist ein teures Gut, dass nicht achtlos verschenkt werden sollte."

"Aber ihr vertraut mir, wenn ihr über solche Dinge so offen vor mir redet", stellte er fest.

Bei diesen Worten wandte sie sich ihm zu und schenkte ihm ein freundliches Lächeln.

"Ja, ich vertraue dir. Ich vertraue dir, weil du und ich uns in der gleichen Lage befinden. Beide sind wir nur hier, weil wir für den Prinzen von Wert sind und beide haben wir kein Heim, zu dem wir zurückkehren könnten. Seit Langem schon gab es niemanden mehr, dem ich mein Vertrauen schenken konnte als dir."

# Die Mutter aller Flammen

Seit Tagen wanderte Sen bereits im Schatten des Dongar. Je näher er dem Fuß des Berges kam, desto mehr beschleunigte er seine Schritte. Es war ihm, als riefe der Berg nach ihm und der Ruf wurde immer lauter, übertönte längst den pochenden Schmerz in seinem Bein und je lauter er wurde, desto mehr verborgene Kräfte rief er in ihm wach.

Immer rauer wurde der Boden. Grünes Gras wich bald harter, staubiger Erde und der Pfad wurde zusehends unwegsamer, bis Sen schließlich ganz abkam von den Wegen, die ein Ziel in Aussicht stellten.

Es war offensichtlich, dass es keinen Menschen je an den Fuß des Dongar drängte. Nichts gab es hier denn nacktem Felsen und totem Gewächs. Sicher war jedes Ziel schneller zu erreichen, umginge man diesen mächtigen Berg, der wie ein Mahnmal der Einsamkeit aus dem ansonsten fruchtbaren Land hervorbrach. Sens Ziel lag jedoch auf seinem Gipfel. Dort, wo niemand je etwas zu finden erhofft hatte außer dem sicheren Tod.

Doch es war nicht das Ende, das Sen dort oben zu finden erhoffte. Es waren Antworten, die er vor sich liegen sah. Antworten, die er nur dort oben finden konnte. Dort oder nirgends.

Seine letzte Rast lag einige Stunden zurück. Gleich bei Sonnenaufgang hatte er seinen Weg fortgesetzt und den größten Teil seines Gepäcks zurückgelassen. Er hatte nicht vor noch einmal zu rasten und in dieser Gegend drohte kaum die Gefahr, man könne ihm seine Habe stehlen. Auf dem Rückweg würde er das Lager so vorfinden, wie er es verlassen hatte und auf dem Weg zum Gipfel würde er froh sein, diese schwere Last zurückgelassen zu haben.

Wo der Fuß des Berges begann und wo der Aufstieg, konnte er kaum sagen. Von weitem hatte der Berg steil in den Himmel geragt und es schien, als sei er kein Teil der Erde, aus der er sich erhob. Doch nun, da

Sen vor sich nur die steilen Felsen sehen konnte und hinter sich nichts als ödes Land, war keine Grenze mehr zwischen der Ebene und dem Gestein.

Unter seinen Füßen löste sich Geröll und das Echo der herunterfallenden Steine hallte an den Klippen wider. Noch einmal beschleunigte er seinen Schritt. Angetrieben, ja fast gehetzt von dem dumpfen Geräusch zerberstender Steine. Die Kraft, die seinen Körper und Geist durchströmte, schien unerschöpflich und spornte seinen Willen an, den Gipfel zu erklimmen.

Wieder gab der Boden unter ihm nach und Sen musste Halt am Felsen suchen, um nicht in die Tiefe zu stürzen. Mit Händen und Füßen gleichermaßen zog er sich weiter den steilen Berg hinauf.

Längst gelang es ihm nicht mehr, seinen Blick geradeaus zu richten. Zu erbarmungslos schlug ihm der Wind entgegen. *Nur nicht aufgeben. Nur nicht stehen bleiben,* waren die Gedanken, die seinen Geist alleine beherrschten.

Langsam und immer langsamer kam er voran, rutschte immer wieder ab und schlitterte mehrere Fuß in die Tiefe, bevor seine blutig aufgeschürften Finger wieder Halt an einer der scharfen Felskanten fanden, die ihm Fluch und Segen zugleich waren.

Seine Kleidung hing an Armen und Beinen in Fetzen und bot ihm keinerlei Schutz mehr vor der eisigen Kälte und dem rauen Gestein und die Sohlen seiner Schuhe bestanden aus mehr Löchern denn Leder.

Jeder Fels, der ihm die Möglichkeit zur Rast bot, wäre ein Grab für ihn geworden. Zu rasten käme dem Aufgeben gleich, innezuhalten wäre gleichzusetzen mit der Umkehr.

Der Fels brannte bald heiß unter seinen wunden Händen. Dichter Nebel nahm ihm jedwede Sicht. Stickig und trocken wurde die Luft, brannte ihm in den Augen, in der Lunge.

Ein weiteres Mal verlor Sen den Halt und diesmal blieb er liegen. Die Arme und Beine weit von sich gestreckt, lag er da. Augenblicke vergingen wie Stunden oder gar Tage und nichts weiter drang zu ihm vor, als das Rauschen seines eigenen Blutes. Er versuchte, sich an den Gedanken zu entsinnen, der ihn bis hierher geführt hatte. Den Grund für diese Tortur. Sein Geist war leer, verblichen waren die Worte, die er in seinem Inneren zu lesen versuchte und nichts konnte ihm die Kraft geben, sich noch einmal aufzurichten. Und doch hörte er es deutlich im monotonen Rauschen seines Blutes. *Nur nicht stehen bleiben. Nicht aufgeben.*

Es kostete ihn all seine Kraft, den Kopf zu heben, seine Hände gegen den Felsen zu stemmen und sich aufzurichten. Ein grauer Schleier lag ihm vor den Augen, lag ihm schwer auf den Schultern und drückte seine Beine fest an den Fels.

Erst als er seine Hand hob, bemerkte er, dass das, was er für Nebel gehalten hatte, feiner Staub war, der sich auf seine Kleidung gelegt hatte, ihm die Augen verklebte und das Atmen zur Qual machte. Die Luft war grau von Asche und der Fels unter seinen Händen pulsierte vor angestauter Hitze. Er war ganz nah. Ganz nah am Gipfel, an der Mutter des Feuers, der Herrin aller Feuervögel.

Mit letzten Kräften kam er taumelnd auf die Füße. Stolpernd, fast kriechend zog er sich weiter hoch. Gegen alle Widrigkeiten kämpfend, kam er kaum merklich, doch stetig voran. Bis seine Hand – im dichten Schleier der Asche kaum mehr als eine Ahnung vor seinen Augen – schließlich ins Leere griff. Mühselig richtete er sich auf und vor ihm eröffnete sich ein Anblick, den vor ihm kaum jemand, wenn überhaupt je eine Menschenseele, zu Gesicht bekommen hatte.

Der Gipfel glich mehr einer Klippe, die das Meer vom festen Grund trennte. Bloß teilte diese Klippe nicht Wasser von Erde, sondern Fels von einem See aus flüssigem Feuer. Die Hitze schlug Sen ins Gesicht, wie die Gischt der Meeresfluten und ließ ihn taumeln. Doch nicht nur die Hitze ließ ihn zurückschrecken. Auch war es die unsagbare Macht, die dem Flammensee innewohnte. Ein uraltes Wesen, dessen wahre Größe er nur erahnen konnte, ruhte dort unten in den Flammen und war doch hellwach.

Er konnte es spüren, förmlich fassen, dieses Wesen, diese Flammenmutter. Ihre Stärke, ihre Macht war nicht zu beschreiben mit menschlichen Maßstäben, ihr Alter nicht in Zahlen zu fassen. Er, wie er da stand am Rand der Klippen, war nichts. Weniger als ein Staubkorn in der Luft, weniger als ein Wort, dass nie gesprochen wurde. Sich ihm zu zeigen, ihm Rede und Antwort zu stehen, war weit unter der Würde dieses Wesens und doch war Sen nicht so weit gekommen, um kurz vor dem Ziel aufzugeben.

Es gab kein Zurück für ihn. Nur das Hier und Jetzt und er wusste, dass er sich keine Schwäche anmerken lassen durfte. Nicht zögern und nicht zaudern durfte er, wenn er bestehen wollte in diesem Kampf, den er schon verloren hatte, bevor er begann. Er sicherte sich den bestmöglichen Halt, den ihm der lose Untergrund bieten konnte und hob seine Arme weit an, bevor er sprach.

"ZEIG DICH MIR, DU HERRIN DES FEUERS!", schrie er und sein Echo hallte von den Felsen. "DU MUTTER ALLER FEUERWESEN, GEHORCHE MEINEN WORTEN!"

Die Erde bebte unter seinen Füßen, als er die letzten Worte in den tiefen Schlund rief, der sich vor ihm auftat. Das flüssige Feuer brodelte ungestüm. Ganze Felsen brachen von den Rändern der steilen Klippen und versanken in der roten See, die Welle um Welle gegen die Mauern warf, die sie umfingen, wie der Käfig eine Bestie. Dickflüssig und leuchtend rot schwappte das Feuer über die Klippen, bahnte sich seinen Weg in die Freiheit, schoss ungebremst in die Höhe, spuckte Asche und Gestein. Laut, tobend, unaufhaltsam.

Sen wich keinen Schritt. Neben ihm brachen die Felsen, stürzten in den feurigen Tod. Vor ihm bäumte sich das flüssige Feuer, drohte, ihn zu verschlingen. *Du wirst mir nichts tun. Du magst dich winden und wehren, doch du wirst mir nichts tun.* Seine ausgebreiteten Arme hielten das Feuer und die Hitze fern, doch mit einem Mal gab der Fels, auf dem er stand, nach und drohte in die Tiefe zu rutschen. Nur mühsam konnte Sen sich auf den Füßen halten.

Dann folgte Ruhe.

Kein Fels brach mehr, die wogenden Wellen legten sich und selbst die Asche in der Luft schien still zu stehen, als sich der mächtige Schatten über Sen beugte, der so verschwindend klein, so nichtig wie die Ameise unter eines Menschen Fuß auf dem Fels stand und mit ruhiger Stimme zu dem Wesen sprach, das auf ihn herabblickte.

Flammende Augen ruhten auf ihm. Augen, die über Jahrhunderte, womöglich über Jahrtausende und darüber hinaus auf die Welt herabgeblickt hatten, so wie sie nun auf Sen blickten. Schweigend, lauschend.

"Du schicktest deine Kinder, ein Dorf zu zerstören und sie nahmen mir meinen Bruder. Sag mir, wohin sie ihn verschleppten und warum sie es taten."

Ewigkeiten vergingen.

*Du wagst es, mir zu befehlen. Mich in meinem Schlaf zu stören. Du bist so töricht, dich mir entgegenzustellen und das alles nur eines Dorfes wegen? Eines Menschen wegen?*

Die Worte des Feuerwesens hallten in Sen wider, klangen in seinen Gedanken und waren doch keine Worte, wie Menschen sie mit ihren Lippen formten.

"Ja. So ist es", gab er zur Antwort.

*Nur ein Semant kann diesen Mut aufbringen*, sprach das Urwesen. *Doch deine Macht, mag sie unter den Menschen auch unerreicht sein, schreckt mich nicht, noch wird sie dir dein nichtiges Leben retten, sollte ich mich entschließen, es dir zu nehmen.*

Sen wusste, dass es der Urmutter der Flammen ein Leichtes sei, ihn hier und jetzt zu vernichten. Dass sie nur auf seine Worte hörte, weil die Neugier sie trieb und dass es nichts gab, was sie davon abhielt, ihn zu verschlingen, wenn ihr nicht mehr nach Reden zumute war.

"Das kümmert mich nicht. Mein Leben ist mir nichts wert, kann ich meine Suche nicht fortsetzen. Und ohne deine Antwort wird meine Reise hier und jetzt enden."

Wieder folgte Schweigen.

*Ich kann dir keine Antwort geben, denn meine Kinder sind so fern von mir, wie dein Bruder von dir.*

"Wie meinst du das?", fragte Sen nach und gleich darauf bereute er, diese Frage gestellt zu haben, doch das Feuerwesen schien bereit, ihm zu antworten und nicht etwa, ihm für seine törichte Frage ein Flammengrab zu schaffen.

*Einst waren sie ein Teil von mir, doch heute kann ich sie kaum mehr spüren. Sie folgen anderen Stimmen und ich bin es müde, nach ihnen zu rufen.*

Sens Herz schlug schneller. Er war der Antwort so nah, er konnte sie fast greifen.

"Wem? Wem folgen sie?"

Ein Grollen tief im Inneren des Berges ließ ihn straucheln, doch auch diesmal – wenn auch mit Widerwillen – war die Urmutter bereit, ihm zu antworten.

*Das wissen nur sie und jene, die ihnen gebieten. Und nun sag mir, warum ich dein Leben verschonen sollte, wo es dir doch nichts wert ist und es mir eine Freude wäre, deinen Leib brennen zu sehen?*

"Weil ich dir helfen kann, deine Kinder aus den Fängen jener zu befreien, die über sie gebieten..."

*Sprich, ich lausche gerne, wenn ein Semant Wahrheit kundtut.*

"...Weil jene, die mir meinen Bruder nahmen, auch dir deine Kinder nahmen. Gemeinsam mag es uns gelingen, unser beider Ziel zu erreichen."

*Das mag so sein. Doch bin ich zu alt, um noch zu kämpfen. Hier oben habe ich mich vor so langer Zeit niedergelassen. Hier werde ich den Rest meinen Lebens fristen und zusehen, wie die Welt unter mir zu Grunde geht.*

"Wenn du mir nicht helfen kannst, aber deine Kinder noch spürst, dann sag mir doch wenigstens, in welche Richtung ich gehen muss."

*Wer sagt, dass ich dir nicht helfen kann?*

Bei diesen Worten bebte der Fels unter Sens Füßen und diesmal gelang es ihm nicht, aufrecht stehen zu bleiben. Die See aus rot glühendem Feuer geriet in Bewegung wie das Meer an einem stürmischen Tag.

Sen fiel auf die Knie und klammerte sich am Fels fest. Der Schatten, der bislang drohend über ihm gehangen hatte, zog sich langsam zurück und wurde verschluckt von den tobenden Wellen, die gegen die Klippen schlugen.

Funken stoben gen Himmel, wie aufgeschreckte Glühwürmchen und tänzelten in der aschebehangenen Luft, bevor sie langsam zurück in ihr Feuerbett sanken, wo sie wieder eins wurden mit dem Wesen, das sie gebar.

Ohne einen Gedanken daran zu verschwenden, was er da tat, öffnete Sen seine Hand und einer der Funken ließ sich darauf nieder. Er glomm auf und erhob sich zu einer Flamme, die über seiner Handfläche schwebte, ohne ihn zu verbrennen. Sen schloss die Finger um die Flamme und als er das tat, war er eins mit dem Feuer.

Er spürte seinen Willen, sein Verlangen zu verschlingen, zu wachsen. Und wie er das Feuer spürte, wusste er, dass das Feuer ihn ebenso spüren konnte – seinen Wunsch, sein Streben, den Grund seiner Reise spüren und verstehen konnte. Und sein Verlangen wurde zu dem des Feuers. Es waren keine Fragen nötig, um zu verstehen, was geschah und was nun geschehen würde.

Er spürte die Hitze, die seinen Körper durchdrang, die ihn umarmte, vereinnahmte, bis tief in sein Innerstes drang und alles verschlang. Seine Gedanken wurden zu den Gedanken des Wesens, dass nun ein Teil von ihm war. Seine Gefühle waren gleich denen des fremden Geistes, der ihm nun nicht mehr fremd war.

Es war ein Kampf um die Oberhand und doch war es eine Vereinigung zweier Wesen, die einander brauchten, sich ergänzten und eine neue Einheit bildeten, die stärker war, als sie es alleine je vermocht hätten.

Sen spürte, wie das Feuer sich ausweitete, Platz einnahm und ihn vollends zu verschlingen drohte – ihm seinen Willen aufdrängte, seine Gefühle, sein Ich verschlang. Gleichermaßen kämpfte er gegen die Gewalt, das Verlangen des unbändigen Feuers zu vernichten, zu verschlingen und schließlich wurden sie eins. Ein Geist und ein Gedanke.

Es gab keine Worte, die zu wechseln waren zwischen dem Feuerwesen und ihm, dem Semant aus Bask.

Er erhob sich. Breitete weite Schwingen aus. Einem Adler gleich schwang er sich in die Lüfte, angefacht von reißenden Winden. Er stürzte sich den Berg hinab, durchbohrte die Wolken wie ein Pfeil, wurde schneller und schneller und wuchs mit jedem Flügelschlag und als er den Boden erkennen konnte – feuchte Gräser, die nach ihm riefen, nach seiner Hitze verlangten, ein Teil von ihm werden wollten – beendete er seinen Sturzflug mit einem kräftigen Flügelschlag, der ihn knapp über die Felder rasen ließ, dabei eine Furche verbrannter Erde hinterlassend.

Er widerstand dem Verlangen, das gesamte Feld in Brand zu setzen. Es war schwer von sattem Leben. Feuchter Tau glitzerte auf den Gräsern und drängte, wieder ein Teil der Luft zu werden, wie er es war, bevor er sich müde auf dem Feld niedergelassen hatte. Sen schüttelte diese Gedanken ab.

Einen verheerenden Brand auszulösen, würde nicht nur den Tau befreien, es würde alles Leben nehmen, das den Flammen nicht zu entkommen vermochte. Es würde die Welt reinigen, von jenen, die zu schwach waren zu entkommen. Von Dreck und Unrat befreien. Es wäre nicht zu kontrollieren. Er ließ ab von den Gedanken, die nicht seine waren, flog weiter, seinen Blick fest auf sein Ziel gerichtet.

Er gewann an Höhe, konnte weit über die Felder sehen, über den angrenzenden Wald und über das dahinter liegende Tal, bis hin zum Horizont. Er kannte die Richtung, die er einschlagen musste. Das Feuerwesen, das nun ein Teil von ihm war, spürte die Verbindung zu seinesgleichen und so spürte auch Sen dieses Band.

Zu verstehen, was diese Gefühle bedeuteten, fiel ihm nicht schwer. Stark erinnerte ihn diese Verbindung an die zwischen ihm und Erriel und so war es ihm ein Leichtes, die abtrünnigen Feuervögel auszumachen.

Er wünschte nur, er könnte Erriel genauso spüren. Doch das Band zwischen ihm und seinem Bruder war schwächer denn je. Zwar spürte er noch immer, dass Erriel am Leben war, doch wo er war und wie es ihm erging, konnte er nicht einmal erahnen.

Er stieg hoch in die Wolken. Der Wind fachte das Feuer an, ließ die Schwingen des Vogels bei jedem Schlag anschwellen. Die Geschwindigkeit, mit der er sich vorwärts bewegte, erlaubte es ihm, eine Strecke zurückzulegen, die ihm zu Fuß mehrere Tage gekostet hätte.

Doch Sen hatte keinen Sinn für Entfernung oder gar für das Land, dass er in seinem Flug überquerte. Er spürte nur den Wind und die Freiheit, ohne Grenzen, ohne Kreuzungen und Umwege – ohne Mauern und Schluchten. Es gab nur das Vorwärts, das Streben nach dem Ziel. Der immerwährende Flug. Ewig hätte er weiter fliegen können. Ewig.

Der Himmel verdunkelte sich und dichte Rauchschwaden drohten, seine Flammen zu ersticken. Hier war er richtig. Es war das Werk seiner Brüder, die dies hier angerichtet hatten. Er schoss nach unten, durchbrach die schwarze Wand und gewann gleich darauf wieder an Größe, als seine Schwingen von reiner Luft angefacht wurden.

Unter ihm lag ein Dorf oder vielmehr was von ihm übrig geblieben war. In weiten Kreisen, einem Raubvogel gleich, zog er immer kleiner werdende Bahnen um die Ruinen der Häuser, bis er schließlich eine geeignete Stelle zum Landen fand.

Er kam zu Boden und es waren nicht die Pranken des Feuervogels, die den Grund berührten. Die Flammen schwanden, zogen sich zurück und enthüllten Sen, der zuvor noch ein Teil von ihnen gewesen war.

Alles war wie zuvor. Sein Haar, seine Kleidung. Kein einziger Brandfleck zeugte von den vergangenen Erlebnissen. Er sah hinab auf seine

Handfläche und fand dort den Funken, den er von der Mutter der Flammen erhalten hatte. Ein kleiner, glimmender Funke aus reinem Feuer. Er schloss die Hand darüber und sah sich um.

Als er noch eins gewesen war mit dem Feuervogel, hatte ihn der Anblick des Dorfes nicht berührt. Es war für ihn nichts anderes gewesen, als ein Feld oder ein Wald. Etwas, das nicht war wie er. Etwas das nicht frei war wie die Luft und das Feuer, die sich glichen und eine Einheit bildeten, wenn sie auch verschieden waren. Nun, da er wieder er selbst war, waren es nur seine eigenen Gefühle, die ihn beherrschten, wie auch seine eigenen Augen, durch die er sah.

Es war wie ein Blick in die Vergangenheit. Niedergebrannte Häuser, Ruß, Qualm und der Tod. Überall lag der Tod in der Luft. Schwer und aufdringlich wie der Qualm, den das Feuer mit sich gebracht hatte. Hier hatte niemand überlebt.

Sen ging einige Schritte, blieb dann wieder stehen. Die Feuervögel waren hier gewesen – vor nicht allzu langer Zeit. Doch sie waren wieder fort. Er kam zu spät. Etwas früher und er hätte das Dorf retten können. Vielleicht nicht jeden Bewohner, doch wenigstens ein paar.

Zwischen den Trümmern blitzte etwas auf und blendete ihn für einen Moment. Er sah sich um und erblickte etwas Metallenes, das auf dem Boden eines der niedergebrannten Häuser lag. Ohne weiter darüber nachzudenken, ging er hin und sank vor dem Gegenstand auf die Knie. Er befreite das kleine Metallstück von Ruß und Dreck und erkannte schließlich, dass es sich um eine Kette handelte. Es war eine Art Medaillon. Eines von jenen, in die man etwas hinein tat, ein Erinnerungsstück vielleicht. Dieses hier war allerdings leer. Als er sich genauer umsah, erkannte er, dass hier ein Krämerladen gewesen sein musste.

Auf den Resten einer Theke stand eine gusseiserne Kasse, daneben ein Glas gefüllt mit einer bunten Masse. Es mussten wohl einmal Süßwaren gewesen sein, bevor das Feuer sie zu einem einzigen Klumpen verschmolzen hatte. Die Tatsache, dass die filigrane Kette und auch das Glas auf der Theke nicht geschmolzen waren, wies darauf hin, dass das Feuer nicht sehr heiß oder auch nicht sehr lange gewütet haben konnte. Das wunderte Sen nicht. In Bask war es genauso gewesen. Schnell und effektiv hatten die Feuervögel das Dorf dem Erdboden gleich gemacht.

Sen ließ den Funken, den er immer noch in Händen hielt, in das Medaillon sinken und verschloss es. Dann legte er sich die Kette um den Hals und richtete sich wieder auf.

Sein Bein schmerzte, doch er kümmerte sich nicht weiter darum. Seit er auf den Berg gestiegen war, hatte er keine Gelegenheit mehr gehabt, sich auszuruhen. Die Verbindung mit dem Feuervogel hatte ihm jedes Gefühl von Schmerz und Müdigkeit genommen, doch nun kamen diese Gefühle wieder zurück.

Auf dem Berg hatte ihn nur sein Wille davor bewahrt, die Besinnung zu verlieren. Es war ihm keine Zeit geblieben zu ruhen, sich zu erholen. Nun hatte er die Zeit, denn er war zu spät. Er würde die Feuervögel nicht einholen und selbst wenn, so hätte er nicht die Kraft, sich ihnen entgegenzustellen. Falls sein Begleiter es überhaupt zuließe, dass er ihn gegen seine Brüder in den Kampf führte. Schließlich war Sen den Gefühlen des Wesens, das sich mit ihm verband, ausgeliefert.

Er suchte sich eine Stelle, an der er sich niederlassen konnte. Aus seiner Tasche nahm er die Reste des Pökelfleischs, dass er als Proviant mitgenommen hatte. Kaum genug, um einen Tag davon satt zu werden. Er wusste weder, wo er war, noch wie weit sein weiterer Weg werden würde. Doch egal wohin ihn seine Reise als nächstes führte, er musste sich auf die Hilfe des Feuervogels verlassen. Es gefiel ihm nicht, dieses Wesen zu gebrauchen wie ein Pferd oder einen Esel. Zu mächtig war es.

Sen hielt das Fleisch in Händen und hatte doch keinen Appetit davon zu essen. Er sah zu Boden und entdeckte eine kleine Blume, die zu seinen Füßen neben den Resten einer Mauer blühte. Sie hatte als einzige überlebt. Alles was von der einstigen Schönheit dieses Ortes geblieben war.

Er berührte die Blätter der Ackerwinde und diese schmiegte sich sanft an ihn, wie eine junge Katze die um eine Streicheleinheit bat. Die dünne Ranke wand sich um seinen Finger und kletterte hinauf bis zu seinem Handgelenk.

Schnell riss er sich los und sprang zur Seite. Ein Pfeil schnellte gefährlich nah an ihm vorbei und blieb in der Mauer stecken, wo er eben noch gesessen hatte. Er richtete sich auf und sah sich um.

Die Erschöpfung hatte ihn unaufmerksam werden lassen. Er folgte der Flugrichtung des Pfeils und erkannte, halb verborgen in den Trümmern eines Hauses, den dazugehörigen Bogen. Sen konzentrierte sich auf ihn, auf das weiche Holz und die gespannte Sehne aus geflochtenem Rosshaar. Er drang tief ein in das Innere des Holzes ein, fand eine Schwachstelle, an der es bereits rissig war und leitete die Reste an Feuchtigkeit, die es geschmeidig und biegsam machte, nach außen. Der Bogen zerbrach in zwei Teile.

Sen war umzingelt. Dabei saß er für seine Angreifer wie auf einem Präsentierteller. Er hätte sich hinter der Mauer in Sicherheit bringen können, wenn die Ackerwinde sich nicht mittlerweile um seine Beine geschlungen hätte. Um sich zu befreien, blieb keine Zeit. Auch zögerte er, sich mit dem Feuervogel zu verbinden. Mit dessen Hilfe wäre die Flucht ein leichtes, doch Sen hütete sich davor, dieses Wesen leichtfertig in seinen Geist eindringen zu lassen.

Er hatte dazugelernt seit dem Tag, als er fremden Menschen gegenübergestanden hatte, die seine Feinde waren. Er war unvorsichtig und unvorbereitet gewesen. Noch einmal würde ihm das nicht passieren. Diese Menschen waren keine große Gefahr für ihn. Wohl hatten sie Waffen und waren in der Überzahl, doch er musste sie bloß von sich fernhalten und das war ihm ein Leichtes.

Er atmete tief ein und schloss die Augen. Er brauchte nicht zu sehen, um zu wissen, was um ihn herum geschah. Ein weiterer Pfeil raste auf ihn zu. Eine Windböe ergriff das dünne Holz und ließ ihn an einer Mauer zerschellen. Sen ließ seinen Geist in die Umgebung fließen. Das tote Land quälte ihn. Alles war gestorben. Jedes Tier, jede Pflanze, jeder Mensch. Doch er ließ sich davon nicht beirren.

Asche und Schutt waren noch warm von der kürzlich wütenden Feuersbrunst. Tief unten in den Trümmern lag noch mehr Wärme. Dort schwelte noch der Brand, wartete darauf erneut entfacht zu werden und erstarb bei jedem vergehenden Augenblick ein Stück mehr.

Sen ergriff diese Hitze und fachte sie an. Schürte das Feuer und ließ die Flammen auferstehen. Kreisförmig um ihn herum schossen sie aus dem Schutt und boten ihm einen mannshohen Schutzwall.

Als er die Augen wieder öffnete, hatte er seine Arme weit erhoben, die Handflächen nach oben gerichtet, geboten sie den Flammen, aufzusteigen.

Lange würde das Feuer nicht wüten. Wohl nährte er es mit den Winden, doch es brauchte auch etwas, dass ihm Halt bot und die Trümmer waren bereits fast vollkommen ausgebrannt. Es kostete Sen viel Kraft, die Flammen zu lenken, doch es blieb ihm genug, um die Männer im Auge zu behalten, die ihn umzingelt hatten und auch genug, um die Ackerwinde zurückzutreiben, die ihn band.

Die Männer näherten sich der Feuerwand. Er konnte ihre Entschlossenheit spüren, ihren Willen zum Kampf. Doch er wusste auch, dass es keine bösen Menschen waren. Er war hier der Feind. Er war in Form eines Feuervogels in dieses Dorf gekommen, dass zerstört worden war von eben jenen Wesen. Er musste sich erklären, wenn er diese Menschen beruhigen und sich nicht etwa feige davonstehlen wollte.

Einer von ihnen war ein Semant. Daran bestand kein Zweifel. Niemand, außer einem Semanten, konnte diese Ackerwinde zum Wachsen bringen. Wohl hätte ein Illusionist den Anschein erwecken können, doch nicht für seine Augen. Er hätte diese Lüge durchschaut. Die Ackerwinde aber wuchs, wie es ihre Natur war, nur eben getrieben von einer Kraft, die über die ihre hinausging.

Mit einem Mal spürte er, dass jemand versuchte, seinen Flammen habhaft zu werden. Zeitgleich war er es nun alleine, der über die Ackerwinde gebot. Er ließ von ihr ab. Weiter wachsen würde sie von alleine nicht und zerstören wollte er sie nicht, nur um seine Beine zu befreien. Schließlich war sie das letzte, was hier noch am Leben war.

Sen suchte nach dem Ursprung des Geistes, der in seine Flammen eindrang. Es war eine junge Frau. Sie kämpfte einen harten Kampf. Erst verstand er nicht, gegen wen sie zu kämpfen hatte, bis ihm klar wurde, dass er es war, den sie von den Flammen zu trennen versuchte.

Es schien sie sehr zu erschöpfen. All ihre geistige Kraft war von Nöten. Sen wollte ihr kein Leid zufügen, also schuf er ihr den Platz, den sie brauchte, um ihren Geist ein Teil der Flammen werden zu lassen.

Sie wollte die Flammen ersticken. Und Sen ließ sie gewähren. Wer sie auch war, sie war der erste Semant, auf den er je traf. Gegen sie zu kämpfen, war das letzte, was er wollte.

Die Flammen erloschen und ein halbes Dutzend Männer stürmten auf ihn zu. Sen regte sich nicht. Er wusste, dass sie ihm nichts antäten, solange er keinen Widerstand leistete. Die Fremden packten ihn und ein Schwert legte sich an seine Kehle.

Sen aber ließ sich von alledem nicht beirren. Sein Blick war geradeaus gerichtet, auf die junge Semantin, die sich dort hinter einer Mauer verbarg und als sie hervortrat und sich ihm näherte, sah er sie weiterhin an, ohne dass einer der beiden ein Wort sprach. Erst als ein Mann neben die junge Semantin trat, die nun wenige Schritte vor ihm stand, wandte er sich diesem zu.

Es war ein Mann voller Edelmut und innerer Stärke. Mit erhobenem Haupt und etwas wahrhaftem im Blick und in jeder seiner Bewegungen. Seine Kleidung, heruntergekommen und doch eines Kriegers würdig, konnte nicht über all dies hinwegtäuschen. Sen wusste nicht, wer es war, doch er konnte die Ehrfurcht, die diese Männer ihm entgegenbrachten, förmlich greifen. Es war eine Treue, die über jede Loyalität, über das Leben und Handeln eines einzelnen Menschen hinausging.

Die junge Semantin wandte sich diesem Mann zu, als sie sprach. "Er ist keiner von ihnen."

Der Mann nickte. "Du gehörst nicht zu jenen, die dies hier angerichtet haben, doch kamst du in der Form eines Feuervogels. Erkläre dich, wenn dir dein Leben lieb ist."

Sen hatte keinen Zweifel daran, dass es ihm ernst war. Er war ein gerechter Mann, der nicht unüberlegt handelte. Sen musste ihn nicht näher kennen, um das mit Gewissheit sagen zu können. Doch gerecht zu sein, hieß auch, konsequent zu sein. Er würde nicht zögern, sein Versprechen zu halten.

"Ich kam, um nach jenen zu suchen, die dieses Dorf zerstört haben, doch ich kam zu spät", gab er ihm zur Antwort.

Das Schwert presste sich fester an seine Kehle. Blut ran über die Klinge.

"Und der Feuervogel ist dein Haustier?", brüllte ihn der Mann, dessen Schwert sich in sein Fleisch bohrte an. "Da musst du dir etwas Besseres einfallen lassen!"

Mit einer Handbewegung brachte sein Anführer ihn zum Schweigen, doch Sen blieb ihm die Antwort nicht schuldig.

"Ich bin auf der Suche nach meinem Bruder. Er verschwand, nachdem Feuervögel mein Heimatdorf überfielen. Ich suchte Antworten auf dem Berg Dongar und fand einen Verbündeten."

Sein Gegenüber schien einen Moment lang darüber nachzudenken.

"Du warst auf dem Berg Dongar und hast dich dort mit einem Feuervogel verbunden?", wiederholte er Sens Aussage belächelnd. "Das klingt kaum glaubwürdiger."

"Es ist, wie ich es sage."

Der Anführer der Männer zeigte keine Regung. Kein Zeichen, dass er ihm Glauben schenkte oder aber nicht.

"Wir nehmen ihn mit, doch nehmt ihm zuvor den Funken des Feuers ab", befahl er schließlich mit fester Stimme.

Einer der Männer griff nach der Kette um Sens Hals, doch er hatte sie kaum berührt, da begann der Anhänger zu glühen und Flammen stoben auf. Der Mann schreckte zurück und Sen hatte alle Mühe, gegen den Feuervogel anzukämpfen, der, sich verteidigend, alles zu verschlingen drohte.

"Fasst ihn nicht an!", schrie er und es kostete ihn all seine Kraft zu reden und zu kämpfen zur gleichen Zeit.

Noch immer hielten die Männer Sen fest im Griff, doch waren sie einen Schritt von ihm getreten und auch das Schwert saß nicht mehr an seiner Kehle. Ihr Anführer musterte ihn mit Misstrauen und Bewunderung zugleich.

"Du hast dich da auf einen gefährlichen Verbündeten eingelassen", stellte er fest.

"Das ist mir bewusst, doch es blieb mir keine andere Wahl", gab Sen zu verstehen.

Der Mann nickte kurz. "Lasst ihm die Kette, doch fesselt ihm die Hände."

Sie verließen das Dorf umgehend. Sen wechselte einen Blick mit der jungen Semantin. Er war sich nicht sicher, ob sie wusste, wer er war. Es war schwer, in ihr zu lesen.

Die Männer waren nicht zu Fuß unterwegs. Unmittelbar hinter dem Dorf standen ihre Pferde, die sie nun bestiegen. Die junge Semantin war es, die Sen ihr Pferd zur Verfügung stellte. Er legte seine Hand auf den Hals der schwarzbraunen Stute. Es war ein gutes Pferd. Treu und erfahren.

"Steig auf!", verlangte einer der Männer ungeduldig und riss ihn damit aus seinen Gedanken.

Sen wusste nicht, wer diese Menschen waren, noch was sie mit ihm vorhatten, doch es blieb ihm nichts anderes übrig, als sich ihrem Willen zu fügen. Wenn es an der Zeit wäre, würden seine Fragen beantwortet werden. Da war er sich sicher.

Sie ritten eine ganze Weile in hohem Tempo von dem Dorf weg. Mehrmals sah Sen sich um. Der Rauch, der von den verbrannten Häusern ausging, war noch lange, nachdem das Dorf nicht mehr zu sehen war, in ihren Rücken. Er riss sich los von dem Anblick der letzten Rauchschwaden, die eins wurden mit den düsteren Wolken eines heranziehenden Gewitters, ließ seinen Blick auf den Fesseln haften, die seine Hände an den Knauf des Sattels banden.

Die Stute, die treu den anderen Pferden folgte, wie es in ihrer Natur war, verzieh ihm seine Unfähigkeit, sich ihren Bewegungen anzupassen. Sicher war sie bessere Reiter gewohnt als ihn, der noch nie auf einem Pferd gesessen hatte.

Sie erreichten schließlich einen dichten Wald. Hier zügelten die Reiter ihre Pferde. Die braune Stute, deren Zügel an den Sattel eines anderen Pferdes gebunden waren, verlangsamte ihren Schritt, auch ohne dass Sen es ihr heißen musste. Nun richtete der Anführer der Männer ein weiteres Mal sein Wort an Sen. Er ritt mit ihm gleich auf, die junge Semantin saß hinter ihm.

"Es war nötig, dir die Hände zu fesseln, weil wir nicht länger hätten verweilen können." Der Mann griff nach den Fesseln und löste sie von Sens Handgelenken. "Ich hatte nun die Zeit, mich mit Evilea über ihre Eindrücke zu unterhalten. Sie ist davon überzeugt, dass du uns nicht gefährlich werden wirst und ich vertraue ihr."

Sen nickte und rieb sich die wunden Handgelenke. Eine Weile sah der fremde Mann ihn nur prüfend an.

"Du weißt, dass sie ein Semant ist?"

"Wer sonst könnte eine Ackerwinde sich um meine Glieder schlingen lassen und mein Feuer zu bändigen versuchen?", gab Sen zur Antwort.

Der Mann lachte. "Wohl keiner. Es sei denn, es handelte sich um eine Illusion."

Evilea ergriff nun das Wort. "Wer anders hätte den Bogen zerbersten lassen können, den Pfeil vom Wind verwehen, das Feuer aus der Asche auferstehen und der Ackerwinde gebieten, wenn nicht ein Semant?"

Sen gab keine Antwort. Er war sich nicht sicher, ob er die junge Semantin gekränkt hatte. Sie sah ihn ernst an und in ihrem Blick lag Missbilligung.

"Nun, wie lautet dein Name, junger Semant", fragte der Mann.

"Sen.", antwortete er.

Erriel nahm sein Morgenmahl alleine in seinem Zimmer ein. Es war eine reichhaltige Mahlzeit, wie er sie zu Hause nicht bekäme. Obst, Wurst, Käse, Ziegenmilch, gekochte Eier, Brot und reichlich gebratenen Speck. Zu viel, um alles alleine zu essen. Doch das pompöse Mahl glich längst nicht die Einsamkeit aus, die es mit sich brachte.

Er nutzte jede Gelegenheit, sich mit den Bediensteten zu unterhalten, die hin und wieder in sein Zimmer kamen, besuchte so oft es ging die Palastgärten, die zu dieser herbstlichen Jahreszeit jedoch von Tag zu Tag trostloser wurden. Sicher, es waren nur wenige Tage, die er bereits im Palast war, doch für einen Jungen wie ihn, der nie in seinem Leben wirklich alleine gewesen war, der immer umringt von Freunden und nahe seiner Familie war, waren diese Tage eine Qual.

Es klopfte an der Tür und Herr Hakennase – wie er seinen persönlichen Wachmann im Geiste gerne nannte – trat ein. "Seine königliche Hoheit, Prinz Atamis von Enshir", kündigte er den Prinzen an.

Atamis trat in den Raum. Eine Gerte, unter den Arm geklemmt, hohe Lederstiefel und ein halblanger Umhang machten unverkennbar, dass er für einen Ausritt gekleidet war.

"Du bist noch bei deinem Morgenmahl?", fragte der Prinz, wobei er eine Augenbraue hochzog.

Erriel stand auf, wischte sich mit der Serviette die Brotkümmel aus den Mundwinkeln und warf sie daraufhin auf den Tisch.

"Nein, nein", antwortete er überstürzt. "Ich bin bereits fertig."

"Das ist gut, denn ich wollte dich fragen, ob du mich auf einem Ausritt begleiten möchtest."

Erriel hätte Luftsprünge machen können. Auch wenn er sich in der Gegenwart des Prinzen stets unwohl fühlte und nicht das geringste Interesse daran hatte, Zeit mit ihm zu verbringen – erst recht nicht, nach dem, was er von Isleya über ihn erfahren hatte – gab es doch nichts, was er lieber täte, als dieses Zimmer zu verlassen.

Prinz Atamis ließ ihm passende Reitkleidung bringen und erwartete ihn in den Ställen. Zwei Palastwachen führten Erriel zu den Pferden und wichen ihm keinen Schritt von der Seite.

"Wie viel Erfahrung hast du im Reiten?", fragte der Prinz den Jungen, der gerade die Zügel einer fuchsfarbenen Stute in die Hände gelegt bekam. Prinz Atamis selbst bestieg einen edlen Hengst, der sicher aus dem besten Gestüt Gembirds stammte.

"Gar keine", antwortete Erriel, der alle Mühe hatte, auf seine Stute zu kommen. "Bis auf den Ritt nach Enshir."

Ein Stallbursche half Erriel auf das Pferd und unterwies ihn in wenigen Worten in den Grundregeln des Reitens, sodass es ihm tatsächlich gelang, seine Stute dazu zu bewegen, dem Prinzen zu folgen, als dieser sein Pferd antrieb.

Prinz Atamis hob eine Augenbraue, als Erriel sein Pferd neben ihn lenkte.

"Dafür hältst du dich aber gut", stellte er anerkennend fest.

Der kleine Trupp, angeführt von Prinz Atamis und Erriel, gefolgt von vier gut gerüsteten Wachen, verließ den Palast durch den Hinterausgang.

Das Tor, das sie passierten, war kleiner als das Haupttor, jedoch stärker bewacht. Sie ritten durch einen langen Gang mit hohen Mauern zu beiden Seiten, auf denen Wachen patrouillierten, passierten gleich drei weitere Tore, die ihnen geöffnet und gleich hinter ihnen wieder geschlossen wurden, bis sie das Ende des Ganges erreichten und durch ein letztes Tor die Stadt verließen.

Hinter den Toren Enshirs erwartete Erriel dasselbe Bild, wie vor dem Haupttor der Stadt. Kleine Häuser, kaum der Bezeichnung eines Hauses wert, lagen dort eng aneinander gereiht im Dreck und Morast der Straßen. Die Menschen verbeugten sich tief vor den hohen Herren, für die sie auch ihn hielten. Sie waren schmutzig, stanken und ihre Kleidung war kaum mehr als Lumpen, zusammengehalten vom Dreck. Kinder saßen dort zwischen Schweinen und Hunden. Die Tiere sahen ebenso krank und heruntergekommen aus, wie ihre Besitzer.

Atamis blieb der Ekel, der von Erriel Besitz ergriffen hatte, nicht verborgen.

"Erschreckend, nicht wahr?", fragte er ihn mit gesenkter Stimme.

Erriel nickte. "Was sind das für Menschen?"

"Bauern", antwortete Atamis knapp.

Erriel sah den Prinzen verwundert an.

"Was ist mit ihnen geschehen, dass sie so leben?"

Sie verließen den äußeren Teil der Stadt und Erriel fiel ein Stein vom Herzen.

"Sie haben nicht genug, um zu leben", antwortete der Prinz. "Zumindest nicht genug, um ein besseres Leben führen zu können. Die Abgaben in Enshir sind viel höher, als in anderen Provinzen. Insbesondere so nah an der Stadt.

Dafür wird diesen Menschen Sicherheit geboten. Sicherheit vor Plünderern und Krieg. Doch zu welchen Preis? Sie sind nicht viel besser als die Tiere, die sie halten. Sie können weder lesen noch schreiben. Einige von ihnen sind ja kaum in der Lage zu sprechen. Dabei sind sie nicht weniger wert als du oder ein anderer Bauer aus Provinzen weiter außerhalb. Es sind die Umstände, die sie zu einem solchen Leben zwingen."

"Und wieso werden die Abgaben dann nicht gesenkt?", wollte Erriel wissen.

Der Prinz lächelte. "So einfach ist das leider nicht. Um die Abgaben zu senken, muss ich von den Fürsten anderer Provinzen höhere Abgaben verlangen, die diese dann wieder an ihr Volk weitergeben. Das schafft Unzufriedenheit und kann, gerade in einer so prekären Situation, in der wir uns momentan befinden, schnell zu Unruhen führen."

Eine Weile ritten sie schweigend nebeneinander her und Erriel genoss die frische Luft und den Anblick der weiten Ebene, bevor Prinz Atamis fortfuhr.

"Früher scherte mich das wenig. Nun bezahle ich teuer für meine Unbescholtenheit." Er seufzte. "Weißt du, wenn man aufwächst wie ich. Alles hat, was man zum Leben braucht. Jeder Wunsch von den Lippen abgelesen wird. Dann sorgt das schnell dafür, dass man blind für die Sorgen anderer Menschen wird.

Mein Bruder hatte es da nicht so leicht. Schließlich war er nicht der Kronprinz. Er kämpfte stets um die Aufmerksamkeit unseres Vaters. Ich hatte diese zu genüge und wünschte mir mehr Freiheit und Unabhängigkeit. Mal einen Schritt tun zu können, ohne dass hunderte Augen auf mich gerichtet sind. Ich kann also gut nachempfinden, wie du dich im Moment fühlen musst."

Erriel warf einen flüchtigen Blick auf die Wachen, die ihnen folgten.

Der Prinz erzählte weiter und es schien ihn nicht im Geringsten zu stören, dass er sich mit einem Jungen ohne Stand und Adel unterhielt, als er über all das sprach.

"Nun. Ich war sehr rebellisch. Doch die Folgen hatte ich nicht bedacht. Mein Vater erwählte meinen jüngeren Bruder als seinen Nachfolger. Dieser Schlag traf mich schwer, doch er öffnete mir auch die Augen. Ich gewann die Gelegenheit, mich umzusehen in dieser Welt. Das Elend zu sehen und die Grausamkeiten, für die ich zuvor blind war. Ich habe mich geändert. Doch zu spät."

"Nun habt ihr die Gelegenheit, etwas an dem Elend zu ändern", stellte Erriel fest und er wusste zugleich, dass es ihm nicht zustand, so mit Prinz Atamis zu reden.

Der Prinz aber belächelte das nur müde. Es schien ihn nicht zu stören, das Erriel so offen zu ihm sprach.

"Wenn es doch so einfach wäre", antwortete er. "Die Menschen haben sich ihre Meinung bereits gebildet und es ist schwer, ihnen eine andere Wahrheit nahe zu bringen. Für sie bin ich noch immer der Tunichtgut von damals. Mein Bruder war stets der Reifere von uns beiden. Der Klügere und Besonnene. In diese Fußstapfen zu treten ist nicht leicht. Und alles was ich tue wird mir zu Ungunsten ausgelegt, ob nun gut für das Volk oder nicht.

Wenn nicht einmal Ihre Hochwohlgeboren Isleya von Vales ihre Meinung über mich ändern kann – die doch so nahe bei mir ist – wie soll dann das Volk, das mich nur von der Ferne sieht, seine Meinung ändern? Vielleicht, mit Isleya an meiner Seite. Sie ist eine ausgesprochen kluge und mitfühlende Frau. Ich weiß nicht, ob mein Bruder je mehr in ihr gesehen hat als nur ihre Schönheit... Doch von den Toten soll man nicht schlecht sprechen."

Er zwinkerte Erriel zu und dieser wusste nicht recht, was er ihm damit zu verstehen geben wollte, also schenkte er ihm bloß ein verstohlenes Lächeln als Antwort.

Der Prinz trieb sein Pferd in den Galopp und Erriels fuchsfarbene Stute folgte ihm, ohne dass der Junge etwas dazu beitrug.

"Dann wollen wir mal sehen, ob du in dem Tempo eine ebenso gute Figur machst, mein Junge."

Erriel blieb oben. Wie gut er sich dabei schlug, konnte er schlecht beurteilen. Prinz Atamis jedenfalls zollte ihm seinen Respekt und Erriel schloss daraus, dass er ein Naturtalent sein musste.

Sie rasteten an einem kleinen See und Erriel erfrischte sich am kühlen Nass, während der Prinz aufmerksam die Gegend musterte. Als er bemerkte, dass Erriel ihn beobachtete, schenkte er ihm ein freundliches Lächeln.

"Man kann nicht vorsichtig genug sein", begründete er seine Umsicht. "Ich habe nicht übertrieben, als ich sagte, du seiest in Gefahr. Dieser Ausflug hier ist vielleicht schon etwas zu riskant."

Erriel bezweifelte noch immer, dass irgendjemand nach seinem Leben trachtete. Sicher hatte man ihn verwechselt. Anders konnte er es sich nicht erklären und er machte auch keinen Hehl daraus, dass er Atamis Befürchtungen nicht teilte.

"Woher sollten diese Leute wissen, dass wir hier sind?", fragte er und sah sich um. "Ich sehe jedenfalls niemanden."

Prinz Atamis seufzte.

"Wie schön wäre es, wenn ich mich einmal unbehelligt irgendwohin begeben könnte. Glaube mir, wenn die Rebellen wissen wollen, wann ich mich wo aufhalte und mit wem, dann finden sie es heraus", erklärte er. "Diese Leute haben ihre Spitzel überall. Nicht jeder im Palast ist offen und ehrlich zu mir. Selbst du hast deine Geheimnisse, auch wenn es besser für uns beide wäre, du würdest mir vertrauen."

Erschrocken wich Erriel einen Schritt von dem Prinzen zurück. Woher wusste er, dass Erriel ihm nicht alles erzählt hatte? Dass er ihm nicht alles über Sen und seine Verbindung zu ihm berichtet hatte? Nein, er musste sich täuschen. Das war es nicht, was Prinz Atamis wissen wollte.

Wahrscheinlich hatte er das nur gesagt, um Erriel aus der Reserve zu locken. Und es war ihm gelungen. Seine Reaktion und das lange Schweigen, das daraufhin folgte, waren Beweis genug dafür, dass Erriel ein Geheimnis hatte.

"Ich weiß nicht, wovon ihr sprecht", beteuerte er schließlich mit gesenktem Blick und wusste, dass er wenig überzeugend klang.

Prinz Atamis aber klopfte ihm nur sanft auf die Schulter.

"Lass dir Zeit. Ich kann und werde dich nicht dazu zwingen, mir dein Vertrauen zu schenken", sprach er zu dem Jungen.

# Das Ende einer Ära

Sie zügelten ihre Pferde und stiegen ab. Zwölf Männer gehörten dem kleinen Trupp an, fünf weitere befanden sich auf der Jagd und eine Handvoll erwartete sie beim Lager, das tief verborgen in den Wäldern lag. Es war bloß eine provisorische Lagerstatt für die Nacht. Am Tag darauf würden sie weiter ziehen und Sen musste eine Entscheidung treffen.

Als der Anführer dieser Männer ihn seinen Namen gesagt hatte, wusste er nichts damit anzufangen. Er kannte sich nicht aus mit dem, was fern seiner Heimat, seinem Wald und seiner kleinen Hütte geschah, die nun verlassen da lag und ihm nie wieder Schutz bieten würde. Der Name des Mannes, der ihm hätte geläufig sein sollen, war ihm fremd und doch musste er ihn nicht kennen, um zu wissen, wem er da gegenüberstand.

König Cassiem. So hatte er sich vorgestellt. Und Sen hatte es nicht überrascht, dass dieser Mann über mehr gebot, als nur ein oder zwei Dutzend Krieger. Sie hatten ihre Pferde etwas abseits zum Stehen gebracht und während sie die Tiere von Sattel und Zaumzeug befreiten, begann der König zu erzählen.

"Wir ritten mit sechshundertfünfzig Mann von Enshir gen Hirankun", berichtete er mit ruhiger Stimme. "Gleich nachdem mich die Nachricht erreicht hatte, dass bereits zwei Dörfer den Übergriffen unseres Nachbarlandes zum Opfer gefallen waren, sammelte ich meine besten Männer. Die Friedensverhandlungen lagen seit längerer Zeit brach, doch mit einem Angriff hatte ich nicht gerechnet. Auch wenn König Garon einen solchen angedroht hatte. Es blieb mir nichts, als zu handeln.

Kurz vor der Grenze gerieten wir in einen Hinterhalt. Meine eigenen Männer stellten sich gegen mich. Nicht einmal hundert meiner mir treu ergebenen Krieger überlebten das Massaker. Unter ihnen acht von einst einundzwanzig Semanten. Uns gelang die Flucht in die Berge, wo wir Schutz in den Ruinen von Etherna fanden."

Er legte eine Pause ein, in der er Sen einen Wasserschlauch reichte. Dankend nahm er einen großen Schluck daraus. Auch der König trank, bevor er weiter sprach.

"Die Angriffe auf unsere Dörfer gingen nicht etwa von Hirankun aus. Es war mein eigener Bruder, der mich verriet. Um mich in eine Falle zu locken, löschte er unter der Flagge unseres Nachbarlandes hunderte von Menschenleben aus.

Natürlich waren die ersten Gedanken meiner Männer, nach Hause zurückzukehren und den Verräter an den Pranger zu stellen. Doch leider ist das nicht so einfach, wie wir es uns gewünscht hätten. Dieses Komplott war von langer Hand geplant und die Möglichkeit, dass ich den Hinterhalt überleben könnte, sicher einkalkuliert.

Sich Enshir auch nur zu nähern, würde meinen Tod und den meiner Männer bedeuten. Zu gut hat Atamis die Stadt abgeschirmt. Freilich, alles im Namen des Volkes und zu dessen Schutz. Schließlich herrscht Krieg."

König Cassiem, Sen und die junge Semantin ließen sich an dem Lagerfeuer nieder, das von des Königs Männern entzündet worden war.

"Die Macht, auf die Atamis zurückgriff, um die Dörfer dem Erdboden gleich zu machen und die besten meiner Männer, unter ihnen viele mächtige Semanten zu besiegen ist jene, die auch Bask vernichtete.

Es gelang ihm, Feuervögel unter seine Herrschaft zu zwingen. Es war uns lange ein Rätsel, wie er dazu in der Lage sein konnte, doch nun wissen wir, dass er mächtige Illusionisten um sich gesammelt hat, die unter seinem Befehl die Feuervögel lenken. Sie sind so mächtig, dass sie befähigt sind, ein solches Wesen zu täuschen, ihm eine falsche Wirklichkeit vorzuspiegeln und sie so zu knechten.

Als wir dich sahen, wie du in der Gestalt eines Feuervogels durch die Wolken brachst und als Mensch deinen Fuß auf den Boden setztest, hielten wir dich für einen von ihnen. Du musst uns dieses Missverständnis verzeihen, doch einen Feuervogel zu beherrschen, ist eine Kunst, die selbst die Fähigkeiten eines Semanten überschreiten kann."

Sen schüttelte den Kopf. "Oh bitte, lobt mich nicht zu sehr. Sicher beherrsche ich dieses Wesen nicht. Oder zumindest beherrscht es mich genauso, wie ich es. Einen Moment der Unaufmerksamkeit und es würde mich verschlingen, ganz egal ob wir nun auf derselben Seite stehen oder nicht. Es lebt für den Augenblick und für die Vernichtung. Es würde zu Grunde gehen, wenn es die Folge wäre, die es zu tragen hätte bei dem Versuch, etwas zu verzehren. Zu vernichten ist sein einziges Streben und es ist ein andauernder Kampf, dieses Verlangen im Zaum zu halten."

"Nichtsdestotrotz darf man diese Willensstärke bewundern. Viele Jahrhunderte ist es her, dass Semanten sich mit Wesen der Natur verbanden und auch damals schon war es der Tod für die meisten von ihnen. Aber ich möchte weiter berichten. Denn all deine Fragen werden noch nicht beantwortet sein", erklärte König Cassiem. "Die Dörfer, die Atamis zerstörte, um mich in die Falle zu locken und auch die die er nach seinem Verrat an mir zerstört hat, sind nicht wahllos gewählt. In all diesen Dörfern leben Semanten oder sie lebten dort einst.

Seine Abneigung Semanten gegenüber war nie ein Geheimnis. Es war mit ein Grund, weswegen mein Vater mir die Krone anvertraute und nicht etwa meinem älteren Bruder. Auch wenn ich ihn zu meinem Stellvertreter erwählte, verzieh er mir und auch unserem Vater nie. Im Nachhinein war es wohl die falsche Entscheidung, ihn in diese Position zu erheben. Schließlich gelang es ihm nur dadurch, mich abzusetzen und selbst den Thron zu besteigen.

Warum er nun deinen Bruder entführte, kann ich dir leider nicht beantworten, doch sicher kam er nach Bask, um auch dich zu vernichten. Wie so viele Semanten vor dir."

Sen sah den König nicht an, als er diese Worte sprach. Unberührt starrte er in die Flammen, als er erfuhr, dass seinetwegen Bask zerstört worden war. Nein, es war nicht seine Schuld. Allein Atamis konnte man dafür in die Verantwortung ziehen. Doch es gab Ungereimtheiten in dieser ganzen Sache.

"Wenn er kam, um mich zu töten, warum ließ er dann von mir ab, gleich da er Erriel habhaft wurde?", fragte Sen.

"Womöglich unterschätzt du dein Können. Womöglich hast du die Feuervögel tatsächlich in die Flucht geschlagen", mutmaßte König Cassiem.

"Sicher nicht. Es fehlte nicht viel und ich wäre in den Flammen umgekommen. Es muss einen anderen Grund geben."

"Sen. Ich bitte dich, schließ dich uns an. Kämpfe an meiner Seite und wir werden diesen Fragen gemeinsam auf den Grund gehen. Und wenn dies heißt, von Atamis selbst Rede und Antwort zu verlangen. Mit dem Schwert an der Kehle."

Nun sah Sen den König doch direkt an. Er sah in dessen Augen, hinein bis tief in sein Innerstes. Er war ein stolzer Mann – ohne Frage. Gerecht und weise. Nichts Falsches lag in seinem Blick. Sen kannte seine Antwort.

"Wenn es Euer Wunsch ist, so folge ich Euch bis in den Tod und darüber hinaus."

"Und ich bin mir sicher, du bist fähig, dieses Weg zu gehen, falls es von Nöten sein sollte."

Die Jagdgesellschaft war zwischenzeitlich mit zwei erlegten Hasen zurückgekehrt.

Der König betrachtete die Beute mit Wohlwollen. "Ich hoffe, du bist hungrig."

Sen lächelte. "So hungrig, wie schon lange nicht mehr."

Sein Appetit war zurückgekehrt. Daran ließ sein knurrender Magen keinen Zweifel. Seit seinem Aufbruch von Bask hatte er das erste Mal das Gefühl, seine Reise könne ein Ziel haben. Die Hoffnung, die längst geschwunden und dem sturen Willen, nicht aufzugeben, gewichen war, kehrte allmählich zurück, schien ihm fast zum Greifen nahe.

Es dauerte seine Zeit, bis das Mahl bereitet war und so ließ sich Sen etwas abseits des Lagerfeuers nieder und begann damit, aus einem geeigneten Stück Holz etwas zu schnitzen. Diesem Handwerk war er nun lange schon nicht mehr nachgegangen, doch beherrschte er die Arbeit noch so gut wie je.

Er fuhr mit den Händen über das Holz, wurde eins mit ihm und befreite es von Unebenheiten und schwachen Stellen. Dann kam sein Messer zum Einsatz. Er schnitzte ein offenes Maul, schmale Augen, wie Splitter von Edelsteinen und einen langen, schmalen Körper, der sich um das Herz des Holzes wand, wie Feuer um den Docht einer Kerze. Während er das tat, wurde er von Evilea beobachtet. Er musste nicht aufsehen, um ihren Blick zu spüren und er war sich sicher, dass sie dies wusste. Bald schon kam sie herüber und setzte sich neben ihn, nur um schweigend weiter sein Handwerk zu beobachten.

"Ich kann dir nicht sagen, was es wird", erklärte er ihr schließlich.

"Es erinnert mich an einen Feuervogel", antwortete sie kühl. Sen betrachtete sein Werk und musste ihr Recht geben.

"Das mit deinem Bein", fragte sie zögernd. "Wie ist das passiert?"

Er sah die junge Semantin lange und durchdringend an. Dann widmete er sich wieder seiner Arbeit.

"Ich sah, dass du humpelst", erklärte sie sich.

"Dort, wo du herkommst, weiß man da von Semanten? Um ihre Befähigungen?", fragte er sie nach einer gewissen Zeit.

"Sicher. Jedes Dorf wäre stolz, würde es von einem Semanten betreut werden. Früher, habe ich einmal gehört, soll es in jeder Stadt und jedem Dorf einen gegeben haben. Doch das ist lange her."

Sen strich mit den Händen über die Schnitzarbeit und fühlte jede Faser des Holzes. Sie schwieg eine Weile. Dann sprach sie weiter.

"Weißt du. Semanten haben vor langer Zeit Dinge getan, auf die ihre Nachkommen nicht stolz sein können. Die Menschen begannen sie wegen dieser Dinge zu verachten, zu fürchten und zu hassen."

"Was waren das für Dinge?", wollte er wissen.

"Nun es war so, dass die Menschen uns Semanten einst verehrten und uns sehr viel Macht zusprachen. Ob dieser Macht und Erhabenheit verbrachten jene Semanten viel Zeit damit ihre Fähigkeiten zu studieren. Sie lernten das Feuer, die Luft und das Wasser zu kontrollieren und am Ende versuchten sie sich sogar darin, die mächtigen Urwesen dieser Elemente unter ihre Gewalt zu bringen, so sagt man", erzählte sie trocken. Ihr Blick lag in der Ferne und ihre Züge zeigten keine Regung bei den Worten, die sie sprach.

Mit einem Mal verstand Sen die Zurückhaltung und Skepsis, die Evilea ihm vom ersten Moment ihrer Begegnung entgegenbrachte.

"Du sprichst von den Feuervögeln", stellte er fest.

"Ja...", bestätigte sie. "Doch diese Wesen waren zu mächtig und sie verschlangen die Semanten und ihre Macht wuchs dadurch. Sie wurden so mächtig, dass sie diese Macht gegen die Menschen richteten und Angst und Schrecken verbreiteten. Die Wesen konnten schließlich besiegt werden, die Semanten aber waren nicht mehr zu retten.

Nach diesen Vorfällen bekamen die Menschen Angst, auch andere Semanten könnten dem Beispiel dieser wenigen folgen und so wurde den

Semanten verboten, ihre Fähigkeiten anzuwenden. Es waren schreckliche Zeiten. Man fand Mittel und Wege, Semanten davon abzuhalten, ihre Fähigkeiten einzusetzen und als man in der Lage war, einen Semanten auf diese Art zu kontrollieren, taten die Menschen nichts anderes, als die Semanten zuvor mit den Urwesen.

Sie versuchten, sie dazu zu zwingen zu tun, was sie von ihnen verlangten und wann sie es verlangten. Als die Sklaverei dann aber vor hunderten von Jahren verboten wurde, war es auch bald nicht mehr angesehen, Semanten derart zu behandeln, auch wenn das Gesetz, dass es erlaubte, einen Semanten zu versklaven, erst viel später abgeschafft wurde. Es ist noch lange nicht so weit, dass wieder in jedem Dorf ein Semant lebt, der die Bewohner vor Krankheit und Hunger schützt, doch in vielen großen Städten werden Semanten hoch angesehen."

Evilea sah Sen nun doch an. Ihr Blick war kühl und berechnend. Doch Sen nahm ihr nicht übel, dass sie schlecht von ihm dachte. Er hielt ihrem Blick stand und bald sah sie wieder in die Ferne.

"Aber es gibt auch noch Gegenden, in denen Semanten versklavt werden?", fragte er nach.

"Nicht in den Herrschaftslanden. Nicht unter der Herrschaft König Cassiems."

"Es ist schön, sich mit einem Meinesgleichen unterhalten zu können und auch mehr über Unseresgleichen zu erfahren."

Sie sah ihn lange an. Sen konnte in ihr nicht lesen und sie war nicht die Art von Mensch, die viel von sich preisgab. Er wusste nicht, ob es sich gut anfühlte, jemandem zu begegnen, der ihm so verschlossen war wie ein Buch, das in einer fremden Sprache geschrieben war oder aber, ob es ihm missfiel.

Schließlich reichte sie ihm ohne ein weiteres Wort ihre Hände. Sie schloss die Augen und Sen konnte ihre Wärme spüren, die in den Schrammen an seiner Handfläche brannte und sich ausweitete bis zu jeder noch so kleinen Wunde, die er sich in den letzten Stunden und Tagen zugezogen hatte. Es war eine angenehme Wärme, wie die der Sonne an einem warmen Sommertag. Der Schmerz verstummte, die Wunden schlossen sich und Sen fühlte, wie neue Kräfte in ihm erweckt wurden.

Evilea öffnete ihre Augen.

"Es tut mir leid", sagte sie mit ihrer gewohnt kühlen Stimme, in der doch Bedauern verborgen lag. "Ich dachte, ich könnte dein verletztes Bein heilen, doch es gelingt mir nicht."

"Es ist schon gut. Es war eine schwere Verletzung, die nicht gut verheilen konnte."

Sen sah Evilea direkt an und sie erwiderte seinen Blick. Er wusste, dass sie in ihm hatte lesen können, als sie ihn heilte. Dass sie seine Gefühle und Ängste kannte, seinen Schmerz, der tief in ihm saß und ihn von innen heraus aufzufressen drohte. Sie wusste, woher die Verletzung an seinem Bein stammte, welche Qualen sie ihm bereitet hatte.

Sie sah ihn an und in ihrem Blick lag Mitleid, doch kein Wort kam über ihre Lippen.

Zwei Hasen und ein wenig Brot waren kaum genug, um alle Männer zu sättigen. Doch niemand beschwerte sich über das karge Mahl. Die Männer des Königs waren dankbar für jeden, der sich ihnen anschloss. Wie Sen erfuhr, waren sie nun schon seit über einem halben Jahr dazu gezwungen, im Verborgenen zu agieren und in dieser Zeit hatten sie wenig mehr gesehen, als verbrannte Dörfer.

Dass Atamis die Semanten mit Hilfe der Feuervögel aufzuspüren vermochte, daran bestand kein Zweifel. Sen hatte selbst erlebt wie stark die Verbindung der Feuervögel zueinander war und diese Wesen bestanden allein aus jener Kraft, die in allem und überall war und sich in Feuervögeln genauso bündelte, wie auch um einen Semanten, der seine Fähigkeiten nutzte.

"Hast du je einen Fluss im Frühjahr gesehen, kurz nachdem der letzte Schnee fiel?", fragte Evilea ihn. "Stelle dir so unsere Welt vor. Da gibt es hauptsächlich reines Wasser, das hurtig seinem Weg folgt. Aber da schwimmen auch noch einzelne Brocken Eis auf der Oberfläche. Dies sind die Wesen jener Macht. Wir Semanten sind wie zufällig entstehende Strudel. Wir kommen und gehen – an Stellen, an denen sich das Wasser zufällig sammelt, sich einen Weg durch Steine und Unrat bahnt. Im Leben eines Urwesens sind wir kaum mehr als ein kurzes Aufblitzen. Wir sind schon verschwunden, kaum dass wir entstanden sind.

Die Mutter aller Flammen ist im Vergleich zum Strom der Zeit aber wiederum gleichermaßen nur eine kurze Erscheinung, die nicht von langer Dauer ist."

"Und welchen Stellenwert nehmen in dieser Analogie die Illusionisten ein?", wollte Sen wissen.

"Das ist eine gute Frage, die dir wohl am besten ein Illusionist beantworten könnte. Ein Illusionist nimmt keinen Einfluss auf die Kraft, die uns umgibt. Er verändert einfach nur die Wahrnehmung, indem er seine innere Wirklichkeit auf die anderer Menschen überträgt. Sie sehen lediglich, was seiner Vorstellung entspringt. Wenn also ein Illusionist einen Ball von seiner rechten Hand zu seiner Linken wirft und sich dabei vorstellt, es seien fünf Bälle, so sieht jeder eben diese fünf Bälle.

Und wenn ein wirklich mächtiger Illusionist sich vorstellt ein Blitz würde vom Himmel kommen und jemanden erschlagen, so kann es sein, dass derjenige, allein der Vorstellung erlegen, vom Blitz getroffen zu werden, an den Folgen stirbt."

Einer der Krieger lachte laut.

"Nun, du wirst daran wohl nicht sterben", höhte er.

"Das ist wahr", bestätigte König Cassiem. "Ein Semant ist bekanntlich immun gegen Illusionen."

"Weil wir alleine der Wahrheit verpflichtet sind und eine Illusion nicht wahrhaft ist", bestätigte Evilea trocken und mit einem nicht unerheblichen Anflug von Hochmut in der Stimme.

"Doch warum lassen die Feuervögel sich beeinflussen, wenn sie aus jener Kraft entstehen, die wir zu lenken fähig sind?", wollte Sen wissen.

"Das ist nicht leicht zu erklären. Doch ich werde es versuchen", versprach Evilea. "Es ist so, dass wir nur befähigt sind uns in den Bahnen zu bewegen, die uns die alles umgebende Macht vorgibt. Wie ein Strudel bewegen wir uns dabei von uns weg oder wie die Wellen im Wasser, wenn du so willst. Daher ist es uns auch nicht möglich, uns selbst in irgendeiner Weise zu beeinflussen, um gleich die Antwort auf deine nächste Frage vorweg zu nehmen. Der Grund, warum wir also der Wahrheit verpflichtet sind, wie du es nennst, ist der, dass wir uns nur in diesen Bahnen bewegen können.

Wir sind also in der Lage, eine Pflanze erblühen oder welken zu lassen, weil diese Pflanze sich in ihrem Lebenszyklus in genau dieser Bahn bewegt. Ein Feuervogel aber bewegt sich außerhalb festgelegter Bahnen. Er ist diesen nicht verpflichtet, auch wenn seine weltliche Form ihn an sie bindet. Was heißt, er besteht aus Feuer und agiert dementsprechend.

Er kann also von Illusionisten beeinflusst werden, weil er eben nicht an die Wahrhaftigkeit gebunden ist. Auch dieses Beispiel lässt sich im Übrigen auf den Fluss übertragen. Wie die Menschen, die das Wasser darstellt, bewegt im ewigen Fluss der Zeit, besteht auch das Urwesen, symbolisiert durch das Eis, ebenfalls aus Wasser. Bloß in einer reineren Form. Genauso wie Menschen, können sich also auch Urwesen beeinflussen lassen."

Sen nickte. "Danke. Ich glaube, ich beginne zu verstehen."

"Dank nicht mir. Es ist das Wissen aller verbliebenen Semanten, dass wir über die letzten Wochen und Monate zusammengetragen haben. Auch wir standen nach den ersten Angriffen der Feuervögel vor einem Rätsel, das es erst einmal zu lösen galt. Leider ist alles Wissen aus jener Zeit, da Semanten sich mit den Urwesen befassten, über die Jahre verlorengegangen und was wir in Erfahrung bringen konnten, ist gewiss nur ein Bruchstück des Ganzen", erklärte Evilea.

"Was werdet ihr nun tun? Was ist euer nächstes Ziel?", fragte Sen und König Cassiem war es, der ihm Antwort gab.

"Wir werden uns etwas gänzlich Neues einfallen lassen müssen. Im Gegensatz zu Atamis sind wir nicht in der Lage, die Semanten aller Orts aufzuspüren", sprach er und sein Blick haftete auf dem Lagerfeuer, das vor ihm knisterte. "Wir taten unser Bestes, doch wir kommen stets zu spät. So kann und darf es nicht weitergehen."

Er warf einen Hasenknochen in die Flammen und das Feuer verschlang seine Mahlzeit gierig.

"Es wird Zeit zu kämpfen", sagte einer der Männer.

Ein anderer stimmte ihm zu.

"Wir können uns nicht länger verstecken wie Feiglinge. Früher oder später werden sie uns doch finden und dann sind wir wehrlos."

Der König seufzte schwer. "Wir haben in den letzten Monaten alles daran gesetzt, Atamis Pläne zu enthüllen. Noch immer verstehen wir nicht alles, doch wenn wir noch länger abwarten, wird er alle Semanten vernichtet haben, bevor wir auch nur einen Finger rühren konnten. Wenn er unseren Aufenthaltsort entdeckt, wären wir ihm wehrlos ausgeliefert.

Etherna war eine fast uneinnehmbare Festung, bevor sie zu Grunde ging. Doch etwas von ihrem alten Glanz haftet ihr noch immer an. Es ist wohl an der Zeit, sich zum Kampf zu rüsten. Und nun, da wir einen Feuervogel auf unserer Seite haben, hege ich die Hoffnung, dass wir tatsächlich als Sieger hervorgehen können."

Bei diesen Worten brachen die Männer in Jubel aus. Die Stimmung, so ernst sie bisweilen gewesen war, wurde ausgelassen und fröhlich. Trotz des bevorstehenden Kampfes, der für diese Männer doch nur eine unvermeidbare Hürde war, die ihren Schatten längst voraus warf und an deren Fuße sie nun standen.

In all dem Jubel und ausgelassenem Feiern, wandte sich Sen noch einmal an König Cassiem.

"Ich kenne einen Ort, an dem Eure Suche nach Verbündeten erfolgreich beginnen könnte. Es ist das Dorf, dass mich aufnahm und mir ans Herz wuchs in den letzten Wochen. Diese Leute in Astwer wissen, wer ich bin. Was ich bin. Sie werden mir Glauben schenken."

"Das ist ein sehr guter Anfang. Ich quälte mich bereits mit der Frage, wie es uns gelingen möge, Verbündete zu finden." Er sah an sich herunter. "Wer würde hinter diesem Aussehen einen König erwarten?"

Sen aber schüttelte den Kopf. "Ihr mögt mitgenommen aussehen, von den Monaten, die hinter Euch liegen, doch habt Ihr nichts verloren, von Eurer inneren Stärke", beteuerte er.

Sen schlief diese Nacht so gut, wie schon lange nicht mehr. Es war bitterkalt und um nicht allzu sehr unter der Kälte zu leiden, mussten sie nah ans Feuer rücken. An seiner Brust pulsierte der Feuerfunke und spendete ihm etwas zusätzliche Wärme. Das hatte er auch nötig, denn außer seinem Mantel blieb ihm nichts weiter, um der Kälte zu trotzen. Am nächsten Morgen, als Sen in der Früh erwachte, lag Reif auf dem Boden und den noch schlafenden Männern. Man hatte ihm in der Nacht eine Decke überlegt, die noch feucht vom morgendlichen Tau war und die er nun fest um seinen zitternden Leib zog. König Cassiem war bereits wach und dabei das Feuer zu löschen.

"Wir werden bald aufbrechen", erklärte er, als er bemerkte, dass Sen sich aufrichtete. "Wenn du Hunger hast, nimm dir etwas Brot aus der Satteltasche meines Pferdes."

"Nein danke. Ich bin nicht sehr hungrig", sprach er mit leiser Stimme.

Der König nickte. "Bevor wir die anderen wecken, erklär mir bitte, wie wir nach Astwer gelangen. In welcher Provinz liegt die Stadt?"

Da wurde Sen bewusst, dass er nicht die geringste Ahnung hatte, wo er war und woher er kam. Seine Unsicherheit blieb dem König nicht verborgen.

"Aus welcher Richtung kamst du?", fragte er.

Sen schaute sich um. Das verbrannte Dorf lag hinter ihm. Diesen Wald hatte er im Flug überquert. Er deutete in die entsprechende Richtung.

"Aus dieser Richtung kam ich. Astwer lag auf der anderen Seite des Berges Dongar. Von der Provinz Faran aus lag es zwei oder drei Tagesreisen in Richtung Süden. Oder Westen? Genau weiß ich es nicht. Das letzte Stück des Weges habe ich nicht bewusst miterlebt."

"Die Informationen reichen vollkommen. Wenn wir erst einmal den Berg Dongar passiert haben, wirst du dich sicher besser zurechtfinden."

Erriel suchte die Trauerweide auf, die zu ihrem geheimen Treffpunkt geworden war. Es hatte etwas Verbotenes, sich heimlich an diesem verborgenen Ort zu treffen. Seine Wachen folgten ihm nicht in die Gärten, sondern blieben stets am Eingang zurück, sodass er sich unbehelligt bewegen konnte. An diesem Abend aber fühlte sich Erriel unbehaglich, als er unter die Trauerweide trat um dort auf Isleya zu warten.

Sie hatte ihm all die schlechten Dinge über Prinz Atamis erzählt und er hatte ihr geglaubt. Nun wusste er nicht mehr, ob sie richtig lag mit dem, was sie von dem Prinzen hielt. Vielleicht irrte sie sich in ihm. Vielleicht hatte er sich tatsächlich geändert, so wie er es ihm gesagt hatte. Erriel fühlte sich wie zwischen zwei Stühlen.

Isleya war noch nicht da. Der Junge ließ sich unter der Trauerweide nieder und schloss die Augen. Und wie er da saß und träumte von einem Leben, dass er nicht mehr hatte und einer Zeit, die nicht weit hinter ihm lag und doch so fern schien, kam ihm die Erinnerung an seinen ersten Abend im Palast von Enshir. Hier hatte er gesessen und geträumt und es waren schlimme Träume gewesen. Jetzt träumte er nicht mehr von Flammen, die ihn zu verschlingen drohten. Seine Träume waren schwarz geworden und leer.

Ein Rascheln ließ ihn aufschrecken. Isleya hatte das Geäst des Baumes zur Seite geschoben und war in die Dunkelheit getreten.

"Ihr seid spät", stellte Erriel fest.

"Dann lass uns hoffen, dass meine lieben Vögel die lange Wartezeit gut überstanden haben", gab sie zur Antwort und der ironische Unterton in ihrer Stimme war kaum zu überhören.

Gemeinsam gingen sie zur Vogelvoliere.

"Ich habe von deinem Ausritt gehört", sprach Isleya beiläufig. "Du sollst dich gut gehalten haben. Für einen Anfänger."

"Mehr als gut, habe ich mir sagen lassen", antwortete er nicht ohne Stolz. Dann aber fielen ihm wieder die Menschen vor den Stadtmauern ein und seine Stimmung wurde trübe.

"Ich habe die Bauern gesehen, die vor den Stadtmauern leben", begann er mit leiser Stimme.

Isleya sah flüchtig von ihrer Arbeit auf, kümmerte sich jedoch schnell wieder um ihre Vögel.

"Nun?", drängte sie ihn fortzufahren.

"Sie leben wie die Tiere", erklärte er.

Isleya beendete in Ruhe ihre Arbeit, schloss den Käfig und stand noch einen Moment vor der Voliere, um die Vögel zu beobachten.

"Und ich gehe davon aus, dass Atamis dir versprochen hat, den armen Menschen zu helfen, nicht wahr?", fragte sie schließlich und Erriel konnte nicht zuordnen, ob ihre Worte in Hohn oder Gleichmut gesprochen worden waren.

"Nein!", gab Erriel zur Antwort.

Es schien ihm, als müsse er sich vor ihr verteidigen. Als gäbe es nur die eine oder andere Seite und mit seinem Ausritt habe er Isleya klargemacht, dass er sich gegen die Ihre entschieden hatte.

Als Isleya keine Anstalten machte, etwas zu sagen, fuhr Erriel fort. Wenn sie wollte, dass er sich verteidigte, dann würde er dies eben tun. Er war ein Bauer. Er wusste, wie es außerhalb dieser Mauern zuging. Weder Isleya noch Prinz Atamis konnten das nachempfinden.

"Nein. Er sagte, es sei nicht leicht. Er erklärte mir, dass die Abgaben in anderen Provinzen erhöht werden müssten, um den Menschen hier ihre Last zu nehmen", berichtete er und sprach dabei voller Eifer. "Ich kann mir vorstellen, wie die Leute in Bask geschimpft hätten über höhere Abgaben. Doch wenn wir in der Faran Provinz gut leben können mit dem, was wir haben und den Abgaben, die zu zahlen sind, wieso gilt dasselbe denn nicht auch für Enshir? Wieso müssen in Enshir die Armen so arm sein und die Reichen so reich? Wieso können die Bauern hier nicht genauso leben dürfen wie die Bauern in Faran?"

Isleya sah ihn an und Mitleid lag in ihrem Blick.

Trotzig verschränkte Erriel die Arme vor der Brust.

"Wenigstens versucht Prinz Atamis daran etwas zu ändern", schimpfte er.

"So gut geht es euch in Faran, dass du dir dies für alle Menschen in den Herrschaftslanden wünschst?"

Erriel runzelte die Stirn.

"Ja", antwortete er. "Zumindest doch für die Menschen hier vor den Toren."

Isleya lächelte ihn an und ihr Blick war der einer weisen Frau, die auf einen dummen Bauernjungen herabsah.

"Und wie ging es deinem Vetter?", fragte sie.

"Was meinst du?"

Er hatte ihr alles von Bask erzählt und auch alles von dem Tag, da die Feuervögel kamen und Erriel ahnte, worauf sie hinaus wollte, als sie von Sen sprach.

"Der junge Mann, der im Wald lebte, bevor er sein Leben verlor, bei dem Versuch Bask zu retten", erklärte sie. "Oder, wie erging es den Gauklern, die nicht wagten, in Bask um Hilfe zu bitten, als die Achse ihres Wagens brach?"

Erriel schwieg.

"Versuch zu verstehen, dass es sich in Faran nur deshalb so gut leben lässt, weil dies eine abgeschiedene Provinz ist, die genauso wenig Interesse an der Außenwelt hegt, wie die umliegenden Provinzen an ihr. Faran ist autark. Klein, jedoch gerade groß genug, um sich selbst zu versorgen und sicher ist Faran nicht das Maß aller Dinge."

Erriel wurde wütend. Er wusste nicht, auf wen oder was sich seine Wut richtete, doch er konnte sie nicht länger für sich behalten.

"Ihr wollt die Menschen da draußen also einfach verhungern lassen?", fragte er und wusste, dass es nicht das war, was Isleya ihm zu sagen versuchte.

"Wenn ich könnte, so würde ich ihnen helfen", gab sie zur Antwort.

Erriel ging einige Schritt rückwärts, bevor er sich von Isleya abwandte. Er konnte ihren Anblick nicht mehr länger ertragen. Sie, die blaublütige Dame, die in den Gärten des Palastes stand, in feine Seide gehüllt und ihre Vögel fütterte mit Korn, das die Schweine vor den Toren hätten fressen können und das womöglich gut genug gewesen wäre für die Menschen, die dort draußen hungerten... Doch wie er darüber nachdachte, wurde er ein weiteres Mal von seiner Wut übermannt.

Mit geballten Fäusten wandte er sich ihr zu und sie sah ihn an mit ihren großen blauen Augen, die von Trauer schwer waren und kein Wort kam über seine Lippen.

So lief er davon. Zurück zu seinen Wachen, die er grob zur Seite stieß, als er den Garten verließ. Er lief zu seinem Zimmer und hätte die Tür mit voller Wucht zugeknallt, wäre sie nicht zu groß und zu schwer dafür gewesen.

Zornig lief er auf und ab und wusste nicht, worauf er so wütend war. Es war alles so falsch hier. So verlogen. Selbst Isleya hatte keinen Blick für das Elend da draußen. Er raufte sich die Haare. Ihr konnte er keine Schuld geben. Sie hatte versucht, es ihm zu erklären und er hatte nicht zuhören wollen. Nein, nicht auf sie war er wütend, nicht einmal auf das, was er vor den Stadttoren gesehen hatte. Er war wütend auf das alles hier. Darauf, dass er hier gefangen war und darauf, dass er nichts tun konnte. Nicht für sich, nicht für andere. Er konnte den Menschen in Bask nicht helfen, genauso wenig wie den Menschen von Enshir.

Er konnte Isleya nicht helfen, die so voller Trauer war um den Verlust ihres Geliebten und er konnte Prinz Atamis nicht helfen, der etwas von ihm wissen wollte, was er nicht wusste. Er war gefangen in diesem Palast. Gefangen in einem Strudel, der ihn mit sich zog und ihn nicht losließ, egal wie sehr er sich auch sträubte.

Er wollte einfach nur wieder nach Hause, zurück zu seinen Eltern. Er wollte, dass sie wieder am Leben waren und alles so war wie früher. Er wollte wieder auf dem Feld arbeiten. Er vermisste seine Freunde, sein Zuhause, das vertraute Land unter seinen Füßen, die vertrauten Sterne über seinem Kopf. Er vermisste Sen. Und bei allem, was ihm wichtig war, vermisste er auch diesen elendigen Kopfsalat, den die Bediensteten hier im Palast nicht einmal mit ihren hübschen weißen Seidenhandschuhen anfassen würden.

Sie erreichten Astwer in den frühen Morgenstunden. Die wenigen Menschen, die bereits auf den Beinen waren, begegneten den Fremden mit Argwohn. Erst als sie Sen bemerkten, hellte sich ihre Stimmung auf. Die Nachricht über seine Rückkehr verbreitete sich wie ein Lauffeuer. Als die Männer ihre Pferde vor Fennis Taverne zum Stehen brachten und abstiegen, zwängte sich eine junge Frau durch die Truppe.

"Sen!", rief Marin freudestrahlend.

Sie schien überglücklich und scheute sich nicht von ihren Ellbogen Gebrauch zu machen um durch die Gruppe fremder Männer zu Sen zu gelangen. Selbst König Cassiem drängte sie zur Seite.

Bei Sen angelangt, fiel sie ihm in die Arme und als sie sich wieder von ihm löste, war ihr Blick ernst geworden.

"Wir haben das Schlimmste befürchtet", warf sie ihm vor. "Alles was wir sehen konnten war die Aschewolke, die vom Berg aufstieg und kein Zeichen von dir."

"Es tut mir aufrichtig leid, dass ich dich und all die Menschen hier im Ungewissen gelassen habe. Doch ich kam zurück, so schnell ich konnte", erklärte er.

"Sen!" Es war Elin, die seinen Namen rief.

Das junge Mädchen kam aus der Taverne gelaufen, die Hände noch feucht vom Geschirrwaschen, das Handtuch über die Schulter geworfen. Sie lief auf ihn zu und sprang ihm in den Arm. Er strauchelte und wäre gefallen, hätte ihm nicht die Stute im Rücken gestanden.

"Ich bin so froh, dass du lebst!", schluchzte sie mit Tränen in den Augen.

Sen ließ sich vor ihr auf die Knie fallen und nahm ihr das Handtuch von der Schulter, um damit ihre Tränen zu trocknen.

"Glaubst du nicht, ich hätte mich von dir verabschiedet, wenn ich vorgehabt hätte, nicht wiederzukommen?"

"Oh doch!", rief sie. "Ich wusste doch, dass du wieder kommst. Ich wusste es!"

Sen richtete sich wieder auf.

"Lasst uns reingehen, es ist kalt und wir haben eine lange Reise hinter uns."

Sie nahmen an einem der Tische in der Taverne Platz. Die Stimmung erinnerte Sen an jene Tage, da er hier noch fremd war und die Menschen ihn aufnahmen in ihr Heim und ihre Herzen. Fenni wärmte eine deftige Suppe auf und versorgte die Gesellschaft mit reichlich Bier und frischem Wasser.

Die Leute kamen aus der ganzen Stadt, um Sen willkommen zu heißen und seine Begleiter kennenzulernen. Einige Burschen erklärten sich sofort bereit, die Pferde zu versorgen und nach und nach sammelten sich die Mitglieder des Stadtrates, um neben Sen am Tisch Platz zu nehmen. Es gab viel zu bereden. Das war allen bewusst.

"Nun mein Junge. Keiner von uns hat daran gezweifelt, dass du wiederkommen wirst", gelobte Haren, einer der Stadträte. "Doch dass du so viele neue Gesichter in unsere bescheidene Stadt bringen würdest, damit haben wir nicht gerechnet."

"Auch ich habe nicht damit gerechnet, so schnell Verbündete zu finden." Unbewusst griff Sen nach dem Anhänger an seiner Kette. Unter seinem Hemd blieb den Stadtbewohnern das Schimmern verborgen, das von ihm ausging. "Doch es ist unhöflich von mir, meine Begleiter nicht vorzustellen. Dies hier sind die treuesten Krieger des Königs", sprach er und deutete auf die Männer. "Eine seiner besten Semanten Evilea und…" Sen zögerte einen Moment, bevor er weitersprach. Die Stadtbewohner hatten bereits bei der Vorstellung der Krieger den Atem angehalten, wie würden sie auf den König reagieren? "Verzeiht, dass ich Euch zuletzt vorstelle, Eure Majestät. König Cassiem."

Marin war die erste, der ein Ton über die Lippen kam, auch wenn es unendlich lange Augenblicke dauerte und dieser Ton mehr ein erstickter Aufschrei, denn ein Wort war. Torus, der gleich neben Sen saß, räusperte sich.

"Verzeiht." Seine Stimme klang rau und gedrungen. "Verzeiht", wiederholte er, "doch laut meinen Informationen fiel seine Majestät vor über einem halben Jahr im Kampf. Sen, ich will deine Worte nicht anzweifeln."

Sen unterbrach ihn jäh. "Dann tu es auch nicht. Es ist, wie ich es sage. Dies hier ist König Cassiem."

Wieder folgte ein Moment des Schweigens, bis Torus schließlich aufstand, neben den König trat und vor ihm auf die Knie fiel.

"Eure Majestät. Es ist uns eine Ehre. Die allerhöchste Ehre, euch und Eure Männer in unserer bescheidenen Stadt willkommen zu heißen."

Nicht nur Torus hatte sich verbeugt. Auch alle anderen Stadtbewohner, ebenso Marin, neigten ihre Häupter. Der König aber bedeutete Torus, sich wieder zu erheben. Dann richtete er sich an alle Stadtbewohner.

"Habt Dank für euer Vertrauen, doch ich bin gekommen als einer von euch und so bitte ich euch, mich als solchen zu behandeln."

Fenni setzte dem König eine Schüssel dampfender Suppe vor und drückte ihm einen Löffel in die Hand.

"Wenn das so ist, dann gibt es auch nichts anderes als die Tagessuppe, Eure Durchlaucht!"

Schallendes Gelächter brach aus, in das auch der König und seine Männer einstimmten.

"Die Tagessuppe ist mehr als ausreichend. Vielen Dank, werte Dame."

Bei Brot und Suppe erzählte der König den Stadtratsmitgliedern alles, was er bereits Sen berichtet hatte und diese hielten kein Blatt vor den Mund, als sie ihre Meinung über Atamis kundtaten. Man fasste den Entschluss, nicht nur alle kampftüchtigen Männer und Frauen der Stadt aufzufordern, sich dem König und seinen Männern anzuschließen, man wollte auch alle Kontakte in umliegende Städte und Dörfer nutzen, um weitere Verbündete zu finden.

"Es wird uns nicht viel Zeit bleiben", erklärte König Cassiem. "Früher oder später wird Atamis von alledem erfahren. Es gibt immer jemanden, der zu einem Verrat bereit ist. Sei es, in der Hoffnung auf eine Entlohnung oder aber in dem Glauben, das Richtige zu tun."

Torus pflichtete ihm bei.

"Daher muss alles sehr schnell gehen. Ihr solltet umgehend nach Etherna zurückkehren und Eure eigenen Männer über das Vorhaben in Kenntnis setzen. Nicht auszudenken was passieren würde, wenn plötzlich ein Trupp Fremder vor den Toren Ethernas stünde."

"Doch nicht alle meine Männer werden mich begleiten. Doren stammt aus einem kleinen Dorf nicht weit von hier. Er wird dort um Unterstützung bitten", erklärte der König.

"Und einige unserer Leute werden ihn begleiten", fügte Torus hinzu. "Es ist sicherer, wenn man nicht alleine reist und so steht unseren Leuten auch ein Führer zur Seite, der den Weg nach Etherna kennt.

"Ich gehe zurück zu meinen Leuten", sagte Marin. "Wir sind nur einfaches Gauklervolk, doch auch wir haben unseren Stolz. An der Seite des Königs zu kämpfen, wird ihnen eine Ehre sein. Da bin ich mir sicher."

König Cassiem nickte ihr zu. "Und mir wird es eine Ehre sein, euch an meiner Seite zu wissen."

Es war schon spät am Nachmittag, als Sen sich zurückzog. Draußen auf den Straßen herrschte reges Treiben. Alle Hebel wurden in Bewegung gesetzt, um so schnell wie möglich eine kampftüchtige Truppe auf die Beine zu stellen. Die Schmiede, in der sonst Nägel und Hufeisen hergestellt wurden – wenn es hoch kam vielleicht einmal eine Sichel – sollte so viele Waffen herstellen, wie es in der Kürze der Zeit möglich war. Von überall kamen die Menschen und brachten ihre Eisenwaren. Hauptsächlich Besteck und Werkzeug. Auf den Straßen spielten die kleinen Kinder bereits Krieg. Ein Anblick, der Sen erschaudern ließ.

Um dem Trubel zu entkommen, zog er sich in die Scheune zurück, in der die Pferde untergebracht waren. Er ging zu der braunen Stute, die ihm in den letzten Tagen ein treuer Freund geworden war und strich ihr sanft über das Fell.

Er mochte den Geruch der Pferde. Er mochte ihr ruhiges Gemüt, gebannt in einem Körper voller Kraft und Stärke. Ihre innere Ruhe half ihm, auch die Wogen seines eigenen aufgewühlten Geistes zu glätten.

Er erinnerte sich an den Tag, da er am Bach vor seiner bescheidenen Hütte gesessen hatte und den Dreck und den Schmutz des vergangenen Tages von seinen Händen wusch.

Schwer waren an diesem Tag seine Gedanken gewesen, doch seine Zukunft schien ihm gewiss. Nun, da er hier stand, abseits von dem Trubel und dem Tumult einer Stadt, die er vor wenigen Wochen noch nicht einmal gekannt hatte, war nichts mehr gewiss, nichts berechenbar.

Die braune Stute, die sich eben noch gelassen ihrem Hafer gewidmet hatte, begann unruhig mit dem Huf zu scharren.

Sen nahm seine Hand von ihrer Flanke und sie wurde umgehend ruhiger. Es war seine eigene Unruhe, die, tief vergraben in seinem Innersten und vor der Menschen Blick verborgen, den sensiblen Sinnen des Tieres nicht entging.

Er entfernte sich von der Stute, stützte sich schwer auf seinen Gehstock. Wenn auch der dumpfe Schmerz in seinem Bein längst nicht mehr so präsent war, wie noch vor wenigen Tagen, so war er ihm dennoch ein steter Begleiter geworden.

Fast hatte er sich schon an ihn gewöhnt, ihn ein Teil seines Alltags werden lassen, war er doch der Schatten eines vergangenen Übels, der ihm – wenn seine Gedanken schwer und trübe waren – stets zur Seite stand.

Am nächsten Morgen verabschiedete sich Sen von Astwer. Elin trat an ihn heran und fragte, ob er wiederkommen werde. Sen lächelte nur und strich ihr über das Haar.

"Ich hoffe es sehr", war seine Antwort.

Sie begleiteten Marin ein Stück weit aus der Stadt. Sie reiste gemeinsam mit einigen jungen Männern und Frauen aus Astwer. Alleine wollte sie niemand reisen lassen. Auch wenn sie darauf pochte, dass sie sehr gut ohne Hilfe zurechtkäme.

"Wie weit ist es bis nach Etherna?", wollte Sen wissen.

Evilea antwortete. "Einige Tagesreisen." Sie deutete in die Ferne, wo ein blauer Schimmer den Horizont abzeichnete. "Dort hinten sieht man die Berge und tief in ihrem Innersten liegt die Stadt Etherna. Oder vielmehr das, was von ihr übrig geblieben ist."

# Das Attentat

Erriel trat in den Gang. "Ich würde gerne in den Garten gehen", erklärte er den Wachen. Er wusste nicht mehr, wann der Page, den Prinz Atamis vor seiner Tür postiert hatte, durch zwei bewaffnete Palastwachen abgelöst worden war. Längst hatte er aufgegeben, alles, was Prinz Atamis tat zu hinterfragen.

Die Antwort wäre doch immer dieselbe. Es geschah zu Erriels Schutz. Er konnte es nicht mehr hören. Es ging ihm gut im Palast von Enshir. Daran bestand kein Zweifel. Er vermisste seine Freunde, seine Familie, doch ansonsten fehlte es ihm an nichts. Er war wütend gewesen, doch die Wut war verflogen. Schließlich ging das Leben weiter. Jeden Morgen wurde er von einer Zofe geweckt. Für gewöhnlich war es Hirenia. Sie legte ihm Kleider bereit, ließ ihm ein Bad ein, wenn er es wünschte und erzählte ihm den neuesten Klatsch und Tratsch.

Er hatte sie lieb gewonnen in den letzten Wochen. Zur Mittagsstunde bat Prinz Atamis ihn oft zu einer gemeinsamen Schachpartie. Erriel hatte Geschmack an diesem Spiel gefunden. Bei diesen Gelegenheiten hielt der Prinz ihn auf dem Laufenden, was die Taten der Rebellen anging, die Bask auf dem Gewissen hatten. Er berichtete von deren Gräueltaten und welche Fortschritt er im Kampf gegen sie machte. Am Ende war es aber doch nur leeres Gerede, dem Erriel längst nur noch mit halbem Ohr zuhörte. Am Abend dann ging er häufig in die Palastgärten, wie er es auch jetzt tat.

Er schlenderte den Weg entlang und als er außer Sichtweite der Wachen war, huschte er über die Wiese bis hinüber zu der alten Trauerweide. Isleya stand dort im Schatten des Laubes. Doch an diesem Abend war sie nicht alleine.

"Erriel." Ihre Stimme zitterte, als sie ihn ansprach. Der fremde Mann musterte den Jungen mit kühler Miene. Dann wandte er sich erneut an Isleya.

"Euer Hochwohlgeboren, ich wünschte, ich könnte Eurer Bitte Folge leisten, doch ich habe meine Anweisungen." Er senkte sein Haupt tief vor ihr. "Vergebt mir."

Als er sich wieder aufgerichtet hatte, drehte er sich auf dem Absatz um und entfernte sich von Isleya. Erriel trat einen Schritt zur Seite, um dem Mann den Weg frei zu machen. Sein Blick aber verharrte auf Isleya, die ihn mit Tränen in den Augen ansah. Der fremde Mann war gerade an Erriel vorbei, als die junge Adlige den Mund öffnete.

"Verzeih", flüsterte sie.

Kaltes Eisen berührte Erriels Kehle. Er sackte in den Armen des Mannes zusammen, der ihm mit dem Dolch den Hals aufgeschlitzt hatte.

Die Klinge fiel neben ihm ins Gras, dann kam der Schmerz. Der Mann ließ ihn auf den Boden gleiten und verschwand. Erriel schnappte nach Luft, versuchte zu schreien, doch kein Ton kam über seine Lippen. Alles verschwamm vor seinen Augen. Er versuchte seine Arme zu bewegen, seine Hände auf die offene Wunde zu legen, wo das Blut ungehindert hervorquoll, doch er konnte sich nicht regen.

"Es tut mir so leid!", flüsterte Isleya ganz nahe bei ihm. Ihr Schatten verdunkelte ihm die Sicht. Er spürte ihre Hand auf seiner Wange. "Bitte verzeih mir, Erriel!" Sie weinte.

Tränen tropften auf ihn herab. Er wollte ihr verzeihen, er wollte ihr sagen, dass er ihr verzieh, wo er ihr doch hatte ansehen können, wie machtlos sie gewesen war, doch er konnte nicht sprechen, sich nicht bewegen.

S

Der Schmerz kam plötzlich und heftig. Sen griff sich an die Kehle. Er wollte etwas sagen, doch kein Ton kam ihm über die Lippen. Es war ihm, als würde er Blut schmecken. Das Atmen fiel ihm schwer.

Die Stute spürte, dass etwas nicht in Ordnung war und begann unruhig zu tänzeln. Ihr Wiehern machte seine Mitreiter auf ihn aufmerksam. König Cassiem wendete sein Pferd und griff nach den Zügeln der Stute. Sen lag weit vorgebeugt, beide Hände auf seinen Hals gepresst.

"Was ist mit ihm?", fragte einer der Männer.

"Sen?" der König griff ihm an die Schulter. "Sprich zu uns. Was ist mit dir?"

Evilea sprang von ihrem Pferd.

"Holt ihn da runter!", rief sie den Männern zu.

König Cassiem war ebenfalls mit einem Satz auf dem Boden und zog nun Sen von der Stute. Evilea beugte sich über ihn und legte ihre Hände auf die Seinen.

"Das sind nicht deine Schmerzen, hörst du?", rief sie ihm zu.

Sen hörte, doch die Worte wollten keine Bedeutung finden. Erriel starb. Er litt unheimliche Schmerzen. Bekam keine Luft. Die Sinne schwanden ihm. Er starb, erstickte an seinem eigenen Blut.

"Lass los!", schrie ihn Evilea an. "Lass ihn gehen, du kannst nichts tun! Hörst du?"

Sen schnappte nach Luft. Er wusste, dass es nicht seine Schmerzen waren, nicht sein Leid, doch er konnte es nicht zulassen. Er konnte nicht loslassen. Er klammerte sich an Erriel, an den Schmerz und an alles, was er zu greifen bekam.

"Er stirbt!", brachte er hervor. Sein Atem ging schwer.

"Aber du wirst nicht sterben!", schrie Evilea. Sie hatte ihn nun bei den Schulten gepackt und schüttelte ihn heftig.

Er konnte ihn nicht sterben lassen. Nicht so. Nicht jetzt. Nicht nach alledem. Er atmete tief ein. Erriel atmete tief. Das Blut floss nicht weiter. Sen schwanden die Kräfte. Er driftete weg. Weit weg von Erriel. Zurück zu Evilea, die ihn schüttelte und anschrie. Ihn bat und flehte und verfluchte.

Sein Atem ging regelmäßig, Tränen rannen ihm über die Wangen.

"Es geht mir gut", hauchte er schließlich. "Es geht mir gut."

Evilea half ihm, sich aufzurichten.

"Ist er...?", sie wagte es nicht, die Frage zu stellen, die ihr auf den Lippen lag.

"Nein. Ich denke nicht."

König Cassiem reichte ihm die Hand und zog ihn wieder auf die Beine.
"Es freut mich, dass es deinem Bruder gut geht. Doch nun lasst uns weiterreisen", sprach der König.
Sen wich einen Schritt zurück.
"Nein", war seine Antwort.
König Cassiem sah ihn verwundert an.
"Wie bitte?", fragte er ungläubig nach.
"Nein, es freut Euch nicht." Er warf Evilea einen fragenden Blick zu. "Was hat das hier zu bedeuten? Was wisst Ihr, was ich nicht weiß?"
"Sen..." Mitleid lag in ihrem Blick. Sie streckte die Hand nach ihm aus, doch er wich einen weiteren Schritt von seinen Weggefährten zurück.
"Wir konnten es dir nicht sagen", erklärte Cassiem.
"Was? Was konntet ihr mir nicht sagen?"
Sen wollte nicht glauben, was er doch längst wusste. Was er in den Augen des Königs lesen konnte.
"Sen, du musst verstehen. Dein Bruder kann uns sehr gefährlich werden", erklärte Evilea.
"Was soll das heißen?"
Cassiem seufzte.
"Wir mussten alles daran setzen, diese Gefahr zu beseitigen. In Atamis Händen ist dein Bruder eine Waffe, der wir nichts entgegenzusetzen haben", erklärte er.
"Ihr wusstet, dass er in Enshir ist? Ihr wusstet es die ganze Zeit und habt es mit verschwiegen?"
Evilea schüttelte den Kopf. "Wir wussten ja nicht, dass er dein Bruder ist. Wir hatten doch keine Ahnung!"
"Es ist allein meine Schuld", erklärte Cassiem und Sen erkannte das Bedauern in seiner Stimme. "Ich habe jemanden in Enshir eingeschleust, mit dem Ziel, Erriel zu töten. Ob er Erfolg haben würde, war ungewiss."
"Wieso? Wieso sollte Erriel eine Gefahr sein? Er ist doch nur ein Junge!" Sen konnte und wollte nicht wahrhaben, was Evilea und König Cassiem ihm zu erklären versuchten.
"Nein, das ist er nicht!", widersprach Evilea. "Erriel ist alles andere als ein gewöhnlicher Junge! Verdammt, nach allem, was wir wissen, könnte er jeden Semanten in Bruchteilen eines Augenblicks in die Knie zwingen!"

Sen schüttelte den Kopf.

"Er würde niemals jemanden etwas zu Leide tun."

König Cassiem trat einen Schritt an Sen heran, doch dieser wich nur weiter zurück. "Sen. Wir wussten nicht, dass er dein Bruder ist. Als wir dich trafen, hatte ich bereits einen meiner Männer nach Enshir gesandt. Es gab kein Zurück mehr. Du hättest nichts tun können, genauso wenig wie wir. Nur daher haben wir es dir verschwiegen."

"Ich werde ihn holen", sagte Sen und seine Stimme klang wieder gefasst.

"Was willst du damit sagen?", wollte Evilea wissen.

In all der Zeit, in der er nach Antworten gesucht hatte, war das Band zwischen Erriel und ihm verschwommen und dennoch hatte er die Verbindung gespürt. Nun aber konnte er sie beinahe fassen. Er kannte die Richtung, konnte fast sehen, was Erriel sah. Dies war die Beste und vielleicht einzige Gelegenheit. Möge kommen, was wolle. Er war bereit.

Er atmete tief ein. Wärme durchströmte seinen Körper, wurde zu Hitze, Flammen, Gier. Alles wurde zu einem einzigen Gefühl, einem einzigen Drang. Die Flammen umschlossen ihn, stoben auf und formten mächtige Schwingen. Er erhob sich. Unter ihm blieben nur winzige Punkte zurück, wo seine Gefährten standen.

Er hatte kein Wort des Abschieds verwandt, keine Hoffnung auf Wiedersehen zum Ausdruck gebracht. Nichts, kein Wort, kein Gedanke sollte sich zwischen ihn und das Band stellen, dem er folgen musste.

E

Seine Finger zuckten. Das Bild vor seinen Augen gewann an Schärfe. Er atmete tief ein, hob seine Hand und berührte Isleyas Arm.

"Oh Erriel!" Sie nahm seine Hand und küsste sie sanft. "Es tut mir so leid."

Sachte legte sie Erriels Hand auf dessen Brust, dann riss sie den Ärmel ihres Kleides ab und presste das Stück Stoff auf die Wunde.

"ZU HILFE!", rief sie aus voller Kehle. "Ich kann dich nicht sterben lassen. Ich kann es einfach nicht!"

Sie strich ihm die Haare aus dem Gesicht und schenkte ihm ein Lächeln, das ihn jeden Schmerz vergessen ließ. Dann sah sie wieder auf und rief ein weiteres Mal um Hilfe. Bald schon hörte Erriel die herannahenden Wachen.

"Was ist geschehen?", rief einer der beiden, der andere ließ sich neben Erriel auf den Boden sinken. Er besah sich die Verletzung.

"Er hat sehr viel Blut verloren, doch die Blutung scheint gestoppt zu sein. Ich bringe ihn auf sein Zimmer und du wirst Prinz Atamis verständigen. Eure Hochwohlgeboren, das ist kein Anblick für eine Dame Eures Standes. Ihr solltet Euch in Eure Gemächer zurückziehen."

Isleya aber schüttelte den Kopf.

"Ich werde des Prinzen Leibarzt rufen lassen. Sorgt ihr nur dafür, dass er wohlbehalten in seinen Gemächern ankommt."

"Wie ihr wünscht, EureHochwohlgeboren."

Erriel spürte, wie er angehoben wurde. Er hielt Isleyas Stofffetzen, der getränkt war von seinem Blut, fest umklammert. Erst als jemand versuchte, den Stoff aus seinen Fingern zu winden, wurde ihm wieder gewahr, was um ihn herum geschah.

Er lag in seinem Bett, neben ihm saß die junge Zofe Hirenia.

"Verzeih, aber Ihre Hochwohlgeboren Isleya hätte gerne ihren Ärmel zurück."

Erriel ließ den Stofffetzen los und Hirenia ließ ihn umgehend in ihrer Schürze verschwinden. Sie nahm einen feuchten Lappen aus einer Schüssel, die auf seinem Nachttisch stand und tupfte ihm damit die Stirn ab.

"Wir haben uns alle große Sorgen gemacht", erklärte sie ihm. "Prinz Atamis war außer sich vor Wut. Ich habe ihn noch nie so toben sehen. Noch ein wenig tiefer, hat der Herr Doktor gesagt und die Kehle wäre durch gewesen. Bei all dem Blut, da dachte jeder, es sei nichts mehr zu machen. Aber es sah schlimmer aus, als es war."

Erriel versuchte, etwas zu erwidern, doch die Worte blieben ihm im Halse stecken.

"Oh, willst du etwas trinken?" Sie legte den Lappen beiseite und bot ihm ein Glas Wasser an. Er trank gierig daraus.

"Danke", flüsterte er. Zu mehr fühlte er sich nicht im Stande.

"Ruh dich gut aus. Du sollst liegen bleiben, hat der Herr Doktor gesagt. Ich werde jetzt zu dem Prinzen gehen. Ich soll nämlich gleich Bescheid geben, wenn du wach bist."

Sie verließ das Zimmer auf Zehenspitzen, als sie ging.

Er hätte tot sein müssen. Ganz sicher. All das Blut. Der Schnitt war präzise und tödlich gewesen. Doch er lebte und dies hatte er weder seinem Glück, noch einem Zufall zu verdanken. Er wusste, dass Sen es gewesen war, der ihn ins Leben zurückgeholt hatte.

Er hatte ihn gespürt, ganz nahe bei sich, als seine Sinne begonnen hatten zu schwinden. Und Isleya? Sie hatte gewusst, was dieser Mann vorgehabt hatte. Sie wollte nicht, dass es geschieht, doch sie hinderte ihn auch nicht daran. Sie hatte ihn nicht an die Wachen verraten, hatte erst um Hilfe gerufen, als der Fremde sich in Sicherheit gebracht hatte. Nein. Sie hatte nicht einmal darauf gewartet. Sie hatte bei ihm gesessen und mit angesehen, wie er starb und sie hatte nichts getan, als der Fremde schon längst verschwunden war. Doch sie hatte es am Ende doch nicht zulassen können.

Warum, das wusste er nicht. Sie hatte ihn um Verzeihung gebeten, doch Erriel wollte keine Entschuldigung von ihr hören. Er wollte bloß eine Erklärung. All die Zeit, die sie zusammen verbracht hatten und nie hatte sie ihm ein Wort erzählt von den Dingen, die er doch so unbedingt wissen musste. Sie wusste alles und ließ ihn im Dunkeln, versteckte die Wahrheit hinter ihrem bezaubernden Lächeln und freundlichen Worten.

Es klopfte an der Tür und Prinz Atamis betrat den Raum.

"Verzeih, wenn ich mir Einlass verschaffe ohne deine Erlaubnis abzuwarten, doch in deinem Zustand solltest du deine Stimme besser schonen."

Er kam zu Erriel ans Bett und betrachtete den Jungen besorgt. "Wie geht es dir?", wollte er wissen.

"Es könnte schlimmer sein", hauchte Erriel.

"Das hört sich gar nicht gut an, mein Junge", stellte Atamis beunruhigt fest, als er Erriels erstickte Worte vernahm. "Ach, es ist meine Schuld. Ich wusste, dass sie so etwas versuchen würden und dennoch konnte ich es nicht verhindern. Junge, es ist Zeit, dass du mir alles sagst."

Er ließ sich neben Erriel auf dem Bett nieder und schaute ihm tief in die Augen. Sein Blick lag schwer auf dem Jungen, presste ihn fest in die Laken. Das erste Mal seit seiner Ankunft in Enshir machte Prinz Atamis ihm Angst.

"Ich habe dich bisher nicht gedrängt, mir die volle Wahrheit zu sagen, weil ich dich nicht unter Druck setzen wollte. Doch das war ein Fehler. Die Folgen meiner Nachsichtigkeit hätten tödlich für dich enden können. Wir beide wissen von deinen Fähigkeiten. Ich möchte nun, dass du mir alles darüber sagst."

Erriel schüttelte den Kopf. "Ich weiß nicht-"

Wütend sprang Atamis auf.

Es war nicht mehr derselbe Mann wie der, mit dem Erriel Schach gespielt und gemeinsam gespeist hatte. Die Fassade, die Atamis so geschickt aufrechterhalten hatte, schien zu bröckeln.

"Was heißt hier 'ich weiß nicht'? Habe ich nicht eben gesagt, du sollst mir die Wahrheit sagen? Ich habe diese Versteckspielereien satt!" Er seufzte kopfschüttelnd, versuchte, seine Fassung zurückzugewinnen, wieder jener freundliche Mann zu werden, für den er sich all die Wochen ausgegeben hatte, seit Erriel sein Gast war.

"Junge. Es ist doch nur zu deinem Besten. Du weißt, dass wir auf derselben Seite stehen? Wir müssen zusammenarbeiten, nur so können wir unser beider Feinde besiegen." Er deutete auf die Tür. "Was da draußen passiert ist, ist doch wohl Beweis genug oder etwa nicht? Sie wollen deinen Tod! Also sag mir alles, was du weißt und ich werde dir dabei helfen, diesen feigen Anschlag auf dein Leben zu rächen."

Wieder schüttelte Erriel den Kopf. "Aber, ich weiß nicht, was ihr von mir wissen wollt", krächzte er.

Atamis Augen wurden zu schmalen Schlitzen, seine Lippen wurden dünn und weiß. Er hob den Finger, biss sich jedoch auf die Unterlippe, um den Worten Einhalt zu gebieten, die ihn nun überkommen wollten.

"Gut", presste er hervor. "Du bist müde und erschöpft. Ruhe dich aus und denk über das nach, was ich dir gesagt habe. Morgen werden wir uns wieder unterhalten und dann erwarte ich die Wahrheit von dir oder meine Gastfreundschaft wird auf eine harte Probe gestellt."

Schnellen Schrittes verließ er den Raum, blieb an der Tür noch einen Moment stehen und wandte sich ein weiteres Mal an Erriel.

"Denk gut über alles nach. Ich war stets zuvorkommend und freundlich zu dir. Wir können das hier zusammen durchstehen. Seite an Seite oder aber ich werde dir zeigen, was es bedeutet, wenn man sich mir widersetzt. So oder so. Ich werde bekommen, was ich haben möchte."

Erriel blieb alleine im Dunkeln zurück. Er wusste nicht, was er denken sollte – was er sagen sollte. Er kannte die Antworten nicht. Er hatte Angst.

Allein der Erschöpfung verdankte er den Schlaf, der ihn irgendwann überkam. Als Erriel die Augen öffnete, war es bereits hell geworden und Vögel zwitscherten vor seinem Fenster. Einen Moment lag er da und dachte an nichts. Doch bald kamen die Erinnerungen an die Geschehnisse des Vortages zurück.

Atamis erwartete heute eine Antwort und Erriel konnte ihm diese nicht liefern. Seit er in diesem Palast Gast – oder vielmehr ein Gefangener – war, hatte er den Tag gefürchtet, an dem Atamis ihm sein wahres Gesicht zeigen würde. Er hatte gewusst, dass der Tag kommen musste, dass er nicht auf ewig dieses friedliche Leben zwischen Zerstreuung und Zeitvertreib leben konnte. Und Isleya hatte ihn davor gewarnt, an dem Abend, als sie das erste Mal gemeinsam durch den Palastgarten geschlendert waren.

Erriel richtete sich auf. In seinem Kopf drehte sich alles. Er wollte nicht abwarten, bis Hirenia ihm seine Kleider bereitlegte, falls sie überhaupt käme. Er stand auf und sackte augenblicklich wieder in sich zusammen. Mühsam zog er sich hoch, taumelte zur Kommode und zog die erste Schublade auf. Nur Handtücher. Er öffnete die nächste, dann die übernächste. Hast überkam ihn. Er durchwühlte die Schubladen, fand Hose und Hemd und hatte alle Mühe, sich einzukleiden.

Sein Hals pochte und fühlte sich heiß an. Schwer atmend lehnte er sich gegen die Kommode. Er betrachtete sein Antlitz im Spiegel. Schweißperlen standen ihm auf der Stirn, der Verband an seinem Hals war rot gefärbt von Blut. Mit zitternden Händen goss er Wasser in die Waschschüssel und wusch sich das Gesicht.

Er musste sich zusammenreißen. Keine Angst zeigen. Und wenn dies der Tag sein sollte, an dem er zum Schafott geführt werden würde, so wollte er mit erhobenem Haupte gehen. Er sah auf, blickte ein weiteres Mal in sein Antlitz im Spiegel. Tränen standen ihm in den Augen. Er nahm das Handtuch und trocknete sich das Gesicht, wischte die Tränen fort.

Es klopfte an der Tür und Erriel zuckte zusammen. Die Wachen betraten den Raum.

"Prinz Atamis erwartet dich", sagte der eine mit ernster Stimme.

Erriel nickte. Er folgte den Männern den Gang entlang, den ihm vertrauten Weg zu Atamis Arbeitszimmer, wo sie ihn mit einer Handbewegung bedeuteten einzutreten.

Nie hatte Erriel mehr Angst gehabt, als in diesem Moment. Die Worte des Prinzen klangen noch in seinen Gedanken nach. Die Wut, die in ihnen lag. Die Entschlossenheit, die Erriel gewiss machte, dass dieser Mann zu allem fähig war – zu allem bereit. Doch es gab keinen Ausweg. Kein Zurück mehr. Fast schon wünschte er sich, das Attentat nicht überlebt zu haben.

Er atmete tief durch und betrat den Raum. Der vertraute Geruch von Papier und Tinte schlug ihm entgegen. Dann sah er den Dolch in Atamis Händen. Er kannte die Waffe. Es war jene Klinge, mit der man ihn in der vorhergehenden Nacht attackiert hatte.

"Tritt ein!", befahl er dem Jungen und deutete dabei mit dem Dolch auf ihn.

Erriel nahm allen Mut zusammen und tat wie ihm geheißen, doch als hinter ihm die schwere Tür ins Schloss fiel, zuckte er zusammen.

Mit Verwunderung stellte er fest, dass er nicht alleine mit Prinz Atamis war. Rechts von ihm, etwas abseits, stand Isleya. Kurz trafen sich ihre Blicke. Sie schien gefasst und dennoch aufgewühlt. Wie lange sie schon hier war, wie viel und was sie Atamis berichtet hatte; er wusste es nicht, wusste nicht, ob sie Freund oder Feind war, ihm den Rücken stärken oder ihm in den selbigen fallen würde.

"Ich hoffe, du hast gut über das nachgedacht, was ich dir gestern gesagt habe?"

"Ja, das habe ich", antwortete er mit krächzender Stimme.

"Sehr gut. Sag, kennst du dieses Wappen?" Er hielt Erriel den Griff des Dolches hin und auch wenn Erriel das besagte Wappen nicht erkennen konnte, kam seine Antwort prompt, denn mit Wappen kannte er sich nun wirklich nicht aus.

"Nein."

"Das habe ich mir fast gedacht. Es ist das Wappen des Königshauses Amanthea. Meines Königshauses. Das Königshaus meines Bruders. Weißt du, was das zu bedeuten hat? Das bedeutet, dass mein Bruder befahl, dich umbringen zu lassen. Du hast dort draußen keine Freunde, mein Junge!"

Er kam auf Erriel zu und packte ihn grob am Kragen. "Ich bin der einzige Mensch, der dir nichts Böses will. Ist dir das klar? Deine Freunde und Nachbarn in Bask geben dir die Schuld an dem Brand. Alle da draußen wollen deinen Tod und selbst hinter den Palastmauern von Enshir bist du deines Lebens nicht sicher. ICH bin dein einziger Freund!"

"Der König lebt?", fragte Erriel und dachte dabei keinen Moment über das nach, was Atamis ihn versuchte hatte zu sagen. Hatte er ihm doch gerade offenbart, das König Cassiem noch am Leben war. Hilfesuchend, fragend versuchte er Isleyas Blick einzufangen. Doch die junge Adlige senkte nur ihr Haupt.

Atamis ließ Erriel wieder los und wandte sich von ihm ab. Er brauchte einen Moment, um den Faden wiederzufinden.

"Ihre Hochwohlgeboren Isleya hat dich in den Palastgärten gefunden. War es ein Zufall, dass sie dir zur Rettung eilte?"

"Ja", antwortete er ohne zu zögern.

Es war ihm klar, wie viel er riskierte, wenn er Isleya in Schutz nahm und er wusste selbst nicht, warum er es tat, hatte sie doch zu Anfang tatenlos zugesehen.

Atamis wandte sich ihm wieder zu. "Und du sagst die Wahrheit?"

"Ja", war wiederum seine Antwort und wieder suchte er nach Isleyas Blick und diesmal sah sie ihn an.

Sie hob an zu sprechen, richtete sich an Atamis, da zerbarsten hinter dessen Rücken laut scheppernd die Fensterscheiben. Atamis warf sich Schutz suchend vor seinen Schreibtisch, während Isleya und Erriel erschrocken zurückstolperten.

Ein mächtiger Vogel, einem Falken gleich, doch nur aus Flammen bestehend, brach durch das deckenhohe Fenster, riss die Vorhänge samt Gestänge aus der Verankerung und ließ den Stoff umgehend in Flammen aufgehen. Ungebremst jagte er über Atamis Kopf hinweg, schlug heftig in der Mitte des Zimmers auf, glich nun mehr einer Feuerkugel, die gleich nach dem Aufschlag zu allen Seiten ausbrach.

Erriel schlug sich die Hände vor Augen und Gesicht, auch wenn ihn dies nicht vor den Flammen schützen mochte. Doch das Feuer schlug an ihm vorbei, entflammte Wappen und Zierde an den Wänden, ließ die Tapete in Flammen aufgehen, verschonte nichts im ganzen Raum bis auf die Menschen.

Als Erriel es wagte, seine Hände zu senken, schlugen die letzten Flammen gegen die verkohlten Wände. Der Feuervogel war verschwunden und dort, wo die Flammenkugel aufgeschlagen war, stand Sen. Er stand regungslos in der Mitte des schwarz verbrannten Raumes, ihm gegenüber Atamis, der sich gerade wieder aufrichtete. Mit angesengten Haaren, doch ansonsten unbeschadet stand er Auge in Auge mit Sen und zeigte kein Zeichen von Angst in seiner Miene.

"Ich bin gekommen, um meinen Bruder zu holen", sprach Sen und seine Stimme war leise, doch bestimmt.

Atamis lachte auf.

"Nachdem es deinesgleichen waren, die versuchten, ihn umzubringen, glaubst du, er wird dir folgen? Wohl kaum!"

Sen sah nicht zu Erriel herüber. Sein Blick hielt weiter dem Atamis stand. Nur seine Hand streckte er ihm entgegen und Erriel zögerte nicht, sie zu ergreifen.

Er hätte allen Grund zu zögern. War Sen doch offenbar im Bunde mit einem jener Wesen, die seine Heimat zerstört hatten. Es war nicht die Angst vor dem, was ihn in Atamis Fängen erwarten würde, es war nicht, weil Sen ihm den einzigen Ausweg aus dieser scheinbar ausweglosen Situation bot. Es war kein Akt der Verzweiflung. Es war reines, tiefempfundenes Vertrauen. Ein Vertrauen, das keine Logik hätte erklären können, keine Vernunft hätte erfassen und kein Wort hätte erschüttern können.

"WACHEN!", rief Atamis. "Was glaubst du, wo du hier bist? Du bist im Königlichen Palast im Herzen Enshirs! Du kommst hier nicht mehr raus!"

Sen ließ sich nicht aus der Ruhe bringen.

"Ich werde meinen Bruder mit mir nehmen und niemand wird mich daran hindern", sprach er und Atamis schien von diesen Worten überraschend beeindruckt.

Die Tür sprang auf und zwei bewaffnete Männer stürmten in den Raum. Ihre Schwerter begannen zu glühen und mit einem Aufschrei ließen sie die Waffen zu Boden fallen.

Sen schloss die Augen. Flammen umschlossen ihn, umschlossen Erriel.

"Wartet!", rief Isleya, die bisher geschwiegen hatte.

Zögernd streckte sie Sen ihre Hand entgegen.

"Nehmt mich mit", bat sie.

Sen nickte.

Der kurze Moment des Zögerns hatte Atamis gereicht, um seine Fassung wiederzufinden.

"Was steht ihr da so rum?", beschimpfte er die verängstigten Wachen. "Haltet sie auf!"

Sen sah kurz zu den Wachen hinüber, senkte dann den Blick und hob seine Hände. Die verängstigten Männer wichen weiter zurück und taten nichts, als die Flammen des Feuervogels auf Sens Geheiß ein weiteres Mal aufstoben.

Sie wurden eins mit den Flammen, spürten deren unbändige Kraft. Erriel kannte das Gefühl. Das Gefühl von einem Feuervogel verschlungen zu werden. Seines Körpers beraubt, betäubt von der unbändigen Macht des Wesens, das ihn umgab. Doch war da diesmal kein Fremder, der ihn in Schach halten wollte, der in seine Gedanken einzudringen, ihn seiner Sinne zu berauben versuchte.

Da war nur Sen, der das Feuer wob, der ein Teil der Wärme war, sich einen stillen Kampf mit dem Wesen des Feuers bot und zeitgleich alles daran setzte, Erriel fernzuhalten von seinen Gedanken, Gefühlen und Erinnerungen und doch gelang es ihm nicht vollends. So spürte Erriel, wie aufgewühlt Sen doch war hinter seiner Fassade von kühler Überlegenheit, die er Atamis hatte spüren lassen.

Doch bei den Gedanken an Sen, da überkamen ihn auch dessen Erinnerungen. Jene Erinnerungen, die Sen keinesfalls teilen wollte und die aufgrund dessen so klar in seinem Bewusstsein waren, dass sie Erriel überrollten, bevor ihm klar wurde, was mit ihm geschah.

"Einen Pfeil!" Erriel hörte die Stimme des Mannes, als stände er neben ihm und wusste doch, dass sie längst nicht mehr im Palast waren und die Stimme bloß der Nachklang einer Erinnerung. Sen Schrie auf. Erriel wusste nicht, ob der Schrei ein Teil der Erinnerung war, doch er spürte den Schmerz, der durch seinen Fuß zuckte und ihm das ganze Bein hinaufkroch, als sei es sein eigener.

"Auf die Beine mit ihm!"

"Du dachtest wohl, du hättest leichtes Spiel mit uns. Hah!"

Das Lachen des Mannes hallte in Erriels Gedanken wider. Er spürte den Schmerz, die Angst, die Machtlosigkeit. Er fühlte sich gefangen in seinem eigenen Körper, der nicht mehr eins werden konnte mit dem, was ihn umgab und doch wusste Erriel, dass es nicht seine Gefühle, nicht seine Gedanken waren. Es waren Erinnerungen. Mehr nicht. Greifbar und so wirklich, als habe er sie selbst erlebt.

Und mit einem Mal war alles vorbei.

# In den Bergen

Es fiel Schnee in den Bergen. Gleich einem Falken pflügte der Feuervogel durch dichte Wolken, zerteilte sie mit flammenden Schwingen wie Sensen, die durch hohes Gras fegen und brach aus ihnen hervor auf seinem Sturz gen Erde. Die Flammen stoben auseinander, verloren sich in der Dunkelheit der Nacht und hinterließen ein kreisrundes Mal im ansonsten makellosen Schnee.

Der Feuervogel hatte sie bis tief in das Gebirge von Riavera gebracht. Der Mond stand hoch am Himmel und sein Licht brach sich tausendfach auf der unberührten Schneedecke.

Bitterkalt war es und sie waren fernab jeden menschlichen Lebens, doch keinen Moment länger hätte Sen die unwirkliche Verbindung aufrechterhalten können, die sie mit dem Feuervogel eingegangen waren.

Er hatte es versucht. Doch Erriels Verbindung zu ihm war zu stark. Sie war so stark, dass er seine eigenen Gedanken noch immer wie Schatten in den Augen des Jungen sehen konnte – auch jetzt noch, da sie kein Teil des Feuers mehr waren.

Es war nur der Bruchteil eines Augenblicks, in dem er sie verblassen und schließlich gänzlich verschwinden sah. Ein kurzer Moment, in denen keiner von ihnen einen Atemzug tat, sich regte oder sprach, bevor die Schatten seiner Gedanken – die Schatten der Vergangenheit – durch Fragen ersetzt wurden.

Doch es war nicht die Zeit und nicht der Ort, um über all die Dinge zu sprechen, die ihre Gefühle beherrschten – all die Fragen zu stellen und Antworten zu geben. Aber das war nicht der Grund, weswegen Sen Erriels Blick auswich, ihm die Antworten schuldig blieb.

Ein unscheinbarer Funke flog zwischen die beiden Brüder, lenkte ihre Aufmerksamkeit auf sich. Vom Wind getragen und doch seinem eigenen

Weg folgend, zog er sich wie selbstverständlich in den Anhänger an Sens Halskette zurück und schimmerte dort fast unmerklich.

Sen legte seine Hand auf den Anhänger. Er wusste nicht, ob er den Feuervogel vor Erriels Blick verbergen oder beschützen wollte. Er wusste nicht, wie er dem Jungen erklären sollte, warum er mit einem jener Wesen im Bunde war, die seine Heimat zerstört, seine Eltern getötet und ihn verschleppt hatten.

Schließlich musste einer den Bann brechen, der über Sen und Erriel lag und der auch Isleya schweigen ließ.

"Ich habe nach dir gesucht", waren die Worte, die Sen über die Lippen kamen und alles, was ihm in diesem Moment in den Sinn kam.

Erriel nickte. Er nickte und versuchte, die Fassung zu bewahren, doch es gelang ihm nicht. Tränen standen ihm in den Augen und so verbarg er sein Gesicht in den Händen.

Zögernd trat Sen an ihn heran. Er packte seinen Bruder und drückte ihn fest an sich und Erriel erwiderte die Umarmung.

Sie beide, die sich so fremd waren und so wenig voneinander wussten und doch verbunden waren – verbunden weit über das Band zweier Brüder hinaus – hatten einander so sehr ersehnt. Und nichts in den letzten Wochen war in ihren Gedanken präsenter gewesen, als der Wunsch, einander wiederzusehen.

Dennoch standen sie sich nun gegenüber und waren verloren in der Situation, überfordert mit all dem und wussten nichts zu sagen, nichts zu tun. Denn am Ende waren sie sich doch genauso fremd, wie sie sich im tiefsten Inneren kannten.

Womöglich war jedes Wort auch unnötig, hatten sich ihre Seelen doch dank des Feuervogels berührt. Hatte Erriel doch, ohne dass Sen es wollte, erfahren, welche Qualen er auf sich genommen hatte, um ihn wiederzufinden. Und ebenso hatte Sen den aufgewühlten Geist des Jungen erlebt, der alles verloren hatte und dem nichts im Leben geblieben war, außer unbeantworteten Fragen und schweren Erinnerungen.

Schließlich löste Sen die Umarmung. Die Nacht lag dunkel und schwer über den Bergen und das kalte Licht des vollen Mondes ließ die schneebedeckten Felsen, die in ihrer Umgebung vorherrschten, unwirklich und fremd wirken.

"Es ist bitterkalt und wir sind mitten in den Bergen, ohne Proviant und angemessene Kleidung", stellte Sen fest. Während er sprach, suchte sein Blick nicht den seiner Begleiter, sondern wanderte zurück in die Richtung, aus der sie gekommen waren. "Wir sollten uns einen Unterschlupf suchen. Zumindest für die Nacht."

"Verfolgen sie uns?", wollte Erriel wissen. Seine Stimme klang rau und war nicht mehr als ein Flüstern.

"Das werden sie", gab die junge Adlige zur Antwort.

Sen nickte. "Dann lasst uns keine Zeit verlieren."

Sie liefen los. Welche Richtung sie einschlugen, war dabei vollkommen gleich, denn sie wussten weder, wo sie waren, noch wo sie ihr Weg hinführen mochte. Als sie den Kreis geschmolzenen Schnees, den der Feuervogel bei der Landung hinterlassen hatte, verließen, schloss Erriel zu Sen auf.

"Werden Atamis Männer uns nicht finden, wenn wir hier solch ein Zeichen hinterlassen?", wollte er wissen und deutete auf den kahlen Felsboden.

Sen schüttelte den Kopf. "Der Schnee wird unsere Spuren bis Tagesanbruch verwischt haben."

Er warf einen Blick gen Himmel. Zarte Schneeflocken tänzelten im Wind und legten sich sanft auf die drei Reisenden. Die junge Adlige trug nicht mehr als ein leichtes Seidenkleid an ihrem Leib und auch Erriel war lediglich mit Hemd und Hose bekleidet. Sen löste die Schnalle seines wollenen Umhangs und legte ihn über die Schultern der jungen Frau.

Dankend nahm sie ihn an. Seine Flucht aus Enshir war genauso ungeplant gewesen wie seine Reise dorthin. Alles, was ihn leitete, ließ er sich auf den Feuervogel ein, waren seine Gefühle allein. Sie hatten ihn angetrieben, als er Erriel zu Hilfe eilte und lenkten ihn, als er Enshir verließ.

Und sie hatten ihn hierher geführt. Nicht zurück nach Astwer, ganz gewiss nicht nach Bask, sondern nach Etherna. Oder zumindest so nah an Etherna heran wie er es vermochte – wusste er doch nicht, wo die Ruinen dieser alten Stadt lagen.

Die Adlige schlang den Umhang enger um ihren schmalen Körper. Lange würden sie in der Kälte nicht durchhalten können.

Sein Blick schweifte über die umliegenden Felsen und blieb schließlich an einer nicht weit entfernten Stelle hängen. Nachdem er durch Erriel, doch vor allem durch seine eigene Dummheit wieder jene Erinnerung hatte durchleben müssen, da er wehrlos war und ein Gefangener seines eigenen Körpers, war es eine Wohltat, wieder zu spüren, was ihn umgab – wieder eins zu werden mit der Natur, mit Schnee, Eis und Fels.

"Das hier sieht gut aus", sprach er in Gedanken versunken.

"Was sieht gut aus?", wollte Erriel wissen.

Sen ging auf einen Felsen zu und befreite ihn etwas vom Schnee. Darunter kam ein Spalt zum Vorschein. Nicht mehr als zwei Finger breit und kaum fünf Fuß hoch. Sen schloss die Augen und atmete tief ein.

Ein Grollen, tief aus dem Inneren des Berges ließ seine Begleiter aufschrecken. Erriel ruderte mit den Armen, um nicht das Gleichgewicht zu verlieren, als der Grund unter ihren Füßen bebte und Geröll sich von den Hängen löste. Der Spalt auf den Sen seine Hände gelegt hatte, weitete sich. Der rechte Teil des Felsens brach ab und sackte zur Seite weg, sodass aus dem dünnen Spalt eine breite Öffnung wurde. Breit genug um hindurch zu schlüpfen.

"Ich gehe vor und überprüfe, ob es sicher ist", erklärte Sen, nachdem sein Werk vollendet war.

Er zwängte sich durch den Felsspalt und Erriel folgte ihm zögerlich. Hinter der Öffnung, kaum breit genug für eine Person, verbarg sich eine große Höhle. Gerade groß genug war sie, um ihnen dreien Schutz zu bieten.

"Es scheint stabil zu sein", sprach Sen und sein Anhänger begann bei diesen Worten zu leuchten und tauchte die Höhle in ein warmes Licht.

Erriel reichte Isleya die Hand und half ihr, durch den engen Felsspalt zu schlüpfen.

Ungläubig schaute er sich um.

"Wie hast du das gemacht?"

"Gar nicht. Die Höhle war bereits da. Ich musste nur den Eingang etwas erweitern." Sen ließ sich auf dem Boden nieder und Erriel tat es ihm gleich.

"Aber, wie hast du den Felsen zur Seite geschoben?", hakte Erriel nach.

"Nun. Er war bereits dabei abzurutschen. Ich habe es nur ein wenig beschleunigt."

"Beschleunigt? Wie sehr hast du es denn beschleunigt?"

"Um einige tausend Jahre vielleicht", erklärte Sen mit einem Anflug von Stolz in den Augen.

Er öffnete seinen Anhänger und nahm den Funken auf, der zwischen seinen Fingern schwebte wie eine Feder, die vom Wind getragen wurde. In seinen Händen wuchs er zu einer Feuerkugel, die ihnen Wärme spendete.

"Zumindest erfrieren werden wir nicht", stellte Sen trocken fest. Isleya ließ sich auf dem kahlen Felsboden ihm gegenüber nieder und wärmte ihre frierenden Hände am Feuer.

"Ich habe Euch in diese Lage gebracht...", begann Sen schuldbewusst, doch Isleya unterbrach ihn rasch.

"Bitte nein. Nimm diese Schuld nicht auf dich. Wenn du nicht gekommen wärst, wer weiß, in welcher schlimmen Lage wir uns nun befänden. Atamis wollte Erriel auf seine Seite ziehen. Im Guten ist es ihm nicht gelungen und so war er drauf und dran, ihn mit Gewalt dazu zu zwingen.

Ich will mir gar nicht ausmalen, welche Grausamkeiten seine Mittel zum Zweck gewesen wären. Und ich bin aus freien Stücken mit euch gekommen. Zwar war ich im Palast in Sicherheit, dennoch eine Gefangene ebenso wie Erriel. Ich bin dankbar für deine Hilfe."

Erriel zog seine Beine dicht an seinen Körper und verbarg sein Gesicht.

"Wenn ich nur wüsste, was Atamis von mir wollte..."

"Was auch immer es war. Es hat nicht nur Atamis dazu veranlasst, dich aus Bask zu entführen, sondern auch König Cassiem einen seiner Männer in den Palast zu schleusen, um dir das Leben zu nehmen", bemerkte Sen bitter.

Verwundert legte Erriel seine Stirn in Falten. "Soll das heißen, dass die Feuervögel von Prinz Atamis ausgesandt wurden? Er hat ganz Bask zerstört, um meiner habhaft zu werden? Und wofür? Hat er etwa einen Acker, der umgegraben werden muss? Zu mehr bin ich nämlich nicht im Stande. Und selbst auf dem Feld tue ich mich nicht gerade als meisterhafter Arbeiter hervor."

Sen schüttelte den Kopf. "Es ist wahrscheinlicher, dass er auf der Suche nach mir war, als er seine Lakaien nach Bask sandte", erklärte er. "Laut König Cassiem ist es sein Ziel, alle Semanten zu vernichten."

Isleya wurde bei diesen Worten hellhörig.

"König Cassiem?", fragte sie überrascht. "Du hast mit ihm gesprochen?"

So erzählte Sen mit knappen Worten, wie er auf dem Berg Dongar Kontakt zur Urmutter des Feuers aufgenommen hatte und sich ihre Hilfe sichern konnte, wie er schließlich auf König Cassiem und seine Männer gestoßen war und was er von ihnen erfuhr und seine beiden Zuhörer lauschten ihm gefesselt.

"Wir sind nun also auf dem Weg nach Etherna? Zu König Cassiem und seinen Männern?", hakte Erriel nach. "Zu dem Mann, der einen Attentäter auf mich angesetzt hat?"

"Ach Erriel. Es tut mir so leid!", rief Isleya hastig aus. "Du musst mich hassen für das, was ich dir angetan habe. Und ich sitze hier und sage kein Wort."

Erriel sah auf.

"Für das, was du getan hast?", fragte er.

"Beinahe hätte ich dich sterben lassen!", erklärte sie.

Erriel schüttelte den Kopf.

"Aber das hast du nicht. Ohne dich, wäre ich bereits tot!"

"Nein. Ich hätte ihn aufhalten müssen. Nach über einem halben Jahr erfahre ich, dass mein über alles geliebter Verlobter noch am Leben ist und dann sendet er einen seiner Männer nicht etwa, um mich aus den Fängen Atamis zu befreien, sondern um dich zu töten." Traurig schüttelte sie den Kopf.

Sen aber trat für den König ein. "Urteile nicht zu hart über ihn. Er wähnte dich im Palast in Sicherheit. Etherna ist ein gefährlicher Ort. Kein Ort, an dem man geliebte Menschen wissen möchte. Dich zu sich zu holen, wäre sehr riskant gewesen und hätte womöglich dein Leben gekostet. Diese Gefahr konnte er nicht eingehen."

Isleya nickte. "Da hast du wohl Recht."

Eine Weile schwiegen alle drei. Trotz des Feuers, das ihnen Licht und Wärme spendete, war es sehr kalt geworden. Der Abend war noch nicht weit fortgeschritten und sicher würde die Temperatur noch weiter fallen. Sie hatten eine lange Nacht vor sich.

"Ich heiße übrigens Isleya." Ihre Stimme war leise und zittrig.

"Sen."

Isleya nickte.

Wieder schwiegen alle drei für eine lange Zeit.

"Hat einer von euch schon einmal eine Ackerwinde im Winter blühen sehen?", fragte Sen.

Beide sahen ihn fragend an. Er aber grinste nur wissend. "Bald wird Hilfe kommen."

Und er behielt Recht. Der Morgen graute bereits, als vor der Höhle kaum vernehmbar Stimmen zu hören waren. Sen nahm den Feuerfunken an sich und trat ins Freie. Als Isleya und Erriel ihm folgten, sahen sie nicht weit entfernt eine Gruppe von Reitern, die sich ihnen näherte. Isleya schrak vor Freude auf, als sie König Cassiem unter ihnen entdeckte.

"Aber, wie haben sie uns gefunden?", wollte sie wissen.

"Sen!" Es war Evilea, die ihm zurief.

Sie trieb ihre Stute an und als sie die drei erreicht hatte, sprang sie so hastig vom Pferd, dass sie auf dem frischen Schnee ins Rutschen geriet und beinahe gefallen wäre.

"Sen! Eine Ackerwinde?" Sie schien gleichermaßen empört wie erleichtert zu sein.

"Ja. Es schien mir die beste Möglichkeit, auf uns aufmerksam zu machen", erklärte er.

"Glaub mir, das war mehr als verständlich. Eine Ackerwinde, mitten im Winter. Wie hast du es bloß geschafft, uns aufzuspüren und aus dieser immensen Distanz eine Ackerwinde erblühen zu lassen?"

"Du hast es doch auch geschafft, uns zu finden", gab Sen zur Antwort.

"Aber nur, weil du die Wurzeln der Ackerwinde durch das halbe Gebirge gehetzt hast!", entgegnete sie.

Mittlerweile hatten die anderen Reiter Evilea eingeholt und auch König Cassiem sprang von seinem Pferd.

"Isleya?", rief er verwundert doch mit einem Lächeln auf den Lippen. Sie fielen sich in die Arme und er küsste seine Geliebte sanft auf die Lippen.

"Ich musste kommen!", erklärte die junge Adlige. "Als Sen kam, um Erriel zu holen, konnte ich nicht zurückbleiben. Nicht, nachdem ich weiß, dass du am Leben bist!"

Als Evilea den Namen Erriel vernahm, wurde ihr Blick düster. Sen hob sofort seinen Arm und stellte sich schützend vor seinen Bruder. Die heitere Stimmung zerbarst wie Glas in tausend Scherben.

"Keinen Schritt weiter!", befahl Sen mit scharfer Stimme.

Alle Blicke lagen auf den beiden Semanten.

"Er könnte uns alle vernichten!", rief Evilea. Ihre Stimme war voller Hass und ohne jedes Mitleid. "Er hätte längst tot sein müssen! Wieso lebt er noch?"

"Wag es ja nicht, Evilea. Leg dich nicht mit mir an!", drohte Sen.

"Du verstehst das nicht! Er ist wie eine Zecke, die dir dein Leben aussaugt!", erklärte sie angewidert. "Wenn wir ihn verschonen-"

"Halte ein!", befahl der König mit herrischer Stimme. "Es war ein Fehler, den Tod dieses Jungen zu befehlen und nun da er bei uns ist, gibt es keinen Grund mehr, ihm etwas anzutun."

Evilea biss sich auf die Unterlippe. Sie ballte ihre Hände zu Fäusten, senkte jedoch ihren Blick und trat einige Schritt zurück. Sen aber hielt weiter seine Hand schützend vor Erriel. König Cassiem trat an den Jungen heran.

"Ich hoffe, du kannst mir verzeihen, dass ich nur diesen einen Ausweg sah. In den Händen Atamis wärst du eine zu große Gefahr gewesen. Hätte ich eine andere Möglichkeit gesehen, so hätte ich sie gewählt." Dann wandte er sich an Sen. "Ich bitte dich, mir zu vertrauen. Es wird deinem Bruder kein Leid geschehen."

Zögernd ließ Sen den Arm sinken.

"Ich vertraue Euch, mein König. Doch ich kenne auch den Hass, der Evilea innewohnt."

Der König warf seiner Vertrauten einen flüchtigen Blick zu. "Sie wird sich meinem Wort nicht widersetzen."

Unsicheren Schrittes trat Erriel neben Sen.

"Ich will wissen, wieso", brachte er mit leiser Stimme hervor.

Der König sah ihn stirnrunzelnd an.

"Wieso?", fragte er nach.

Erriel erwiderte den fragenden Blick des Königs gleichermaßen.

"Wieso ihr mich umbringen lassen wolltet, natürlich!", warf er ihm entgegen. Zorn kam in ihm auf.

Cassiem runzelte die Stirn. "Es ist wegen dem, was du bist, was du kannst. Wegen deiner Fähigkeiten", gab er zu verstehen.

Erriel schien wie vor den Kopf gestoßen. Seine Hände ballten sich zu Fäusten und er schrie, als er weitersprach.

"Welche Fähigkeiten, zum Donnerwetter! Jeder sagt mir, ich habe irgendwelche Fähigkeiten. Mein ganzes Dorf wird dem Erdboden gleich gemacht, meine Eltern und Freunde getötet. Ich werde verschleppt und gefangen gehalten und zu guter Letzt schlitzt man mir die Kehle auf. Und wofür?"

Verständnisvoll sah König Cassiem den Jungen an, dessen Kopf rot vor Wut geworden war.

"Ich kann deine Wut verstehen", erklärte er mit ruhigen Worten. "Es ist viel passiert, doch dies ist nicht der Ort hierfür. Wir werden nach Etherna gehen, wo es warm und trocken ist und es etwas zu essen gibt für euch. Und dort werde ich alles erklären. Und nun kommt."

Der König nahm seinen Mantel ab und reichte ihn Erriel, doch der Junge zögerte.

"Es ist noch ein weiter Weg bis nach Etherna. Ich will nicht, dass du uns erfrierst", erklärte König Cassiem mit einem Lächeln auf den Lippen.

Widerwillig nahm Erriel den Mantel und warf ihn sich über die Schultern.

# Etherna

Sie erreichten Etherna durch eine verfallene Passage, die ins Innere eines Berges führte. Gerade breit genug war der Spalt, um einen stämmigen Mann hindurch zu lassen und so hoch, dass kaum ein Lichtstrahl bis hinunter zu der kleinen Gruppe von Menschen drang, die schweigsam ihren Weg beschritten.

Je weiter sie kamen, desto schmaler wurde der Lichtstreif über ihren Köpfen, bis die Felsendecke schließlich ihre Pranken schloss und Finsternis sie umfing.

Fackeln wurden entzündet, ließen die zerklüfteten Wände bedrohlich wirken in ihrem unsteten Schein. Nur hier und dort konnte man noch erkennen, dass die Höhle, durch die sie ihre Pferde führten, nicht natürlichen Ursprungs war.

Doch je weiter sie gingen, desto klarer wurde das Bild von der einstigen Schönheit, die diesem Ort innegewohnt hatte – desto mehr wurde die Höhle ein Gang. Bald schon wurde aus blankem Fels Gemäuer, lösten Säulen Felsvorsprünge ab und begleiteten verspielte Ornamente ihren Weg.

"Wie lange lebt hier schon niemand mehr?", wollte Erriel wissen und seine Stimme hallte durch das Gemäuer.

"Seit mehr als tausend Jahren, sagt man", erklärte Isleya ehrfürchtig.

Schließlich führte sie der verschlungene Gang zu einem Gewölbe, dessen Ausmaße halb Bask hätten umschließen können. Weit über ihren Köpfen fiel Tageslicht durch einen Riss in der Kuppel und so löschten die Männer ihre Fackeln. Sie befreiten die Pferde von Sattel und Zaumzeug und nahmen eine schmale Treppe, die am Rand des Gewölbes entlang nach oben führte.

"Selbstverständlich kommt man normalerweise nicht so unbehelligt hier durch. Doch da man uns erwartet, ist von den Wachen nicht viel zu sehen", erklärte der König.

Erriel ließ seinen Blick über die Wände streifen. Von hier oben konnte er tatsächlich rings um das Gewölbe einige Schießscharten erkennen und darin Armbrüste, die auf den Eingang gerichtet waren.

"Da bin ich aber froh, dass wir keine Feinde sind", stellte er erleichtert fest und fügte in Gedanken hinzu: 'Auf mich hätten sie sicher geschossen, wenn der König nicht bei uns wäre'.

Sie erreichten eine Tür und damit das Ende der Treppe und gelangten in das Innere Ethernas. Wenn das Innere auch kaum die richtige Bezeichnung für das war, was sie hinter diesem unscheinbaren Durchgang erwartete.

Ein mächtiger Felsen klaffte aus dem Berg und bildete die Decke einer einst wohl prachtvollen Stadt, von der nicht viel übrig geblieben war, denn zerfallene Ruinen.

Von dort, wo sie standen, konnten sie die gesamte Stadt überblicken, bis hin zu den Überresten einer Mauer, die dort lag, wo die Felsendecke endete. Dahinter fiel der Berg steil ab und man sah in ein weites Tal, das diesen Teil des Gebirges von einer weiteren Gebirgskette dahinter trennte.

"Es gibt zu beiden Seiten Wege, die in das Tal führen, doch von dort unten kann man die Stadt nicht sehen. Sie liegt zu hoch und etwas zurückgesetzt", erklärte König Cassiem. Dann drehte er sich um und deutete nach oben. "Von dort oben hat man eine gute Sicht ins Tal."

In den Fels eingelassen erkannte man einige Fenster und die Überreste von etwas, das aussah wie Balkone. Dunkle Löcher waren es, die dort klafften als Zeitzeugen längst vergangener Tage.

Sie liefen ein Stück an der Mauer entlang und obgleich die gesamte Stadt auf Fels erbaut war, pflasterten geschliffene Steinplatten ihren Weg. Auch die Wände waren reich an Prunk. Oder zumindest was davon noch übrig geblieben war. Unendlich reich mochten die hohen Herren dieser Festung einst gewesen sein.

Sie gelangten an einige breite Stufen, die in den Stein geschlagen waren und zurück ins Innere des Berges, hinein in die Festung, führten.

"Man erzählt sich, dass diese Stadt einst von einem weisen Herrscher regiert wurde. Er herrschte von dieser Festung aus. Zu seinen Füßen lebten die klügsten Denker und begabtesten Künstler seines Reiches. Das einfache Volk lebte im Tal darunter", berichtete König Cassiem.

"Und was geschah mit all den Menschen?", wollte Erriel wissen.

Isleya antwortete ihm. "Darüber gibt es viele Spekulationen. Die einen sagen, es gab eine Eisschmelze und das gesamte Tal wurde überflutet. Vor der Stadt selbst strömte ein Wasserfall hinunter, der die Menschen vom Rest der Welt abschnitt. Ohne Nahrung mussten sie elend verhungern. Es heißt auch, sie gruben einen Tunnel, der sie unter dem Fels hindurch in Freiheit bringen sollte, doch als sie endlich nach draußen kamen, waren sie nur tiefer im Gebirge. Andere sagen, es gab Krieg und alle starben."

Sen schloss zu Isleya auf.

"Für die erste Version spricht der Tunnel, durch den wir kamen."

Der König, der vorausging, stimmte dem zu. "Auch mir kam das schon in den Sinn. Doch Krieg hört sich für mich plausibler an."

Zwei mächtige Säulen, ebenso wie die Treppe aus dem Felsen geschlagen, flankierten den Durchgang in das Innere der Festung. Einst mochte hier ein Tor den Durchgang versperrt haben, nun klaffte hier nur noch ein weiteres großes Loch im Fels.

Sie betraten eine große Halle. Hier brannten ein gutes Dutzend Lagerfeuer, um die sich eine unübersehbare Zahl Menschen sammelten. Viele von ihnen waren Männer, in deren Adern unverkennbar das Blut von Kriegern floss, doch auch Frauen waren unter ihnen und sogar Kinder und alte Menschen.

Es waren arme Menschen, die dort standen. Dürr und kränklich, in zerschlissener Kleidung. Ihre wenigen Habseligkeiten trugen viele direkt bei sich – umklammerten ihre Beutel und Taschen, als hinge ihr Leben daran. Versammelt um die Feuerstellen wärmten sie ihre frierenden Glieder und unter ihren Füßen lag edler Marmor, verdeckt vom Dreck und Staub der Jahrhunderte.

"Wir haben nach Leuten gesucht, die sich unserem Kampf anschließen, doch auch viele Flüchtlinge fanden ihren Weg hierher. Wir konnten sie nicht abweisen.", erklärte König Cassiem seinen Begleitern mit gesenkter Stimme.

Mitgefühl lag in seinem Blick und Erriel war sicher, dass es den König sehr schmerzte, sein Volk so leiden zu sehen. Das erste Mal seit dem Tag in Bask, an dem er alles verlor, wurde Erriel gewahr wie viel Leid Atamis nicht nur über ihn und die Seinen, sondern auch über so viele andere Menschen gebracht hatte.

All die Taten der Rebellen, von denen Atamis ihm berichtet hatte, die verbrannten Dörfer, all die Toten, waren am Ende doch sein eigenes Werk.

"Folgt mir", forderte König Cassiem sie auf und sie bahnten sich ihren Weg durch die Menge. Was nicht einfach war, da König Cassiem immer wieder angesprochen wurde.

Er gab sich Mühe, auf die Fragen und Bitten der Menschen einzugehen und zu helfen, wo er konnte, ohne dabei vollkommen vereinnahmt zu werden. Schließlich gelang es ihnen, die Halle zu durchqueren und eine weitere Treppe zu erreichen.

Das Tor, das die Vorhalle vom hinteren Teil der Festung trennte, war hier noch intakt. Sie betraten den Raum dahinter, der zwar kleiner war als der zuvor, doch ihm ansonsten in allem ähnelte. Auch hier brannte ein Lagerfeuer, um das sich einige Menschen versammelt hatten, doch waren dies keine Flüchtlinge.

"Eure Majestät!", begrüßte einer der Männer den König freudig. "Ihr habt also gefunden, wonach ihr gesucht habt?"

Der ältere Mann trug sein ergrautes Haar offen und schulterlang. Seine Kleidung mochte einst edel gewesen sein, hatte aber nicht mehr viel von diesem Glanz.

"Fürwahr", gab der König zur Antwort. "Das und noch viel mehr." Er deutete auf seine Begleiter.

"Teuerste Isleya! Dass ich Eure Schönheit noch einmal mit eigenen Augen erblicken darf!" Der Mann eilte zu der jungen Frau und küsste ihre Hand.

Isleya lächelte.

"Megolat! Diese Worte sind umso mehr ein Kompliment, wenn sie aus dem Munde eines Semanten kommen. Meinen aufrichtigen Dank."

Der alte Mann wandte sich Sen zu.

"Du bist also jener Semant, von dem unser junger König in höchsten Tönen spricht.", stellte er fest und musterte ihn aufmerksam.

"Wenn ihr das sagt, will ich es nicht anzweifeln", gab Sen zur Antwort.

Der alte Mann grinste breit.

"Ein Semant durch und durch.", stellte er fest.

"Und du bist?", fragte er zu Erriel gewandt.

Unweigerlich hob Sen schützend den Arm vor seinem Bruder. Der König war es, der sich nun neben Erriel stellte und seine Hand auf dessen Schulter legte, während er zu Megolat sprach.

"Der Junge hier ist Erriel. Sens Bruder und unser Gast." Seine Stimme war scharf und seine Worte unmissverständlich.

Der alte Mann sah seinen König durchdringend an.

"Ich verstehe.", antwortete er schließlich und wandte sich von Erriel ab. Doch Sen ließ es darauf nicht beruhen.

"Wartet", rief er Megolat nach und der alte Semant wandte sich ihm zu. Er sah auch Sen mit seinem durchdringenden Blick an.

"Ich verstehe. Du willst, dass ich es sage. Sei unbesorgt, deinem Bruder droht keine Gefahr von mir."

Sen ließ seinen Arm sinken.

"Verzeiht", bat er.

"Schon gut, mein Junge. Wenn man schon mal einen Semant vor sich hat, sollte man das auch ausnutzen. Höflichkeit sollte nicht Vorzug vor der Sicherheit der Lieben Leben haben. Nicht wahr?"

Sen nickte.

"Lasst mich euch nun meine engsten Vertrauten vorstellen", begann König Cassiem und deutete auf die Männer und Frauen, die sich um das Feuer versammelt hatten.

Der Reihe nach stellte er ihnen die Anwesenden vor. Unter ihnen die verbliebenen Semanten. Der Älteste war Megolat. Eine alte Frau mit dem Namen Tilna schien kaum jünger zu sein. Neben Evilea gab es noch eine weitere Frau in ihrem Alter mit Namen Firjen. Ihre schwarzen Haare trug sie in einem hohen Zopf und ihre schmalen Augen blickten düster drein.

Ein junger Mann in Sens Alter, sein Name war Ulaf, wärmte sich gerade die Hände am Feuer und lächelte die Neuankömmlinge freundlich an, als sie einander vorgestellt wurden. Außer ihm schien niemand besonders viel Wert auf Höflichkeit zu legen. Erriel schrieb das seiner Anwesenheit zu. Niemand mochte ihn hier haben.

Die anderen drei Männer waren alle im mittleren Alter. Wie jeder der Semanten trugen sie einst edle Kleidung, die doch durch langen Gebrauch verschlissen war. Ihre Namen waren Roneran, Godan und Melven. Neben den Semanten waren noch drei weitere Männer im Raum. Alle drei waren sie Kriegsherren des Königs.

"Megolat. Ich möchte dich bitten, alles zu berichten, was wir über Erriel in Erfahrung gebracht haben und was uns dazu veranlasste, einen Attentäter auf ihn anzusetzen", bat der König seinen Vertrauten.

"Ich verstehe nicht ganz.", gab Megolat zur Antwort.

"Nun, wie sich herausgestellt hat, wissen wir weitaus mehr als Erriel und Sen. Es wäre nur gerecht, sie über alles in Kenntnis zu setzen", erklärte der König.

"Nun gut." Megolat bat die Beiden, ans Feuer zu treten, wo es warm war und man ihnen eine Schüssel heiße Suppe anbot.

"Unser erstes Zusammentreffen, falls du dich entsinnst, ereignete sich kurz nach dem Überfall auf Bask", begann Megolat und erntete von Erriel nur einen fragenden Blick. "Seine Majestät führte einen Trupp in Richtung des Dorfes, als die Feuervögel über uns hinwegflogen. Wir – das heißt meine Wenigkeit, Roneran und Firjen – zwangen die Wesen zur Landung.

Dabei löste sich die Verbindung zwischen den Illusionisten, die ihrer habhaft waren und ein Teil von ihnen und wir konnten gegen sie im Kampf Mann gegen Mann bestehen. Allerdings wurden wir am Ende doch zurückgeschlagen. Dass die Feuervögel einen Jungen aus dem Dorf entführt hatten, machte uns aber doch stutzig.

Wir erreichten Bask zur Mittagsstunde des nächsten Tages und holten Erkundigungen über den fraglichen Jungen ein. Was wir erfuhren, bestätigte die schlimmsten Befürchtungen.

Wir hörten, dass dieser Junge einst tot gewesen war und durch einen Semanten wieder zurück ins Leben geholt wurde. Dies erklärte das Interesse Atamis an ihm und zwang uns zu handeln. In Atamis Händen würde ein solcher Knabe zur tödlichen Gefahr für alle Semanten werden."

Er ließ diese Worte einen Moment stehen, bevor er fortfuhr.

"Nicht der mächtigste Semant ist in der Lage, jemanden, der bereits tot ist, wieder ins Leben zurückzuholen, denn was einmal von dieser Welt gegangen, kehrt nicht mehr zurück."

"Und doch lebt Erriel", fügte Sen bei.

"Es gibt da noch eine weitere Theorie. Eine weitere Version des Untergangs Ethernas", warf Isleya plötzlich ein. "Verzeiht. Doch es kam mir gerade in den Sinn. Darin heißt es, dass Etherna eine Stadt der Semanten war. Jeder, der hier lebte, war ein Semant, ohne Ausnahme. Einmal kam ein Junge zur Welt, der kein Leben in sich trug. Sein Vater aber konnte das nicht hinnehmen und so setzte er alles daran, dem Jungen Leben zu schenken und es gelang ihm.

Der Junge aber war kein Semant und von den anderen Kindern in der Stadt wurde er daher aufgezogen. Die Erwachsenen hielten sich von ihm fern, denn es gefiel ihnen nicht, dass er log und betrog. Irgendwann aber war die Wut des Jungen auf die Bewohner der Stadt so groß, dass er sich mitten auf die Stufen vor den Palast stellte und all seinen Hass hinausschrie.

Als er wieder zur Besinnung kam, sah er, dass alle tot waren. Jeder Semant in der Stadt lag dort, wo er gestanden oder gesessen hatte und trug kein Leben mehr in sich. Daraufhin lief der Junge zur Stadtmauer und stürzte sich hinab."

"Ja. Das ist eine Geschichte, die man sich nicht nur unter Semanten erzählt. Auch wenn niemand genau weiß, ob die Stadt Etherna einst von Semanten beherrscht wurde und ob sich die Geschichte von jenem Jungen so zugetragen hat", erklärte Megolat. "Doch es ist bekannt, dass es in Familien, in denen Semanten geboren werden, häufiger zu Totgeburten kommt.

Wozu diese Kinder fähig wären, kämen sie nicht tot zur Welt, beantwortet uns vielleicht die Geschichte von Etherna und vielleicht kann uns auch Erriel diese Antwort geben."

Die Augen aller Anwesenden richteten sich nun auf ihn. Dachten sie denn tatsächlich, er könne ihnen eine Antwort geben? Könne erklären, was vor tausend Jahren geschehen war? Erklären, was mit ihm geschehen war, an dem Tag seiner Geburt? Sie sahen ihn an und in ihren Gesichtern las er Vorwürfe, Angst und Abscheu.

Er wollte ihnen standhalten, ihnen die Antwort geben, die ihnen gebührte, doch so stark war er nicht. Er lief zwei Schritt rückwärts und, als wäre er nicht Herr seiner eigenen Taten, drehte er sich um und rannte davon.

Er wusste, dass Sen ihm zu folgen versuchte. Er konnte ihn in seinem Rücken spüren, doch er rannte nur noch schneller. Er wollte fort. Weg von den Blicken, den Vorwürfen. Auch weg von Sen, denn insgeheim fürchtete er in dessen Blick, dieselben Ängste zu lesen, wie in denen der Anderen – nun, da er die Wahrheit kannte.

Er verließ die Palastruinen und rannte in die Stadt. Hier waren die Gebäude genauso verfallen wie der Palast selbst. Teilweise standen nur noch wenige Überreste der Grundmauern, andere Häuser schienen fast noch intakt. Der leicht abfallende Weg trug ihn immer weiter durch die Stadt, hinunter zur äußeren Mauer.

Wieso konnte er nicht einfach wieder der Bauernjunge sein, an dem nichts Besonderes war, außer vielleicht seine Begabung für Lesen und Schreiben? Er rannte und all seine Wut fiel von ihm ab, wie weggerissen durch den Wind, der an ihm vorbeiflog. Er ließ alles hinter sich. Die Blicke der Anderen, ihre Worte und Gedanken. Nur er alleine rannte durch die Ruinen dieser alten Stadt. Nur seine Schritte hallten von den Gemäuern wider.

Sein Herz pochte laut und die Luft brannte ihm in den Lungen. Er erreichte die hüfthohe Stadtmauer und schlug so heftig dagegen, als sie seinen Lauf bremste, dass sich einzelne Gesteinsbrocken von ihr lösten und hinab in die Tiefe stürzten. Auf seine Hände gestützt, lehnte er sich weit nach vorn und sah hinunter in das Tal – folgte mit seinem Blick den kleinen Steinen, die hallend die steile Felswand hinabsprangen. Seine Gedanken, seine Wut und sein Hass flogen weit über die Grenzen Ethernas hinweg, während er hier stehen blieb und den Wind spürte, der sich ihm entgegenschlug. Er schloss die Augen und atmete tief durch.

"Erriel, warte!", rief Sen hinter ihm.

"Lass mich allein", bat er ihn.

Gerade hatte er all seine Wut von sich gestoßen, doch nun, da Sen ihm eingeholt hatte, kam sie wieder und grub sich tief in sein Herz. Er wagte es nicht, sich umzudrehen und Sen direkt in die Augen zu schauen. Zu groß war die Befürchtung, seine Wut auf ihm abzuladen.

"Lass uns darüber reden, was Megolat gesagt hat. Bitte."

"Wieso?", fuhr Erriel ihn an. "Was gibt es da noch zu sagen?"

Nun drehte er sich doch um und sah König Cassiem, Isleya, Evilea und Megolat, die hinter Sen standen. Warum konnten sie ihn nicht einfach in Ruhe lassen? Konnten sie denn nicht verstehen, dass er das alles erst einmal verarbeiten musste?

"Junge. Komm von der Mauer weg, das ist gefährlich!", warnte Megolat ihn.

Erriel wandte sich um. Tränen standen in seinen Augen und er wollte nicht, dass einer von ihnen das sah. Er war kein kleiner Junge mehr. Er war ein Mann und wollte keine Schwäche zeigen. Nicht vor diesen Leuten.

"Wir haben alle Angst, Erriel. Wir haben genauso Angst um unser Leben, wie du um deines", erklärte ihm Evilea unverblümt. "Bedenke. Wir haben unser Versprechen gegeben, dir nichts anzutun. Aus deinem Mund aber können Lügen genauso kommen wie wahre Worte. Dennoch vertrauen wir darauf, dass unser Leben durch dich nicht in Gefahr ist. Nun vertrau auch du uns und wir werden gemeinsam ergründen, über welche Fähigkeiten du tatsächlich verfügst und wie du sie zu kontrollieren vermagst."

Erriel nickte. Er wischte sich die Tränen aus dem Gesicht. Es war dumm gewesen, wegzulaufen. Dumm und kindisch war es, diesen Leuten nicht zu vertrauen. Sen nicht zu vertrauen.

Er war hier. Das alles war geschehen und er musste das Beste daraus machen. Er konnte die Vergangenheit nicht ändern, sehr wohl aber seine Zukunft selbst gestalten.

Entschlossen kam er einen Schritt auf Sen zu, der ihm die Hand reichte, doch ihre Finger hatten sich kaum berührt, da brach der Boden unter Erriels Füßen weg und er fiel.

Sen stand da und hielt seine Hand ausgestreckt, als die Mauer brach. Isleya zog erschrocken die Luft ein und schlug sich die Hände vor den Mund, Evilea schrie auf und Cassiem machte einen gewagten Satz auf Erriel zu, doch Sen war es, der ihm, ohne zu zögern, hinterhersprang.

Mit dem Kopf voran sprang er den Abhang hinunter. Er streckte seinen Arm aus, um Erriel zu greifen. Nur eine Handbreite trennte die beiden voneinander, als der Boden bereits gefährlich nahe kam. Nur noch ein winziges Stück. Flammen schossen aus Sens Kette, wurden vom Flugwind davongetragen wie ein glühender Schweif. Nur noch ein Stück. Ein kleines Stück. Er ergriff Erriels Arm, die Flammen stoben auf, formten Schwingen. Ihr Fall wurde abrupt gestoppt. Erriel sah zu seinem Bruder auf.

"Gut festhalten!", beschwor Sen ihn.

Mit einigen kräftigen Flügelschlägen waren sie wieder an der Stadtmauer Ethernas angelangt, wo sie zu einer unsanften Landung ansetzten. Die Flammen waren bereits erloschen, noch bevor Sen den Boden berührte. Er stolperte einige Schritte nach vorn, wäre fast über Erriel gefallen, der auf den Knien gelandet war und kam schließlich doch zum Stehen.

"Beeindruckend!", gab Megolat ehrfürchtig zu. "Das übertrifft bei weitem meine kühnsten Vorstellungen, von dem was mir berichtet wurde."

Sen half Erriel auf die Beine.

"Es tut mir leid", beteuerte dieser gleich darauf, doch Sen schüttelte nur den Kopf.

"Du konntest nicht wissen, dass der Boden nachgeben würde."

"Erriel!", rief eine wohl vertraute Stimme quer durch die Stadt.

Es war Marin, die auf sie zugerannt kam, so schnell sie ihre Beine nur tragen konnten. Sie lief geradewegs auf den Jungen zu und sprang ihm in die Arme, sodass er einige Schritt zurücktaumelte und beinahe abermals den Abhang hinuntergestürzt wäre.

"Oh, ich bin so froh, dass es dir gut geht!", rief sie völlig außer sich. Gleich darauf ergriff sie auch Sen und drückte beide fest an sich. "Ich wusste, dass du ihn finden würdest! Ich wusste es!" Sie ließ die Beiden los und versuchte, erst einmal zu Atem zu kommen. "Du warst es doch, der ihn gefunden hat, nicht wahr?"

"Aber sicher war er es", bestätigte König Cassiem.

"Oh, Eure Majestät. Ich habe Euch gar nicht bemerkt", entschuldigte Marin sich.

Der König grinste. Das junge Mädchen, das so offen und unverblümt war, schien ihn zu amüsieren.

"Darf ich euch meinen Vater vorstellen?", fragte Marin und deutete in die entsprechende Richtung.

Marins Vater näherte sich der Gruppe mit schnellen Schritten.

"Habt ihr jemals ein Mädchen so schnell rennen sehen? Das ist doch nicht normal!", stellte er spöttisch fest. "Sen. Es freut mich, dich wiederzusehen und wie ich sehe, geht es deinem Bruder auch gut."

"Die Freude ist ganz meinerseits", antwortete Sen.

"Und, willst du mir die anderen Leute auch vorstellen oder soll ich raten, Marin?", richtete er sich an seine Tochter.

"Oh, sicher. Eure Majestät König Cassiem, mein Vater Gend."

Gend verbeugte sich ehrfürchtig vor dem König.

"Es ist mir eine Ehre, Euch dienen zu dürfen und eine besondere Freude, Euch wohlauf zu wissen."

Der König nickte ihm freundlich zu. "Auch mir ist es eine Ehre, Euch an meiner Seite zu wissen. Ihr habt eine ganz besondere Tochter, von der man sicher noch viel Gutes hören wird. Darf ich Euch meine Verlobte vorstellen. Ihre Hochwohlgeboren Isleya von Vales."

Gend verbeugte sich tief vor Isleya.

"Es ist mir eine Ehre."

Daraufhin stellte der König auch die anderen Anwesenden vor. Es war nicht zu übersehen, dass die Stimmung zwischen den Semanten und Marins Vater mehr als kühl war. Niemand sprach es aus, doch jeder der Semanten hatte sofort bemerkt, dass ihnen ein Illusionist gegenüberstand und Gend kam nicht umhin zu bemerken, dass er von Semanten umgeben war.

König Cassiem aber schenkte alldem kein Gewicht. Er bedeutete Gend, ihm zu folgen und die kleine Gruppe trat den Rückweg an.
"Wenn ich fragen darf, wie viele Illusionisten gehören euren Leuten an?", fragte König Cassiem unverhohlen.
"Eurem Aufruf folgten fünf unserer Illusionisten", erklärte Gend. "Insgesamt sind wir zwölf Mann. Dreizehn zählt man Marin mit, die sich weigerte zurückzubleiben."
Der König warf dem Mädchen einen flüchtigen Blick zu.
"Das wundert mich nicht."

# Die Schlacht um Etherna

Es war ein grauer Tag und dunkle Wolken hingen tief über dem Tal. Erriel saß auf der Mauer, lehnte gegen eine der Zinnen und sein Blick streifte über die weißen Baumwipfel der Wälder, die einen Großteil der Ebene ausmachten. Vereinzelt fielen zarte Schneeflocken, suchten ihren Weg nach unten und gesellten sich dort zu ihren Brüdern und Schwestern.

"Es sieht fast aus wie warme, weiche Wolle."

Erriel sah auf. Es war Marin, die ihn angesprochen hatte.

"Kann schon sein", gab er nach einer Weile zur Antwort.

"Ist es nicht gefährlich, hier zu sitzen?", wollte sie wissen.

Erriel schüttelte den Kopf. "Die Mauer wurde befestigt. Hier fällt so schnell keiner mehr runter."

Ein stumpfes Lächeln huschte ihm über die Lippen. Marin gesellte sich zu ihm, lehnte sich gegen die Zinne ihm gegenüber und zog ihren Umhang eng an sich, als der Wind daran zog und ziepte.

"Es ist beeindruckend, was die Menschen hier in so kurzer Zeit alles erreicht haben. Es ist fast, als würde diese alte Stadt wieder auferstehen."

"Sie müssen sich auf das vorbereiten, was kommt", erwiderte Erriel.

"Es ist nicht nur das", antwortete sie. "Diese Menschen haben alles verloren und hier bietet sich ihnen nun die Möglichkeit eines Neuanfangs!"

"Ein Neuanfang? Wie soll das hier möglich sein? Es gibt nur Stein und Fels. Wenn sie neu anfangen wollen, sollten sie es dort unten im Tal versuchen, da lässt sich wenigstens etwas anbauen. Hier oben sind sie verloren. Doch spätestens, wenn Prinz Atamis hier einfällt, es ist sowieso einerlei..."

"Sei nicht so."

"Wie bin ich denn?"

"Du bist so negativ geworden. So kenn ich dich gar nicht."

Erriel wandte sich von ihr ab. Versank wieder in den Tiefen der Wälder. Doch ihre Worte ließen ihn nicht los.

Sie kannte ihn nicht. Die wenigen Stunden, die sie gemeinsam verbracht hatten, bevor sie sich hier wiedersahen, reichten nicht aus, um zu behaupten, ihn zu kennen. Wie konnte sie ihm vorwerfen, negativ zu sein.

Wer wäre nicht so in seiner Situation? Das Leben, wie er es bisher kannte, war vorbei. Vergraben unter einem Haufen Schutt und Asche. Nun saß er hier auf der Mauer einer toten Stadt und wartete auf das Unvermeidbare.

"Du bist nicht der Einzige, der viel erleiden musste", erklärte Marin mit ruhiger Stimme.

Erriel raufte sich die Haare. "Ja, ich weiß", stimmte er zu. Mehrmals klopfte er mit seinem Hinterkopf gegen die Zinne, als wolle er sich die Gedanken aus dem Kopf schlagen, die ihn niederdrückten. "Ich weiß ja, dass die Menschen hier auch alles verloren haben, ich weiß es."

Sanft legte Marin ihre Hand auf sein Knie und beugte sich zu ihm vor. "Es wird auch wieder bergauf gehen", tröstete sie ihn. "Bedenke, du hast immerhin noch deinen Bruder."

"Er ist nicht mein Bruder!", warf Erriel ihr an den Kopf.

Marin zog ihre Hand wieder zurück. "Wenn du meinst."

"Ich meine. Er ist nicht wirklich mein Bruder. Wir sind zwar verwandt, aber mein Bruder ist er nicht", erklärte er. "Ich weiß nicht, warum er das jedem erzählt, als sei es die Wahrheit."

Marin grinste. "Erriel, Sen ist ein Semant. Er *kann* gar nicht lügen!"

Erriel runzelte die Stirn. "Was soll das heißen?", fragte er verwundert.

"Es heißt, was es heißt. Semanten sagen stets die Wahrheit", erklärte sie ihm. "Man sagt sogar, dass besonders mächtige Semanten mit ihren Worten eine Wahrheit erschaffen können."

Erriel rollte mit den Augen. "Aber sicher doch. Sen behauptet, ich sei sein Bruder und schon bin ich es?"

"Nein, so ist das nicht", widersprach Marin. "Wenn Sen dich Bruder nennt, so tut er das, weil er es so empfindet. Auch wenn ihr nicht Brüder vom Blute seid, so ist Sen doch mit dir als sein Bruder aufgewachsen. Für ihn ist es die einzige Wahrheit und ich bin mir sicher, dass du tief in deinem Herzen ähnlich empfindest. Auch wenn du keine Erinnerung an diese Zeit hast."

Erriel seufzte. Wieder wanderte sein Blick über die Weiten der schneebedeckten Ebene. "Ja. Vielleicht."

Zehn Tage verbrachten sie in Etherna, ohne ein Anzeichen von Atamis. Zu Anfang hatten sie fest damit gerechnet, dass er Erriel dicht auf den Fersen sein musste. Feuervögel spürten einander und so wäre es ein Leichtes gewesen, Sen zu folgen. Doch die Tage zogen ins Land und nichts geschah. Ungeduld machte sich breit.

Die Zeit, die ihnen vergönnt war, nutzte man, um die Unerfahrenen unter den Kampfwilligen auf das Kommende vorzubereiten, um Barrikaden zu errichten und Strategien zu entwickeln. Bis es schließlich soweit war.

Eines frühen Morgens färbte sich der Himmel über den Bergen von Riavera rot. Doch war es nicht die Sonne, die die Ebene in blutrotes Licht tauchte. Es waren gut ein halbes Dutzend Feuervögel. Sie flogen zielgerichtet auf Etherna zu.

Jeder, der zu kämpfen in der Lage war, rüstete sich zur Schlacht. Hinter einer provisorisch aufgebauten Mauer vor dem Palasttor wurden Bogenschützen postiert. Wer mit Schwert, Speer – aber auch Dolch oder gar Mistgabel – in den Kampf zog, nahm seine Stellung in einem der Stadthäuser ein.

Gut versteckt wie sie waren, konnte Atamis so unmöglich überblicken, gegen wie viele Männer er in die Schlacht zog.

Von den besten Kämpfern des Königs wurden unterdes die Zugänge zu den Flanken der Stadt geschützt, um Angreifer, die über die Bergpfade kamen, abzuwehren.

König Cassiem scheute sich nicht, mit anzupacken, als es galt, die Habseligkeiten der Flüchtlinge zusammenzusuchen.

"Geht alle durch diese Seitentür", rief er den Menschen zu. "Drängt nicht. Es ist noch genug Zeit."

Er nahm eine Laterne und entzündete sie an einem der Feuer, bevor er anwies, diese zu löschen und Erriel die Laterne in die Hand drückte.

"Führe du die Menschen. Tiefer im Gemäuer wird es sicherer für sie sein. Gehe so weit wie möglich und halte die Leute an, Ruhe zu bewahren", wies er den Jungen an.

Zögernd nahm Erriel die Laterne.

"Ich kann auch kämpfen", beteuerte er.

Des Königs Absicht, ihn außen vor zu lassen, gefiel ihm gar nicht. Er war nicht jünger als manch anderer hier.

"Davon gehe ich aus", beschwichtigte ihn der König. "Doch es ist sicherer, wenn du hier bleibst."

Einen Moment sah ihn König Cassiem nur schweigend an, dann griff er nach seinem Gürtel und zog einen Erriel wohl bekannten Langdolch aus seiner Scheide.

"Nimm", forderte er ihn auf, während er ihm den Griff des Dolches reichte. "Nur für den Fall."

Erriel ergriff den Dolch und seine Finger strichen über die Insignien des reich verzierten Knaufes. Der erste Eindruck hatte ihn nicht getäuscht: der Langdolch war von derselben Machart wie jener, dessen Klinge er bereits schmerzhaft zu spüren bekommen hatte.

König Cassiem klopfte Erriel auf die Schulter und ließ ihn dann ohne ein weiteres Wort zurück, um sich wieder den Vorbereitungen auf den Kampf zu widmen.

S

Als Sen Erriel zwischen den vielen Menschen stehen sah, wusste er, was König Cassiem seinem Bruder gesagt hatte. Er musste kein Semant sein, um zu erkennen, dass der Junge gekränkt war. Während sich alle um ihn herum auf die Schlacht vorbereiteten, musste er bei Frauen und Kindern bleiben. Sen war froh, ihn in Sicherheit zu wissen, doch das war nicht der Grund, weswegen sie ihn zurückließen.

Sen stand da, auf den Treppen zum inneren Teil des alten Schlosses und sah hinab auf den Trubel zu seinen Füßen. Firjen war es, die nun neben ihn trat und ihre Hand legte sich auf seine Schulter.

"Es ist besser so", sagte sie und ihre Stimme war dunkel und kühl.

Sen nickte.

"Dennoch...", war seine Antwort.

Er musste nicht weitersprechen, denn Firjen wusste, was in ihm vorging.

"Es ist sicherer für ihn und vor allem für uns", wiederholte sie noch einmal, was Megolat zuvor bereits ausführlich erläutert hatte. "Wenn er in der Schlacht verletzt wird. Nicht auszumalen, welche Folgen das haben könnte."

Sen schüttelte den Kopf.

"Niemals würde er einem von uns etwas zu Leide tun."

"Nicht mit Absicht. Ich weiß", sagte Firjen. "Vergiss nicht, dass auch wir in den Menschen lesen können. Du bist nicht der einzige Semant hier. Wir alle wissen, dass Erriel ein guter Junge ist. Doch allein darauf können wir uns nicht verlassen."

"Bedenke, was passierte, als wir Astwer verließen", drang Evileas Stimme zu ihm vor, die hinter ihm in die Vorhalle getreten war.

Sen nahm die Treppe und ging zu seinem Bruder, der keine Anstalten machte, den Menschen in den hinteren Teil des Gemäuers zu folgen.

Er wusste, was geschehen war, wusste, dass er beinahe gestorben wäre bei dem Versuch, Erriel zu retten.

Doch auch, wenn er beteuerte, dass nicht Erriel versucht hatte, ihm die Lebenskraft zu nehmen, um sein eigenes Leben zu retten, dass er es gewesen war, der sein Leben eingesetzt hatte, um seinen Bruder vor dem Tod zu bewahren, so war dies nicht genug, um die Semanten davon zu überzeugen, dass Erriel keine Gefahr für sie darstellte. Und sie waren im Recht.

Erriel hatte die Verbindung hergestellt, nicht er. Erriel hatte in dem Moment, da er den Tod vor Augen hatte, die Verbindung zu Sen aufleuchten lassen, wie ein in Öl getränktes Band, das in Brand gesetzt wurde.

Sen war es, der all seine Kräfte aufgewandt hatte, um Erriel zu retten, doch er wusste nicht, was geschehen wäre, hätte er dies nicht versucht. Er wusste nicht, ob Erriel in der Lage gewesen wäre, sich zu nehmen, was er brauchte.

"Sen, ich möchte kämpfen!", warf Erriel ihm entgegen, als er ihn auf sich zukommen sah. "Ich *kann* kämpfen!"

"Ich weiß", antwortete er.

Er nahm seinen Bruder beiseite, um in Ruhe mit ihm sprechen zu können. Er wünschte nur, er könne all das von ihm fernhalten. Wusste er doch, wie sehr es den Jungen schmerzte zu spüren, dass er anders war und auch Sen ließ dies nicht kalt.

"Ihr werdet mich nicht kämpfen lassen, nicht?", sprach Erriel.

Sen schüttelte den Kopf.

Er deutete mit einem Kopfnicken in Richtung der anderen Semanten. "Ich hatte gehofft, dass sie mir mittlerweile mehr Vertrauen entgegen bringen würden." Trotz beherrschte seinen Ton.

"Es ist nicht, dass sie dir nicht trauen", erklärte Sen. "Doch wenn wir aus den letzten Tagen eines gelernt haben, dann, dass wir gar nichts lernen konnten.

Was auch immer in dir schlummert – *falls* da etwas schlummert – weder du noch ich, noch irgendjemand sonst weiß es zu kontrollieren. Wenn während des Kampfes irgendetwas schiefgeht… ich könnte mir nicht verzeihen, wenn dir etwas geschehen würde."

Erriel nickte. Sein Blick war gesenkt, als schäme er sich, die Wut preiszugeben, die noch immer in ihm schlummerte.

"Ich verstehe", gab er schließlich zur Antwort.

Sen legte ihm die Hand auf die Schulter. "Pass auf dich auf."

Wieder nickte Erriel und erst als Sen sich bereits einige Schritte von ihm entfernt hatte, rief er ihm nach. "Pass du auch auf dich auf!"

Sen hielt kurz inne, wandte sich noch einmal zu Erriel und ein Lächeln huschte ihm über die Lippen. "Das werde ich."

Dann folgte er Evilea, die bereits auf ihn wartete.

"Wie viel Zeit bleibt uns noch, was glaubst du?", wollte sie von ihm wissen, als sie ins Freie traten und der rote Schimmer sich über sie legte.

"Nicht mehr viel", gab er zur Antwort und sein Blick haftete auf dem rot leuchtenden Steifen am Horizont, wo die Schemen der Feuervögel immer deutlicher zu erkennen waren.

"Dann lasst uns keine Zeit verlieren."

Die Semanten versammelten sich direkt an der Stadtmauer, wo Megolat sie auf das Kommende vorzubereiten versuchte.

"Einen einzelnen Semanten mögen diese Biester überwältigen können, doch wenn wir ihnen gemeinsam gegenübertreten, können die Feuervögel uns nichts anhaben", schwor er sie ein. "Unser vorrangiges Ziel ist es zu verhindern, dass die Bestien in die Stadt eindringen."

Und so bezogen sie Posten an der Mauer und warteten auf das, was kommen mochte.

Reglos standen sie da, beobachteten die näher kommenden Feuervögel. Keiner sprach ein Wort, doch jeder wusste, was in dem anderen vorging. Jeder von ihnen hatte Angst. Angst um sein eigenes Leben, um das Leben seiner Lieben. Angst, alles zu verlieren. Doch sie wussten auch um ihre Stärke und dieses Wissen überwog jede Furcht.

Ewigkeiten schienen zu vergehen. Ewigkeiten, in denen die Stille sie umfing wie eiserne Fesseln und jeder Flügelschlag brachte das Unvermeidliche näher.

Der Anhänger um Sens Hals pulsierte. Schon waren sie so nah, dass man die Hitze spüren konnte, die von ihnen ausging und nur wenige Augenblicke später stürzten die Flammen ungebremst auf die Semanten hernieder.

Sie hoben ihre Arme und die Flammen schienen wie gegen eine unsichtbare Mauer zu prallen. Doch die Wesen wichen nicht aus. Weiter schlugen sie mit ihrer vollen Kraft gegen die Semanten an.

Die Flammen stoben zur Seite aus und suchten einen anderen Weg, in die Stadt einzudringen, webten ein engmaschiges Netz, das sich immer enger zog, bis sich die Semanten einer einzigen Mauer aus Flammen gegenübersahen.

Sen wandte all seine Konzentration auf, um das Feuer abzulenken und ein Blick zur Seite verriet ihm, dass auch die anderen schwer zu kämpfen hatten.

"Früher oder später müssen sie aufgeben, nicht wahr?", rief Evilea ihm zu, als sich ihre Blicke trafen.

"Früher oder später wird uns die Luft zum Atmen ausgehen, wenn sie uns weiterhin von der Außenwelt abschotten", gab er zur Antwort.

Die Hitze schlug ihnen entgegen, brannte so heiß auf ihrer Haut, dass es schmerzte, doch sie würden standhalten, wie lange es auch dauerte.

Mit einem kurzen Handzeichen gab Megolat zu verstehen, dass sie eine Weile ohne ihn zurechtkommen mussten.

Als der alte Mann, der sicher der Mächtigste war unter des Königs Semanten, von der Feuerwand abließ, spürte Sen dies deutlich.

Mit einem Mal schlugen die Flammen gleich doppelt so heftig auf ihn ein.

Die Wucht war so gewaltig, dass er sich mit bloßer Körperkraft dagegen behaupten musste, um nicht zu Boden gedrückt zu werden und die alte Verletzung an seinem Fuß pochte schmerzhaft, als er sich gegen die Wand aus Flammen stemmte.

Der König musste schreien, als er sich bei Megolat nach der Lage erkundigte, so laut tobte der Feuersturm direkt vor ihren Augen.

"Wir halten durch, solange es von Nöten sein wird, doch die Feuervögel verbrauchen die Atemluft schneller, als neue in die Stadt nachkommen kann. Es wird nur eine Frage der Zeit sein, bis uns die Kraft verlässt", erklärte Megolat.

Der König nickte.

"Je länger wir diese Situation aufrechterhalten, desto gefährlicher wird es für uns. Die ganze Stadt ist bereits ein Glühofen und wenn die Feuervögel nur die Vorhut waren, so rückt die eigentliche Streitmacht immer näher – abgeschirmt von unserem Blick. Die Flüchtlinge müssten bereits tief im Inneren der Festung sein und unsere Truppen sind an den Flanken postiert und zu kämpfen bereit."

Der pochende Schmerz begann allmählich an Sens Konzentration zu nagen und so ließ er sich auf ein Knie fallen, um seinen Fuß zu entlasten. Sofort spürte er die besorgten Blicke von Megolat und Cassiem in seinem Rücken.

"Ich halte durch!", rief er ihnen zu.

Megolat trat neben ihn und stemmte sich wieder gegen den Ansturm der Feuervögel.

Erriel hob die Laterne an. Tief im Inneren der Festung war es düster und stickig und kein Tageslicht drang vor in die endlos langen Gänge, die sich tief in den Fels gruben.

Wie weit sie bereits gekommen waren und wie lange sie schon liefen, konnte er nur schwer abschätzen. Wegen der Kranken und Schwachen ging es nur langsam voran und in den dunklen Arkadengängen blieben die Karren bisweilen an den bröckelnden Säulen hängen, die dieses Labyrinth aus verschlungenen Wegen ausmachten. Dennoch hatten sie bereits eine beachtliche Wegstrecke hinter sich gebracht. Die Ausmaße der Festung überschritten Erriels Vorstellung bei weitem.

Im vorderen Bereich des alten Gemäuers erinnerte diese Anlage noch an eine Burg oder ein Schloss, in dem einst hohe Herren gewohnt haben mochten, doch hier war nichts geblieben von diesem Glanz. Ein Verließ, eine Gruft, der Erdechsen düsterer Hort, doch sicher kein menschenwürdiger Lebensraum.

In weiser Voraussicht hatte Erriel eine Handvoll Männer und Frauen darum gebeten, sich für jede Abzweigung, die sie nahmen, einen Knoten in ein Stück Stoff zu machen. Einen Knoten für rechts, eine Schlaufe für links. Erriels Stofffetzen neigten sich gen Ende und so beschloss er, das Lager bei der nächsten sich bietenden Gelegenheit aufzuschlagen.

Zu Anfang hatte er es als Beleidigung aufgenommen, dass man ihn mit den Flüchtlingen, den Kindern, Frauen, Alten und Kranken fortschickte. Schließlich nahm selbst Isleya, aufgrund ihrer Ausbildung in der Kunst des Bogenschießens, an den Kämpfen teil. Doch die Verantwortung, diese Menschen sicher zu führen, wog weit schwerer, als er es vermutet hätte.

Dennoch konnte er nicht bleiben. Immerhin hatte König Cassiem ihn lediglich angewiesen, die Menschen ins Innere der Festung zu führen, an einen Ort, der mehr Sicherheit versprach und zu kämpfen hatte er nicht vor. Er würde sich versteckt halten und nur beobachten. Schließlich konnte er so rechtzeitig reagieren, wenn Atamis Truppen bis ins Innere der Festung vordringen sollten. Dann konnte er zurückkehren und die Flüchtlinge noch tiefer in die Festung führen.

Für den Moment waren sie jedoch weit genug gelaufen. Sie hatten ein großes Gewölbe gefunden, das durch eine massive Eisentür geschützt war. Was auch immer diese Tür ein- oder aussperren sollte, es war längst nicht mehr da und so kam ihnen diese sichere Zuflucht gerade recht.

"Entzündet die Feuer", bat er jene, die noch bei Kräften waren.

Er selbst füllte einen Eimer mit Trinkwasser, das sie in zwei großen Fässern auf einem der Karren transportiert hatten und bot den Erschöpften davon an. Als die Feuer schließlich entzündet waren, ergriff er seine Laterne und nahm Abschied von den Leuten.

"Verbarrikadiert die Tür hinter mir", bat er und pochte gegen das Eisen. Zweimal kurz, dann noch einmal, dann wieder zweimal kurz. "Wenn ihr dieses Klopfzeichen hört, wisst ihr, dass ich es bin." Er verließ das Gewölbe und lief den Weg zurück, den sie gekommen waren.

"Ich halte durch, doch mein Bein spielt da nicht mit", wiederholte Sen.

Megolat nickte. "Ich zweifle nicht an deinem Durchhaltevermögen. Ich bin sogar davon überzeugt, du würdest einer der Letzten sein, der noch stünde, würden wir dies bis zum bitteren Ende durchziehen. Doch soweit dürfen wir es nicht kommen lassen."

Sen wusste, worauf Megolat hinaus wollte. Sie waren nicht stark genug, um die Feuervögel zurückzustoßen. Sie hatten gehofft, gegen sie anzukommen, doch es waren zu viele. Er selbst hatte vor wenigen Tagen das vorgeschlagen, was Megolat nun als letzten Ausweg ansah und war dabei keineswegs auf Zustimmung gestoßen.

Er senkte die Hände, erhob sich und trat einen Schritt zurück. Flammen schossen aus dem Anhänger seiner Kette. Er ließ sich rücklings von der Mauer fallen, wurde umgehend von Flammen umschlossen und erhob sich als Feuervogel. Wie ein Pfeil schoss er auf die sich ihm entgegenstellende Mauer zu, durchbohrte sie, riss ein Loch in die Flammenwand, das sich wie ein Strudel um ihn wand – ihn zu verschlingen drohte.

Die Flammen verschmolzen, die Gefühle, der Hass, die Wut. Alles wurde eins und doch wehrte Sen sich gegen die fremden Wesen, hielt sie fern von sich. Fern von seinen Gedanken. Es war, als wolle er das Wasser eines Flusses davon abhalten eins zu werden mit dem Meer, in das es mündet.

Sen riss einen der Feuervögel aus den Flammen. Er packte ihn mit seinen Krallen, zerrte ihn weg von den anderen, die auseinander stoben, wie ein Schwarm aufgeschreckter Vögel. Unter sich konnte Sen die Stadt sehen. Zu beiden Seiten stürmten die Truppen Atamis die Bergpfade hinauf.

Unbemerkt hatten sie sich im Schutz der Feuerwand bis zu den Mauern Ethernas vorgewagt. Ganz so, wie Cassiem es vermutet hatte. Sens Gegner schlug ihm seine Krallen in die Kehle. Er schrie auf. Kämpfte gegen die Illusion, die den Feuervogel gefangen hielt und nun auch auf ihn übergehen wollte.

Er riss sich los – los von der Illusion, von den Pranken des Feindes, verbiss sich seinerseits im Hals des Feuervogels, vereinnahmte ihn, verdrängte die Illusion, den fremden Geist. Seine Flügel schlugen wild. Der andere Vogel aber stemmte sich mit aller Kraft dagegen, schlug tiefe Furchen in Sens Schwingen. Sie stürzten, gerieten ins Trudeln auf dem Weg hinunter ins Tal.

Er bekam einen Flügel zu greifen, zerrte daran. Die Illusion verlor an Kraft. Er packte den zweiten Flügel. Noch immer fielen sie, doch Sen gelang es sich aus dem Griff des Gegners zu befreien. Er gewann die Kontrolle über den Sturzflug zurück, riss sich vollends los, ließ den geschlagenen Feuervogel fallen, stürzte dann hinterher und zerfetzte ihn in der Luft. Er flog geradewegs durch ihn hindurch, zerstörte die Illusion und wurde eins mit den Flammen des Feindes.

Er spürte den befreiten Geist des Feuervogels. Seine Kraft, seine Wut auf das was geschehen war, was mit seinen Brüdern geschah. Sen wurde ein Teil dieser Wut. Die Wut, wurde ein Teil von ihm. Er spürte nichts weiter, fühlte nichts weiter als das Verlangen seine Gegner zu vernichten, seine Brüder zu befreien, alles in sich zu vereinen, alles eins werden zu lassen mit den Flammen.

Sie waren zu stark. Zwei Feuervögel waren zu stark für ihn. Er musste dagegen ankommen – sein eigenes Ich nicht von den Flammen vernichten lassen. Nur noch ein wenig, nur noch so lange dieser Kampf andauerte, musste er eins sein mit den Flammen und sich nicht von ihnen vernichten lassen, bevor nicht jeder Gegner vernichtet war.

Er war stärker, schneller. Er schoss in die Höhe, durchbohrte einen weiteren Feuervogel, zerriss die Illusion mit einem einzigen Angriff und nahm die Flammen in sich auf. Er ließ den Gegner in Flammen aufgehen, den elenden Illusionisten in der Falle verbrennen, die er sich selbst geschaffen hatte.

Unter sich sah er Etherna. Winzige Punkte, die in das Innere der Stadt vordrangen. Geschrei, Lärm, Chaos. Auf der Stadtmauer waren noch mehr seiner Art. Sie, die wie er waren, konnten die Illusionen durchschauen. Ihr Verstand, ihre Kraft, würde ihn stärker machen. Er stürzte auf sie zu, fühlte, wie sie nach ihm griffen, ihre Geister in den seinen eindrangen, ihn zu lenken versuchten, ihn zu beeinflussen. Sie waren stark. Er musste sie in sich aufnehmen, sie ein Teil von sich werden lassen.

Etwas riss ihn aus seiner Bahn. Einer der Feuervögel hatte sich auf ihn gestürzt, zerfetzte für einen Moment seine Form. Er prallte gegen Gestein, zerstob, verlor sein Gleichgewicht, seine Einheit. Sen gewann wieder etwas an Kraft, kämpfte gegen den Willen der Feuervögel an und gewann, wenn auch nur kurzzeitig, wieder die Oberhand. Sein Angreifer hatte die Flucht ergriffen. Sie hatten dazugelernt, wagten es nicht, ihm zu nahe zu kommen. Doch er war schneller.

Er erhob sich zu einer neuen Form, hing einen Moment lang wie eine kletternde Fledermaus flach an dem Felsvorsprung und stieß sich dann ab. Er ergriff mit den Pranken einen der Feuervögel, zog ihn mit sich und warf ihn gegen eine Felswand, um sich gleich darauf auf ihn zu stürzen.

Mit ausgebreiteten Schwingen, die Pranken tief in den Flammen des Gegners vergraben, machte er sich daran, die Illusion zu zerreißen, wie er den Körper des Feuervogels zerriss. Er zerpflückte ihn regelrecht, befreite ihn von den falschen Gedanken und Gefühlen und verschlang jede einzelne Flamme mit den seinen.

Sein Körper brannte, sein Geist, ein jeder seiner Gedanken stand in Flammen. Und die Flammen wuchsen, die Hitze wurde immer unerträglicher mit jeder weiteren besiegten Bestie, bis auch die Letzte seiner übermächtigen Kraft unterlag und ein Teil von ihm wurde.

Er stürzte hinab, mit den Pranken voran prallte er gegen eine unsichtbare Mauer der Semanten, schrie auf und erhob sich zu einem erneuten

Angriff. Flog wieder und wieder gegen die Macht der Semanten an, die in seinen Geist einzudringen versuchten, seine Flammen ablenkten, ihm ihren Willen aufzwingen wollten.

Er würde sie verschlingen, sie den Geschmack seiner Flamme schmecken lassen, ihren Geist aus der einengenden Hülle des Körpers befreien. Ein weiteres Mal stürzte er auf sie hinab. Er fegte sie von der Mauer, zerschellte selbst auf dem Boden dahinter, hinterließ eine tiefe Furche, dort wo er über den Stein geschlittert war, schlug seine Krallen in den Grund und kam schließlich zum Stehen.

Er sammelte seine Form, ließ seine Schwingen weit gen Himmel ragen, zeigte mit kräftigen Flügelschlägen seine überwältigende Größe.

Erriel erreichte die große Halle weitaus schneller, als er es vermutet hatte. An ein oder zwei Weggabelungen hatte er an dem richtigen Pfad gezweifelt, doch am Ende ließ ihn sein Gespür nicht im Stich. Die mächtige Eingangshalle der Festung lag in rotes Licht getaucht und schwüle Hitze, gleich der eines heißen Sommertages, schlug ihm entgegen.

Er nahm eine der Seitentreppen und stieg empor zu den oberen Räumen, die ihm die Sicht aus einem der Fenster versprachen. Wenn denn möglich, war die Luft hier noch stickiger und die Hitze noch unerträglicher als im unteren Bereich und Erriel atmete schwer, als er die letzten Stufen nahm.

Als er endlich eines der Fenster erreichte, erkannte er die Ursache jener unwirklichen Hitze. Die gesamte Stadt war durch eine Wand aus Feuer abgeschnitten von der Außenwelt. Doch in jenem Moment, da Erriel sich vorwagte, um einen Blick aus dem Fenster zu riskieren, sah er, wie die Feuerwand zerriss wie Papier in einem Regenschauer. Ein Pfeil reiner Flammen bohrte sich durch die Wand, zerpflückte sie wie die Katze den Spatz.

Erriel war so gebannt vom Kampf der Feuervögel, dass er erst gar nicht bemerkte, wie die Truppen Atamis' von den Seiten her in die Stadt einfielen. Erst der Schlachtenlärm ließ ihn aufhorchen.

Die schmalen Pfade, die sich entlang der Felswand hinauf bis zur Stadt schlängelten, ließen nicht zu, dass die Angreifer in breiter Formation eindrangen und so schien es erst, als sei König Cassiem im Vorteil.

Ein markerschütternder Schrei zerriss die Luft und zeugte vom Tod eines Feuervogels. Eine Bestie nach der anderen fiel dem mächtigen Angreifer zum Opfer. Wie der Fuchs im Hühnerstall schlug er ein Opfer nach dem anderen, ohne innezuhalten, ohne Rücksicht – bis schließlich jeder seiner Gegner besiegt und verschlungen war.

Die Ritter Enshirs, die mit Wappen und Banner gegen ihren eigenen König marschierten, waren derweil in die Stadt vorgedrungen. Wie sinnlos dieser Kampf, wie unwissend die Menschen waren, konnten sie selbst in der Hektik und dem Getöse des Kampfes kaum sehen.

Erriel, von der erhöhten Position als unbeteiligter Betrachter des schaurigen Spektakels, verzweifelte schier bei dem Gedanken, dass wenige Worte ausreichen würden, um den Kriegern Enshirs zu offenbaren, gegen wen sie da vorgingen. Durch Trug und arglistige Täuschung waren sie in diesen Kampf verwickelt worden. Wohl nicht alle von Cassiems einst treu ergebenen Rittern waren unwissend, doch sicher war nicht jeder Einzelne ein Verräter an König und Vaterland.

Ganz Etherna erzitterte, als der letzte Feuervogel in die Stadt eindrang und mit gewaltiger Kraft kurz hinter der Stadtmauer auf dem Boden aufschlug.

Erriel konnte nicht weiter hier oben bleiben. Er konnte nicht weiter hier verharren und nichts tun. Er riss sich, seinen Blick, seine Gedanken weg von dem Anblick der Schlacht, warf sich rücklings an die Mauer, atmete tief ein und packte den Griff des Dolches fest mit seiner Rechten.

Die Semanten hatten sich aufgerafft und stellten sich ihm nun entgegen. Er sah sie an. Einen nach dem anderen. Er sah ihre einengenden menschlichen Hüllen, die danach schrien, ihrer sinnlosen Existenz ein Ende zu setzen. Er sah in ihre Gesichter, sah ihre Angst, ihre Sorge. Er kannte diese Gesichter, wusste um ihre Gedanken, ihre Gefühle.

Sen suchte nach allem, was ihn ausmachte in dem, was er fühlte und dachte, verdrängte die Feuervögel aus seinem Geist, fühlte wieder seinen eigenen Körper, seine eigenen Gedanken.

Seine Füße berührten den Boden. Flammen umschlangen seinen Körper, ließen von ihm ab und wurden zu winzigen Funken, die vom Wind davongetragen und angefacht wurden und wieder heranwuchsen zu Flammen, die weit entfernt Schwingen ausbreiteten und davonflogen. Nach Hause, wo sie hingehörten.

Sen taumelte und fiel auf die Knie. Doch noch bevor die Umstehenden ihn erreicht hatten, hatte er sich wieder auf die Füße gezogen.

"Wie geht es dir?", fragte Evilea besorgt. Anspannung und zugleich Erleichterung lag in ihrer Stimme.

"Es geht schon", antwortete er.

"Auch wenn ich deine Leistung bewundere und dir einen Moment der Ruhe gönnen möchte, so ist dies weder die Zeit noch der Ort", erklärte Megolat und blickte sich indes beunruhigt um.

Lärm und Geschrei des Kampfes waren greifbar nah, doch verbargen sie die Trümmer der Häuser vor ihren Blicken.

Gemeinsamen suchten sie Deckung in einer jener Ruinen.

"Wie sieht es hier unten aus?", wollte Sen wissen, der nur wenig von der Schlacht mitbekommen hatte.

"Atamis' Truppen sind in die Stadt eingedrungen. Mehr wissen wir auch nicht. Jetzt, da die Feuervögel besiegt sind, rückt der Sieg in greifbare Nähe. Ich schlage vor, wir teilen uns auf."

Sen nickte. Er legte seine Hand auf die Mauer, gegen die er gerade lehnte und schloss die Augen. Er fühlte sich so machtlos, so unbedeutend und klein. Schnell schüttelte er diesen Gedanken wieder ab. Wie sehr ihn die wenige Zeit als Teil des Feuers verändert hatte, konnte und wollte er gar nicht wissen.

Eins zu werden mit solch einem Wesen und sich wieder zu trennen. Unmöglich danach wieder derselbe zu sein. Weder für ihn, noch glaubte er, dass dieses Wesen nach ihrer Vereinigung im Reinen mit sich selbst war. Vielleicht schrieb er sich aber auch einen zu hohen Stellenwert in der Existenz eines so machtvollen Urwesens, eines so elementaren Geschöpfes zu. Er wusste es nicht.

Was er aber wusste, was er spüren konnte, war, dass dieser Kampf, diese Schlacht Opfer gefordert hatte. Nicht weit von ihm lag ein junger Mann in seinem Blut und nahm seine letzten Atemzüge. Seine Angst vor dem Angesicht des sicheren Todes war so präsent in Sens Gedanken, dass sie alles andere verdrängte.

Ungeachtet dessen, was seine Mitstreiter taten oder planten, stürzte er los, suchte sich eine sichere Passage durch die Ruinen Ethernas zu dem sterbenden Jungen und erreichte ihn gerade noch rechtzeitig, bevor jede Hilfe zu spät gekommen wäre.

Erriel strich mit den Fingern über die Klinge des Dolchs. Sicher war er ein Vermögen wert und so scharf, dass er ein Haar spalten konnte. Draußen hörte man den Lärm der Schlacht. Er ging zur Tür und öffnete sie einen Spalt breit. Niemand war zu sehen, doch der Lärm wurde lauter. Das Klirren von Waffen, die Schreie. Die Bogenschützen, die hinter der Barrikade postiert worden waren, waren verschwunden. Nur einer von ihnen war zurückgeblieben. Er lag regungslos am Boden, womöglich war er sogar tot. Vielleicht war er aber auch nur verletzt.

Er konnte den Mann dort nicht einfach liegen lassen. Wenn er noch am Leben war, brauchte er sicher Hilfe. Er duckte sich, schlüpfte durch die Tür und schlich, so schnell er konnte, hinter die Barrikade. Dort verharrte er einen kurzen Moment. Niemand hatte ihn bemerkt. In wenigen Schritten war er bei dem Mann, doch erkannte er schnell, dass jede Hilfe zu spät kam. Die Augen des Bogenschützen waren weit geöffnete. Sein schmerzverzerrtes Gesicht barg kein Leben mehr.

"Erriel!", flüsterte ihm jemand zu.

Er sah sich um. Es war Marin, die ein Stück weit entfernt hinter einer Mauer kauerte. Sie gestikulierte ihm, zu ihr zu kommen. Ein kurzer Blick über die Barrikade verriet ihm, dass er unbeobachtet blieb. Er huschte rüber zu Marin und presste sich neben sie an die Mauer.

Flüsternd sprach er zu ihr. "Es tut mir leid, dass ich rausgekommen bin. Ich wollte nur sehen, ob der Mann noch am Leben ist."

Marin warf einen Blick auf den toten Bogenschützen.

"Schon gut. Ich wollte dich sowieso holen kommen", erklärte sie. "Du bist hier nicht mehr sicher."

Erriel sah sie fragend an.

"Keine Zeit für Erklärungen. Folge mir einfach."

Ohne auf eine Antwort zu warten, lief sie los und Erriel folgte ihr. Sie führte ihn zu der unscheinbaren Tür, die aus der Stadt und tief in das Innere des Gebirges führte.

"Verlassen wir Etherna?", fragte er besorgt. "Wir haben doch nicht etwa verloren oder?"

"Komm einfach", gebot sie ihm herrisch und deutete auf die Tür.

Also trat Erriel hindurch und Marin folgte ihm. Sie schloss die Tür hinter sich und drängte ihn nach unten zu gehen.

"Wo sind die Wachen?", fragte Erriel, der sich wunderte, dass niemand den geheimen Eingang in die Stadt bewachte.

"Alle weg."

Sie erreichten den Treppenabsatz, wo die Pferde der königlichen Truppen friedlich ihr Heu verspeisten. Erriel streichelte eines der Pferde.

"Sind sie im Kampf?"

"Nein, wir haben sie getötet, als wir hier eindrangen."

Erriel wirbelte herum, doch schon packte ihn Atamis mit festem Griff an der Kehle und zog ihn an sich heran.

"Habe ich dich erschreckt?", fragte er mit einem hämischen Grinsen auf den Lippen.

"Du-" Erriel wusste keine Worte, um auszudrücken, was in ihm vorging. Seine Gedanken hetzten durch seinen Kopf, rastlos auf der Suche nach Antworten.

"Ja. Ich. Dass du mich für dieses Mädchen gehalten hast, zeigt nur, wie dumm und naiv du bist. Dass solch unbeschreiblichen Kräfte in dir schlummern, scheint mir ungebührlich. Meinst du nicht auch?"

"Du… Du bist ein Illusionist", stammelte Erriel.

Atamis Griff schnürte sich fest um seine Kehle.

"Du begreifst schnell. Zumindest für einen Bauernjungen."

Erriel versuchte, sich loszureißen, doch es war zwecklos. Er suchte nach dem Dolch an seinem Gürtel, da schleuderte Atamis ihn von sich, dass er hart auf dem Boden landete. Keuchend blieb er liegen.

"Ich muss zugeben. Ich habe meinen Bruder unterschätzt. Er hat eine stattliche Streitkraft aufgestellt und sogar meine Feuervögel bezwungen. Aber am Ende wird er doch verlieren."

Atamis schlenderte auf Erriel zu, während dieser endlich den Dolch zu greifen bekam. Er zog die Waffe und sprang auf die Füße.

Atamis lachte. "Was willst du jetzt tun? Willst du mich etwa damit angreifen?" Er deutete auf den Dolch und als Erriel sah, was er in Händen hielt, war es nichts weiter als Stroh.

"Nein. Das ist eine Illusion!", rief Erriel ihm verunsichert zu.

"Dann zeig mal, was du mit dem Bündel Stroh zu Stande bringst, Kleiner!", rief Atamis lachend aus, machte gleich darauf einen Satz auf Erriel zu und riss ihm den Dolch mit einer schnellen Bewegung aus den Händen.

Erriel hatte noch nicht ganz realisiert, was geschehen war, als Atamis schon weit ausholte und ihm einen schmerzhaften Schlag ins Gesicht verpasste. Er taumelte zurück und steckte einen weiteren Schlag in die Magengrube ein. Sich vor Schmerzen krümmend, fiel er auf die Knie. Atamis beugte sich zu ihm hinunter, packte ihn am Schopf und hielt ihm den Dolch an die Kehle.

"Vielleicht bist du jetzt willig, mir zu geben, was ich von dir verlange?", fragte er ihn spöttisch. "Andernfalls können wir dieses Spielchen gerne noch weiter spielen. Solange, bis du tust, was ich dir sage. Und glaub mir, das hier war erst der Vorgeschmack."

"Ich… kann nicht…", entgegnete Erriel keuchend.

"Oh, ich glaube, du kannst sehr wohl. Du willst bloß nicht."

Er ließ Erriel los, richtete sich wieder auf und verpasste ihm abermals einen Tritt in die Magengegend, bei dem ihm die Luft weg blieb.

"Du willst also weiter spielen", stellte Atamis mit aufgesetzter Enttäuschung in der Stimme fest.

"Nein", brachte Erriel, noch immer nach Luft schnappend hervor.

"Nein? Es hört sich aber ganz danach an", entgegnete Atamis.
Erriel versuchte, sich aufzurichten, doch es gelang ihm nicht.
"Ich… weiß… nicht", stammelte er.
"Du weißt nicht? Oh, du weißt nicht, was ich von dir will? Verstehe ich das richtig?"
Erriel nickte.
Atamis ging vor ihm in die Knie, als er weitersprach. "Dabei ist es doch so einfach. Ich will bloß, dass du mir deine Kräfte leihst", erklärte er.
Erriel sah auf.
"Was?", brachte er verblüfft hervor.
"Du nimmst Kräfte in dir auf, du kannst sie auch wieder abgeben. Bist du denn wirklich so schwer von Begriff? Ich will, dass du mir die Kräfte gibst, die du aufnimmst. Das ist alles. Gib mir die Kräfte, die du den Semanten nimmst. Und ich gebe sie ihnen hier."
Er deutete um sich und Erriel sah sich einer ganzen Armee von schwer gerüsteten Kämpfern gegenüber. Atamis packte den Jungen am Arm und zog ihn auf die Beine.
"Gib mir die Kraft, um ihnen Leben einzuhauchen, um aus Illusionen Wirklichkeit werden zu lassen."
"Das... Das kann ich nicht!", stammelte Erriel.
Atamis Griff um seinen Arm wurde fester
"Aber natürlich kannst du das!", giftete er ihn an, wobei er ihn heftig schüttelte und schließlich von sich stieß, sodass Erriel taumelnd zu Boden fiel.
Als er aufsah, war die Armee verschwunden.
"Und wenn nicht. Dann lerne es gefälligst schnell", fügte er hinzu, als ein lautes Scheppern oberhalb der Treppe ihn aufschrecken ließ.
Erriel drehte sich um und wurde zugleich von Atamis am Kragen gepackt. Wieder legte die Klinge des Dolches sich an seine Kehle. Die Tür war aufgesprungen und eine schemenhafte Figur war im hineinfallenden Tageslicht zu erkennen.
"Sen", flüsterte Erriel.
"Ah, der Semant, der mein Arbeitszimmer verwüstet hat", stellte Atamis mit unerwartet heiterer Stimme fest. "Das trifft sich ausgesprochen gut."
Sen stand eine Weile nur da, dann trat er langsam die Stufen hinunter.

"Lass ihn los", verlangte er und tatsächlich ließ Atamis Erriel gehen, wenn er ihn auch unsanft von sich stieß.

"Du scheinst mir genauso naiv zu sein wie dieser Junge", bemerkte Atamis grinsend. "Was willst du nun tun, Semant? Du bist alleine und hast keine Waffen."

Als Atamis das sagte, begann die Erde unter ihren Füßen zu beben, doch Atamis Grinsen wurde nur breiter.

"Ach, willst du etwa die Höhle zum Einsturz bringen? Mit ihr womöglich ganz Etherna?"

Das Beben verstummte, doch noch immer lag Entschlossenheit in Sens Blick, als er die letzte Stufe nahm und sich Atamis entgegenstellte.

"Oder willst du vielleicht einen Windstoß heraufbeschwören? Wohl kaum in dieser windstillen Höhle! Deine Feuervögel haben dich auch im Stich gelassen, nicht wahr? Es bleiben nur wir beide. Was willst du also tun?"

Sen wusste es nicht. Er wollte es sich nicht anmerken lassen, doch er wusste nicht, was er tun konnte. Im Kampf Mann gegen Mann war ihm Atamis überlegen. Selbst wenn er den Dolch zum Rosten gebracht hätte, um ihm so seine Waffe zu nehmen, so war er mit einer rostigen Klinge doch noch immer im Vorteil.

Er sah dem Mann in die Augen – jenem Mann, dem er schon einmal gegenübergestanden und ihn verschont hatte. Er bereute diesen Tag nicht, bereute nicht, sich dem Willen des Feuervogels, dem Verlangen Atamis brennen zu sehen, widersetzt zu haben. Und dennoch wusste er, dass es ein Fehler gewesen ist und dass dies der Momentan war, in dem er dafür zu zahlen hatte.

"Du weißt vielleicht nicht, was du tun sollst, ich weiß es dafür aber genau", schleuderte Atamis ihm die Worte entgegen, während seine Taten bereits folgten.

Mit einem Satz war er bei Erriel, warf ihn gegen die Wand und rammte ihm den Dolch in die Schulter.

Alles ging so schnell, dass Erriel nicht einmal aufschrie, als das kalte Metall sich durch sein Fleisch bohrte. Er spürte das Blut, das ihm den Arm hinunterlief und sah Sen, der sich mit schmerzverzehrtem Gesicht an die rechte Schulter packte und auf die Knie fiel.

Auch Atamis sah nun zu Sen. Er riss Erriel den Dolch aus der Schulter und dieser fiel umgehend auf die Knie. Er presste sich die Hand gegen die Wunde und kämpfte zeitgleich gegen die Ohnmacht.

Weit entfernt klang Atamis Stimme, als er zu Erriel sprach, ohne dabei seinen Blick von Sen abzuwenden.

"Ganz offensichtlich weißt du, wie du dem Semant die Kräfte nehmen kannst. Und nun musst du nur noch lernen, sie auch wieder freizugeben", stellte er zufrieden fest.

Erriel biss sich auf die Lippen.

"Ich nehme ihm seine Kräfte nicht", presste er hervor.

Das Blut, das unter seiner Hand hervorquoll, bildete eine rote Lache auf dem Boden, das Bild vor seinen Augen verschwamm. Er hörte Sen schwer atmen. Er litt dieselben Schmerzen, dennoch gelang es ihm, sich wieder aufzurichten, während Erriel drohte, vorn überzukippen.

Mit seiner Rechten stützte Erriel sich auf den Boden, Blut tropfte ihm von den aufgeplatzten Lippen, vermischte sich mit seinen Tränen.

Er konnte Sens Stärke fühlen. Die Kraft, die es ihm erlaubte, sich trotz allem wieder aufzurichten. Er konnte fühlen, wie diese Kraft zu ihm floss, ein Teil von ihm wurde, doch nichts von dem war Erriels Werk. Er wollte diese Kraft nicht. Nicht um diesen Preis.

"Ach nein? Dann brauchst du ihn ja auch nicht mehr!", rief Atamis und war in wenigen Schritten an Sen herangetreten, der Mühe hatte, sich auf den Beinen zu halten. Sen blieb nicht einmal die Zeit zur Gegenwehr, als Atamis ihm den Dolch ins Herz jagte.

"NEEEIIIIN!", schrie Erriel, schaffte es irgendwie, auf die Füße zu kommen und stolperte nach vorne, nur, um wenige Schritte vor seinem Bruder wieder zu Boden zu fallen.

Sen hatte die Augen weit aufgerissen. Mit seinen Händen umklammerte er den Dolch, der tief in seiner Brust saß. Er fiel auf die Knie und sah Erriel mit leeren Augen an, als er in sich zusammensackte und reglos vor ihm liegen blieb.

Da war kein Band mehr, das Erriel spüren konnte. Keine Verbindung mehr zu seinem Bruder. All die Kraft, die Stärke, die ihm Inneren war, war fort.

Was blieb, war eine leere Hülle, in der ein Rest Leben flackerte, kaum mehr ein Flimmern in der Dunkelheit. Verzweifelt zog sich Erriel auf allen Vieren nach vorne, bis er Sens Schulter zu packen bekam und ihn auf den Rücken drehte. Tränen rannen ihm über sein Gesicht und tropften auf Sen herab.

"Nein!", schluchzte er. "Bitte, stirb nicht!"

Er legte seine Hände auf die seines Bruders, die noch immer den Dolch umklammerten und zog die Klinge aus dem leblosen Körper. Er presste seine Hände auf die Wunde, ungeachtet seiner eigenen Verletzung. Doch er wusste, dass jede Hilfe zu spät kam. Er wollte es nicht wahrhaben, wollte alles tun, um seinen Bruder zu retten, der nur seinetwegen all das erleiden musste. Doch es gab nichts, was er hätte tun können.

Er sah den letzten Funken des Lebens in Sens Augen, sah in ihm den letzten Gedanken, der nur Erriel galt und die letzten, unausgesprochenen Worte, die ihn baten, sich selbst zu vergeben. Doch Erriel konnte sich nicht vergeben. Er konnte sich nicht verzeihen, was durch seine Schuld geschehen war. Er konnte weder sich, noch Atamis verzeihen, dessen gellendes Lachen nun an sein Ohr drang. Wut stieg in ihm auf. Maßlose, ungezügelte Wut. Er sah zu Atamis auf und dieser erwiderte seinen Blick voller Selbstbewusstsein.

"Wie konntet ihr nur!", schrie Errie ihn an.

"Was ist, mein Junge? Hat er dir etwa so nahe gestanden?", fragte Atamis spöttisch. "Wenn er dir so sehr am Herzen lag, wieso hast du dann nicht getan, was ich verlangt habe? Damit hättest du ihm womöglich das Leben gerettet. Aber vielleicht brauchtest du diesen Denkzettel, damit du verstehst, was auf dem Spiel steht."

Erriel richtete sich auf. Er konnte sich kaum auf den Beinen halten, doch er sammelte all seine Kräfte, um Atamis Auge in Auge gegenüberzustehen.

Er sah auf seine Hände und sah in ihnen das Leben pulsieren, dass Sen bereits verlassen hatte und dann sah er zu Atamis.

"Ihr wollt, dass ich für Euch meine Kräfte aufwende? Ihr wollt, dass ich Euch zeige, zu was ich im Stande bin?" Die Worte kamen ihm über die Lippen, ohne dass ihm wirklich bewusst war, was er da sprach und welcher Sinn dahinter stand, doch nie in seinem Leben war er so entschlossen wie in jenem Moment.

Er sah Atamis direkt in die Augen, sah, wie sein hämisches Grinsen erstarb, wie ihm die Farbe aus dem Gesicht wich und sein Mund sich langsam öffnete, um Worte zu formen, die ihm nicht über die Lippen kommen wollten.

Er fiel zu Boden und blieb reglos liegen, während Erriel nur da stand und nicht in der Lage war zu denken oder gar sich zu bewegen, bis er den tiefen Atemzug hörte, der Sens Lungen und dessen ganzen Körper wieder mit Leben füllte. Da verließ Erriel die Kraft in seinen Beinen und er sackte wieder zu Boden. Er legte seine Hände auf Sens Wunde und hörte sein Herz schlagen.

Mit zitternder Stimme sprach er zu seinem Bruder. "Ich habe ihn getötet."

"Schon gut...", sprach Sen beruhigend auf ihn ein und seine Stimme war kaum mehr als ein Flüstern.

Erriel kniete lange dort neben ihm. Unfähig Hilfe zu holen, unfähig ein Wort zu sagen. All seine Konzentration war alleine darauf gerichtet, Sen nicht wieder gehen zu lassen. Darauf, das Leben zu bewahren, das zu entrinnen drohte wie Sand, der durch die Finger rieselt – wie das Blut, das unaufhaltsam aus der klaffenden Wunde strömte. Und mit jedem Herzschlag verlor er einen weiteren Teil des Lebens, das er ihm geschenkt hatte.

Mit jedem Herzschlag kam er dem Tod näher und näher. All seine Kraft vermochte doch nicht, dass unvermeidbare zu verhindern. Doch kein zweites Mal wollte er seinen Bruder sterben lassen, kein zweites Mal wollte er daneben sitzen und zusehen, wie das Leben aus ihm wich, ohne etwas dagegen tun zu können. Er hielt es fest. So fest er nur konnte, bis irgendwann jemand nach seinen Händen griff und er aufsah und in die Augen König Cassiems blickte.

"Lass los, sagte ich", sprach er ihn wohl schon zum wiederholten Male an. "Hörst du, was ich sage?"

Erriel ließ widerwillig zu, dass König Cassiem seine Hände von dem Körper seines Bruders löste.

"Ich konnte ihn nicht sterben lassen", erklärte er mehr zu sich selbst, als zu König Cassiem und den Umstehenden.

Sens Blick schweifte über die weite Ebene, die sich zu Füßen Ethernas erstreckte. Er nahm den kühlen Abendwind tief in sich auf und lauschte dem Rhythmus seines eigenen Herzschlags.

Ruhe lag über den Ruinen der Stadt und nur der Geruch nach Blut war geblieben von den Kämpfen, die diese toten Gassen beherrscht hatten.

Die Schlacht war geschlagen, die Angreifer besiegt und in der Ferne, weit oben in den Palastruinen Ethernas, zeugten Lieder und Gelächter von dem Freudentaumel der Sieger dieses ungleichen Kampfes, der am Ende doch zu ihren Gunsten ausgefallen war.

König Cassiem plante bereits seine triumphale Rückkehr nach Enshir. Nachdem die besiegten Truppen Atamis' sich ihrem totgeglaubten König gegenüber gesehen hatten, schworen sie ihm erneut ihre Treue und einer sicheren Heimkehr in die Hauptstadt seines Reiches stand nichts mehr im Wege.

Es würde eine pompöse Hochzeit geben, von der man noch Jahrzehnte und womöglich darüber hinaus, in den Herrschaftslanden spräche. Lieder würden gesungen werden über diese Schlacht und die Heimkehr des Königs.

Sen wollte von all dem nichts wissen. Er sehnte sich danach nach Astwer zurückzukehren und er hoffte, dass auch Erriel ihn begleitete. Er würde sicher schnell Freunde finden und bald eine neue Heimat in dieser warmherzigen kleinen Stadt.

Der Abschied von Marin würde Sen schwerfallen. Vielleicht sähen sie sich einst wieder. Er hoffte es sehr. Doch er wusste auch, dass sie kein Mensch war, der sesshaft werden konnte. Ob er dazu fähig war, sich an einen Ort zu binden, an ein Zuhause und eine Heimat – er wusste es nicht. Nach allem, was geschehen war, gab es nichts mehr, was er mit Gewissheit sagen konnte.

Der sanfte Schimmer der Abendröte schlich lautlos über das Tal und legte sich über Etherna wie eine weiche Federdecke.

Ein Funkeln im letzten Sonnenlicht des sterbenden Tages erregte Sens Aufmerksamkeit. Wie in Trance hob er seine Hand und nahm den kleinen Funken in Empfang.

Gefühle strömten auf ihn ein. Ein Teil von ihm selbst kehrte zu ihm zurück – ein anderer Teil von ihm kämpfte dagegen an.

Unwillkürlich schrak er zurück, stolperte einige Schritt rückwärts und zog seine Hand von dem glühenden Funken fort. Der züngelte in lodernden Flammen auf und gewann rasend schnell an Größe. Das Feuer stürmte auf Sen zu, schlug wie Fäuste auf ihn nieder – ergriff ihn, umschlang ihn.

Die Hitze strömte auf ihn ein, zerfraß ihn regelrecht – zerfraß seine Gedanken, sein ganzes Sein. Er fiel auf die Knie, schrie, stemmte sich gegen die fremde Macht, die ihn zu übermannen drohte. Er schrie, bis das Inferno ihn von dem letzten Rest Atemluft abschnürte; kämpfte, bis schließlich der letzte Winkel seiner freien Gedanken zerfressen war von dem Wesen des Feuers, das eins wurde mit ihm und allem was er war.

Und im letzten Atemzug drangen die Rufe und Schreie der Menschen an ihn heran, die gerade eben noch sangen und tanzten und wurden sogleich fern und dumpf.

Mächtige Schwingen erhoben sich in blutroter Abenddämmerung.

So unendlich viel Macht war ihm inne, dem Wesen reinen Feuers. So unendlich viel Zorn, Gier, Verlangen. Er spürte all das, wurde eins mit all dem, mit dem Wesen, das eins mit ihm geworden war. Er spürte all das… und da war noch etwas. Da war noch mehr.

– Ende –

# Addendum

*"...Sen ließ den Funken, den er immer noch in Händen hielt, in das Medaillon sinken und verschloss es."*

Vahila spielte mit der Kette in ihrer Tasche. Sie ließ die Glieder durch die Finger gleiten und rieb an dem silbernen Schmuckanhänger.

Ein Stück voraus lichtete sich der Wald, durch den sie lief, bereits. Die Sonne kämpfte sich dort in schmalen Streifen durch das Dickicht und reckte sich ihr entgegen wie schmale Finger, die sie zu berühren versuchten.

Sie lief langsamer. Wie weit war sie bisher gelaufen? Über zwei Tage hatte die Anreise gedauert. Ihre ledernen Sohlen waren abgewetzt, ihr Proviant fast aufgebraucht und dennoch gab sie sich dem Gedanken hin, umzudrehen. Es war ein Fehler gewesen, ihr Heimatdorf zu verlassen. Nichts und niemand konnte ihr garantieren, dass sie in Haschek Arbeit und ein neues Zuhause fände.

Sie ließ die Kette los, zog die Hand aus der Tasche und strich sich eine Strähne aus dem Gesicht.

Zuhause, in Vest, da hatte sie ihr Haar immer offen getragen. Die dichte, blonde Mähne und ihre blauen Augen hatten ihr so manche Tür geöffnet. Doch sie hasste es, sich auf diese Weise durchs Leben zu mogeln. Also trug sie ihr Haar nun in einem Zopf zusammengebunden, war in eine Hose geschlüpft und hatte ihre Rundungen unter einer weiten Weste verborgen.

Noch einmal griff sie in ihre Hosentasche und diesmal zog sie das Schmuckstück heraus, das sich darin verbarg. Sie blieb an der Waldgrenze stehen und ließ ihren Blick über die Ebene schweifen, während sie die Kette von einer Hand zu anderen gleiten ließ.

Dort vorne lag es. Haschek. Es war ein beschauliches kleines Dorf, mit geweißelten Steinhäuser und von bunter Blumenpracht schwer überladenen Vorgärten. Sie hatten dort einen Semanten. Davon hatte Vahila gehört. Und wenn die Menschen hier einen von denen akzeptierten, dann hätten sie sicher auch nichts gegen einen Tricksenbastard einzuwenden.

Natürlich hoffte sie, die Dorfbewohner würden gar nicht erst erfahren, dass sie einen Trickser zum Vater hatte und erst recht nicht, dass sie ein uneheliches Kind von einem solchen war.

Sie ließ also ihre Kette wieder in der Hosentasche verschwinden und lief los.

Kurz vor den Häusern begegnete sie den ersten Bewohnern. Sie standen auf einem der Felder, die Haschek umrahmten und gingen ihrer Arbeit nach. Ein paar von ihnen sahen auf, als die Fremde die Straße zum Dorf entlang lief. Die meisten interessierten sich aber nicht weiter für die junge Frau.

Nur ein paar Kinder kamen zu ihr gelaufen, stellten sich ihr in den Weg und brachten sie dazu stehen zu bleiben.

"Woher kommst du?", fragte ein Mädchen neugierig.

Vahila öffnete den Mund um zu antworten, wurde aber sogleich von einem Jungen am Arm gezogen.

"Warum hast du kein Pferd oder einen Esel?", wollte er wissen.

"Nun ja...", begann sie lachend.

"Soll ich deinen Beutel für dich tragen?", fragte ein anderer Junge.

"Lieber nicht", antwortete sie und zog ihr Bündel dichter an sich heran.

Zwar hatte sie darin nicht mehr als eine Wolldecke, ihren Rock und ein paar Krümel trockenen Brotes, aber das war schließlich alles, was sie noch besaß.

"Sie vertraut dir nicht, Fio", meinte ein schmächtiger Junge, der etwas abseits stand.

"Nein, nein, so ist das nicht!", leugnete sie und brachte die Kinder damit zu lachen.

Verwundert sah sie sich zwischen ihnen um und begriff schließlich, in welches Fettnäpfchen sie getreten war.

Sie lachte. "Oh, du bist ein Semant!"

Der Junge nickte lächelnd.

"Der beste von allen!", rief das Mädchen mit weit ausgebreiteten Armen.

"So, so, der beste also", wiederholte Vahila schmunzelnd und ging in die Hocke. Sie streckte dem Jungen die Hand entgegen. "Es freut mich, dich und deine Freunde kennenzulernen."

Er konnte nicht älter als zehn sein, hatte aber einen Blick, der sie schaudern ließ. Es war das erste Mal, dass sie einen Semanten sah. Schwer zu sagen, was sie erwartet hatte. Jedenfalls kein kleines Kind.

Sie hatte sich einen alten Mann mit Rauschebart und faltigem Gesicht vorgestellt. Einer mit schwererem Blick und tiefer Weisheit darin verborgen.

Zumindest letztes traf zu und das war es, was ihr Ehrfurcht einflößte. Ein so junger Knabe mit so viel Wissen, so viel überlegener Macht und dennoch besonnen auf eine Weise wie es einen nur das Alter lehren konnte. Nun ja, ein jeder Semant war schließlich einmal ein Kind gewesen, auch jene mit Falten und Bärten.

Bevor der Junge ihre Hand ergreifen konnte, packte das Mädchen danach und zog Vahila wieder auf die Füße.

"Komm mit!", rief sie. "Du hast bestimmt Durst!"

Vahila folgte den Kindern in das Dorf bis hin zum Brunnen, der inmitten der sich darum scharenden Häuser stand. Das Mädchen begann sofort damit, die Handkurbel zu drehen, um den Schöpfeimer nach oben zu ziehen.

"Das ist lieb von dir, aber was ich suche, ist ein Krämerladen."

"Willst du was kaufen?", fragte einer der Jungen.

In der Taverne gegenüber trat ein untersetzter Mann in die Tür und lehnte sich gegen den Rahmen. Er trug eine verdreckte Schürze über einem prallen Bierbauch gebunden und warf sich ein Geschirrtuch über die Schulter.

"Schamas Lädchen ist gleich um die Ecke!", rief er.

Sie nickte dem Mann dankend zu.

"Hier, nimm!" Das Mädchen hielt ihr einen Schöpflöffel mit Brunnenwasser gefüllt hin und sie nahm ihn lächelnd an.

Die Kinder beobachteten gebannt, wie sie das Wasser trank. Sie leerte den Schöpflöffel bis zum letzten Schluck und reichte ihn dem Mädchen zurück.

"Danke dir", sagte sie und verschwieg den Kindern, dass sie schon kurz vor dem Dorf aus einer Quelle getrunken hatte.

Ihnen allen konnte sie damit etwas vormachen, bis auf den Semanten, der sehr wohl wusste, wie wenig Durst sie gehabt hatte. Sie erkannte es in seinem Blick und an seiner Haltung mit vor der Brust verschränkten Armen und schiefem Grinsen. Doch er verriet sie nicht, sah sie nur wissend an und entlockte ihr damit ein verlegenes Schmunzeln.

Sie schlug die Richtung ein, die der Wirt ihr gezeigt hatte und winkte den Kindern zum Abschied. Was sie von der Freundlichkeit, die man ihr hier entgegenbrachte, halten sollte, wusste sie nicht. Sie war es nicht gewohnt, dass man ihr etwas schenkte – und sei es nur ein Lächeln, einen Schluck Wasser oder einen gut gemeinten Rat.

Wenn die Menschen hier alle so entgegenkommend waren und es zudem noch Arbeit für sie gäbe, wäre Haschek vielleicht doch der Ort, an dem sie sich niederlassen, heimisch werden und irgendwann womöglich eine Familie gründen könnte.

Sie blieb vor dem Krämerladen stehen. Schamas Laden stand dort auf einem Holzschild über der Tür. Unter den Fenstern standen Kisten auf Tischen, gefüllt mit allerlei Krimskrams. Hatte hier denn niemand Angst um sein Hab und Gut?

Sie wühlte durch die Fülle an Ledertaschen, Trinkgefäßen und Gürteln, schob ausgetretene Stiefel beiseite und zog eine hübsche Brosche hervor. Mit der freien Hand griff sie in ihre Hosentasche und tastete nach ihrer Kette. Würde sie am Ende auch hier landen? Irgendwo zwischen Leinenhemden und rostigen Rasierklingen?

Sie schüttelte den Kopf, schüttelte den Gedanke ab, der sie nur schwermütig machte und zog die Kette aus ihrer Tasche.

Es war nur ein Schmuckstück, ein Ding, nichts weiter. Es hingen Erinnerungen daran, sicher, aber sie war hier, um sich neue zu schaffen und nicht, um an den alten festzuhalten.

Sie zog die Tür auf und eine helle Glocke kündigte ihr Eintreten an. Im Laden war es dunkel und stickig. Von Möbeln über Werkzeuge und Kleidung bis hin zu Eiern, Milch und Brot, war hier alles zu finden. Der kleine Raum war so vollgestopft mit allerlei Waren, dass Vahila den Verkaufstresen erst völlig übersah. Erst als der Mann dahinter sich räusperte, wurde sie auf ihn aufmerksam.

"Kann man helfen?", fragte er.

"Ja.. Nein...", war ihre holprige Antwort.

Sie versteckte ihre Kette in ihren gefalteten Händen, gleich so, als müsse sie befürchten, der Krämer könne sie ihre alleine mit seinen Blicken entreißen.

"Erbstück?", fragte der Mann mit hochgezogenen Brauen in Richtung ihrer Hände nickend.

"Woher wisst Ihr...?

Er schürzte die Lippen und hob müde die Schultern. "Ich sehe es, wenn die Leute was verkaufen müssen, was ihnen teuer ist."

War sie denn so durchschaubar? Sie warf einen flüchtigen Blick auf die Tür, entschied sich dann aber doch zu bleiben. Es war bloß eine Kette, mehr nicht. Sie umfasste den Anhänger fest mit ihrer geballten Faust, stapfte zum Verkaufstresen und schlug sie mit der flachen Hand auf das Holz.

Der Mann grinste breit und sah sie bloß an, ohne ihrer Kette Beachtung zu schenken.

Vahila sah zu dem Schmuckstück. Ein silbernes Medaillon, rund wie eine Murmel und ebenso groß, in filigranen Linien geschwungen. Früher einmal verbarg sich eine Perle darin – alles, was geblieben war von der Hochzeitskette ihrer Vorfahren. Schon bei der Überfahrt nach Riavera hatte ihre Mutter die Perle versetzt. Nun, fünfzehn Jahre später, war sie drauf und dran das letzte Stück Heimat zu verkaufen, das ihr geblieben war.

"Wie viel?", fragte sie.

Der Mann seufzte und nahm die Kette in die Hand.

"Stammt nicht aus den Herrschaftslanden, was?", stellte er mehr fest, als dass er fragte. "Hirankun?"

"Nein, es..." Sie stockte.

Vor dem Laden waren aufgeregte Stimmen zu hören. Auch der Krämer sah verwundert zur Tür. Er legte die Kette wieder hin und umrundete den Tresen.

"Wartet hier", bat er Vahlia, ohne sie anzusehen und lief zum Ausgang.

Zögerlich folgte sie dem Mann, nachdem der den Laden verlassen hatte. Sie öffnete die Tür, die Klingel ertönte und Vahila schrak zurück, als eine Gruppe von Menschen in panischer Flucht an ihr vorbei lief.

Sie trat auf die Straße. Das ganze Dorf war in Aufruhr. Die Bewohner liefen kreuz und quer und immer wieder sahen sie hinauf zum Himmel. Vahila folgte den Blicken der Menschen, doch von der Seitengasse aus konnte sie nichts erkennen. Sie lief zurück zum Marktplatz und stellte mit Schrecken fest, dass der Brunnen, aus dem sie eben noch getrunken hatte, eingestürzt war.

Ein Beben ließ sie straucheln. Sie erhaschte einen Blick in den Himmel und auf einen roten Schein, der sich über den Dächern ausbreitete. Es brannte. Das musste es sein. Woher sonst das Feuer? Doch welcher Brand ließ die Erde beben?

Aus der Ferne waren Schreie zu hören und eine weitere Erschütterung ließ Vahila nach vorne stolpern. Sie wollte sich mit den Händen abfangen, doch es gelang ihr nicht. Sie stürzte und schlug mit der Stirn gegen etwas Hartes. Ein kurzer, heftiger Schmerz durchzuckte ihren Schädel. Dann wurde ihr schwarz vor Augen.

Es roch nach Rauch und verbranntem Fleisch. Mühsam richtete Vahila sich auf. Ihr Zopf hatte sich gelöst und so fielen ihr vom Blut verschmierte Strähnen ihres goldenen Haares ins Gesicht. Sie griff sich an die Stirn und biss sich auf die Unterlippe, als ein heftiger Schmerz sie bei der Berührung durchzuckte. Ihr Schädel dröhnte und ihre Beine waren schwer wie Blei.

Sie stemmte sich hoch und alles um sie herum drehte sich. Ein Summen in ihren Ohren dämpfte die Geräusche um sie herum ab. Sie brauchte lange, um zu begreifen, wo sie war. Überall lagen Trümmer, Licht blendete sie und sie hielt sich die Hand vor Augen. Sie war voll Ruß, so wie alles hier von einem schwarzen Film überzogen war.

Irgendwo weinte ein Kind. Vahila suchte nach dem Ursprung des Wimmerns, sah brennende Balken, Schutthaufen, von denen Rauch aufstieg, Häuser, die in Trümmern lagen – und der Boden, er war übersät mit Leichen. Regungslos, verbrannt, mit leeren, toten Augen und in Entsetzen erstarrten Gesichtern.

Sie lief weiter, stolperte durch die Überreste des Dorfes, vorbei an so vielen Toten, an unzähligen Leichen und kläglichen Überbleibseln von dem, was einmal ihre Heimat hätte werden können.

Mit dem Fuß blieb sie an etwas hängen und stürzte zu Boden. Sie schaute zurück und sah, dass es ein Arm gewesen war, der sie zu Fall gebracht hatte. Sie wollte nicht, doch ihr Blick fiel auf das Gesicht des Mannes, zu dem er gehörte. Es war der Krämer. Seine weit aufgerissenen Augen starrten sie an und dort, wo einmal sein Kiefer gewesen war, klaffte nur noch ein grässliches, schwarzes Loch.

Vahila schlug sie die Hände vor den Mund, kämpfte gegen einen Aufschrei an und schob sich so schnell sie konnte weg von dem Mann, stieß dabei mit dem Rücken gegen die Überreste einer Frau und schrie nun doch aus Leibes Kräften.

Eine fremde Hand legte sich ihr auf die Lippen und dämpfte ihren Schrei ab. Sie sah auf und erkannte den jungen Semanten. Ihre Tränen liefen ihm über die Finger, während er sie mit geröteten Augen und schmerzverzerrtem Gesicht ansah.

"Psst", zischte er und sah sich um. "Sie hören dich."

Er nahm die Hand von ihrem Mund und sank neben ihr auf den Boden.

"Wer?", flüsterte sie ihm zu.

Er öffnete den Mund, doch kein Wort kam ihm über die Lippen. Stattdessen füllten seine Augen sich mit Tränen und er wandte sich von ihr ab.

"Komm! Wir verschwinden hier!" Sie packte den Jungen bei der Hand und zog ihn mit sich.

Sie liefen gebückt und schlichen zu dem, was einmal die Taverne gewesen war. Vahila wusste nicht, ob es Banditen waren, die das Dorf überfallen hatten oder Schlimmeres, nur dass der Junge große Angst hatte und sie schnellstmöglich von hier weg mussten.

Sie warfen sich mit den Rücken gegen eine geborstene Mauer und Vahila spähte um die Ecke. Als sie sicher war, dass dort niemand auf sie lauerte, wollte sie losrennen, doch der Junge hielt sie fest.

Sie drehte sich zu ihm um und wollte ihn gerade fragen, was ihn zögern ließ, da spürte sie die Hitze, in ihrem Nacken.

Der Semantenjunge warf sich über sie und streckte der aufwirbelnden Feuersfront die bloße Hand entgegen. Die Flammen züngelten in die Höhe, schossen auf die beiden zu wie aufgeschreckte Schlangen und prallten gegen eine unsichtbare Wand, gleich vor der Hand des Jungen.

Der Semant riss seinen Arm zur Seite, zog das Feuer in seiner Bewegung mit sich und ließ es auf dem Boden des Marktplatzes zerschellen. Dort sammelte es sich zu einem erneuten Angriff und der Junge wollte sich ihm entgegenstellen.

Vahila ließ das aber nicht zu. Sie wollte nicht abwarten, bis dieses lebende Feuer sich ein weiteres Mal auf sie stürzte und zog den Jungen mit sich.

"Nein, warte!", rief er, doch sie achtete nicht darauf.

Er wollte kämpfen, wehrte sich gegen ihre Hand, die ihn fest im Griff hielt und war ihr dennoch unterlegen. Genauso, wie er dem Feuer unterlegen wäre, dass sich in ihrem Rücken in die Höhe schlängelte.

Sie spürte die Hitze in ihrem Nacken und musste unweigerlich zurückblicken, als der Schatten sich über sie warf. Mächtige Schwingen schlugen sich aus dem Flammenmeer, gaben einen gewundenen Schlund preis, der sich bis hoch in die Wolken reckte.

Vahila war so gefesselt von diesem Anblick, dass ihre Schritte langsamer wurden. Mit einem markerschütternden Schrei entblößte das Feuerwesen armlange Fangzähne, bevor es sich ihnen beiden zuwandte.

Nicht mehr waren sie für diese Bestie, als Mäuse für die Katze. Sie spielte mit ihnen, zog sie in ihren Bann und fesselte sie mit ihrer eigenen, nackten Angst, die Vahila schmerzhaft in der Kehle brannte und jeden weiteren Schritt zur Qual machte.

Erst als sich vor ihnen am Horizont der Wald abzeichnete und ein Entkommen in greifbare Nähe rückte, gelang es ihr wieder, schneller zu laufen.

Dort, wo sie vor kurzem noch reiche Felder und fruchtbare Erde gesehen hatte, war nichts weiter als schwarz verkohlter Grund zu sehen und darauf, bis zur Unkenntlichkeit verbrannt, die Überreste jener Menschen, die Vahila bei ihrer Ankunft noch mit wachen Augen und neugierigem Blick beobachtet hatten.

Vahila riss sich los von diesem Anblick, sah zu Boden und wischte sich die Tränen aus dem Gesicht. Gerade noch rechtzeitig sah sie wieder nach vorne, um schlitternd zum Stehen zu kommen, als ihnen das Feuerwesen den Weg versperrte.

Sie wirbelte herum und warf sich schützend über den Jungen. Der hob seine Arme und riss mit einer schnellen Bewegung die Flammen gleich einem Vorhang auseinander. Er stieß Vahila von sich, während sich das Feuer erneut sammelte.

"LAUF!", schrie er ihr zu und drehte sich wieder der Bestie zu, die sich just in dem Moment auf sie stürzte.

Gleich einem Wasserfall brach sich das Feuer an seinen erhobenen Händen. Nur einen kurzen Augenblick konnte er so stehen bleiben, bevor ihm die Ellbogen einknickten und seine Füße nach hinten weg rutschten. Er suchte sich neuerlich Halt, stemmte sich gegen das Feuer, das heftiger und heftiger gegen den Jungen anstürmte und schrie schließlich aus vollem Halse.

"GEH!", rief er durch zusammengebissene Zähne.

"Ich...", stotterte Vahila, unfähig zu denken oder zu handeln.

Sie konnte ihn doch nicht einfach hier zurücklassen! Wie hätte sie fliehen können, während der Junge ganz offensichtlich hoffnungslos unterlegen war.

"Bitte hol Hilfe!", flehte er sie an und fiel auf ein Knie.

Auch sie musste sich zu Boden fallen lassen, um den Flammen zu entkommen, die über sie hinwegfegten.

Sie biss sich auf die Unterlippe, rappelte sich wieder auf und rannte los.

Die Flammen schossen zu allen Seiten an dem Jungen vorbei und reckten sich gierig nach ihr. Sie schlug die Hände vor das Gesicht, schrie, als das Feuer auf sie einstürmte, ihr gegen Rücken und Arme peitschte und der Geruch nach verbranntem Fleisch ihr in die Nase stieg.

Sie rannte weiter, sah nicht zurück, zwang sich, nicht daran zu denken wie hoffnungslos ihr Versuch war, Hilfe zu finden und wie unwahrscheinlich, dass noch jemand lebte, wenn sie zurückkäme. Sie rannte, so schnell sie ihre zittrigen Beine tragen konnten, so lange, bis die Hitze bloß noch ein weit entferntes Glimmen in ihrem Rücken war und sie alle Tränen vergossen hatte, die ihr geschundener Körper hatte vergießen können.

Sie fiel zu Boden und blieb liegen. Ihre Glieder bebten, ihr Atem hetzte, schmerzhaft spannten sich die Brandwunden an ihren Armen und Schultern und erinnerten sie daran, wie knapp sie dem Flammentod entronnen war.

Sie wusste, dass sie es sich nicht erlauben konnte, sich auszuruhen, doch es gelang ihr nicht, sich wieder aufzurichten. Erst als ein Schatten sich über sie legte und die schnaubenden Nüstern eines Pferdes ihr die Haare von der Stirn pusteten, gelang es ihr, sich hochzustemmen.

Das Erste, was sie sah, waren die ledernen Stiefel eines Reiters, der neben ihr ins Gras sprang. Noch immer zitternd und bebend warf sie sich voran und klammerte sich an die Beine des Fremden.

"Bitte mein Herr! Ihr müsst ihnen helfen!", flehte sie schluchzend.

Der Mann packte sie an den Armen und zog sie auf die Beine.

"Ganz ruhig, ihr seid jetzt in Sicherheit", sprach er mit sanfter Stimme.

Sie sah auf zu dem Mann, der sie hielt. Es waren die Gesichtszüge eines Kriegers, eines Anführers, den nichts so schnell aus der Ruhe brachte. Der Mann sah zur Seite, wo weitere Reiter von ihren Pferden stiegen. Eine junge Frau näherte sich ihnen und der Mann sprach sie direkt an.

"Evilea, sie ist verletzt", erklärte er.

Die Frau nickte. "Ich sehe es."

Sie hob die Hand, um Vahila zu berühren, doch die wich vor ihr zurück. Der Mann, der ihr aufgeholfen hatte, hielt sie aber weiter fest, so dass sie zappelte wie ein Fisch im Netz und doch nicht verhindern konnte, dass die Frau sie am Arm berührte.

Gleich darauf durchströmte sie eine beruhigende Wärme, die sich sanft über ihren Schmerz legte, ihn umhüllte und schließlich verstummen ließ.

"Ihr seid eine Semantin", stellte Vahila erschrocken fest.

Die Frau nickte kühl lächelnd.

"Ich danke dir, Evilea", sprach der Mann.

Evilea senkte ihr Haupt und trat einen Schritt zurück.

"Immer zu Euren Diensten, mein König", antwortete sie dem Mann.

Verwundert blickte Vahila zu ihm auf, der sie freundlich anlächelte.

"Ihr seid nicht Prinz Atamis", stellte sie noch immer zweifelnd fest.

Sie war sich ganz sicher, denn sie hatte kürzlich erst Holzschnitte des Prinzen gesehen und dieser Mann hier hatte höchstens entfernte Ähnlichkeit mit ihm. "Aber Ihr könnt nicht..." Sie wagte es nicht, diesen Gedanken auszusprechen.

Der König war tot. Sie ganzen Herrschaftslande hatten getrauert, als die Kunde darüber sich verbreitet hatte.

"Jetzt erzählt mir erst einmal, wer Ihr seid und was Euch widerfahren ist", bat der Mann

Sie nickte und begann zu berichten. Sie glaubte, bereits alle ihre Tränen vergossen zu haben, doch in Worte zu fassen, was geschehen war, wie der kleine Junge ihre Flucht ermöglicht hatte und was sie alles hatte mit ansehen müssen trieb sie ihr erneut in die Augen.

Sie verbarg ihr Gesicht in ihren Händen und der Mann, von dem sie behaupteten, er sei ihr König, nahm sie tröstend in die Arme.

"Schon gut", flüsterte er ihr zu und wandte sich dann an einen seiner Männer. "Devon, nimm sie mit zum Lager, gib ihr etwas zu essen und was sie sonst benötigt. Wir werden zu diesem Dorf reiten."

"Und du bist dir ganz sicher?", fragte Devon sie eindringlich.

Vahila nickte.

"Ja", bestätigte sie, was sie nun schon mehrfach gesagt hatte. "Ich bin vielleicht kein Ritter oder Semant, aber ich werde unseren König nicht im Stich lassen. Außerdem gibt es nichts mehr, wo ich sonst hingehen könnte."

Devon nickte einsichtig.

"Es tut mir sehr leid wegen deinem Heimatdorf."

Der Mann wusste nicht, dass Vahila nicht in Haschek gelebt hatte. Sie hätte es sich gewünscht und es tat gut, dass Devon die kleine Stadt als ihre Heimat bezeichnete.

"Da kommen sie", sagte er.

Vahila dachte zuerst, er würde von den Männern reden, die zur Jagd aufgebrochen waren, doch es war König Cassiem, der zurückkehrte. Devon hatte sie bereits mit aller Vorsicht darauf vorbereitet, dass es wohl keine Überlebenden geben würde. Sie hatte es selbst schon geahnt, tief in ihrem Inneren gewusst, und der Blick des Königs verriet ihr, dass sie Recht gehabt hatte.

Sie zog die Beine an und legte die Stirn auf die Knie. Eine Weile saß sie so da und wollte von der Welt nichts mehr wissen, bis schließlich Ruhe eingekehrt war und ihr der Geruch nach gebratenem Hasen in die Nase stieg.

Sie sah auf und sah sich einem jungen Mann gegenüber, der ihr ein Stück Fleisch hinhielt. Es war kaum mehr, als etwas Haut an einem beinahe blanken Knochen, aber dennoch mehr, als die meisten anderen hier von dem kargen Mahl abbekommen hatten.

Der Fremde lächelte freundlich und wartete geduldig. Zögerlich nahm sie sein Geschenk an und erwiderte das Lächeln.

Er war keiner von des Königs Männern. Das wurde ihr klar, als es ihr gelang, sich von dem Anblick seiner tiefschwarzen Augen zu lösen. Sein dichtes, dunkles Haar warf Schatten über sein hageres Gesicht. In seinen Zügen konnte man eine Geschichte von Schmerz und Entbehrungen lesen, eine Wahrheit, die selbst sein Lächeln nicht übertünchen konnte.

Ruß und Dreck hatten sich tief unter seine Nägel gesetzt, seine zerschlissene Kleidung war ebenso schmutzig wie seine Haut, dort, wo Hemd und Hosen löchrig waren und leichte Rötungen davon zeugten, dass die Semanten erst kürzlich seine Wunden geheilt hatte.

"Danke", brachte sie schließlich hervor und blieb dann mit dem Blick an der Kette hängen, die er um den Hals trug.

Dieser Mann, dieser vollkommen Fremde, der so freundlich zu ihr war, trug ihren Anhänger um den Hals. Schamlos starrte sie ihm auf die Brust, so dass er sich gezwungen fühlte, seine Hand über das Schmuckstück zu legen, das bei seiner Berührung aufzuleuchten schien.

"Lasst es euch schmecken", sprach er leise, ohne sie ein weiteres Mal anzusehen.

Er stand auf und sie sah ihm nach, wie er sich mühsam, sein rechtes Bein entlastend, von ihr entfernte. Als trüge er eine schwere Last auf den Schultern, so sah er aus. So, als wäre die Kette, die am Morgen noch ihr gehört hatte, eine Qual für ihn, ein glühendes Eisen, das sich in seine Haut, bis hinein in sein Herz brannte.

"Wer ist das?", fragte sie Devon, der nicht weit von ihr saß und an den Rippen des Hasen nagte.

Devon sah zu dem Mann, der sich ein Stück von ihnen entfernt, müde und erschöpft, auf dem Waldboden niederließ und sich dort in eine Pferdedecke hüllte.

"Ein Semant", erklärte er. "König Cassiem hat ihn in deinem Dorf aufgestöbert." Er beugte sich zu Vahila vor und sprach mit gesenkter Stimme weiter. "Er steht angeblich mit den Feuervögeln im Bunde. Cassiem vertraut ihm, weil er ja ein Semant ist. Mir ist er aber nicht geheuer. Ich werde die Nacht mit einem offenen Auge schlafen."

Sie sah wieder zu dem Fremden. Dieses kurze Aufflackern, das sie gesehen hatte, was das dieses Feuerwesen? Trug er es auch jetzt bei sich, verborgen in ihrer Kette?

Devon mochte ihm misstrauen, doch sie tat das nicht. Auch wenn es nur wenige Worte waren, die sie mit diesem Semanten gewechselt hatte, war ihr, als würde sie ihn bereits besser kennen als sich selbst.

Warum das so war, wusste sie nicht. Sie hatte schon immer ein gutes Gespür für Menschen gehabt – vielleicht war es das. Vielleicht aber auch, weil sie beide schon in das Feuer geblickt hatten.

Sie vertraute ihm und sie trauerte um ihn, weil sie wusste, dass er vom selben Schlag war wie der kleine Junge aus Haschek, der selbstlos sein Leben für sie gelassen hatte. Devon legte ihr eine Decke über die Schulter und sie schlang sie fest um ihren Körper.

"Du solltest jetzt schlafen", flüsterte er ihr zu.

Sie nickte, wusste aber, dass sie kein Auge zubekommen würde.

So saß sie lange da, starrte in das immer kleiner werdende Lagerfeuer, sah ab und an zu dem jungen Semanten, der bald schon eingeschlafen war und stand schließlich auf, weil sie sein Zittern nicht mehr länger mit ansehen konnte.

Sie ging zu ihm und legte ihm die Decke über den Oberkörper. Als sie sich wieder aufrichtete, sah sie, dass auch der König nicht schlief. Verlegen presste sie ihre Lippen zusammen und lächelte. Sie wusste nicht recht, ob sie wieder gehen oder ihn ansprechen solle.

Schließlich war er es, der ihr zuflüsterte.

"Er hat eine lange Reise hinter sich", erklärte er den tiefen Schlaf des Semanten.

"Und sicher liegt auch noch eine lange Reise vor ihm."

Der König lächelte trübe und betrachtete so lange den Schlaf des Mannes, dass Vahila mit dem Gedanken spielte, es dabei zu belassen. Doch sie konnte nicht. Sie sah ebenfalls zu dem jungen Mann, dessen Pupillen in schweren Träumen hinter seinen Lidern hetzten.

Sie kannte die Tatsachen, hatte erfahren, was es mit Cassiems Verschwinden auf sich hatte und warum die Feuervögel Dörfer zerstörten und auch wem sie untertänig waren. Was dem König und allen, die ihm folgten, bevorstand, war eine Schlacht, ein Kampf um das Überleben der Herrschaftslande.

"Wird er sterben?", fragte sie den König unverblümt.
"Ich werde alles daran setzen, das zu verhindern", versprach Cassiem in schwerer Gewissheit, dass es nicht in seiner Macht lag zu verhindern, was womöglich bereits geschrieben stand.

*Danksagung*

*Mein Dank geht an alle, die mich unterstützt haben,*
*doch im Besonderen an Achim.*
*Auch wenn nicht ganz dein Musikgeschmack.*

Jennifer Jager
Die brennenden
Flüsse
Æthernas
Fantasy
AAVAA
VERLAG

AAVAA
VERLAG

www.aavaa-verlag.com